AF373127

Karl Gjellerup

Seit ich zuerst sie sah
(Autobiografischer Roman)

e-artnow 2018

Klabund / Alfred Henschke
Borgia: Aufstieg und Fall einer machtbesessenen Familie: Historischer Roman - Geschichte einer Renaissance-Familie

Stefan Zweig
Maria Stuart: Historischer Roman - Eine Darstellung historischer Tatsachen und eine spannende Erzählung über das Leben einer leidenschaftlichen, aber widersprüchlichen Frau

Thomas Wolfe
Gesammelte Werke: Romane + Erzählungen + Essays: Schau heimwärts, Engel!, Von Zeit und Strom, Die Geschichte eines Romans, ...wie die Zeit, Die vier verlornen Männer...

Dmitri Mereschkowski
Leonardo da Vinci (Historischer Roman) Historischer Roman aus der Wende des 15. Jahrhunderts

Jakob Wassermann
Gesammelte Werke: Romane + Erzählungen + Dramen + Essays + Gedichte + Autobiografie (75 Titel in einem Buch): Mein Weg als Deutscher ...Joseph Kerkhovens dritte Existenz und mehr

Jack London
König Alkohol

Michael Georg Conrad
Majestät: König Ludwig II. von Bayern

Stefan Zweig
Magellan. Der Mann und seine Tat

Jakob Wassermann
Christoph Columbus - Der Don Quichote des Ozeans (Vollständige Biografie): Historischer Roman

Fjodor Michailowitsch Dostojewski
Der Idiot

Karl Gjellerup

Seit ich zuerst sie sah (Autobiografischer Roman)

Persönlichstes Werk des Literatur-Nobelpreisträgers Gjellerup

e-artnow, 2018
Kontakt info@e-artnow.org
ISBN 978-80-268-8957-1

Inhaltsverzeichnis

1. Kapitel

Das Semester am Polytechnikum war ziemlich anstrengend gewesen, und es begann in Dresden unleidlich heiß zu werden. Außerdem wohnte ich in einer der kleineren Straßen der Altstadt, die zwar reinlich und nett, aber nicht besonders luftig sind. Oft überkam mich ein verzehrendes Heimweh nach dem dänischen Sund. Wie schön auch die Abende an der Elbe waren, sie brachten doch nur geringe Abkühlung, und wenn man sich zwischen neun und zehn Uhr auf die Brühlsche Terrasse hinaufschleppte, um dort Luft zu schnappen, zeigte das Thermometer noch seine 25 – 26 Grad Reaumur. Dies war insofern tröstlich, als es einem ein unbestreitbares Recht zum Schwitzen gab und es verzeihlich erscheinen ließ, wenn man eine Portion Eis vor dem kleinen Café Torniamenti genoß, wo es sich so angenehm zwischen den Säulen sitzen ließ, während man Bruchstücken des Konzertes vom »Wienergarten« jenseits des Flusses lauschte.

An einem solchen Abend faßte ich den kühnen Entschluß, die nahe bevorstehenden Sommerferien irgendwo in den Bergen zuzubringen. Mir selbst wenigstens kam dieser Entschluß ziemlich dreist vor, da ich sowohl genötigt als gewohnt war, mich einzuschränken. Am meisten lockte mich die Sächsische Schweiz, und noch war der letzte Eisrest mir kaum im Munde zerschmolzen, als ich mich schon für das kleine Rathen entschieden hatte. Von diesem beliebten Orte war mir ein verlockend idyllischer Eindruck geblieben, obgleich ich, wie die meisten Reisenden, das Dörfchen nur beim Hinuntergehen von der Bastei im Halbdunkel gesehen hatte.

Ein paar Tage später stieg ich gegen Mittag an der kleinen Haltestelle aus und ging zwischen den Obstgärten Oberrathens nach der Fähre hinunter. Das gegenüberliegende Felsenufer hat als einzigen Durchbruch das enge Tal, in dem der eigentliche Ort Rathen eingebettet liegt. Das Dorf zeigt fast nur seine beiden Gasthöfe, den neuen kahlen und den alten überwachsenen, zu beiden Seiten des Baches gelegen, der blinkend in den vorbeiströmenden Fluß mündet. Links erheben sich die blaugrauen senkrechten Felsen der Bastei, deren Fuß von Nadelwald und Laubbestand verdeckt ist. In der Ferne leuchten die großen Sandsteinbrüche, die schönsten im ganzen Lande. Von diesen hohen, gelblichen Wandflächen sind einige mehrere hundert Meter hoch. Zur anderen Seite hin durchschneiden sie anhaltend die Hügelreihe, auf deren Waldwellen der Lilienstein gleich einem ungeheuren Panzerschiffe dahinfährt.

Schräg, wie ein Hund läuft, setzt die Fähre über den Fluß, der sie selber vorwärtstrieb; denn sie war an einer Tonne befestigt, die ein Stück weiter oben wippte, und der Fährmann brauchte bloß ab und zu die Kette, die durch eine Winde oben an dem kleinen Maste lief, straff anzuziehen. Trotz dieser leichten Arbeit trocknete er sich fortwährend mit dem Hemdärmel die Schweißtropfen vom Gesicht, das so sonnenverbrannt war, daß er unserer Vorstellung von einer Rothaut bedeutend näherkam als irgendeiner der Sioux-Indianer, die ich am vorhergehenden Abend im zoologischen Garten gesehen hatte. Aber hier, mitten in seinem Reich, war es kein Wunder. Das blinkende Wasser ringsum schien keine Kühlung, sondern nur Sonnenhitze zu verbreiten, und der ganze Bogen des Flußufers mit seinen vielen nackten Felswänden öffnete sich gegen Süden wie ein Hohlspiegel, dessen Brennpunkt genau vor Rathen fällt. Der Fährmann stimmte mir bei, daß ich mir keinen frischen Aufenthaltsort ausgesucht hätte. Aber es war ja nicht weit nach den kühlen Gründen. Und außerdem, wenn ich mir einmal etwas in den Kopf gesetzt habe, komme ich nicht so leicht wieder davon ab. Kann auch sein, daß diesmal das Schicksal seine Hand mit im Spiele hatte; die Sache erwies sich wenigstens als wichtig genug dazu. Übrigens war nicht die Hitze schuld, wenn ich später bereute, daß ich mich nicht hatte abschrecken lassen. Und habe ich es denn je bereut? Noch heutigentags – es ist jetzt fünf Jahre her – bin ich nicht imstande, diese Frage zu beantworten.

Irgendein Dichter – es ist gewiß ein sehr berühmter – hat einmal gesagt, daß nichts so schmerzlich sei, als im Elend der glücklichen Tage zu gedenken. Ich darf ihm natürlich nicht widersprechen, besonders da die Worte so oft angeführt werden, daß sie beinahe der ganzen Welt gehören; mich jedoch will es bedünken, als ob das Elend noch schwerer zu ertragen wäre ohne die Erinnerung an ein Glück. Und so will ich denn, so gut ich kann, versuchen, mich in jene Rathener Tage und in die darauffolgenden zurückzuversetzen.

Es zeigte sich sogleich, daß es nicht leicht war, ein Unterkommen zu finden. In den beiden Gasthöfen waren nur noch die schlechtesten Zimmer zu ziemlich hohen Preisen frei. Ich wurde von Pontius zu Pilatus geschickt und mußte unzählige Male über den kleinen Bach und die kleinen Leiterstufen hinan – vom Schuhmacher auf der einen Seite zum Bäcker auf der anderen, wieder hinüber zum Nachtwächter und zurück zum Krämer steigen: entweder war das Zimmer vermietet, oder es waren zwei zusammen, die mir zu kostspielig waren. Schließlich blieb mir nur noch das Schulhaus als letzte Hoffnung. Es lag weit hinten im Dorfe, wo der Fichtenwald anfing.

Es war keine Schulzeit. Ich klopfte deshalb getrost an die Tür der Lehrerwohnung. Ein kleiner Junge öffnete. Er wußte nicht, ob der Lehrer zu Hause sei, verschwand für einen Augenblick und stürzte dann an mir vorbei die Treppe hinauf, um mit einem Paar Stiefel in der Hand zurückzukehren; danach rannte er noch einmal fort und kam mit einem Rocke zum Vorschein. Bald darauf zeigte sich der Schullehrer, mit den erwähnten Kleidungsstücken angetan und mit einem schläfrigen Lächeln auf seinem offenen, gutmütigen Gesicht. Er hatte auch wirklich zwei Zimmer übrig, aber er vermietete sie nur im ganzen für fünfzig Mark den Monat. Enttäuscht bedauerte ich, ihn unnütz bemüht zu haben, er aber tröstete mich damit, daß ich sicher ein einzelnes Zimmer in der neuen Pensionsvilla nebenan bekäme. Die Villa, der ich mich jetzt näherte, sah sehr vornehm aus mit den grünen, zurückgeschlagenen Fensterläden, den Spalieren und der bewachsenen Loggia. Sie lag etwas hoch, und der Garten, den ich nun betrat, stieg mit seinen kiesbestreuten Wegen zwischen blühendem Gebüsch terrassenförmig den Berg hinan. So anziehend das Ganze auch war, wirkte es doch abschreckend auf einen armen Polytechniker. Trotzdem beschloß ich, das kleinste Dachstübchen, was es auch koste, zu mieten, wenn dieses Prachthaus mich überhaupt aufnehmen wollte; denn ich hatte das Umherlaufen herzlich satt.

Eine Gesellschaft von Herren und Damen zeigte sich unterdessen in der Loggia. Abschreckend! Ich fühlte mich fast erleichtert, als ein Dienstmädchen mir, allerdings in etwas spöttischer und überlegener Weise, aus meiner Verlegenheit half: nein, hier würden keine Zimmer vermietet; das Haus, das ich suche, könne ich ganz da oben sehen. Es war bisher von der schönen Villa verdeckt gewesen und nahm sich nicht sonderlich einladend aus, als es jetzt dahinter auftauchte und sich gegen den blauen Himmel in schamloser Nacktheit zeigte. Auch nicht der kleinste Strauch war in der Nähe; es sah so abstoßend neu aus, als ob es nie bewohnt werden könnte. Ich mußte wieder in das Tal hinab, zweimal über den Bach und über verschiedene Leitern und Steintreppen anderthalbhundert Fuß bis zur ganzen Höhe des Hügels hinaufklettern.

In der Nähe sah das Haus nicht viel wohnlicher aus: Schutthaufen, Steinabfälle und Bretter lagen ringsum verstreut; den meisten Fenstern fehlten noch Rahmen und Scheiben. Drinnen zog es abscheulich, Türen flogen zu, und vom Keller hörte man eine grobe Weiberstimme, die verschwenderisch mit den langatmigen Flüchen umging, an welchen das vulgäre Deutsch so reich ist. Ein Mann tonte, offenbar zum erstenmal, die Steintreppe; ein junges Mädchen, das im Flur den Boden scheuerte, wandte sich bei meinem Kommen um; ich sah in ein hübsches, blasses Gesicht mit einem roten Fleck auf der einen Wange. Als ich nach den Wirtsleuten fragte, lief sie schnell davon und lief in den Keller. Bald kehrte sie mit einer vierschrötigen Weibsperson zurück, deren breiter Mund offenbar das Ausgangstor der erwähnten Flüche gewesen war und deren große Tatze, die sie an der Schürze abtrocknete, ich sogleich in Verdacht hatte, in naher Berührung mit der geröteten Wange des Mädchens gewesen zu sein. Unter dem aufgeschürzten Rocke sah man ihre nackten krummen Beine mit flachen, gleichsam ausgetretenen Füßen.

»Na, der Herr will wohl ein Zimmer mieten?« sagte sie, »ja, dann wird es wahrhaftig Zeit, denn es ist nur noch eins da – wenn es ein einzelnes sein soll… Na, mach, daß du fertig wirst, dummes Ding! Willst du etwa den Herrn rumführen?… Es ist oben, zwei Treppen, bitte.«

Wir betraten ein recht geräumiges Zimmer. Hell und namentlich luftig genug, denn die Fensterscheiben waren nicht eingesetzt und die Rahmen noch nicht einmal gestrichen. Dagegen waren die feucht aussehenden Wände mit einer grauen Papiertapete bekleidet. Es schien mir auch, als ob es trotz der Luftigkeit moderig röche.

Ehe ich indessen eine Bemerkung darüber machen konnte, begann sie, die Vorzüge des Zimmers zu rühmen und zu erzählen, wie zufrieden die früheren Mieter gewesen seien – obwohl jeder sehen konnte, daß das Haus noch nie bewohnt gewesen war. Ich fragte nach dem Preise; er war ungefähr zehn Mark höher, als ich gehen wollte. Sie schwor darauf, daß es ein Spottpreis sei, nicht teurer als anderswo, obwohl alles hier oben viel besser sei: Es gebe hier weder Nebel wie unten an der Elbe, noch sei es so schwül wie im Tale; man genieße die reinste Schweizer Luft und habe eine Aussicht wie an keiner anderen Stelle; und dann seien auch die herrlichen, schattigen Promenaden da, die zum Hause gehörten und in denen die Mieter umherspazieren könnten, wenn sie nicht weiter gehen wollten. Auf diese »Promenaden« kam sie fortwährend zurück, indem sie, um ihre großartige Ausdehnung anzudeuten, mit ihren schmutzigen Händen in der Luft herumfuchtelte und beständig die Worte »da'rim und dort'nim« wiederholte.

Das Ende war, daß wir uns auf halbem Weg entgegenkamen. Sie versprach, daß alles fix und fertig sein sollte, wenn ich in acht Tagen zu Beginn der Ferien wiederkäme. Ich gab ihr einen Taler als Draufgeld und ging, froh darüber, zum Ziele gekommen zu sein.

Als ich hinaustrat, mußte ich meiner Wirtin betreffs der Aussicht recht geben. Rechts sah ich über ein felsenbegrenztes, waldreiches Tal; gerade vor mir führte ein Dorfweg zu einer lauschigen Sägemühle am Anfange des Amselgrundes, dessen grüne Fichten und graue Steinmassen das klare Wasser umschlossen. Zur Linken krümmte sich das Elbtal an den sonnigen Sandsteinbrüchen hin, die ihre Spiegelbilder in den Fluß tauchten. Holzflöße und ein paar schwarze Kähne mit großen Segeln glitten langsam mit dem Strome talabwärts. Unter mir lagen die schindelgedeckten Holzhäuser und Fachwerkgebäude, zum größten Teile mit Wein berankt; von Villen sah ich, außer den beiden schon erwähnten, glücklicherweise nur eine, die sich bescheiden versteckte. Blauer Rauch kräuselte sich aus den Schornsteinen empor und breitete einen dünnen Schleier über das Tal, wo der Bach zwischen glänzenden Weidengebüschen und dunklem Erlenlaub glitzerte. Wie idyllisch und deutsch das war! Ich fühlte mich unsäglich glücklich, einen ganzen Monat inmitten dieser Herrlichkeit leben zu dürfen, und fing unwillkürlich an zu singen: »Guten Morgen, schöne Müllerin!« Dann schwieg ich wieder, um in vollen Zügen die frische, würzige Luft einzuatmen – »die Schweizer Luft«, wie die Wirtin sie genannt hatte. Aber bei dem Gedanken an ihre »herrlichen, schattigen Promenaden« mußte ich laut auflachen; denn hier oben standen nur vereinzelte Obstbäume und dort am Abhang einige Birken mit lang herabhängenden Zweigen, die ihre kleinen, blinkenden Blätter im Sonnenschein spielen ließen.

Nachdem ich auf der Elbterrasse Mittag gegessen hatte, sah ich mich nach dem Kellner um und traf ihn im Gespräch mit meinem neuen Bekannten, dem Schullehrer. Dieser rauchte aus einer Pfeife mit großen Quasten und einem Paar Hirschgeweihkronen, deren sich kein Student hätte zu schämen brauchen, die offenbar sein Stolz war. Der Knaster roch angenehm; es war, wie er mir später anvertraute, echter Altstädter. Dabei trank er Münchner Bier – lauter unverkennbare Zeichen eines Mannes von feinerem Geschmack und guter Lebensart. Er grüßte mich und beglückwünschte mich gleich zu meiner neuen Wohnstätte. Ich hätte keinen besseren Ort in der ganzen Sächsischen Schweiz wählen können als Rathen; man könne von hier aus eine Menge noch wenig bekannter Ausflüge machen. Ich solle nur bei ihm vorsprechen, er werde mir schon Auskunft darüber geben. Dann fragte er mich, was ich für ein Landsmann sei, und als er hörte, daß ich Däne sei, bemerkte er sehr erfreut, daß er anno vierundsechzig auch in Dänemark gewesen sei. Zuerst glaubte ich, er verwechsle Holstein mit Dänemark. Es zeigte sich aber, daß der Mann preußischer Untertan und später irgendwie nach dem Sachsenland verschlagen worden war. Offenbar lag es nicht in seiner Absicht, mir hiermit etwas Unangenehmes zu sagen, sondern er wollte nur einen Anknüpfungspunkt zwischen uns herstellen; das gelang auch insofern, als ich sehr gut in der Koldinger Gegend bekannt bin, wo er längere Zeit im Quartier gelegen hatte. Nun begann er eifrig zu fragen, ob ich mich auf diesen Hof und jenes Haus, diesen Wald und jene Hügel besinnen könne – er bezeichnete die Gegend mit der Pfeifenspitze auf dem bunten Tischtuch – und es lag ihm am Herzen, zu erfahren, ob der dicke Ole Larsen noch den Hof mit den Scheunen aus Feldsteinen und dem grünen Geländer habe oder ob derselbe nun auf den Sohn Hans übergegangen sei, dessen Leidensgenosse er im

Lazarett zu Flensburg gewesen war. Darauf fing er an, von dem Treffen zu erzählen, bei dem er verwundet wurde.

Ich benutzte eine Pause, um zu erfahren, was das wohl für eine feine Villa sei, zu der ich mich vorher verirrt hatte.

»Die gehört dem Kammerherrn von Zedlitz«, sagte er. »Sie wohnen jeden Sommer hier, wenn er nicht beim König in Pillnitz sein muß. Eine vornehme Familie, von der man nicht viel sieht; aber sie geben namhafte Beiträge zur Schulkasse – alles, was recht ist... Und sie haben eine junge Lehrerin – na, Sie werden sie schon selber entdecken – ein reizendes Mädchen! Sie ist entfernt mit mir verwandt – leider kenne ich sie nicht näher, denn ich kann nicht gerade behaupten, daß sie aufdringlich ist; sie könnte ruhig etwas entgegenkommender sein, ohne daß ich es ihr übelnähme!«

In diesem Augenblick ertönte vom Flusse her die Dampfschiffspfeife. Ich verabschiedete mich von dem Schullehrer und eilte der Landungsbrücke zu.

2. Kapitel

Eine Woche später fuhr ich früh um acht Uhr ab. Wie gewöhnlich kam ich in der letzten Minute an Bord. Als ich meine Siebensachen untergebracht hatte und anfing, mich umzusehen, waren wir schon an der Albertbrücke; die Stadt zeigte ihr Profil mit den schönen Türmen über der Brühlschen Terrasse. Dort war die Luft noch klar, aber über uns war es neblig und vor uns sogar ziemlich dunkel. Dabei wehte es einen feucht an; ich schnallte mein Plaid aus den Riemen. Als wir an den drei Schlössern vorbeidampften, konnte man die Stadt kaum noch sehen, und als wir Loschwitz erreichten, fing es an zu regnen; das heißt, es regnete eigentlich nicht, sondern...

»Es nieselt egal ä bissel«, sagte ein dicker Dresdener zu seiner Ehehälfte, die fragend den Kopf zur Kajütentüre heraussteckte.

Als wir bei Blasewitz anlegten, gingen die Neuankommenden gleich in die Kajüte hinunter, und die Damen verschwanden von dem nassen Verdeck. Nach und nach verzogen sich auch die Herren. Die traurige Wahrheit ließ sich nicht länger verbergen: es goß.

Ich steckte mir eine Zigarre an und ging in die Rauchkajüte, die voller Menschen war. Überall drehte sich das Gespräch um das Wetter. Ein langhaariger Professor, der seinen Frühschoppen trank, setzte einem Kreise andächtiger Zuhörer auseinander, daß, wenn es zu dieser Zeit und nach solcher Hitze zu regnen anfange, es dann bis September kein ordentliches Wetter mehr gebe. Unterdessen trommelte der Regen auf das Verdeck, bis das Trommeln in Platschen überging. Es wurde so dunkel, daß man sich in der unnatürlichen Finsternis wie geblendet fühlte. Durch die regennassen Fenster konnte man kaum die Gärten und die Weinterrassen am Ufer unterscheiden.

Als ich mit Rauchen fertig war, ging ich in den Salon. Dort fand sich kein leerer Platz mehr; außerdem war es da so beklemmend, daß ich mich nicht versucht fühlte, einen Feldstuhl herbeizuholen. Ich trat in den Vorderraum hinaus, wo die Treppe nach dem Verdeck hinaufführte. Hier hatte eine junge Dame mit zwei kleinen Mädchen Platz genommen. Ich nahm einen Feldstuhl vom Stapel, hüllte mich in mein Plaid und setzte mich der Treppe gegenüber.

Der frische, feuchte Luftzug war mir angenehm, obgleich er oft einen kleinen Sprühregen mit sich führte, dessen Tropfen in der Wolle des Plaids hängenblieben. Die obersten Stufen waren blank vor Nässe. In der Ecke einer schwarzen Plane, die über das Reisegut auf dem Verdeck ausgebreitet war, mußte eine Pfütze entstanden sein, denn es bildete sich dort fortwährend ein kleiner Springbrunnen.

Die junge Dame, die an der anderen Seite der Salontür saß, zog einen kleinen Band aus ihrer Tasche und vertiefte sich ins Lesen. Aber sie hatte nicht lange Ruhe, denn das kleinste der Mädchen, ein sehr geputztes Wesen mit blonden Locken, fing an zu wimmern, und obschon dies unter solchen Umständen vielleicht das natürlichste war, mußte die Gouvernante sie zurechtweisen. »Lisbeth will noch mehr erzählt haben«, sagte das größere Mädchen, und die Kleine bestätigte diese Vermutung, indem sie nörgelte: »Weiter vom Peter! Weiter vom Peter!«

»Schäme dich doch vor dem fremden Herrn, Lisbeth!« flüsterte das junge Mädchen, »meinst du vielleicht, daß er etwas vom Peter hören will?«

Die Kleine lutschte seufzend an ihrem Zeigefinger und betrachtete mich mit großen, mißvergnügten Augen. Dieser Kinderblick, der so deutlich sagte: »Warum machst du nicht, daß du fortkommst?« setzte mich in nicht geringe Verlegenheit. Ich fühlte, daß meine Gegenwart lästig war, und fürchtete, die Lage noch schwieriger für die junge Erzieherin zu gestalten; sie wäre wohl froh gewesen, hier mit ihren verhätschelten Zöglingen allein zu sein. Ich machte deshalb Miene, sie von meiner Anwesenheit zu befreien, aber gerade jetzt warf mir das junge Mädchen einen schelmischen Blick zu – wie schelmisch, war ihr wohl kaum bewußt, der deutlich genug sagte, daß meine Gesellschaft ihr angenehm sei, wenn auch nicht in einer für mich schmeichelhaften Weise: Sie sehnte sich augenscheinlich nicht danach, »weiter vom Peter« zu erzählen. Ich beantwortete ihr erklärendes Lächeln mit einem verstehenden, setzte mich besser zurecht und hielt gleichmütig und ruhig einen langen Zornesblick der enttäuschten Kleinen aus. Es war mir sehr angenehm, auf so leichte Weise meiner schönen Nachbarin einen kleinen Dienst zu leisten.

Sie war nämlich schön, das hatte ich bei dieser Gelegenheit entdeckt. Ihr Gesicht war von viereckiger Form und sehr regelmäßig; da sie brünett war, hatte es, oberflächlich betrachtet, etwas Südländisches an sich. Aber die kleine Nase war echt deutsch, kurz und grade, sehr bescheiden und ohne alle Schärfe. Bei den Lippen fiel es auf, daß die Modellierung und die Färbung völlig übereinstimmten, während man sonst so oft sieht, daß die Lippen nur modelliert oder nur gemalt sind, oder auch, daß die Farbe über die Form hinaustritt oder zu kurz kommt, so daß sie einander eher beeinträchtigen als unterstützen. Das Kinn und die Wangenrundung waren beinahe das Feinste, was ich je gesehen hatte. Sie schien von Mittelgröße und von schönem Wuchs zu sein. Ihr Anzug war nicht nach der Mode, was mir einen sehr angenehmen Eindruck machte; aber besonders sprach mich ihre Kopfbedeckung an. In diesem Jahre trug man nämlich schrecklich hohe und spitze, mit Blumen geputzte Hüte, und ich hatte mich eben im Salon über den Grad von Geschmacklosigkeit gewundert, den diese Hüte erreichten. Sie dagegen trug einen kleinen, barettartigen Strohhut mit einer blauen Samtkrempe und einem silbergrauen Schleier. Einen schönen Schleier zu einer Zeit zu tragen, wo es nicht eben Mode ist, zeigt immer den guten Geschmack einer Dame – und eine kleine liebenswürdige Eitelkeit. Ich möchte auch bei der Angebeteten den Schleier nicht missen, diesen Festwimpel der Lebensschiffahrt, der uns aus der Ferne und im Gedränge zeigt, wo wir hinzusteuern haben, der immer unser Herz klopfen macht, uns manchmal täuscht... So, nun spreche ich schon vom Verliebtsein, woran ich doch damals noch gar nicht dachte. Obschon... wann denkt man nicht daran? Die Frauenwelt zerfällt für uns in zwei Teile: solche, die zu lieben uns möglich ist – und alle die anderen, mit denen man so gleichgültig wie mit Männern verkehrt. Und diesmal war ich offenbar in Frauengesellschaft.

Wir waren schon ein gutes Stück gefahren, bevor ich diese ersten Eindrücke gesammelt hatte; denn ich durfte natürlich nur ab und zu verstohlene Blicke auf meine Schöne werfen. Trotzdem tat ich es vielleicht doch häufiger als gerade nötig. Jedenfalls bemerkte ich, daß sie errötete und sich tiefer über das Buch beugte, das dem Umfange nach keineswegs als Versteck dienen konnte. Der kleine, dicke Band begann meine Neugierde zu erwecken, eine echte Reise-Regenwetter-Neugierde, die sich auf jeden Gegenstand wirft. Alte deutsche Übersetzungen von Cooper und von Walter Scott haben ungefähr dies Format, und ich hatte schon ihre Lesekost in diese achtbare Gattung eingereiht, als eine plötzliche Wendung des Buches verriet, daß es einer noch achtbareren angehörte: Es war ein Taschen-Wörterbuch. Diese Entdeckung flößte mir noch mehr Teilnahme für das junge Mädchen ein, und ich betrachtete sie mit einer gewissen Rührung. Ich stellte mir vor, daß drückende Umstände sie gezwungen hätten, eine dieser unbarmherzigen Gouvernanten-Stellungen anzunehmen, wo alles mögliche und noch mehr gefordert wird, so daß sie genötigt war, jeden freien Augenblick zu benutzen, um ihre Kenntnisse in der kürzesten und trockensten Art zu erweitern, indem sie täglich eine Dosis Vokabeln in natura als herbe, aber stärkende Arznei auf diesem Dornenweg einnahm. Wenn ein so hübsches, blutjunges Frauenbild die Armut zum düsteren Hintergrund hat, so kann es dadurch nur an Licht und Leuchtkraft gewinnen. Wäre sie ein verhätscheltes Fräulein gewesen, das die Zeit mit einem Leihbibliotheksroman totzuschlagen suchte, so würde sie in weit geringerem Grade mein Interesse geweckt haben.

Obgleich diese Teilnahme eigentlich so uneigennützig hätte sein sollen, sie ungestört zu lassen, wartete ich, offengestanden, nur darauf, ein Gespräch zustandezubringen. Es ist demütigend für mich, es sagen zu müssen, aber mein Erfindungsvermögen gab mir weiter nichts ein, als zweimal die Treppe hinaufzugehen, in der Hoffnung, das junge Mädchen würde fragen, ob sich der Himmel denn noch nicht aufkläre (was er übrigens keineswegs tat). Da aber diese Frage ausblieb, war ich ebensoweit wie vorher.

Ich hatte mehrere Einleitungen geprüft und verworfen, als das kleinere Mädchen über die Kälte zu jammern anfing. Die arme Erzieherin sah keinen anderen Ausweg, als ihr eigenes Tuch abzunehmen und die Kleine darin einzuwickeln. Da ich sehr empfindlich gegen Kälte bin, fühlte ich lebhaft, was es für sie bedeuten mußte, ohne das Tuch zu sein, besonders da ich bemerkt hatte, wie behaglich sie es fester um die Arme gezogen und das kleine Kinn in die weichen Falten gedrückt hatte. Ich fühlte meine Zeit jetzt gekommen und bot ihr ritterlich mein Plaid an. Wie ich erwartet hatte, lehnte sie es sehr freundlich ab: Ich bedürfe seiner ja selbst und würde mich sicher erkälten. Dies konnte ich um so weniger verneinen, da mich ein Schnupfen plagte, der sich schon etliche Male durch ein so gewaltiges Niesen verraten hatte, daß das kleine Mädchen Angst bekam und das größere seine liebe Not hatte, nicht in ein Gelächter auszubrechen. So konnte ich denn nichts Besseres sagen, als daß ich in die Rauchkajüte gehen wolle, wo ich das Plaid ja nicht nötig habe. Das junge Mädchen sprach die Hoffnung aus, mich nicht am Rauchen gehindert zu haben, aber ich blieb dabei, sie nicht mit Tabaksqualm belästigen zu wollen, wodurch ich mir freilich ein rücksichtsvolles Zartgefühl beilegte, das ich eigentlich gar nicht besitze. Ich hätte ja jetzt frische Luft geschöpft, und es würde mir doch auf die Dauer ein bißchen zu kühl, fügte ich hinzu; danach gelang es mir, meinen Rückzug anzutreten, mein Plaid zurücklassend wie einst – (sans comparaison) – Josef seinen Mantel.

Als ich wieder auf der wachstuchüberzogenen Bank in dem kleinen, dumpfigen Raume saß, eine brennende Zigarette im Mund und ein Glas frischen Bieres vor mir, konnte ich mir nicht verhehlen, daß mein erster Annäherungsversuch eigentlich nicht auffallend schlau ausgefallen sei, da er zu nichts anderem als zu einer so gründlichen Entfernung geführt hatte. Ein etwas kühnerer Kavalier hätte es vielleicht so eingerichtet, daß man das sehr lange Tuch vereint gebraucht hätte, oder, falls das undenkbar, das kleine Mädchen sich an seine Seite hätte setzen und sich zudecken lassen können. Kurz, ich sah ein, daß ich mich wie ein richtiger Dummkopf betragen hatte; ich ärgerte mich um so mehr darüber, als der vorige Aufenthaltsort an und für sich angenehmer gewesen war und ich außerdem schon einen Ansatz zum Kopfweh zu verspüren meinte.

Ein Stoß – und wir lagen still. Über uns schleppte man Koffer und Kisten hin und her. Wir waren in Pirna. Ich sah gleichgültig hinaus auf die kleinen Häuser und die vielen grünen Bäume des Städtchens und auf das hohe zeltartige Dach der alten Kirche mit seinen Türmchen – weniger gefühllos sah ich zu seiner Akropolis auf, dem hohen Sonnenstein, der früher als festes Schloß und jetzt als Landesirrenanstalt diente. Canalettos Pinsel hat oftmals dieses bescheidene Bild verewigt, immer jedoch in besserer Beleuchtung. Aber als ob die Natur jetzt eiferte, diesem Mangel abzuhelfen, so glitt ein Sonnenstrahl in diesem Augenblick über die hohen Giebel des Schlosses.

Jetzt, wo ich mir dieses Bild vergegenwärtige, kommt mir jener Sonnenstrahl wie ein Finger des Himmels vor, der auf den Bau zeigt, um meine Aufmerksamkeit darauf zu lenken und in meinem Herzen eine Ahnung der Gefühle zu erwecken, mit denen ich ihn später betrachten sollte – mit denen ich ihn auch jetzt vor meinem geistigen Auge sehe, bis mein körperliches von Tränen geblendet wird und ich meine Feder von mir legen muß. Damals freilich bedeutete dieser Anblick für mich nur die Ankündigung aufklärenden Wetters. In der Tat nahm die Helligkeit zu und fing an, sich über das Stadtbild zu verbreiten. Ja, als das Schloß langsam rechts vorüberglitt, schimmerte blauer Himmel über den kleinen Giebeln, und als das Kirchendach verschwand, glänzte seine steile Schräge wie Blei. Dann aber strömte der Regen wieder an den kleinen Fensterscheiben herunter.

Als wir in das Sandsteinland hineinfuhren, wurde der Regen allmählich weniger heftig. Die paffenden Inhaber der Rauchkajüte verschwanden nach und nach und stapften oben herum. Ich ging auch hinauf. Es regnete ziemlich dicht, aber die Tropfen blinkten in einem milchweißen Lichte, das überall durchsickerte, ohne daß man eigentlich wußte, woher es kam. Die Steinwände der alten, niedrigen Brüche, die hier ganz braunrot sind, sahen wie gefirnißt aus, und von dem hügeligen Ufer zur Rechten leuchtete, sicher ein hübsches Stück entfernt, ein blaßgrüner bewaldeter Gipfel durch die Nebel. Der Regen, der einen Augenblick beinahe aufgehört hatte, wurde wieder dichter, aber gleichzeitig nahm auch der Lichtglanz zu.

Ich ging die Kajütentreppe hinab und traf meine Gesellschaft noch im Vorderraum an. Die Erzieherin las nicht mehr, aber sie erzählte auch keine Geschichten, da ihr kleiner Plagegeist in süßen Schlummer gefallen war. Diesmal wartete ich nicht erst auf die Frage, ob der Himmel sich aufkläre, sondern berichtete sogleich, daß schönes Wetter im Anzuge sei. Das junge Mädchen lächelte heiter und dankte für die Überlassung des Plaids, das sie sorgfältig zusammenzulegen begann; aber da es so groß wie ein Tafeltischtuch war, mußte ich ihr dabei behilflich sein und erweckte ihre Munterkeit durch mein ungeschicktes Zufassen. Es gab genauso viel Raum, daß wir es in seiner ganzen Länge ausbreiten konnten, dann manövrierten wir in der bekannten Weise aufeinander zu, bis unsere Hände sich begegneten. Aber ehe ich etwas sagen konnte, war sie mit schnellem Dank die Treppe hinaufgeeilt und überließ es dem größeren Mädchen, die Kleine aus dem Schlaf zu wecken.

Das naßglänzende Verdeck war bald von Reisenden überfüllt. Durch die feuchtwarme Luft blinkten nur noch einzelne Tropfen. Über uns schien der Himmel durch, im Flußtal lagerten noch feine Nebel, die Wälder auf den Felsenterrassen dampften so stark, daß es aussah, als ob jeder Fichtenwipfel ein kleiner Schornstein wäre, aus dem ein dünner blauer Rauch sich empor-kräuselte, um sich dann im Sonnenglanz aufzulösen. Vor uns glitzerte das Wasser des Flusses scharf und blendend. Man sah schon einige kleine Häuser von Rathen am Fuße der senkrechten Felsen der Bastei liegen und dahinter eine wunderliche, wilde und zerrissene Felsenmasse, den Gammerich, den ich schon von meinem Fenster aus erblickt hatte.

Ich machte mich daran, mein bißchen Gepäck zu suchen und fand es endlich wohlbehalten unter der Plane. Auf diese Weise hatte ich keine Zeit, mich nach meiner schönen Reisegefährtin umzusehen. Der Ruf: »Rathen, am Steuer absteigen!« erklang, und ich mußte mich schnell mit meinen Sachen »achtern« drängen. Als ich dort ankam, sah ich zu meiner Freude den grauen Schleier zuvorderst in der Reihe flattern. Gleich darauf schritt sie mit ihren Leutchen über die Landungsbrücke, und bevor ich einen Träger hatte, waren sie auch schon meinen Blicken entschwunden.

3. Kapitel

Irgendwo – aber nicht gerade an einem der schönsten Punkte – im Sandsteinländchen sollte man eine Schandsäule für den Mann errichten, der den schrecklichen Namen: »Die Sächsische Schweiz« erfunden hat. Sicher ist es, daß nichts der wundervollen Felsengegend mehr geschadet hat. Jeder Reisende kommt hierher mit einer Erinnerung oder einem Phantasiegebilde von der Schweiz als Maßstab, vergleicht und verwirft und brüstet sich damit, daß er etwas weit Großartigeres erwartet habe, was das arme Land ja gar nicht von ihm verlangt hat.

Wenn man aber ohne Ansprüche hierher kommt und das Land nimmt, wie es ist, wenn man vor allem es nicht mit Touristenschritten durchrast, sondern verweilt, um zu genießen – welcher Reichtum an Naturschönheit öffnet sich dann, welche Gegensätze, die sich zu einer ganz eigentümlichen idyllischen Ländlichkeit vereinen, offenbaren sich Kahlheit und fruchtbare Fülle, wilde, steile Zerrissenheit und bebaute Flächen sieht man neben- oder übereinander. Aus heller, zitternder Hitze tritt man unmittelbar in feucht-kühlen Schatten hinein. Und wo füllt sich die Lunge mit einer frischeren und würzigeren Luft als der, die über diese Höhen weht, diese Nadelwälder und Felsentäler durchzieht?

Um sich jedoch damit recht vertraut zu machen, muß man in die eigentümliche Natur dieser Gegend eindringen und verstehen, daß man sich nicht in einem Bergland, sondern auf einer Hochebene befindet, die durch Wasserfluten gespalten, durchwühlt und ausgehöhlt worden ist. Dadurch sind die Steinmassen hervorgetreten, bald die Wände der ungeheuren Furchen bildend, bald als Ruinen inmitten dieser stehend, so daß die Felsen weniger den erhöhten Teil als vielmehr die Vertiefungen der Landschaft bilden. Deshalb wundert man sich anfangs, wenn man ein fruchtbares grünes Feld sich über der rauhen Steinmasse einer jähen Felswand runden sieht, gleich einem Samtsattel auf dem Rücken eines Elefanten; und man staunt, wenn man soeben durch wogende Kornfelder gegangen ist und nun eine jener wilden und zerrissenen Felspartien mit einer Unendlichkeit von Zinnen, Türmen und hundert Fuß hohen Kegeln zu seinen Füßen erblickt. Zuerst ärgert man sich fast über solche Gegensätze, aber man gewinnt sie schließlich lieb. Und auf dieser Hochebene, mit einem Felsenland unter sich, sind dann einzelne Berge in die Höhe geschossen, die hauptsächlich dem Lande seine Physiognomie verleihen, eine recht warzige Physiognomie, wenn ich ein so unedles Bild gebrauchen darf. Denn in der Entfernung von einigen Meilen gesehen, ähneln sie vor allem Riesenwarzen, diese Steine, sie mögen nun Königstein, Papststein oder Lilienstein heißen; ja sogar der zweitausend Fuß hohe, unendlich langgestreckte Schneeberg ist nur eine etwas großartigere Abart hiervon. Einzelne, wie die miteinander verbundenen Winterberge, entfernen sich allerdings von dem Typus, aber sie liegen auch dicht an der Grenze, und je weiter man in das Böhmische hineinkommt, desto mehr herrscht eine allgemeinere Bergnatur vor. Eigentlich liegt der Schneeberg in Böhmen, aber die Grenzen zwischen den Bergformen sind nicht so scharf gezogen wie die zwischen den Kaffeesorten; denn dieses Getränk ist in dem ersten böhmischen Dorfe so gut, als ob man schon in Karlsbad wäre, während man in dem letzten sächsischen den berühmten »Bliemchen-Kaffee« trinkt, ein Gebräu, das seinen Namen deshalb erhalten hat, weil man die kleine, auf den Boden der Tasse gemalte Blume durch den Trank hindurch sehen kann.

Ich hatte eben nach dem Mittagessen das gewöhnliche Maß dieses köstlichen Nasses genossen, das der Herzensruhe keineswegs bedrohlich ist. Am vorhergehenden Tage hatte ich den kräftigeren böhmischen Kaffee auf dem Prebischtor gekostet und zwei Tage vorher … kurz und gut, ich hatte mich tüchtig umgesehen und fühlte mich zu einem längeren Ausflug nicht aufgelegt. Es war sehr heiß und ganz windstill. Die leichten Wolken, die sich mit dem graublauen Himmel vermischten, hatten einen rötlichen Schein. Das sonnenbeleuchtete Gras und Laub strahlte nicht, zeigte aber ein intensiveres Grün als sonst. Der Schatten zwischen den Felsen war undurchsichtig, und ihre Schlagschatten hatten keine scharfen Ränder. Drüben im Grunde rief unaufhörlich ein Kuckuck, was er schon stundenlang getan hatte, und dieser regelmäßige Klang trug zu der einschläfernden Wirkung der ganzen Natur bei. Ich hatte keine Lust, auch nur ein paar hundert Schritte zu gehen; aber schlafen konnte ich nicht, lesen wollte ich nicht, und vom Briefschreiben konnte überhaupt keine Rede sein.

In meiner Ratlosigkeit fielen mir die »schattenreichen Promenaden« ein. Ich hatte sie bisher nicht vermißt, jetzt wäre es mir lieb gewesen, wenn sie ein nützlicheres Dasein als das in der Prahlerei meiner Wirtin gehabt hätten. Da fiel mein Blick auf eine kleine Allee junger Birken: Sie begann ganz plötzlich, etwa fünfzig Schritte entfernt, und kam auf mein Fenster zu; bald jedoch bog sie ab und verschwand hinter dem Gebüsch der Böschung, die ziemlich steil nach einem kleinen Talkessel abfiel. Ich hatte geglaubt, daß diese Birkenallee zu der feinen Nachbarvilla gehörte, aber jetzt bemerkte ich, daß sie von unserem Grundstück, das in einen Gemüsegarten und in eine Wiese geteilt war, durch kein Gitter getrennt wurde. Vor dieser Wiese endete die Allee; etwas weiter stieß sie, auch hier ohne Einzäunung, auf das Gehölz des Hügelrandes. Es war also möglich, daß auch der obere Teil des Abhanges meiner Wirtin gehörte und daß die so plötzlich unterbrochene Allee nur der Vollendung der angefangenen Anlage harrte, um sich mit einem Wege vom Hause her zu vereinen. Da unten mochten sich wohl die schattenreichen Promenaden befinden. Ich bat die brave Frau in Gedanken um Verzeihung und beschloß sogleich, mein so hoch gepriesenes Recht als Mieter zu benutzen, um »da'rim und dort'nim« zu lustwandeln.

Ich ging nicht auf die Birkenallee zu, sondern nach dem Gehölz hinüber, das aus Haselnuß- und Dornengebüschen bestand. Wiesengras mit Maßliebchen und Federnelken drängten sich in die Zwischenräume der ziemlich vereinzelten Sträucher, wurde aber bald von einem kiesbestreuten Gang unterbrochen. Auf der anderen Seite dieses Ganges senkte sich die Wiese einem kleinen Seitentale zu, das von jungem Nadel- und Birkenwald erfüllt war. Ich schritt den Kiesweg entlang, um mich mit den Anlagen bekannt zu machen.

Kaum war ich einige Schritte gegangen, als ich vor einer hübschen kleinen Grotte stand. Sonst sah man auf diesem Hügel nur Gras und Sand, aber hier trat der Stein hervor, und dadurch, daß er etwas vornüber hing (als ob er mit der Stirn durch die Erdschichten gerannt wäre und sich mit den Schultern seitlich vordrängte), hatte er von selbst diesen Sitzplatz gebildet, der fast den ganzen Tag schattig war. Ein Tisch und ein paar Stühle waren hier vorhanden, und mitten auf der Steinwand standen die Worte »Sophien-Ruhe« geschrieben. Ganz überwältigt blieb ich eine Weile stehen. Ich hatte Madame Richter nicht zugetraut, daß sie eine solche Überraschung im Hinterhalt habe. Dann setzte ich mich auf die bequeme Bank, aber ich fühlte mich noch immer unsicher und begann zu zweifeln, ob ich auch wirklich das Recht hätte, hier zu sein. Während solche Gedanken mich plagten, erblickte ich ein kleines Buch auf der Bank. Ich nahm es, blätterte darin und entdeckte zu meinem Erstaunen, daß es ein deutsch-dänisches Wörterbuch war. Ich wußte nicht, daß ich einen Landsmann in der »Pension« hatte – denn so nannte sich diese Kasernen-Villa, obschon sie nur Mieter aufnahm. Wer mochte es wohl sein, der die in Deutschland äußerst seltene Passion hatte, Dänisch zu studieren?... Übrigens kam mir der abgenutzte Band bekannt vor.

Der Kies knirschte unter leichten, schnellen Schritten. Als ich aufblickte stand ein junges Mädchen auf dem Wege. Es war die schöne Erzieherin vom Schiffe.

Ich hatte seit meiner Ankunft zahlreiche Ausflüge gemacht und darum gar keine Zeit gefunden, mich nach einer Erneuerung dieser flüchtigen Bekanntschaft zu sehnen; namentlich während der letzten Tage waren meine Gedanken ihr fern geblieben. In diesem Augenblick fiel mir ein, daß der Schullehrer von einer hübschen kleinen Erzieherin bei dem Kammerherrn in der feinen Villa gesprochen hatte.

Offenbar hatte sie nicht erwartet, jemand zu treffen, denn sie stieß unwillkürlich einen kleinen Schrei aus. Ich war natürlich aufgesprungen und stammelte eine Menge Entschuldigungen: Äußerungen meiner Wirtin über unsere schattenreichen Promenaden hätten mich veranlaßt, zu glauben... aber ich merkte jetzt, daß ich ganz gegen meinen Willen auf fremden Grund eingedrungen sei; ich bedauerte dies um so mehr, als ich sie erschreckt zu haben glaubte.

Das junge Mädchen lächelte verlegen:

»Ihr Irrtum ist sehr begreiflich, Sie brauchen sich nicht zu entschuldigen ... und auch meinetwegen nichts zu bedauern.«

Ihr Blick fiel jetzt auf das kleine Buch, das ich in meiner Verwirrung zwischen den Fingern hin und her drehte. Dabei errötete sie.

»Ist das vielleicht Ihr Buch?«

»Ja, ich kam eben, um es zu holen.«

»Dann bitte ich Sie nochmals um Verzeihung, daß ich so frei war, darin zu blättern. Es war für mich eine sonderbare Überraschung ich bin nämlich Däne.«

»Das weiß ich schon«, antwortete sie, »ich erkannte es an den ersten Worten, die Sie auf dem Schiff an mich richteten.«

Diese Erklärung schmeichelte mir nicht sehr, denn ich hegte die heimliche Hoffnung, daß mein Deutsch hinlänglich gut wäre, um in Sachsen für das eines Norddeutschen gelten zu können.

»Dann haben Sie wohl viel mit Dänen verkehrt?« fragte ich.

»Ich habe einige Landsleute von Ihnen gekannt«, antwortete sie und sah plötzlich ganz ernst aus.

»Und diese Bekanntschaft hat das gnädige Fräulein veranlaßt, sich mit einer so wenig gelesenen Sprache zu beschäftigen?«

»Ja«, erwiderte sie etwas zögernd, als ob sie überlegte, wie sie am schnellsten dieses Gespräch abbrechen könnte.

»Kann ich dem gnädigen Fräulein irgendwie behilflich sein?«

»Nein – leider! Das heißt, es war die Rede davon, daß ich als Erzieherin nach Dänemark gehen sollte, aber das habe ich jetzt aufgegeben.«

Diese genaue Mitteilung über etwas, das mich gar nichts anging, überraschte mich, und ich erwartete schon, daß sie fortfahren würde, als sie in zurückhaltendem Tone sagte:

»Es täte mir sehr leid, Sie von diesem angenehmen Sitzplatz verjagt zu haben. Sie brauchen durchaus nicht fortzugehen. Ich kenne die Gewohnheiten des Hauses, um diese Zeit geht niemand in den Garten. Deshalb erschrak ich auch ein wenig, als ich jemand hier sitzen sah, ich bin ziemlich nervös. Leben Sie wohl!«

Ich hätte gern den Versuch gemacht, sie zurückzuhalten, da ich uns ungestört wußte, aber in ihrem ausweichenden Blick bemerkte ich einen allzu feuchten Glanz, der, im Verein mit einem Zucken der Mundwinkel, mich überzeugte, daß sie dem Weinen nahe war, eine Entdeckung, die mich gänzlich verwirrte. Ich murmelte etwas von ihrer großen Freundlichkeit, die ich aber nicht durch mein Verweilen mißbrauchen wolle, es sei denn – wagte ich hinzuzufügen –, daß ich auf irgendeine Weise ...

Aber sie war schon fort.

Übrigens blieb ich noch eine Zeitlang sitzen, ganz ergriffen von der unerwarteten Begegnung, und versuchte das Bild des jungen Mädchens festzuhalten, das dieses zweite Mal einen noch weit stärkeren Eindruck auf mich gemacht hatte. Ich war mir jetzt klar darüber, daß sie das reizendste Mädchen war, das ich je gesehen. Sie trug einen altmodischen, kaleschenförmigen Gartenhut, der ihre hohe, schön geformte Stirn frei ließ. Besonders aber waren mir die Augen aufgefallen, die ziemlich tief unter dieser Wölbung lagen. Wenn sie sich ganz öffneten, war fast kein Raum zwischen Wimpern und Brauen. Sie zeichneten sich mehr durch Glanz als durch Größe aus und waren so beweglich, als ob sie von Ort zu Ort huschten. Die Iris, in welcher gelbe und grünliche Strahlen über der braunen Grundfarbe schimmerten, machte den Eindruck, als ob man in einer schattigen Waldschlucht in einen Bach hinabblickte, auf dessen Grund gedämpfte Sonnenlichter spielen, und der Ausdruck des Blickes veränderte sich ebenso rasch, wie ein solches Wässerchen unter den Bewegungen von Laub und Wolken.

Ich konnte diese Augen nicht wieder vergessen.

Und dann der Zufall mit dem dänischen Wörterbuch! Er kam mir vor wie ein Fingerzeig, eine Fügung oder Absichtlichkeit, kurz, wie etwas, das eine tiefere Bedeutung hat und das man nicht unbeachtet lassen darf. Ich glaubte ihrer Erklärung nicht recht, daß sie nach Dänemark als Erzieherin habe gehen wollen, und doch, warum hatte sie es dann gesagt? Aber vor allem, warum war sie ohne irgendeinen denkbaren Grund so nahe am Weinen gewesen?

Das alles überlegte ich, während ich mich in die Schlucht verlor und durch den großen Nadelwald bis zu dem Polenztal ging, wo ich in der Walthersdorfer Mühle zu Abend aß. Es war ein herrlicher Nachmittag, die Schwüle war ganz verschwunden. Ich genoß denn auch die Schönheit der Natur, aber auf andere Weise als an den vorhergehenden Tagen, nicht mit jener bloß empfangenden Ruhe, sondern mit einem geistigen Vibrieren, das dem rein körperlichen Gefühl gleicht, welches nach dem Genuß von gutem Wein entsteht. Der Zustand ist durchaus nicht unangenehm: Während er die Auffassungskraft empfänglicher gestaltet, macht er sie zugleich weniger scharf. Dadurch fällt es dem einen bleibenden Gedanken um so leichter, sich mit den verschiedensten Eindrücken zu verbinden.

Wenn ich in die schnell und still vorbeifließende Polenz hinabsah, dann erinnerte mich ihr grünlich-brauner Schimmer mit den goldenen Sonnenblicken an die seltsamen Augen des jungen Mädchens. Ich entdeckte einige schöne Blumen, und gleich dachte ich: Stünde ich doch auf so vertrautem Fuß mit ihr, daß sie gern einen Strauß von mir annähme! Oder ich lag an einem Abhang und hörte die Tannen rauschen, und mir fiel ein: Wenn ich jetzt ein Dichter wäre, dann würde ich gewiß zu einem Gedicht begeistert werden, das ihre Bewunderung erweckte und in dem ich meinen Gefühlen Ausdruck geben könnte. Ich erfand sogar den Inhalt: Sie sei ein Rätsel, über das ich beständig grübeln müsse, aber »es wollte mich bedünken« – diese Wendung kam mir ganz besonders poetisch vor –, wenn ich das Lösungswort fände, höbe es wohl zugleich des Lebens Hort. Doch brachte ich nicht die Worte zum Reimen, geschweige denn, daß sie sich irgendeiner Art rhythmischer Verbindung anbequemt hätten.

Als ob irgendein guter Geist mich trösten und mir einen Ersatz bieten wollte für mein offenbares Versagen als lyrischer Poet, erklang jetzt eine kleine Melodie in meinem Ohr, nur wenige Töne einer eigentümlich sinkenden, wehmütigen Kadenz. Sie war mir wohlbekannt, ohne daß ich wußte, wo ich sie hintun sollte. Bald merkte ich sogar, daß mir die Worte bekannt schienen, allein ich suchte sie lange vergebens. Sie waren mir manchmal neckisch nahe, aber entschwanden mir dann sofort wieder.

Wenn die Polenz mit ihren kleinen Strudeln zwischen den Steinen die Töne nixenartig zu singen schien, so war es, als ob die leise säuselnden Kiefernwipfel sich bemühten, mir die Worte zuzuflüstern.

Endlich vernahm ich sie:

»Seit ich zuerst sie sah!«

Das war der Kehrreim unseres alten Volksliedes vom Elfenhügel. Er begleitete mich getreulich auf dem Rückwege.

Es war schon dunkel, als ich Rathen erreichte. Ein schmaler Mondstrahl schimmerte matt über dem Hügel, auf dem die Villa lag. Im Garten und im Gehölz schwärmten die Leuchtkäfer. Lautlos schwebten die Fünkchen hin und wider, stiegen und sanken wie winzige Lämpchen, die von unsichtbaren Elfen getragen wurden. »Seit ich zuerst sie sah«, tönte es, verheißungsvoll warnend, aus dem luftigen Reigen, und dabei glühten die Lämpchen immer heller und immer geheimnisvoller. Mitunter beleuchtete ein ganz verborgener Käfer einzelne Blätter eines Strauches; dann und wann schwebte ein anderer so hoch, daß er wie ein fliegender Stern aussah. Andere Sterne zeigten sich überhaupt nicht, es war wieder schwül und still geworden.

Auch an den vorhergehenden Abenden hatte ich diese seltsame, luftige Erscheinung der Naturerotik genossen. Ich verspürte ein schmerzlich-süßes Herzklopfen, während ich den Hügel hinaufstieg und häufig still stand, um über das Tal hinauszusehen, wo sich die kleinen Lichtpunkte durcheinanderbewegten. An einzelnen Stellen leuchtete ein laubumranktes Fensterchen, und ringsum konnte der Blick die Felsmassen, die alle gleich nahe schienen, eher fühlen als sehen.

Noch auf den Stufen vor meiner Haustür verbreitete solch ein kleiner, einsamer Funke sein Phosphorlicht. Ich zündete ein Streichhölzchen an und entdeckte einen kleinen grauen, haarigen Klumpen, der sich wieder in einen Funken verwandelte, als das Hölzchen erlosch. Übrigens fürchtete ich, ihn zu stören, denn ich hatte ein beinahe mystisches Gefühl diesem Johanniswürmchen gegenüber, das ich drei Abende nacheinander genau auf demselben Fleck hatte sitzen sehen, im Winkel der Stufe, gerade bei einem Kellerfenster; und ich hatte mich ausdrücklich davon überzeugt, daß das Tierchen am Tage nicht da war. Was mochte wohl in einem solchen kleinen Wesen vorgehen, das jeden Abend den bestimmten Weg zu seinem Stelldichein fand? Oder vielleicht war es jedesmal getäuscht worden und kam doch getrost wieder mit seiner erotischen Diogeneslaterne, die nicht das suchte, was es jetzt gefunden hatte, nämlich einen Menschen, sondern ein Weibchen, und saß nun da in dem Vertrauen, daß seine brennende Liebe von diesem erhöhten Sitz aus gewiß seinen Gegenstand herbeizaubern würde... Hat vielleicht auch bei uns solch eine stille, hartnäckige Leidenschaft eine unwiderstehliche Macht, obgleich man hier nur im bildlichen Sinne »das Herz durch die Weste brennen« sehen kann?

Man sollte annehmen, daß auch ich einer solchen außerordentlichen Kraft bedurft hätte, denn während ich mich auf meinem Lager hin- und herwarf, mußte ich fortwährend an den kleinen, verliebten Lichtspender denken, der auch eine Rolle in meinen ziemlich verworrenen Träumen spielte.

Lag ich dann aber wieder wach, was ich öfters und lange tat, dann tönte es aus der stillen Nacht draußen durch das angelehnte Fenster mit silbernen Elfenstimmen zu mir herein:

»Seit ich zuerst sie sah« –

4. Kapitel

Als ich am nächsten Morgen ausging, untersuchte ich genau sowohl die Steinstufen als auch die Fenstervertiefung: Das Johanniswürmchen war verschwunden. Ich machte mit mir selbst aus, wenn es heute abend wieder hier säße, sollte das ein Zeichen sein, daß zwischen mir und meiner schönen Nachbarin ein näheres Verhältnis entstehen würde.

Ich ging geradeswegs zum Schullehrer, der mich ja aufgefordert hatte, bei ihm vorzusprechen, wenn ich Anweisungen zu lohnenden Ausflügen wünschte – und der entfernt mit ihr verwandt war.

Es war Ferienzeit, und ich traf ihn in seinem Gemüsegarten, wo er mit einem zerrissenen Binsenhut auf dem Kopfe arbeitete. Er war augenscheinlich durch meinen Besuch freudig überrascht. Nachdem wir die üblichen Bemerkungen über das gute, Beständigkeit versprechende Wetter gewechselt hatten, fragte er, wo ich schon überall gewesen sei, und fand bald einen Ausflug heraus, den ich noch nicht gemacht hatte und den ich nicht so leicht allein unternehmen konnte. Ich sagte natürlich gern zu, als er vorschlug, gleich nach Mittag zusammen aufzubrechen.

Unterwegs war er kreuzfidel. Es stellte sich heraus, daß er eine Zeitlang studiert hatte, vermutlich mehr auf den Kneipen als auf der Universität, und die Erinnerungen von damals waren der Stolz seines Lebens. Er sang ein Studentenlied nach dem anderen.

Späterhin kramte er Lieder aus seinen Kriegsjahren aus. Wenn ich, der leichter zu Fuß war, ihn beim Aufstieg überholte, brummte er unfehlbar ein sächsisches Spottgedicht von Anno 1866:

Immer langsam voran,
immer langsam voran,
daß der österreichische Landsturm
auch nachkommen kann.

Blieb ich aber zurück, dann hieß es:
Du Hannemann,
geh du voran,
du hast die größten Stiebeln an.

Daß diese Erinnerung von Anno vierundsechzig und besonders der Name »Hannemann« einem dänischen Ohr nicht ganz angenehm sein könnte, bedachte der biedere Schulmeister nicht. Übrigens sah er so gutmütig aus dabei, daß ich trotz einiger patriotischer Anwandlungen es ihm nicht übelnehmen konnte.

Wenn wir ausruhten, tischte er gern Anekdoten aus seiner Studentenzeit oder aus dem Krieg auf, die letzteren waren aber meist ziemlich friedfertiger Art.

»Ja, Sie haben recht, daß das ein guter Tabak ist«, sagte er, indem er seine Pfeife nach dem Abendessen anzündete. – »He, da will ich Ihnen eine komische Geschichte erzählen, die mir mit diesem Tabak passiert ist, das heißt, damals war er allerdings besser, als er die letzten Jahre gewesen ist – dieser Altstädter Ziegeltabak war geradezu in ganz Deutschland berühmt. Nun lag ich damals in dem Lazarett zu Flensburg und hatte eine Kugel in der Schulter. Als ich anfing, mich zu erholen, erlaubte man mir, eine kleine Pfeife Tabak zu rauchen. Sie müssen wissen, daß ich in Altstadt geboren bin, und meine Mutter, die dort wohnte, schickte mir oft etwas – wir hatten ja freie Versendung –, und dann war immer ein gut Teil von diesem Tabak dabei. Na, ich brenne also meine Pfeife an, und kaum hat der Tabak gezündet, da erhebt mein Nachbar, ein Däne, den sie bei Düppel gefangengenommen hatten, wo er einem preußischen Bajonett zu nahe gekommen war, den Kopf und schnüffelt; ich merkte wohl, daß der Rauch ihn nicht genierte, denn er ergötzte sich förmlich daran. Na, ich paffe los, was die Pfeife hergeben will. Er fährt fort zu schnobbern und einzuatmen. ›Den Teufel auch!‹ sagt er darauf. ›Was ist denn‹, sage ich, ›riecht er vielleicht nach Schwefel?‹ ›Im Gegenteil‹, sagt er in ganz gutem Deutsch, ›aber ich lasse mich hängen, wenn das nicht Altstädter Ziegeltabak ist.‹ ›Dann wirst du diesmal nicht hängen‹, sage ich, woher kennst du denn eigentlich den Altstädter Ziegeltabak?‹ ›He, den werde ich wohl kennen‹, sagt er, ›denn ich war zwei Jahre in Altstadt, damals, als ich in meinem Handwerk reiste, denn ich bin Uhrmacher. Später habe ich nie mehr diesen Tabak geraucht, und jetzt, wo ich ihn rieche, ist es mir gerade, als ob ich wieder an der Ecke vom Gänsemarkt und der Schmiedegasse bei meinem guten Meister Storch säße!‹ ›Nu gar‹, sag' ich und hätte beinahe die Pfeife verloren. ›Bei meiner Seele, so ist es!‹ erwidert er. ›Aber dann bist du ja bei meinem Vater in der Lehre gewesen!‹ Ja, denken Sie sich nur, und als wir dann ordentlich miteinander sprachen, konnte ich mich auch auf ihn besinnen, obgleich er sich einen großen Bart zugelegt hatte, einen richtigen Hannemannbart ... Na, ich gab ihm eine Tüte von dem Tabak, aber es hätte sich ja ebensogut fügen können, daß ich ihm eine warme Kugel gegeben hätte.«

Als der Lehrer mit dieser Anekdote fertig war, ergriff ich die Gelegenheit, um ihn über seine Familienverhältnisse auszufragen, und nachdem ich viele langweilige und verwickelte Abschnitte seiner Familienchronik über mich hatte ergehen lassen, wurde ich endlich damit belohnt, daß wir bei Minna Jagemann anlangten – »das ist die hübsche kleine Erzieherin bei dem Kammerherrn, die Sie wohl schon gesehen haben.«

Anfangs hatten seine Mitteilungen über sie einen sehr allgemeinen und nüchternen Anstrich.

Sie war die Tochter eines Gymnasiallehrers, der vor einem Jahre gestorben war. Ihre Mutter vermietete an Pensionäre, sie selbst verdiente etwas durch Stundengeben; besonders gab sie Fremden deutsche Sprachstunden. Zur Zeit hatte sie ausnahmsweise die Stelle als Erzieherin angenommen, die gut bezahlt wird. Sonst wohnt sie mit der Mutter zusammen in einer der kleinen Straßen Dresdens.

Das klang mir alles recht alltäglich, denn ich hatte mir nun einmal in den Kopf gesetzt, daß ein romantisches Schicksal auf ihr lasten müßte.

»Das ist nun so eine Sache mit diesen Fremden, besonders als Umgang für solch ein junges, unerfahrenes Mädchen«, bemerkte er und stopfte die Asche im Pfeifenkopf fest.

»Wieso?« fragte ich aufhorchend, »was meinen Sie damit?«

»Na ja, man weiß doch nicht recht, mit wem man's zu tun hat, und das führt gar leicht zu etwas, was nicht sein sollte.«

»Hat Fräulein Jagemann denn etwas Derartiges erlebt?«

»Jawohl. Es war ein junger Maler – übrigens ein Landsmann von Ihnen, ein lockerer Vogel. Er ließ sie sitzen, und das hatte sie ganz gewiß nicht verdient.«

»So, so! Sie waren also miteinander verlobt?«

»Nun, verlobt kann man nicht gerade sagen, aber so genau weiß ich es auch nicht. – Ich erfuhr es durch unsere Tante Sophie, dieselbe, von der ich Ihnen vorhin erzählte, daß sie nicht so ganz patent sei ... Eine Art Liebelei hat es jedenfalls zwischen beiden gegeben. Alle glaubten, sie würden einander heiraten, aber er reiste fort und hat später nichts mehr von sich hören lassen. Übrigens wundert mich das gar nicht, denn er war in Paris gewesen und hatte dort malen gelernt, und Paris ist ja das reinste Sodom. Nicht gerade, daß Dresden so ganz ... ja, das haben Sie wohl auch bemerkt. Aber Paris, Gott steh uns bei, das ist ja fürchterlich, was man alles darüber liest. Und ein Deutscher kann sich kaum dort aufhalten, so sehr hassen sie uns. Unser Bier lassen sie sich aber doch verschreiben, denn sie können es nicht brauen, so gern sie auch möchten. Jetzt haben die Franzosen wieder eine große Fabrik dicht an der Grenze geschlossen, weil sie einem Deutschen gehörte. Das geht ja nicht! Sie werden sehen, es wird nicht lange dauern, bis wir wieder dran müssen. Passen Sie nur auf – haben Sie gelesen, was Bismarck neulich sagte?«

Und er fing an, sich in die auswärtige Politik zu vertiefen.

In diesem Augenblick reizte es mich, offengestanden, weit mehr zu wissen, was sich zwischen der schönen, kleinen Dresdnerin und dem dänischen Maler zugetragen hatte, als die zuverlässigste Nachricht darüber, an welchem Tag und zu welcher Stunde die Deutschen in Paris einrücken würden. Ich fragte ihn vergebens, ob er sich nicht auf den Namen des Malers besinnen könne.

Auf dem Rückweg verhielt ich mich ziemlich schweigsam. Die gemachte Entdeckung versetzte mich in eine eigentümliche Unruhe. Einerseits war es mir angenehm, meine Neugierde befriedigt zu sehen und auf die erhoffte Spur gekommen zu sein, andererseits gefiel mir die Geschichte nicht, obgleich sie mich gar nichts anging, durchaus nichts, und doch...Ich gedachte jetzt des sonderbaren Umstandes, daß ein dänisches Wörterbuch ihre Lieblingslektüre zu sein schien und sie sowohl auf ihren Reisen als auch auf ihren Spaziergängen begleitete. Ich ahnte, daß ein *Postillon d'amour* diesen kleinen sprachlichen Omnibus lenkte, worin die edelsten und die gewöhnlichsten Worte dicht nebeneinander verstaut sind. Ob sie wohl bloß treu an der lieben Erinnerung hing, wenn sie Vokabeln dieser Sprache, die seine Muttersprache war, auswendig lernte, oder bereitete sie sich beständig auf die Möglichkeit vor, daß die dänische Sprache auch die ihrige werden könnte? Vielleicht wußte sie es selbst nicht.

Ich mußte an das Johanniswürmchen denken, das so getreulich, einen Abend nach dem anderen, auf demselben Fleck saß und nach seiner Gefährtin in die Nacht hinaus leuchtete.

Als ich mich meiner Treppe näherte, glühte es mir auch wirklich aus dem Winkel der Stufe entgegen.

5. Kapitel

Für jeden, der deutsche Musik liebt – und wer liebt sie nicht? – bergen diese schattigen und wasserreichen »Gründe« einen Stimmungsreichtum, der nur musikalisch ausgedrückt werden kann. Es ist, als ob Schumanns Männerchor von den hohen Säulen der Fichten zu uns herniedertönt, »wenn's still zum Abend wird« im Bergwald, der klare, forellenreiche Mühlenbach rauscht eine Schubertsche Melodie, und Webers Waldhorn hallt in dem wilden Felsenlabyrinth wider, von der »Wolfsschlucht« bis hinauf zu den »Habichtzinnen«, die uns wie wundervolle Kulissen für den Freischütz anmuten. Richard Wagner aber fordert die erhabene Szenerie der Rheingegend. Nichtsdestoweniger blieb ich eines Tages vor einer kleinen Felsennische stehen, in der eine einfache Bank, aus einigen dünnen Pfählen und einem handbreiten Brett bestehend, angebracht war. Auf der rauhen Steinwand war die großartige Inschrift »Wotans Ruhe« zu lesen.

»Stammt nun diese Inschrift von einem allzu naiven Wagnerianer oder von einem boshaften Wagnergegner?«

Diese Frage richtete ich an niemand anders als an – Fräulein Jagemann.

Sie saß nicht auf der Bank, auf der überhaupt kein Mensch sitzen konnte, höchstens ein Gott, der wohl aus einem leichteren Stoffe sein mag. Das junge Mädchen hatte einen festeren Sitz vorgezogen: einen großen Felsblock, der auf der anderen Seite des Steges weit über den kräftig sprudelnden Bach hinausragte. Durch eine schmale Kluft vom Weg getrennt, bildete der Stein ein kleines Eiland, das von einem Gebüsch verdeckt war. Ich hätte sehr leicht vorbeigehen können, ohne sie zu bemerken, um so mehr, als ich ihr während der Betrachtung von »Wotans Ruhe« den Rücken zukehrte.

Aber sie verriet sich selbst – ob mit oder gegen ihren Willen – indem sie ihr frisches jugendliches Lachen mit dem meinen vermischte, in das ich unwillkürlich ausgebrochen war.

»Das ist ganz gleich«, meinte sie, »in beiden Fällen verdient er ausgelacht zu werden!«

Sie saß aufrecht im Grase, sich auf den einen Arm stützend. Der andere lag in ihrem Schoß, und ihre Hand hielt einen Strauß schöner Blumen, von denen man in diesen Gründen einen mannigfaltigen Reichtum findet. Die Ärmel des hellroten Morgenkleides hatte sie über die Ellbogen gestreift, entweder der Bequemlichkeit oder der Kühlung wegen. Der Arm in ihrem Schoße sah blendend weiß aus, während der andere gegen das saftiggrüne Gras eine gebräunte Hautfläche mit einem Streifen weichen Flaumhaares zeigte, das in der Sonne leuchtete. Mit seinen runden, weichen Formen machte er jenen kindlichen Eindruck, der bei einem erwachsenen Weibe so seltsam rührend wirkt. Die beiden kleinen Mädchen saßen an ihrer Seite und banden Halsketten aus den Stengeln des Löwenzahns, der Saft der Heidelbeeren, die sie unterwegs verzehrt hatten, färbte ihre kleinen Gesichter. Auch die Lippen des Mädchens hatten einen blauen Schimmer, und ihre Zähne leuchteten nicht so weiß wie sonst, als sie lachte.

»Sie sind übrigens etwas unvorsichtig, gnädiges Fräulein«, antwortete ich. »Sie können ja nicht wissen, ob ich nicht ein Wagnergegner bin.«

»In dem Falle werden Sie sich wohl nichts daraus machen, von einem Mädchen ausgelacht zu werden. Aber Sie sind ja aus Dänemark, und da kennt man nicht viel von Wagner – das habe ich wenigstens sagen hören.«

Der heitere Ausdruck verschwand bei diesen Worten aus ihrem Gesicht, und ich glaubte erraten zu können, welcher Gedanke dabei sich durch ihre Seele schlich und seinen Schatten über ihre Züge warf. Dieser heimliche Gedanke, dessen Mitwisser ich war, ohne daß sie es ahnen konnte, rief eine plötzliche Mißstimmung bei mir hervor, und ich schwieg gleichfalls. Auf einmal bemerkte ich, daß sie mich mit einem erstaunten Blick ansah, der ganz deutlich sagte: »Warum bleibt er denn stecken und warum sieht er so verdrießlich aus?« Und gleichzeitig fühlte ich, daß meine Lippen sich zu einem ärgerlichen und etwas spöttischen Lächeln verzogen hatten. Erst dadurch wurde ich auf meine eigene Stimmung aufmerksam, die mich überraschte, besonders da es mir bald klar wurde, daß sie nur auf Eifersucht beruhen konnte. Eigentlich war es doch ganz unsinnig, wegen eines jungen Mädchens, mit dem ich kaum gesprochen hatte und das näher kennenzulernen ich wahrscheinlich nie Gelegenheit haben würde, eifersüchtig zu werden.

Während ich diese Betrachtung anstellte, hatte ich die Sprache schon wiedergefunden. Ich sagte, ich sei lange genug in Dresden gewesen, um Wagners spätere Werke kennenzulernen, und daß sie für einen Dänen sogar einen besonderen Reiz hätten, weil der Meister in seinem Nibelungenring einen Stoff aus unseren eigenen altnordischen Heldengedichten behandelt habe. Und da ich dadurch auf die dänische Literatur gekommen war, fragte ich sie schnell, ob sie unsere Sprache so weit beherrsche, daß sie schon einige unserer Dichterwerke gelesen habe?

»Ja, ich habe Oehlenschlägers *Aladdin* gelesen«, erwiderte sie, »ich habe mich durchbuchstabiert, da ich nur einzelne Vokabeln und ein wenig Grammatik kannte.«

»Dann hatten Sie wohl nicht viel Genuß dabei?«

»O doch! Ich las ihn auch mehrere Male durch, besonders einige Stellen, die ich ganz wunderschön fand. Aber schließlich ärgerte es mich doch, daß einem im Grunde genommen dieser Bummler mitsamt seinen Glückszufällen ganz gleichgültig ist.«

Ich machte einige Bemerkungen über den Aladdin- und den Faust-Typus und über den dänischen und deutschen Nationalcharakter – teils einiges, was ich vor Zeiten in irgendeiner Monatsschrift gelesen hatte, teils was mir im Augenblick gerade einfiel und wahrscheinlich nicht viel wert war.

»Was Sie da sagen, ist nicht sehr schmeichelhaft für Ihre Landsleute«, bemerkte sie.

Ich sah sie verwundert an, daran hatte ich gar nicht gedacht.

»Ja, wissen Sie«, fing ich an, »finden Sie, offengestanden, den Faust so ansprechend – ich meine, wenn man seine Handlungen ganz nüchtern betrachtet? Sich dem Teufel verschreiben, ein junges, unerfahrenes Mädchen verführen, dann ihren Bruder in einem höchst zweifelhaften Duell töten...«

»Das ist wahr, aber dennoch...Sie sind doch Protestant, nicht wahr?« fragte sie plötzlich mit einem triumphierenden Lächeln, als ob ihr jetzt etwas Entscheidendes eingefallen sei.

»Ja –?«

»Dann werden Sie wissen, daß die Werke nicht selig machen.«

»Allerdings. Nur kann ich nicht finden, daß Faust auf dem Gebiet des Glaubens ein großer Held ist, wiewohl er die Bibel übersetzt.«

»Das mag sein, aber Faust ist doch mehr wert als dieser Herr Aladdin«, erwiderte sie und freute sich offenbar, dieses spöttische »Herr« in Ermangelung eines Arguments eingeschoben zu haben. Ein solches war überhaupt nicht nötig, denn ich war im Grunde genommen ihrer Meinung.

»Ebenso wie Gretchen mehr wert ist als eine Gulnare«, bemerkte ich.

Natürlich dachte ich bei Gretchen an sie selbst – was sie auch zu fühlen schien –, obwohl sie gar nicht der Vorstellung von diesem klassischen Idealbild deutschen Mädchentums entsprach, besonders nicht derjenigen, die in den Köpfen der Ausländer zu spuken scheint. Ich mußte bei dem Gedanken an einen kleinen Franzosen am Polytechnikum lächeln, der mich immer anstieß und »Gretchen« sagte, wenn wir einem blonden Mädchen begegneten, gleichviel ob es eine kleine dicke Person oder eine lange Vogelscheuche, ein freches Gassenmädel oder ein aufgeputztes Fräulein war, beständig hieß es: »voilà Gretchèn«, mit dem unmöglichen ch!

Wenn sie dem Gretchen nicht ähnlich sah, dann glich ich noch viel weniger dem Faust, was ich gleich dadurch bezeugte, daß ich nicht einmal den Mut hatte, mich ihr als Begleiter anzubieten. Sie schien auch nicht ans Weitergehen zu denken. Dieses Gespräch über solch erhabenen Gegenstand quer über einen Graben hinweg fing an, etwas komisch zu werden, und mich drüben auf ihrem kleinen Zufluchtsort zu Gast zu bitten, das ging wohl auch nicht gut an. Es wurde sogar zur Unmöglichkeit, da die Kleine plötzlich ausrief:

»Warum kommt er nicht hier herüber, wenn er mit dir spricht?«

Nach dieser Bemerkung schien mir nichts weiter übrigzubleiben, als zu tun, als ob es für mich höchste Zeit wäre, nach Hause zu gehen.

Ich wünschte ihr einen angenehmen Spaziergang und mir selbst, daß ich bald wieder so gutes Glück haben möchte.

Dieser Wunsch sollte sich nicht erfüllen. Täglich streifte ich umher, spähend und lauschend wie ein Jäger, ging natürlich immer wieder nach »Wotans Ruhe« – aber vergebens. Auch nützte es nichts, daß sich mein armes Gehirn anstrengte, einen Vorwand, einen Ausweg, ein Mittel, nur irgend etwas, ausfindig zu machen, um mich in Verbindung mit ihr zu setzen – es war unmöglich! Ich hätte ebensogut versuchen können, eine Novelle zu schreiben, glaube ich.

6. Kapitel

Wenn ich mich nicht weiter verirrte, aß ich jeden Tag gegen ein Uhr zu Mittag im »Erbgericht«, auf einer schönen, schattigen Terrasse an der Elbe, einem reizenden Aufenthalt. Die flachgeschnittenen Ahornkronen bilden ein grünes Dach, das einen angenehmen Schein gibt und kleine Sonnenlichter auf den Tischtüchern tanzen und in den Zinndeckeln der Krüge blinken läßt.

Als ich eines Tages etwas früher kam, schien alles besetzt zu sein. Ratlos sah ich mich um, als ich zu meiner Verwunderung meinen Namen hinter mir rufen hörte. Ein älteres Paar, das an einem kleinen Tisch für sich saß, winkte mir zu. Es war eine meiner wenigen Dresdener Bekanntschaften und noch dazu eine mir sehr liebe. Ich war froh, auf eine so angenehme Weise aus meiner Verlegenheit gerissen zu werden und saß bald bei den traulichen Eheleuten, vorläufig mit einem Gedeck und einem Glas Bier versehen.

Man sah dem alten Herrn gleich an, daß er Jude war. Die Form der stark gebogenen Nase war unverkennbar, und der spärliche, starre, weiße Bart verbarg nicht die allzu dicken Lippen, von denen die untere herabhing. Auch hinderte sie seine Rede, die langsam und lispelnd war. Die Augen beschatteten starke, graue Brauen, und darunter hingen die Lider wie faltige Beutel; der Blick war klar und außerordentlich gutmütig. Seine Frau war eine stattliche alte Dame, die eher südländisch als eigentlich jüdisch aussah. Ihr frisches Gesicht lächelte fortwährend – ungefähr wie Gemälde aus der Empirezeit lächeln. An den Schläfen trug sie nach altmodischer Art ihr stahlgraues Haar in Locken, die fest wie Metallspäne aussahen.

Ich hatte die beiden Alten durch ihren Sohn kennengelernt, dem ich mich auf dem Polytechnikum angeschlossen hatte, obgleich er mehrere Jahre älter war als ich. Er war zur Zeit in einer Fabrik in Leipzig tätig. Bei dem alten Herrn hatte ich mich gleich dadurch in Gunst gesetzt, daß ich ein ungeheucheltes Interesse für seine Sammlung zeigte. Er war Bücherliebhaber, aber seine größte Leidenschaft waren Handschriften berühmter Männer, von denen er auch von Luther an bis auf unsere Zeit eine große Menge besaß. Die Handschriften lagen in Mappen geordnet, jedes Stück numeriert, und in Berichten, auf Büttenpapier mit Gänsefeder und einer besonderen Tinte (der ewigen Haltbarkeit wegen) geschrieben, war bei jeder Nummer alles die Echtheit Betreffende angeführt nebst Hinweisen auf biographische Werke, Briefsammlungen und eigenhändige Aufzeichnungen. Denn der gründliche Mann ließ es nicht mit dem Sammeln genug sein, sondern wenn er ein solches kleines Manuskript erworben hatte, ruhte er nicht eher, bis er aufgespürt hatte, welchem Zeitpunkt aus dem Leben des Schreibers es angehörte. Zu den Briefen, wo diese Frage sich ja meistens von selbst löst, schrieb er lange Erläuterungen über die darin vorkommenden Personen, über die Verhältnisse, auf die angespielt wurde, und über alle nachweislichen Ursachen und Folgen. Und so wies diese Leidenschaft, die aus wirklicher Liebe zur Literatur entstanden war, wieder darauf und auf die Geschichte zurück. Sie erforderte beständig eine große disponible Summe von Kenntnissen und ließ diese zugleich sich nach allen Seiten reichlich verzinsen. Weit entfernt davon, eine leere Manie zu sein – wozu solche Liebhaberei oft ausartet –, war sie vielmehr der lebhafte Ausdruck seines Wesens, indem sie sowohl seine höchsten geistigen Interessen als auch seine ordnungsliebenden Geschäftsgewohnheiten befriedigte.

Zehn Jahre und länger hatte der alte Hertz ein zurückgezogenes Leben in Dresden geführt. Er war in Königsberg geboren und gehörte dessen Handelsaristokratie als Kaufmann an. Diese Heimat hatte seiner Natur und seiner Entwicklung ein unauslöschliches Merkmal aufgeprägt. Königsberg ist eine Handelsstadt, die ihre Eigenart durch eine einzelne Geistesgröße erhalten hat. Was Erasmus für Rotterdam war, das und noch viel mehr bedeutet Kant für Königsberg, teils weil er eine größere Persönlichkeit ist, teils auch, weil er unserer Zeit nicht weiter entfernt ist, als daß die jetzt lebenden älteren Königsberger aus denselben Familien hervorgegangen sind, in denen er verkehrte. Das war eben mit Hertz der Fall. Der große Philosoph ging gern in den Kaufmannshäusern seiner Heimatstadt aus und ein, und diese bewahrten wie ein kostbares Erbe die geistigen und literarischen Interessen, die er dem kräftigen Stamm von Freisinn und Beweglichkeit, der dem Handelsstand eigen ist, eingeimpft hatte – einem Stamme, der ihm selbst eine gute Stütze gewährte gegen den finsteren Weltgerichtssturm des Pietismus. Es versteht sich demnach von selbst, daß Kant sein Heiliger war. Wie tief er in die Kantsche Philosophie eingedrungen war, konnte ich natürlich nicht beurteilen, aber eine beinahe rührende Andacht lag in seiner Stimme, wenn er den Namen seines großen Heimatgenossen nannte.

Dresden hatte er zu seinem Altersheim gewählt, teils seiner Familienverbindungen und Bekanntschaften wegen, teils um des angesehenen Polytechnikums willen, das der Sohn besuchen sollte, und endlich, weil Dresden die schönste Stadt Deutschlands ist. Aber das geistige Gepräge der Stadt behagte dem alten Herrn gar nicht. In seiner Eigenschaft als bürgerlicher Kaufmann und als literarischer Mann schätzte er diese unwissenschaftliche und wenig betriebsame Residenzstadt gering. Er führte öfters an, daß bereits Schiller Dresden eine geistige Wüste genannt habe, und damals war doch wenigstens Körners Haus noch da – aber jetzt? Der alte Königsberger lebte deshalb sehr abgeschlossen; am meisten verkehrte er mit dem schon etwas altersschwachen Gustav Kühne, einem Veteranen des »Jungen Deutschland«, mit dessen meisten Berühmtheiten Hertz bekannt gewesen war.

Soviel wußte ich ungefähr von dem eigentümlichen alten Manne, der mich jetzt mit großer Herzlichkeit wie einen alten Bekannten begrüßte. Ein liebenswürdiger Zug dieser Eheleute war, daß sie die Jugend sehr gern mochten. Ich hatte auch bemerkt, daß die jungen Leute beiderlei Geschlechts ihnen gleichsam unwillkürlich eine ehrerbietige Aufmerksamkeit bezeugten, eine Gabe, mit der die Jugend unserer Zeit Älteren gegenüber nicht gerade freigebig zu sein pflegt. Das kam vielleicht von ihrem äußerst bescheidenen Wesen her, in dem sich sogar eine gewisse Ängstlichkeit, Mühe zu verursachen oder anderen unbequem zu sein, aussprach.

Sie befanden sich nicht, wie ich zuerst vermutete, auf einem Ausflug, sondern hatten sich auf anderthalb Monate in einem der kleinen Häuser unten an der Elbe eingemietet und wohnten da schon seit drei Tagen. Ich war indessen entweder auf Tageswanderungen gewesen oder hatte zu einer anderen Zeit gegessen. Aber ich müsse ja noch am selbigen Tage bei ihnen Kaffee trinken.

»Und Sie werden sich nicht etwa mit uns Alten allein langweilen müssen.«

»Sie werden sich überhaupt nicht langweilen.«

»Aber wie können Sie das nur denken?«

»Nein, wirklich, wir würden Sie nicht auffordern, allein zu uns zu kommen, besonders hier, wo Sie mit ihren jungen Beinen zu so vielem anderen Lust haben könnten. Aber es kommt eine junge Dame, der wir eben auch gern eine etwas jugendlichere Unterhaltung verschaffen möchten, als wir selbst ihr bieten können.«

»Und ich hoffe wenigstens, Sie werden es nicht bereuen, mit ihr bekannt zu werden!« fügte die alte Dame mit einem schelmischen Lächeln hinzu.

»Ist sie von hier?« entfuhr es mir.

Frau Hertz faßte meine Frage verkehrt auf und lachte.

»Nein, Sie brauchen sich nicht vor allzu großer ländlicher Einfalt zu fürchten. Sie ist keine Rathnerin.«

»Auch keine Königsbergerin.«

»Sie weiß vielleicht sehr wenig von Kant? Sagen Sie mir doch bitte, Herr Hertz, lesen wirklich alle jungen Königsberger Damen die ›Kritik der reinen Vernunft‹?«

»Ach, mein lieber junger Mann, sie lesen nicht einmal die ›Kritik der Urteilskraft‹ die sie doch so nötig hätten. Übrigens habe ich seinerzeit gerade vor einem weiblichen Auditorium Vorträge darüber gehalten.«

Ich hatte meine etwas neckische Nebenfrage gestellt, teils um dem gegenwärtigen Stoff unseres Gesprächs gegenüber eine große Gleichgültigkeit zur Schau zu tragen, teils auch, um Zeit zu gewinnen, da ich gleichsam fürchtete, allzu schnell aus der Hoffnung herausgerissen zu werden, die eben in mir entstanden war. Aber die alte Dame durchschaute mich.

»Gestehen Sie nur, Herr Fenger, Sie sitzen wie auf Kohlen vor Neugierde und wollen viel lieber etwas von der jungen Dame wissen als von den Vorträgen meines Mannes.«

Der Alte lachte.

»Ei, Sie werden ganz rot! Ja, meine Frau ist eine Menschenkennerin, ein wahrer Lavater.«
Ich verbarg meine Verlegenheit im Bierkruge.

»Nun gut! Ist sie hübsch?«

»Hübsch? Mein lieber junger Mann, sie ist eine Schönheit! Ja, das heißt – nicht so, auf diese Weise – aber weit mehr. Sie ist eine Thekla, ja, verstehen Sie mich recht, ganz bürgerlich, eine Lotte, eine Friederike Brion – obgleich das auch nicht – nicht die Pfarrerstochter auf dem Lande – so idyllisch das auch sein mag – ein Kätchen, am ehesten ein Kätchen!«

»Aber bester Mann, mußt du denn die ganze deutsche Dichtkunst zu Hilfe nehmen? Du erweckst auf diese Weise übertriebene Vorstellungen.«

»Im Gegenteil, die deutsche Dichtkunst reicht überhaupt nicht zu! Es gibt nur eins, was noch besser ist als die deutsche Poesie –«

»Und das ist Kants Kritik?«

»Nein, das sind deutsche Frauen – wenn sie gut sind. Spaß beiseite, sie ist ein ausgezeichnetes Mädchen.«

»Na, Sie werden sie ja selbst kennenlernen! Sie ist entfernt verwandt mit mir, ich habe Ihnen gewiß erzählt, daß ich Dresdnerin bin.«

Bei diesen Worten wurde ich wieder ganz gleichgültig; es konnte also nicht von Fräulein Jagemann die Rede sein. Erstens sah sie gar nicht jüdisch aus, und dann hatte ich durch den Schullehrer genug von ihrer Abstammung erfahren, um zu wissen, daß sie keine Jüdin war. Ich hörte höflich lächelnd den Auseinandersetzungen von Frau Hertz zu, ohne ihnen Aufmerksamkeit zu schenken.

Plötzlich vernahm ich wie im Traum die Worte:

»Aber ich vergesse ganz, daß Sie sie wahrscheinlich schon gesehen haben, nach dem, was Sie vorhin sagten, muß sie Ihre Nachbarin sein. Sie ist zur Zeit Erzieherin...«

Ein Frösteln lief mir den Rücken hinab. Im ersten Augenblick fühlte ich übrigens weniger Freude als die Überzeugung: Es soll also sein! Mir fehlte so sehr der Überblick über die Sachlage, daß ich antwortete, ich wisse nicht, ob ich sie gesehen habe, da ich dies für die vorsichtigste Taktik hielt. Kaum waren jedoch die Worte gesprochen, als mir einfiel, daß meine Unwahrheit sich beinahe unvermeidlich verraten würde und daß ich dadurch in einem ebenso lächerlichen wie verdächtigen Licht erscheinen müsse. Ich war nahe daran, die Verneinung zu widerrufen, aber ich konnte mich doch nicht dazu entschließen. Dies verwirrte mich so, daß ich eine Frage des Herrn Hertz gänzlich mißverstand.

Glücklicherweise kam eben der Kellner mit der Rechnung. In meiner Befangenheit gab ich fünfzig Pfennig Trinkgeld, was mir eine sehr tiefe Verbeugung des Kellners und väterliche Ermahnungen von Seiten des Herrn Hertz, fürderhin sparsamer gegen dienende Geister zu sein, einbrachte.

7. Kapitel

Was war zu tun? Sollte ich mich etwa an Fräulein Jagemann wenden und sie ersuchen, mich gar nicht zu kennen? Anfangs schien mir dieser Einfall ganz unmöglich, bald kam er mir weniger abschreckend und schließlich so verlockend vor, daß ich meine Dummheit überhaupt nicht mehr bereute.

Es war ein leichtes, sie auf dem Wege zu treffen. Indem ich grüßte, bemerkte ich, daß wir gewiß demselben Orte zustrebten. Als sie von meiner Einladung bei Hertzens hörte, sagte sie heiter:

»Dann werden wir einander endlich einmal vorgestellt.«

»Ja«, erwiderte ich, »und eben deswegen habe ich eine etwas wunderliche Bitte an Sie. Ich möchte Sie nämlich bitten zu tun, als ob Sie mich nicht kennten, ich meine, als ob Sie mich nie getroffen hätten.«

»Meinetwegen, aber warum denn eigentlich?«

Ich erzählte ihr, was geschehen war. Sie lachte.

»Sind Sie immer so zerstreut?«

»Durchaus nicht, aber ich wurde verwirrt, weil ich mit Ihnen zusammentreffen sollte.«

Sie sah mich fragend an, errötete dann plötzlich und blickte weg. Mit alledem war ich sehr zufrieden.

»Auf Wiedersehen! Ich muß noch einmal auf meinen Berg hinauf und meine Schlüssel holen – es geht ja auch nicht an, daß wir zusammen kommen.«

Das alte Ehepaar hatte sich in dem mittelsten der drei Häuschen, die dicht an der Elbe an den Felsen gebaut liegen, eingemietet. Als ich die vielen kleinen Steinstufen, die vom Ufer hinaufführten, emporstieg, sah ich die kleine Gesellschaft in einer Laube versammelt sitzen, die wie der größte Teil des getünchten Fachwerkhauses mit Wein bewachsen war. Die Nachmittagssonne lag darauf, aber die Obstbaumkronen warfen einen dichten Schatten auf die Laube, in der das weiße Tischtuch und der blanke Kessel den leuchtenden Mittelpunkt der kleinen Gesellschaft bildeten. Minna bereitete den Kaffee.

Mit gehörigem steifem Anstand ließen wir die feierliche Vorstellung über uns ergehen, aber als sie mir darauf eine Tasse anbot, sagte ihr halbverborgenes Lächeln mir, daß sie sich ebenso wie ich darüber belustigte, die guten Alten in aller Ehrbarkeit ein wenig zum besten zu haben. Dies kleine Geheimnis zwischen uns kam mir – und vielleicht auch ihr – größer vor, als es eigentlich war. Es flüsterte mir den Glauben zu, daß wir ein weit größeres und süßeres vor fremden Blicken bewahren könnten, und zugleich die Hoffnung, daß wir es einst tun würden.

»Du kannst ja auch etwas Dänisch, jetzt mußt du dich tüchtig üben«, bemerkte Frau Hertz.

Ich nahm diese überraschende Nachricht mit all dem Staunen entgegen, über das ich in der Eile gebot.

Minna erzählte nochmals, es sei davon die Rede gewesen, daß sie zu einer dänischen Familie als Erzieherin habe gehen sollen, aber in ihre Schelmerei mischte sich eine Verlegenheit, die meinen Verdacht, daß es sich nicht ganz so verhalte, bestärkte und mich zugleich glauben machte, daß Frau Hertz darum Bescheid wisse.

»Dann hat das gnädige Fräulein vielleicht auch mit unserer Literatur Bekanntschaft gemacht?«

Auf dieses Stichwort antwortete sie behende, und wir wiederholten jetzt unser ganzes Gespräch von »Wotans Ruhe« her über Faust und Aladdin, beinahe Wort für Wort, nur daß es jetzt wie eine wohleingeübte Szene fließender vonstatten ging und von einer Unterströmung jugendlichen Mutwillens getragen wurde, die hier und da einen glücklichen Einfall mit sich brachte; und eine solche Zugabe aus dem Stegreif spornte gleich den andern an, mit einem Siegeslächeln auch einen Seitensprung zu machen: »Kommst du mir so, komm' ich dir so.« Auf diese Weise wurde die Zwiesprache abgerundeter, obgleich ihr Inhalt uns jetzt gleichgültig und eigentlich nur ein Mittel zum Kokettieren war. Wir machten tatsächlich auch solchen Eindruck auf unsere Zuhörer, daß Herr Hertz zu mir sagte: »Wie Sie die kleine Minna gesprächig machen! Sie hat sonst keine so rasche Zunge«, und späterhin vertraute Minna mir an, daß Frau Hertz gesagt habe: »Da hast du aber jemand gefunden, mit dem du plaudern kannst.«

Diese Bemerkungen schienen eine besondere Zufriedenheit zu atmen, und ich glaube, die alten Leute zogen bereits nach diesem Gespräch den allerdings etwas übereilten Schluß, daß wir gut zueinander paßten. Da sie uns beide in ihr Herz geschlossen hatten, war es kein Wunder, wenn sie das Ihrige taten, unsere Bekanntschaft zu befestigen, um so mehr, als sie meinten, Minna bedürfe eines frisch aufblühenden Gefühls, um allzu schmerzlich-süße Erinnerungen zurückzudrängen. Ich ahnte das schon damals und fand es später bestätigt. So kam es, daß wir uns bald mehrmals in der Woche im Häuschen an der Elbe trafen. Gegend Abend konnte sich Minna ziemlich leicht ihrer Erzieherinpflichten entledigen, und was mich betraf, hatte ich selbstverständlich nie »was Besseres vor«, als da zu sein, wo ich sie traf.

Diese Abende verliefen – von der zunehmenden Vertraulichkeit abgesehen – ungefähr wie jener erste, und die wesentlichste Abwechslung dabei war, daß die Hitze uns manchmal in die Gründe hineintrieb. Meist blieben wir jedoch am Flusse, was den Alten am bequemsten war. Wenn sich die Sonne in die Laube stahl, war dies das Zeichen zum Spazierengehen. Die Felsenwände des Liliensteins hüllten sich in immer tiefere Schatten, aus denen die Ränder wie Glanzlichter hervortraten, deren langgestreifte zitternde Spiegelbilder der Fluß wiedergab, an den langen gelben Wänden der Steinbrüche traten alle Ritzen und Scharten violett und purpurgerändert hervor, wie eine seltsame Keilschrift, die von industriellen Taten berichtet. Das Bild im Flusse klärte und verschärfte sich. Inmitten des Glanzes glitten Holzflöße, die sich nach der Biegung des Stromes krümmten und deren mastenlange Ruder, vier bis fünf in einer Reihe vorn und achtern, sich blinkend bewegten. Oder es trieben schwerbelastete Zillen abwärts, deren geteerte Rümpfe ungeheuren Käfern glichen. Bisweilen fuhren sie mit einem großen Segel, das weithin über die flachen Felder leuchtete, nachdem das Boot längst unsichtbar geworden war. Ab und zu strebte ein Kettendampfer fauchend und stöhnend stromaufwärts, ein halbes Dutzend jener Frachtkähne hinter sich herschleppend und die unterseeische Eisenkette über seinen flachen Steven mit einem betäubenden Geräusch emporwindend, das man jedoch von ferne wie angenehmes Glockenläuten vernahm.

Brach dann die Dunkelheit herein, so flammten auf den Holzflößen kleine Feuer. Sie schienen unmittelbar auf dem Wasser zu fließen und beleuchteten bärtige Gesichter oder zeichneten die Umrisse kräftiger Gestalten, die vornübergebeugt die Bootshaken gegen die Schultern stemmten. Aber die Schlepperflottille stellte eine ganze Illumination dar, die sich unter den finsteren Basteifelsen hinwand, gleich einer Prozession senkrechter, goldener Stäbe mit großen Knöpfen, von einem Rubin- und einem Smaragdstock angeführt. Auch auf dem entgegengesetzten Ufer stand das Leben nicht still, sondern schickte, bald von der einen, bald von der anderen Seite, einen Eisenbahnzug vorbei, der an der kleinen Haltestelle pfiff und bremste. Gegen halb zehn Uhr jagte der kurze Eilzug nach Prag und Wien wie ein flüchtiges Leuchten zwischen den Bäumen vorüber, ohne seine Fahrt zu vermindern. Er mahnte uns, daß es Zeit sei, nach Hause zu gehen. Wir hatten solche Ermahnung wohl nötig, denn »dem Glücklichen schlägt keine Stunde«.

Ja, wir waren glücklich – nicht ich allein. Der Schein von Schwermut, der zuerst auf ihr geruht hatte, wich mehr und mehr einer kindlich-offenen Munterkeit, und daß er noch auf dem Grund ihrer Seele lag, konnte man nur aus den befremdenden Reflexen schließen, die dann und wann über ihre lichtesten Stimmungen fielen. Ohne gar zu unbescheiden zu sein, durfte ich mir ein Verdienst an dieser Veränderung zuschreiben. Die Freundlichkeit des liebenswürdigen Ehepaares gegen uns beide tat ihr wohl. Sie nahm ihr gegenüber die Form jener besorgten Teilnahme an, womit man einen Genesenden aufmuntert, das Leben wieder zu genießen. Mich ärgerte diese Freundlichkeit fast ein wenig, aber Minna schien einen gewissen Trost darin zu finden.

Und so sahen wir den großen Strom mit seinem eigentümlichen Treiben an uns vorübergleiten, wie man in glücklichen Zeiten das Leben selbst vorübergleiten läßt, ohne zu hoffen, daß es uns weiterführen oder uns etwas bringen soll. Es gab Stoff für unsere Gespräche ab. Sie erzählte mir von dem Leben der Flößer; wie ihr Tagewerk, besonders oben in den Bergflüssen, aus einem ununterbrochenen Kampf gegen die Stromwirbel bestehe, der ihnen nicht eher Zeit zum Essen gönne, als bis sie abends an Land gingen. Andererseits mußte ich ihr, so gut ich konnte, ein Bild von den großen Schiffen, von dem fleißigen Treiben in einer Hafenstadt oder von dem stillen Leben im Fischerdorfe am Strande geben. Die Steinbrüche, die sich zu beiden Seiten im Flusse spiegelten und ihre Blöcke in Schiffsladungen stromabwärts sandten, gaben uns Anlaß, davon zu reden, wieviel Dresden dem Elbtale schuldig sei. Es fiel mir auf, daß die behauenen Steine der Dresdner Prachtgebäude die angeborenen Formen ihres wilden Felsentallebens zu stilisieren schienen, so daß die Rokokostadt dem Sandsteinlande zugehört wie die griechische Architektur den edlen, giebelförmigen Marmorbergen und die Tempelkolosse Ägyptens den ungeheuren Ebenen und schwerfälligen Bergmassen des Niltales.

Solche Betrachtungen waren dem jungen Mädchen recht neu, wie auch ihre Kenntnisse von der Architektur sehr dürftig waren, während diese Kunst für mich immer sehr anziehend gewesen war; ich hätte mich ihr wohl auch gewidmet, wenn die Verhältnisse es mir erlaubt hätten.

8. Kapitel

Als wir eines Tages nach dem Kaffee in der Laube saßen, reichte mir Minna ein Buch mit weißen Blättern und bat mich, die dorischen und jonischen Säulenkapitäle mit dem dazugehörenden Gebälk hineinzuzeichnen und die für sie schwierigen Namen daneben zu schreiben. Während ich meinen Bleistift spitzte, blätterte der Wind in dem Buche, und ich sah auf der vorhergehenden Seite eine ängstlich ausgeführte Zeichnung desselben Gegenstandes.

»Nein, Sie dürfen nicht«, rief sie errötend und mit der flehentlichsten Miene, indem sie das Buch an sich riß. »Sie lachen mich doch nur aus! Ich werde schon selbst nachsehen, ob es richtig ist; das wird es natürlich nicht sein, und auf die Namen konnte ich mich gar nicht besinnen.«

Ich versprach, ihren Versuch nicht zu betrachten und machte mich an meinen eigenen, indem ich ihr versicherte, daß er schlecht bestehen würde, wenn ein Baukünstler ihn begutachten sollte. Es dauerte auch gar nicht lange, bis ich begann, unsicher zu werden; denn es mag ja ganz gut sein zu wissen, was Architrave, Triglyphen und Metopen bedeuten, wenn man es aber zum erstenmal schwarz auf weiß anschaulich machen soll, dann stellen sich viele Einzelfragen ein, die sich nicht so leicht lösen lassen. Es war mir deshalb recht lieb, als Frau Hertz Minna bat, ihr beim Hinauftragen und Abwaschen der Tassen behilflich zu sein. Sie hatte sich neben mich gesetzt, offenbar um mich zu bewachen, und hatte sicher darauf gerechnet, nicht eher fortgerufen zu werden, bis die Zeichnung beendet war. Einen Augenblick zögerte sie, der Aufforderung nachzukommen, und ehe sie sich entfernte, schien sie etwas auf den Lippen zu haben, was sie nicht hervorbringen konnte. Übrigens bat ihr ängstlicher Blick deutlich genug, nicht in dem geheimnisvollen Buche zu forschen, das auf seinem einfachen Leineneinband in sehr plumpen Goldbuchstaben den Titel »Poesie« trug, und ich beruhigte sie mit einem Lächeln.

Ich saß allein und kaute an meinem Bleistift, ungewiß, ob der Architrav in der dorischen Ordnung geteilt ist oder nicht, als der Zugwind wieder die Seiten umblätterte und zwar diesmal weiter zurück nach beschriebenen Gegenden hin. Sowohl Prosa als Verse offenbarten sich. Ich hatte meine Freundin nicht im Verdacht, daß sie sich selbst in der edlen Dichtkunst versuchte, desto größer aber war mein Verlangen zu sehen, welche Lieblingsgedichte, Denksprüche und Auszüge sie hier festgehalten hatte, um dadurch vielleicht einen Beitrag zu ihrem Wesen und ihren Erfahrungen zu gewinnen. Etliche Male widerstand ich der Versuchung. Ein größeres Prosastück lag aber so lange aufgeschlagen, daß ich halb gegen meinen Willen einen Satz auffing, der meine Neugierde allzusehr reizte.

Ich überzeugte mich, daß ich nicht beobachtet wurde, und las folgende mit feiner, ziemlich schräger gotischer Schrift geschriebene Stelle:

»Denn einem jungen Paare, das von der Natur einigermaßen harmonisch gebildet ist, kann nichts zu einer schöneren Vereinigung gereichen, als wenn das Mädchen lernbegierig und der Jüngling lehrhaft ist. Es entsteht daraus ein ebenso gründliches als angenehmes Verhältnis. Sie erblickt in ihm den Schöpfer ihres geistigen Daseins und er in ihr ein Geschöpf, das nicht der Natur, dem Zufall oder einem einseitigen Wollen, sondern einem beiderseitigen Willen seine Vollendung verdankt, und diese Wechselwirkung ist so süß, daß wir uns nicht wundern dürfen, wenn seit dem alten und neuen Abälard aus einem solchen Zusammentreffen zweier Wesen die gewaltsamsten Leidenschaften und so viel Glück als Unglück entsprungen sind.«

Indem ich die letzten Worte las, hörte ich, wie oben eine Türe geschlossen wurde und schnelle Schritte die Treppe herabkamen. Ich blätterte hastig um und zeichnete frischweg einen einteiligen Architrav mit den Triglyphen darüber: die Regulae vergaß ich allerdings, auch waren die Striche nicht sonderlich gerade, denn meine Hand zitterte. Ob mein Herzklopfen von dem Gelesenen oder von der Furcht, entdeckt zu werden, herrührte, kann ich nicht sagen.

Minna setzte sich mit einem Nähzeug neben mich und schien sehr zufrieden, mich so von meiner Arbeit in Anspruch genommen zu sehen. Es war den ganzen Tag schwül gewesen, jetzt hatten sich Wolken angesammelt, und ich war kaum mit meinen beiden Skizzen fertig, als es zu donnern anfing; bald zeigten sich vereinzelte dunkle Flecke auf den Steinstufen. Ich half Minna das Tischtuch abnehmen, dann gingen wir hinauf zu den Alten.

Es kam selten vor, daß wir uns vor dem Abendbrot in ihrer kleinen Wohnstube aufhielten. Denn weil es ein gegen Süd und West gelegenes Eckzimmer war und ein Fensterpaar nach jeder Seite hatte, machte die Nachmittagssonne es bei dieser Sommerwärme unerträglich heiß. Zwischen dem einen Fensterpaar stand ein kleines, hart- und hochgepolstertes Sofa, an der anderen Fensterwand ein Tisch. Darüber hingen schlechte Öldrucke des Kaisers und des Kronprinzen, unter diesen aber hatte Herr Hertz eine Seltenheit angebracht, die ihm wie eine Art Schutzgott überallhin folgte: ein kleines Portrait von Kant, ein zeitgenössischer Holzschnitt mit blassen Farbtönen. Der Philosoph war in ganzer Gestalt vor einem hochbeinigen Schreibpult dargestellt, wo er dermaßen geduckt stand, daß man glauben konnte, eine unsichtbare Hand drücke sein Gesicht auf das Papier hinab, während von der kleinen grauen Perücke ein Haarzöpfchen über den hohen kaffeebraunen Rockkragen emporstrebte. Dieses in jeder Hinsicht seltsam altertümliche Bild mit seinen Stockflecken verbreitete eine gewisse Behaglichkeit in dem Zimmer mit seinen kleinen Fenstern und dem unförmigen Lehmgebäude eines Kachelofens, der gewiß ein Achtel des Raumes einnahm. An diesen Ofen setzte sich Minna mit dem Rücken gegen die Fenster, damit sie die Blitze nicht sähe, die fast ununterbrochen die rotbraune Krümmung des Flusses erleuchteten. Wenn der Widerschein gar zu blendend oder das Rollen des Donners so gewaltig war, daß das Haus zitterte und die Fenster klirrten, fuhr sie zusammen oder stieß sogar einen kleinen Schrei aus, obwohl sie augenscheinlich bemüht war, sich zu beherrschen. Frau Hertz erhob sich vom Sofa und beruhigte sie mit mütterlichen Liebkosungen. Das junge Mädchen lächelte so mutig wie möglich, immerhin aber stand die Angst in ihr bleiches Gesicht geprägt. Der alte Hertz sah teilnahmsvoll von seiner Zeitung auf, in der er übrigens bei der schwefelgelben Beleuchtung nicht viel lesen konnte.

Ich selbst blieb am Fenster sitzen, das vom Regen wie von einem Sturzbad gewaschen wurde. Meine Gedanken waren ausschließlich mit dem beschäftigt, was ich im »Poesiebuch« gelesen hatte. Ich kannte die Stelle nicht, obgleich es mir wie Goethes Ausdrucksweise vorkam. Als ich später – es ist nicht lange her – »Aus meinem Leben« las und in der niedlichen Episode mit Gretchen plötzlich auf diese wohlbekannten Worte stieß –, welch ein Sturm von Gefühlen brach da nicht über meine Seele herein! In »Dichtung und Wahrheit« kam ich nicht weiter, aber ich versuchte, den schmerzlich-süßen Aufruhr zu stillen, indem ich anfing, diese Erinnerungen niederzuschreiben, die freilich nur auf den zweiten Teil jenes bedeutungsvollen Titels Anspruch machen können.

Die Frage nach dem Verfasser machte mir übrigens damals weniger Kopfzerbrechen als die nach der Anwendung. Ich hatte wohl bemerkt, daß Minna in unseren Gesprächen ab und zu künstlerische Kenntnisse verriet, die sie wohl kaum aus der Schule her hatte und auch nicht leicht direkt hatte erwerben können. Außerdem wußte ich schon, welche Vorstellungen ich mir von der Quelle zu machen hatte. War jene Betrachtung während ihrer Bekanntschaft mit dem dänischen Maler oder in den letzten Wochen abgeschrieben worden? Es stand keine Jahreszahl darunter. Durch einen ziemlich großen Abstand war diese Stelle von dem Blatte, worauf ich zeichnen sollte, getrennt, es war aber meiner Aufmerksamkeit nicht entgangen, daß dieses Prosastück weit frischere Tinte zeigte als die vorhergehenden Gedichte, die einige Jahre früher datiert waren; dieser Umstand konnte zu meinen Gunsten gedeutet werden, aber wer gab mir die Gewißheit?

Das Gewitter hatte sich gegen die Teezeit verzogen. Minna, die nach dem überstandenen Schrecken ganz übermütig wurde, nahm einen grauen Steinkrug und ging hinunter, um Wasser zu schöpfen. Ich folgte ihr. Die Wasserversorgung an diesem Orte war sehr romantisch: Man holte das Wasser weder aus einem Brunnen noch aus einer Pumpe, sondern aus einer Quelle unterhalb des Hauses, unmittelbar am Elbufer. Dort, wo das Wiesengras aufhörte, nur durch drei bis vier Ellen Steingeröll von dem vorbeifließenden Strom getrennt, lag das kleine Becken mit seinem klaren Wasser, in dem es immerfort zwischen Kieselsteinen und einem Sandfleck heraufperlte, der sich bewegte, als wäre er voll von kleinen lebendigen Wesen. Wir nannten es scherzend den Jungbrunnen, nach einem Märchen, das uns der alte Hertz eines Abends erzählt hatte.

Die völlig gereinigte und frische Luft, die uns entgegenschlug, hatte einen gesunden Geruch nach Dammerde, war von dem nassen Laub und den Grasdünsten gesäuert und gewürzt durch verstärkten Blumenduft, besonders von dem des Geißblattes – eine Luft, die von den Lungen in tiefen Zügen eingesogen wird, so wie man edlen Wein genießt. Die Wolkendecke war zerrissen, hier rollte sie dahin wie dicke, rußdunkle Rauchmassen, dort löste sie sich in lichtere Dämpfe auf oder zerfloß in dünne Nebelstreifen. Oben schien der Himmel lilablau hindurch, weiterhin glänzte die Luft zartgrün durch die Lücken, und im Westen zogen sich goldene Streifen den Horizont entlang. Zwischen den niederen Schichten mit ihren starkblauen oder rötlichgrauen Steinfarben sah man überall höhere Wolken, die mit fleischfarbigen Spitzen und rosenroten Rändern leuchteten. Neben dem Lilienstein aber zeigte sich ein breiter Regenbogenpfeiler, der immer strahlender wurde. Ganz oben auf dem horizontalen Gipfel dieses einsamen Berges lagerte ein leichter Nebelballen. Er war im Tannenwalde hängengeblieben wie Tabaksrauch, den man scherzhafterweise in die Ringel eines Lockenkopfes bläst. Der Hügel über dem langen Steinbruch wurde schwach von der Sonne beschienen, auf den zerklüfteten Wänden des Felsplateaus lag ein kaltblauer Schein. Die Krümmung des Flusses war noch undurchsichtig rotbraun, aber im Vordergrund breiteten sich schon wieder blanke Spiegelflächen aus. Ab und zu blitzte es matt, und der Donner rollte zögernd, das vielfache Echo der Berge nach sich ziehend.

»Sehen Sie«, rief Minna, »welche Beleuchtung! Das ist ja ein wahrer Poussin!«

Bei diesen Worten war mir, als bekäme ich einen Stoß vor die Brust. Du lieber Himmel! Welches junge Mädchen kennt Poussin oder führt seinen Namen im Munde? Übrigens war die Bemerkung ganz zutreffend. Gut, wenn sie noch gesagt hätte: »Das sieht einem Bilde von Poussin in der Gemäldegalerie ähnlich.« Aber dieses: »Das ist ein wahrer Poussin!« – das war zum Rasendwerden! Ich hatte Lust, sie zu packen, wie Karl Moor den Roller packt, und ihr zuzurufen: »Wer blies dir das Wort ein? Das hast du nicht aus einer Menschenseele hervorgeholt…, sondern aus einer Maler-dito!« Aber sie lief schon voraus, die lange Reihe naßblanker Steine hinab. Ob mein Gesicht verraten hatte, was ich fühlte, oder ob sie sich schämte, sich mit der Phrase eines anderen geschmückt zu haben, weiß ich nicht, offenbar aber floh sie vor ihrem Poussin.

Sie fing nicht gleich zu schöpfen an, sondern stellte den Steinkrug auf die unterste Stufe der Quelle und wandte sich einem hübschen zwölfjährigen Jungen zu, der einige Schritte entfernt hockte. Es war der Sohn des Wirtes. Dieser war Mitbesitzer eines der großen Steinbrüche, deren Reihe unter den Basteifelsen anfing. Der fernste und größte zeichnete sich gegen den leuchtenden Himmel ab wie ein Vorgebirge, bis zu seinem obersten Rand hinauf gespalten, wo eine dünne Reihe verwehter Kiefern eine niedere Wolkendecke mit kupferrötlicher Kante zu berühren schien. Der Junge bezeichnete uns den zweitnächsten als des Vaters Eigentum.

Er war eifrig mit einem sinnreichen Spiel beschäftigt, einer Wassermühle, die er am Abfluß der Quelle angebracht hatte. Als Achse hatte er ein Stäbchen durch einen kleinen, unreifen Apfel gestochen, auf diesen hatte er in einem Kreise kleiner Einschnitte große Flügel befestigt, die er aus Holz geschnitzt hatte. Von der Laube und oben vom Fenster aus hatte ich das lustige Ding beobachtet, wie es sich ununterbrochen drehte. Jetzt hatte der gewaltige Regenschauer die Aufdämmung durchbrochen. Der Junge war mit der Ausbesserung beschäftigt, und noch war es ihm nicht gelungen, die Achse so anzubringen, daß sie nicht eingeklemmt wurde.

»Ich möchte es so gern fertig haben, bis der Vater von der Arbeit kommt«, sagte er und blickte treuherzig zu Minna auf. »Denn der Vater freut sich immer, wenn ich so etwas erfinde, und ich möchte, daß er heute abend bei guter Laune ist; denn ich will ihn darum bitten, daß ich morgen bei der Sprengung sein darf.«

»Wird morgen gesprengt?«

»Ei gewiß, eine ganz kleine Wand.«

»Dürfen wir das mit ansehen?« fragte Minna.

»Du kannst ja den Vater fragen.«

»Das würde mir morgen gerade recht sein. Meine kleinen Zöglinge wollen mit ihrer Mutter eine Tante in Pirna besuchen. Hätten Sie nicht auch Lust, sich das Schauspiel anzusehen, Herr Fenger?«

Man kann sich wohl denken, daß ich nichts dagegen einzuwenden hatte.

Ein langes »Ach« des kleinen Jungen veranlaßte uns, von den Steinbrüchen wegzusehen. Der Regenbogenpfeiler hatte sich zu einem vollständigen Bogen gewandelt, und außerhalb dieses Bogens bildete sich allmählich ein zweiter. Bis jetzt war er nur an den Stützpunkten deutlich sichtbar, dämmerte aber doch bereits oben in den Wolken auf. Bald war auch dieser vollendet, und die beiden Bogen bildeten die innere und äußere Strahlenverbrämung eines breiten violetten Bandes. Unter dieser Brücke war der Himmelsgrund dunkler als über ihr, wo das Blau bald durchschien. Gegen den dunklen Grund, gerade unter dem strahlenden Portal und von den Sonnenstrahlen beleuchtet, die sich unter Wolken hervordrängten und das ganze Tal durchströmten, hob sich der Lilienstein, beständig den kleinen Nebelballen auf seiner Oberfläche tragend wie ein rauchender Steinaltar.

Dieses Bild mochte sich auch in der Phantasie des Knaben gebildet haben, denn er sagte, ganz ins Anschauen vertieft: »Das ist genau wie in der Bilderbibel von unserem Lehrer, da, wo der Noah opfert.«

In guter Übereinstimmung mit dieser patriarchalischen Stimmung griff Minna ihren grauen Steinkrug, dessen schlichte und zweckmäßige Form jeder altdeutsche Maler ohne Bedenken einer Rebekka in die Hand gegeben hätte, wogegen ihr blaues Kleid, das sie mit der anderen Hand aufhob, vielleicht zu einigen Einwendungen Anlaß gegeben hätte, obgleich keinerlei Ausputz daran war. Indem sie sich über die Quelle beugte, um den etwas widerstrebenden Krug in das Wasser hinabzudrücken, glitt ihr Schuh mit seinem wenig nomadischen Absatz auf dem nassen Stein aus, und sie würde ein kaltes und tiefes Fußbad genommen haben, hätte ich sie nicht umfaßt. Sie ließ den Krug los, der noch auf dem Wasser schwamm. Das Spiegelbild zeigte mir ein Lächeln in ihrem Gesicht, das mir eher schelmisch als unglücklich vorkam. Aber gerade jetzt hatte der Krug sich vollgesogen; indem er sank, entstand ein Wirbel, der jedes Bild verwischte. Minna hatte jetzt ihr Gleichgewicht wiedergefunden, aber ich war viel zu besorgt (als ob der kleine Born ein Abgrund gewesen wäre), als daß ich sie gar zu schnell hätte fahren lassen, ja, ich fühlte sogar, daß ich mir in diesem günstigen Augenblick mehr hätte erlauben können als dieses Zaudern und den leichten Druck, der sich wegerklären ließ, wäre nur die Örtlichkeit günstiger gewesen. Aber wenige Schritte entfernt stand ein sehr jugendlicher Beobachter, und die Fenster waren auch ziemlich nahe.

»Danke schön, jetzt bin ich wirklich ganz außer Gefahr«, sagte sie und sprang den Steg hinauf. »Ach, ich vergaß ja das Wasser!«

Ich hob den gefüllten Krug aus der Quelle und trug ihn ihr nach…

Als wir nach dem Abendbrot die Stimme des Wirtes vernahmen, gingen wir hinunter, um ihn wegen der Sprengung zu fragen. Sie sollte richtig den nächsten Tag stattfinden, und wir waren als Zuschauer willkommen. Wir verabredeten, daß der kleine Hans, der seine Bitte glücklich durchgesetzt hatte, uns nach dem Bruche führen sollte.

Der Mond war unterdessen über den Waldhügeln jenseits des Flusses heraufgestiegen. Er blinkte in einem Wasserwirbel und zwischen den Steinen am Ufer. Der Himmel war fast klar, nur hinter dem Lilienstein, den man undeutlich unterschied, lag ein dunkler Nebel. Zur anderen Seite zeichneten sich die Umrisse der Felsen scharf gegen den blassen Himmel ab. Jetzt bekamen aber auch ihre Massen Leben: Die Blöcke traten hervor, während die Klüfte sich vertieften, und die Wände der Brüche leuchteten matt. Auf der Terrasse des »Erbgerichts« strahlten viele Lampen unter dem Laubdach, hoch oben auf der Bastei flammte bengalisches Licht im bunten Farbenwechsel, und vereinzelte Töne eines Wiener Walzers klangen hernieder.

Der schöne Abend lockte bald die Alten heraus, obgleich sie der Nässe wegen das Gras nicht betreten mochten. Wir blieben daher oben auf der Treppe vor dem Hause und unterhielten uns mit den Wirtsleuten. Die hübsche, wenn auch etwas vierschrötige Frau wiegte ihr Kleinstes auf dem Arm, Hans kauerte auf den Stufen und schnitt neue Flügel für seine Wassermühle, der

Mann saß rittlings auf dem Geländer und qualmte aus seiner Pfeife. Er war seelenfroh über das Gewitter und über die Abkühlung, die darauf gefolgt war: Es hatte wohl notgetan, denn oben in den Steinbrüchen war zur Mittagszeit die Sonnenhitze bis auf 42 Grad Reaumur im Schatten gestiegen und dazu die harte Arbeit in der Sonne...! Der alte Hertz fragte nach dem Verdienst und den Preisen, während die Wirtin von den Schwierigkeiten erzählte, die das Hochwasser zur Folge hatte, und von dem einen Jahr, in dem der Fluß einmal beinahe den Fuß der Treppe erreicht hatte.

Ein plötzliches Pfeifen durchgellte das Tal, und ein vorbeieilendes Aufleuchten zwischen den Bäumen des jenseitigen Ufers gab das gewohnte Zeichen zum Aufbruch. Ich begleitete – wie immer – Minna nach Hause.

In Wahrheit hatte ich den ganzen Abend hindurch dieser kleinen Mondscheinwanderung mit einer gewissen unruhigen Erwartung entgegengesehen. Mir schien, als ob ich seit jenem Augenblick am Quell etwas gut hätte. Aber die Zeit, ein solches Guthaben einzulösen, war offenbar noch nicht gekommen. Trotz Mond, Gebirgstal, Bach mit Erlengebüsch und Zweisamkeit – lauter gefühlvolle Zutaten von erprobter Wirkung – wollte Minna in keine schwärmerische Stimmung geraten. Und wenn sie wenigstens still gewesen wäre! Aber nein, sie plauderte in allerliebster Weise von Sachen, die nicht in der entferntesten Beziehung zur Liebe standen. Sie verstand mit einem Mal gar nichts: Ich machte eine feine Anspielung auf die Quelle, und sie fand dabei nur Stoff zur Betrachtung, wie schwierig es für die Bewohner sein müsse, wenn der Fluß die Wasserspenderin zur Frühlingszeit überschwemmte. Auch erörterte sie gründlich die nächste Stelle, an der die Leute Wasser holen könnten, wahrscheinlich im »Erbgericht«, aber vielleicht gebe es auch einen höhergelegenen Brunnen bei dem alten Wirtshaus »Zum Rosengarten« – ach ja, ganz gewiß!

Kurz, wir plauderten so vernünftig miteinander und trennten uns so anstandsvoll, als ob es weder Jungbrunnen noch Fehltritte gäbe.

9. Kapitel

Einige Stunden nach Mittag machten wir uns auf den Weg, von dem freudentollen Hans, der einen Korb mit Butterbroten trug, geführt und von einer Menge Ermahnungen zur Vorsicht begleitet.

Der Weg ging die Elbe entlang. Bald hatten wir zur rechten Hand die lange Böschung von Steinbrocken, Sand und Abfall, die gleichmäßig wie eine Bastion etwa ein halbes Hundert Fuß hoch auf das Plateau der Brüche hinaufführt und unten von einer mannshohen Mauer begrenzt wird. Bei jedem Bruch wird diese Böschung von einer Holzbahn unterbrochen, die von dem hochgelegenen Arbeitsplatz steil nach dem Ufer hinabführt und dazu dient, die zugehauenen Steine auf einer Art von Schlitten zum Elbufer hinabzubefördern. An einer dieser Landungsstellen lag ein Prahm, schon zur Hälfte mit seiner schweren Last beladen. Einige handfeste Arbeiter luden einen Schlitten ab, dessen Nachfolger hoch oben auf der Bahn nahe der Winde zur Abfahrt bereitstand.

Wir waren wohl eine kleine Viertelmeile gegangen, als Hans vor einer Leiter stehenblieb, die an der Mauer lehnte. Ohne Beschwerde kletterten wir bis zum Fuße der Böschung hinauf. Aber hier zauderten wir und musterten mit zweifelnden Blicken den Steg, der uns hinaufführen sollte und den man kaum als einen helleren Zickzackstreifen auf der steilen, schmutziggrauen Fläche unterscheiden konnte. Bei näherer Betrachtung entdeckten wir allerdings eine Art Stufen, die durch hervortretende Steine oder durch Spatenstiche entstanden waren, aber sie sahen aus, als ob sie unter uns abzubröckeln drohten. Hans, der schon ein Stück vorweg war, blickte verwundert nach uns zurück.

»Bitte, gehen Sie voraus« sagte Minna und errötete.

»Nein, Fräulein Jagemann, das geht nicht. Wenn Sie hier ausgleiten, haben Sie keinen Halt. Ich aber werde schon feststehen und kann Sie stützen, wenn Sie schwanken, – Sie brauchen nicht zu fürchten, daß Sie mich mit fortreißen und jedenfalls...«

»Ach, wenn Sie doch nur gehen wollten!«

»Lieber Himmel, wollen Sie nicht mit diesen Torheiten aufhören? Wollen Sie denn deswegen den Hals brechen? Alle Wetter, es muß doch noch einen anderen Weg geben, die dummen Leute! Übrigens ist gar keine Gefahr dabei, wenn Sie nur tun, was ich sage. Lassen Sie doch die Ziererei!«

Ich tat bei diesen Worten weit ungeduldiger und ärgerlicher, als ich wirklich war, und war mir dessen auch völlig bewußt. Es hatte für mich einen eigentümlichen Reiz, sie als der Überlegene zurechtzuweisen, besonders aber von einer dieser äußerlichen Verschanzungen der Jungfräulichkeit verächtlich zu reden, endlich auch sie überhaupt im Namen der Vernunft zu schulmeistern.

»Ich weiß, daß Sie es gut meinen, deshalb nehme ich es Ihnen auch nicht übel, wenn Sie in einem so gebieterischen Tone sprechen«, sagte sie und sah mich ernsthaft an. »Gewissermaßen haben Sie recht, und Sie würden es völlig haben, wenn es meinerseits nur Ziererei wäre. Unglücklicherweise aber ist das Gefühl so stark in mir, daß ich weiß, es würde jede meiner Bewegungen ebensosehr hindern wie die Ketten, die seinerzeit die Modepuppen zwischen den Stiefeln hatten, und wir würden doch zu guter Letzt diesen Wall hinunter um die Wette Purzelbäume schlagen, wozu er mir sehr geeignet scheint. Wenn Sie dagegen vorangehen und mir es überlassen wollen, so unschön emporzuklettern, wie sich's eben fügt, dann verspreche ich Ihnen, daß ich mir schlimmstenfalls meine Knie ein wenig schinde – und wenn Sie finden, daß ich ein Trotzkopf bin, dann kann ich Sie damit trösten, daß ich als solcher genauso oben ankommen werde.«

Die mit liebenswürdiger Laune vermischte Bestimmtheit, womit sie diese Erklärung abgab, riß mich kopfüber von der Höhe meiner Überlegenheit herab und machte mich so klein, daß ich gern in ein Mauseloch gekrochen wäre. Da es aber kein solches gab, kroch ich die Böschung hinauf und nahm die tödliche Angst, meiner Begleiterin möchte etwas zustoßen, als gerechte Strafe hin. Wir erreichten beide wohlbehalten den Rand.

Die weiße Fläche, die sich bis an die zersprengte Felsenmauer vor uns ausdehnte, erinnerte mich an einen ausgegrabenen Tempelplatz. Wie mächtige Trommeln gefallener Säulen lagen die Mühlsteine in langen Reihen, regelmäßig zugehauene Steinblöcke und Platten bauten sich stückweise als Grundmauern auf. Haufen von Sand, Brocken und Steinschutt bildeten hier und da Hügel, welche die Bodenfläche durchschnitten. Einige trugen ganz kleine Wälder, meistens aus Traubenholunder bestehend, dessen scharlachrote Beeren zwischen den blendendweißen Steinmassen glühten. An einer Seite sah man ein Ziegeldach mit rauchender Esse; es war die Schmiede, die für jeden Steinbruch unentbehrlich ist.

Nachdem wir einen der Höhenzüge überstiegen hatten, befanden wir uns in dem rückwärtigen Teile des Bruches dicht vor der Felsenmauer. Hier standen der Besitzer und einige Arbeiter. Unser Wirt nahm die Holzpfeife aus dem Mund, lüftete seine Mütze und sagte, daß wir gerade zur rechten Zeit kämen, sie seien soeben mit den Vorbereitungen fertig geworden. Ein großer Mann, mit karierter Hose und ziemlich reinem Hemd bekleidet, bückte sich, uns den Rücken zukehrend, nach vorn gegen die Steinfläche, wo er etwas zu untersuchen schien. Er drehte einen Augenblick sein rotbärtiges Gesicht mit einem gemütlichen Nicken nach uns um, während ein kleiner, in schmutzige Lumpen gehüllter Kerl von gnomenartigem Äußern scheu nach uns schielte, indem er überflüssiges Werkzeug entfernte. Einige Schritte davon schlugen Arbeiter kleine Eisenkeile der Länge nach in einen großen Stein, der gespalten werden sollte. Weiter weg hörte man den Klang von Hacken und Stimmen.

Der Mann mit der karierten Hose trat von dem Stein zurück: Es zeigte sich ein dicker, herabhängender Strick ähnlich dem Schwanz eines Tieres, das in ein Loch hineingekrochen ist. Er hing ein paar Meter über der Erde an einem hervorstehenden Teile der Sprengfläche von ungefähr zwanzig Fuß Höhe, der sich bereits durch einen schmalen Spalt von der übrigen Mauer abgelöst hatte. Diese strebte in ihrer weißgelben Nacktheit reichlich hundert Fuß aufwärts, wo dann die dunklen, rauhen Felsformen, mit Gebüsch und Nadelholz bedeckt, aus ihr emporwuchsen. Es sah aus, als ob der Berg ein ungeheurer, moosbewachsener Baum wäre, der nach unten entrindet und gespalten war.

Der Wirt riet uns, den nächstliegenden Steinhügel zu besteigen, der seitwärts von der Sprengrichtung lag. Er winkte einem Manne ab, der von der Schmiede mit einigen Hacken auf der Schulter herkam, setzte die Hände vor den Mund und rief: »Vorsicht!« Darauf klopfte er die Asche aus dem Pfeifenkopf, dampfte tüchtig, während er auf den Stein zuging, steckte das Ende der Lunte einen Augenblick in die Pfeife, ohne diese aus dem Mund zu nehmen, und schlenderte dann langsam auf uns zu, beständig rauchend und mit den Händen unter dem Schurzfell. Das Feuer der brennenden Lunte verschwand in dem Stein, aus dem dann ein dünner Rauch hervorquoll. In Erwartung eines großartigen Sprengschlages sahen Minna und ich einander mit dem eigentümlichen Lächeln nervöser Spannung an. Endlich erklang ein ziemlich schwacher und dumpfer Knall, Steinstücke sprangen heraus, eine kleine Staub- und Rauchwolke zerstreute sich, aber der Block blieb, allerdings stark untergraben, stehen. Der Besitzer fluchte, der Mann mit der karierten Hose scharrte mit seiner Hacke einige gelockerte Stücke hervor: Die schwarze Spur der Mine wurde in einem Riß der Steinwunde sichtbar.

»Wir müssen noch einmal bohren«, rief er dem Besitzer zu.

Während wir die Stelle ganz in der Nähe betrachteten und die Leute untersuchten, wo es am zweckmäßigsten sei zu bohren, hatte ich eine Hacke ergriffen und schlug auf eines der abgesprengten Stücke los, das sich leicht und in geraden Flächen unter meinen Hieben spaltete. Plötzlich fühlte ich mich umfaßt und mit einem Stück von dem Bast gebunden, den sie beim Verladen brauchen, während ein schallendes Gelächter an meine Ohren klang und ein rotbärtiges Gesicht sich über meine Schulter beugte. Ich lachte natürlich auch, aber in jener gezwungenen Weise, die zeigt, daß man den Spaß nicht recht versteht. Zwar gab der lustige Räuber eine Erklärung, aber in so breitem Sächsisch und wahrscheinlich in der Voraussetzung, ich wisse Bescheid, daß ich dadurch nicht klüger wurde.

Minna lachte herzlich, als sie mich so wehrlos in den Armen des Riesen sah, und vielleicht noch mehr über den komischen Ausdruck meines Gesichts, der deutlich verriet, wie gern ich es verstanden hätte. Endlich bezwang sie ihre Munterkeit, die mich gegen meinen Willen nicht wenig geärgert hatte:

»Er verlangt, daß Sie sich loskaufen sollen, und er ist in seinem Recht«, sagte sie. »Es ist ein alter Brauch bei uns: Wenn jemand einem Handwerker in die Arbeit pfuscht, darf dieser ihn gefangennehmen, so wie es jetzt mit Ihnen geschieht.«

Sie hatte es in dänischer Sprache langsam und mit unbeholfener Aussprache gesagt, hier und da einen deutschen Ausdruck benutzend. Zum erstenmal hörte ich jetzt Minna meine Muttersprache gebrauchen, und es überraschte mich auf schmeichelhafte Weise; denn für uns Dänen ist es eigentlich immer von neuem ein Rätsel, wenn ein Fremder sich in unserer so wenig bekannten Sprache verständlich machen kann. Außerdem hatte ich sie im Verdacht, sich besonders in der allerletzten Zeit damit beschäftigt zu haben, obgleich sie nicht davon gesprochen hatte.

Mit Vergnügen bezahlte ich meine Buße so reichlich, daß davon außer dem »Prisengeld« für den Rotbärtigen auch noch ein Trinkgeld für die anderen übrigblieb – es ist aber nicht unwahrscheinlich, daß Minnas Gegenwart einigen Einfluß auf meine Freigebigkeit ausübte. Der gemütliche Räuber befreite mich, steckte mit höflichem Dank das Geld in die karierte Hose und machte sich nach dieser Aufmunterung an die neue Bohrung, während der arme Gnom, von dessen Lumpen man bei jeder seiner Bewegungen fürchtete, sie könnten ganz abfallen, mit den Schlägen eines schweren Vorhammers die Eisenstange in den Stein trieb.

Da es aussah, als ob sich die Arbeit in die Länge ziehen würde, gingen wir im Bruche umher, besahen die Spuren früherer Sprengungen und freuten uns darüber, wie leicht die Behandlung der spröden, körnigen Steinmasse den tüchtigen Arbeitern fiel. Danach machten wir uns an den weniger technischen Zeitvertreib, einige der schönen Blumen zu pflücken, die verstreut zwischen den Blöcken wuchsen. Als Minna aber ein paar farbige, fast durchsichtige Kieselsteinchen fand, zog sie es vor, nach solchen zu suchen, und legte sich zuletzt in ihrem Eifer auf den sandigen Boden nieder an einer Stelle, wo sie glaubte, ein fruchtbares Gebiet gefunden zu haben. Ich brannte mir eine Zigarre an und setzte mich neben sie auf einen Stein, in den spärlichen Schatten einiger Sträucher.

»Die sind doch lieb, nicht wahr?« sagte Minna, mir ihre Hand mit einem seegrünen und einem lila Steinchen hinhaltend, während sie mich mit blinzelnden, von all dem weißen Licht geblendeten Augen ansah.

»Gewiß, reizend. Was wollen Sie eigentlich damit anfangen?«

»Ich schenke sie der kleinen Amalie. Doch nein – ich behalte sie offengestanden lieber für mich.... Das erscheint Ihnen wohl etwas zu kindlich? Ich tue es aber auch gerade, weil sie mich an meine Kindheit erinnern.... Als ob da was Besonderes zu erinnern wäre! Und doch denke ich gern daran. Es ist sonderbar, aber die Zeit verschönert eben alles, was uns genügend entrückt ist – das ist immerhin ein Trost: Einmal wird es schön, wenn man darauf zurückblickt.«

»Ja, Sie haben recht. Und diese Zeit, dieser Tag – vielleicht wird man ihn einst schmerzlichschön finden und sich Vorwürfe machen, daß man ihn im Augenblick nicht genügend geschätzt hat. Und doch würde das wiederum unberechtigt sein, wenigstens was mich betrifft.«

Minna senkte den Kopf tiefer und legte die neuen Steinchen in das Taschentuch zu den übrigen.

»Als Kind schwärmte ich für solche durchsichtigen Steine, ich hatte eine Menge davon und bildete mir ein, ich sei eine Prinzessin und es wären meine Edelsteine. Ich sagte vorher, ich wolle sie der kleinen Amalie schenken? Sie würde wahrscheinlich tief beleidigt darüber sein, und ihrem törichten Vater könnte es einfallen, ihr echte Edelsteine zu geben, um sie zu trösten.«

»Sie haben gewiß keine leichte Aufgabe, als Lehrerin solcher verwöhnten Kinder.... Ich merke, daß Sie selbst vernünftiger erzogen worden sind.«

»Ehre, wem Ehre gebührt!« sagte sie etwas bitter und schüttelte das herabgefallene Haar aus den Augen. »Die Vernunft, die hat nicht gerade ihre Hand dabei im Spiele gehabt.«

»War Ihr Heim sehr einfach?«

»Wäre es nur bloß einfach gewesen – es war ungemütlich und freudlos. Die Mittel reichten freilich nicht weit, aber daran lag es nicht allein. Ist es nicht verwunderlich, daß ich erst mit vierzehn Jahren Loschwitz gesehen habe? Natürlich gingen wir ab und zu auf der Terrasse spazieren. Ein großes Fest für mich und meinen Bruder war es, wenn der Vater uns mit nach Plauen hinausnahm, wo er manchmal sein Bier trank. Damals gab es dort keine Fabriken, es war so reizend in dem kleinen Tal an der Weißeritz, und wir jubelten, wenn wir auf den Felsen herumklettern durften. Dort fand ich auch solche schönen Kieselsteinchen wie diese hier. Zuweilen nahm er abends auch die Mutter ins Wirtshaus mit, das war eine Gewohnheit aus der ersten Zeit ihrer Ehe, wo sie ihn jeden Abend begleitet hatte, und wenn Sie, nachdem Sie wieder in die Stadt gezogen sind, abends um acht Uhr in das Wirtshaus ›Zur Katze‹ in der Sporergasse gehen, dann werden Sie in der hintersten Stube eine alte Frau, die mir etwas ähneln soll, bei einem Glase Bier sitzen sehen. Und wenn sie eine Freundin mit sich hat, dann wird sie ihr sicher gelegentlich sentimental von den vielen gemütlichen Stunden erzählen, die sie dort in derselben Stube mit ihrem seligen Manne verlebt hat.

Wenn die gemütlichsten Erinnerungen im Wirtshaus ›Zur Katze‹ zu Hause waren, dann können Sie sich wohl vorstellen, was für uns, meinen Bruder und mich, übrig blieb! Wir besuchten gute Schulen, darin bestand aber auch unsere ganze Erziehung. Der Vater gab sich nicht viel mit uns ab, und das war sehr schade, denn er war nicht nur ein gebildeter Mann – er gab Unterricht in den alten Sprachen –, sondern er war auch streng rechtschaffen. All das habe ich erst später eingesehen. Überhaupt habe ich nur andeutungsweise einen Begriff davon bekommen, was in ihm lebte, denn er war sehr verschlossen: Mit der Mutter sprach er fast nie von anderem als von Wind und Wetter, und ab und zu zankten sie sich ein wenig über Politik. Der Vater war nämlich reichsfreundlich, die Mutter aber sächsisch und haßte die Preußen. Es wollte ihr nicht in den Kopf, wozu die große Einheit gut sein sollte, und sie behauptete, daß wir dieser nur die größere Steuerlast zu verdanken hätten. Sonst hatten meine Eltern, wie gesagt, nichts, wovon sie miteinander sprachen. Später habe ich vieles verstehen gelernt, und es ist mir klar geworden, daß der Vater mit einer anderen Frau ein anderer Mann und auch ein anderer Vater geworden wäre, daß es sogar zum Teil seine besten Eigenschaften waren, die ihn dahin brachten, sich während des Zusammenlebens mit meiner Mutter immer mehr in sich zurückzuziehen, um gleichsam zu einem Sonderling einzuschrumpfen. Eigensinnig war er allerdings über die Maßen, und das ließ er dann namentlich an uns Kindern aus. Am ärgsten war seine – man kann es beinahe Wut nennen, wenn ihm ein fremdes Wesen im Hause begegnete. Wenn ein fremder Hund oder eine fremde Katze sich in unseren Garten verliefen und der Vater es vom Fenster aus bemerkte, dann stürzte er hinunter und prügelte das arme Tier, wenn es in den Bereich seines Stockes kam. Ich konnte auch nie eine Freundin bei mir sehen, wenn er zu Hause war. Einmal, es war an meinem elften Geburtstag, hatte die Mutter mir erlaubt, eine ganz kleine Gesellschaft unten im Garten zu haben und zwar zu einer Zeit, in der mein Vater Unterricht gab. Aber aus irgendeinem Grunde wurde die Schule gerade an dem Tage geschlossen. Die Mutter, die ihn auf der Straße herankommen sah, stürzte schreckensbleich auf uns zu, und die ganze kleine Gesellschaft mußte durch die anstoßenden Gärten die Flucht ergreifen. Sie können sich wohl denken, daß er auf diese Weise für uns der wahre Popanz wurde, und wir verbündeten uns mehr und mehr gegen ihn mit der Mutter, die auch wirklich mehr Herz für uns hatte. Leider führte dieses Verhältnis dazu, daß wir vieles mit Wissen der Mutter und sogar auf ihre Veranlassung vor ihm verbargen; seine Mißbilligung hätte uns wohl sonst eines Besseren belehrt, während sie uns so nur wie eine böse, unwillige Grille vorkam, die man bloß zu umgehen brauchte.... Aber warum erzähle ich Ihnen eigentlich das alles? Ich langweile Sie gewiß damit?«

»Sie erzählen es mir bestimmt mit dem Gefühl, daß Sie mich eben nicht damit langweilen und daß es zur Zeit kaum irgend etwas gibt, was mich mehr fesseln könnte. Ich selbst habe eine glückliche Kindheit verlebt, und ich empfinde deshalb vielleicht um so tiefer, was Sie vermißt haben. Aber Sie haben dann jetzt in Ihrer Jugend um so mehr von den lichteren Seiten des Lebens einzuholen, und diese, glauben Sie mir, werden Ihnen auch nicht vorenthalten werden.«

Minna antwortete nicht, sondern untersuchte eifrig ein neues Steinhäufchen, das sie zusammengescharrt hatte.

»Sie erwähnten einen Bruder – ich habe Sie nie von ihm reden hören. Ist er nicht mehr in Dresden?«

»Er ist vor einigen Jahren gestorben.«

»Ach Gott, auch das mußten Sie erleben! Es muß ein schwerer Schlag für Sie gewesen sein.«

»Nein, ich mochte ihn nicht recht. Schon als Knabe war er recht unliebenswürdig, er machte mir meine Kindheit noch unerträglicher.«

Sie sah mich trotzig an, als ob sie sagen wollte:

»Ich weiß schon, daß Sie mich hartherzig finden. Gut, meinetwegen. Sollte ich ihn vielleicht lieben, nur weil er mein Bruder war, wenn er es sonst nicht verdiente? ... Sie dürfen übrigens gar nicht glauben, daß ich so gutherzig bin.«

»Hatten Sie gar keine anderen Verwandten, an die Sie sich halten konnten?« fragte ich, um von dem peinlichen Gegenstand abzukommen.

»Ich hatte eine Großtante, die zugleich meine Patin war und sich deshalb verpflichtet fühlte, sich meiner anzunehmen. Sie hatte mich sogar auf ihre Art gern – leider war es eine ziemlich unangenehme Art, die mich abstieß. Immer zankte sie, hatte an allem etwas auszusetzen, sogar an meinem Haar..., ich mußte mir damals Locken drehen. Darin hatte sie nun freilich recht, wie sie überhaupt meistens recht hatte. Ich stand zu ihr in einem ähnlichen Verhältnis wie zu meinem Vater, nur daß sie sich wirklich mit mir beschäftigte. Erst viel später habe ich das Achtenswerte an beiden erkannt, das sich bei ihr unter Rauheit, bei ihm unter Gleichgültigkeit verbarg. Sie war wie er ein Sonderling und war ihm eigentlich recht gut, wogegen sie auf meine Mutter und auf alles, was etwa von ihr herrührte, herabsah. Wenn sie mir etwas schenkte, war es meistens mit einer Drohung begleitet. So subskribierte sie für mich auf eine Klassikerausgabe und gab mir das Geld zum Einbinden der Bücher im voraus – sie tat überhaupt nie etwas halb. Es war eine kleine Bibliothek von etwa hundert Bänden, und sie sagte zu mir: ›Wenn du je, und wäre es in der äußersten Not, deine Klassiker verkaufst, dann werde ich, falls ich tot bin, dich als Gespenst heimsuchen‹, und ich zweifle nicht daran, daß sie Wort halten würde. Ich habe aber zur Furcht keinen Grund, und ich habe die Bücher auch nicht bloß auf dem Brett stehenlassen; schon dieses Geschenkes wegen habe ich ihr viel zu verdanken. Ich hatte nun immer gute Lektüre zur Hand, und da ich nicht so viel Zerstreuung wie andere junge Mädchen oder eigentlich gar keine hatte, las ich ein ganz Teil mehr als die meisten anderen – sicher auch manches, womit ich lieber hätte warten sollen. Merkwürdigerweise fiel es meiner sonst so pädagogischen Tante gar nicht ein, daß die guten Klassiker dies oder jenes enthalten, was sich nicht für vierzehnjährige Mädchen eignet, denn älter war ich nicht, als die Subskription anfing. Entweder hatte sich ihr literarisches Gedächtnis etwas verwischt oder es war der Begriff ›Deutsche Klassiker‹ für sie etwas so über alle Einwände Erhabenes, daß ein solcher Gedanke gar nicht in ihr aufkam. Ich las zum Beispiel in jenem Alter den ›Oberon‹ – Sie werden ihn wohl kaum kennen. Im ganzen genommen glaube ich nicht, daß es mir viel geschadet hat. Und diese Abende, an denen ich die großen Dichter las, wenn die Mutter schon längst schlief, waren die ersten glücklichen Stunden meines Lebens. Sie waren mehr als glücklich, aber dadurch auch weniger; denn wenn in ihnen zwar viele schöne Offenbarungen leuchteten, so folgte doch auch eine peinliche Selbsterkenntnis als dunkler Schatten mit. Ich sah, daß es eine ganz andere Welt geben müsse, ich meine, nicht von äußeren Verhältnissen, sondern von Gedanken und Gefühlen, ganz andere Anschauungen von Wert und Unwert als das Gewebe von zweifelhaften, aber ziemlich leicht anwendbaren Lebensregeln, in das meine Mutter mich eingesponnen hatte und woran sie immer viele gefühlvolle und fromm verdrehte Redensarten knüpfte, die nur einen Schleier über jene werfen sollten. Sie wundern sich vielleicht, daß ich es von den Dichtern lernte, da ich doch christlichen Unterricht hatte. Es waren ja auch nicht die Lehrsätze, die mir fehlten, aber ich sah in unserem kleinen Kreise nichts vom Leben, was man, ich will nicht sagen ›groß‹, sondern nur ›edel‹ oder ›rein‹ nennen könnte. Wir sahen nur die Verwandten meiner Mutter bei uns, und von ihnen war sie bei weitem die Beste. Sie wurden kaum von meinem Vater geduldet; Schwestern, Tanten und Vettern kamen nur, wenn er fort war, oder sie schlüpften gleich in die Küche hinein, wo sie ihre wenig erbauliche Unterhaltung hatten. Ach, wie es mir bei dem Gedanken daran zuwider wird! Etwas trug wohl auch dazu bei, daß der Pfarrer, bei dem ich in die Vorbereitungsstunden ging und über dessen Predigten die Mutter immer weinte, nicht den besten weltlichen Ruf hatte. Nun mußten mir Goethe und Schiller predigen, und sie waren nicht die schlechtesten Propheten. Natürlich hatte dies eine gewaltige Gärung, einen tiefen Zwiespalt und viele Zweifel zur Folge, die mich stark angriffen. Diese Abendlektüre, die oft zur Nachtlektüre wurde, strengte mich sehr an, weil ich früh aufstehen mußte, um im Haushalt zu helfen. Dazu kam noch, daß wir immer sehr einfach oder vielmehr unvernünftig lebten. Ohne es zu wissen, habe ich eigentlich während meiner ganzen Jugend gehungert. Ich litt an Blutmangel und Nervenschwäche und war während dieser Jahre nie gesund. Mir wurde plötzlich schwindlig, wenn ich auf der Straße ging, ich hatte unbestimmbare Angst, kam mir wie ein verworfenes Wesen vor und fürchtete oft für meinen Verstand. Was meine geistige Entwicklung betrifft, so fühlte ich wohl, daß ich jetzt an meinem Vater eine Stütze hätte haben können, aber die Einsilbigkeit war ihm zur zweiten Natur geworden, und eben zu der Zeit wurde sein unzugängliches Wesen noch durch Schwäche vermehrt. Er starb vor einem Jahr, ohne daß ich ihm nähergekommen wäre. Ein Teil der Schuld lag wohl auch bei mir: Daß er sich nie um das, was in mir vorging, kümmerte, machte mich trotzig, und ich fühlte, daß auch ich mich ihm gegenüber verschloß. Oft nahm ich mir vor, mich ihm zutraulich und liebevoll zu nähern, aber wenn es soweit kam, verbitterte mich das Gefühl, daß eine solche Anstrengung zwischen Vater und Tochter überhaupt notwendig sei, und ich schwieg im entscheidenden Augenblick. Als ich das letzte Mal bei ihm war, küßte er mich und sagte: ›Bleibe immer ein gutes Mädchen.‹ Ich war nahe daran, in Tränen auszubrechen und mich ganz dem Gefühl des Augenblicks hinzugeben, aber die alte Stimme in mir flüsterte: ›Was hast *du* getan, daß ich es werden konnte, und woher weißt du, daß ich es noch bin?‹ Das Ganze endete mit einem trockenen Versprechen und einer kalten Umarmung. Als ich einige Stunden später von meinen Schülerinnen nach Hause kam, war der Vater tot.«

Minna schwieg lange und sah vor sich hin. Ihre Mundwinkel zuckten, und ich erwartete jeden Augenblick, sie in Tränen ausbrechen zu sehen. Plötzlich schlug sie die Augen auf und sah mich an mit einem tränenlosen, aber seltsam ernsten und durchdringenden Blick, der nach der Wirkung des Erzählten zu forschen schien. Sie sagte sicher zu sich: »Jetzt finden Sie wohl, daß ich recht unliebenswürdig bin. Ich wünschte, daß ich besser wäre, aber ich will mich wenigstens vor Ihnen nicht besser machen.« Ihr Gesicht sah unendlich kummervoll aus, und ich war überzeugt, daß dieser Gedanke einen noch größeren Anteil hatte, als die schmerzlichen Erinnerungen, in denen sie gewühlt hatte.

Ich war sehr bewegt und hätte gerne ihre Hand ergriffen, aber wir saßen einige Schritte voneinander entfernt, und die Arbeiter waren nicht weit weg. Ein Händedruck hätte sie von der ganzen Tiefe meines Mitgefühls besser als Worte verständigt, die bei solchen Gelegenheiten von dem Schamgefühl ihrer eigenen Machtlosigkeit umstrickt werden. Ich sagte ihr, mir hätte schon längst geahnt, daß etwas Schweres aus ihrer Vergangenheit auf ihr laste, daß ich aber nicht gedacht hätte, es wurzele so tief in ihrer Kindheit und ganzen Entwicklung.

Bei dieser Bemerkung nahm ihr Gesicht einen eigentümlich mißtrauischen, fast spöttischen Ausdruck an, den ich sehr gut an ihr kannte.

»Bis jetzt haben Sie sich aber nur bei den dunklen Seiten aufgehalten«, sagte ich ablenkend. »Wie kommt es, daß Sie noch gar nicht von Hertzens gesprochen haben? Die waren doch wohl schon damals in Dresden?«

»Ja, aber ich lernte sie erst bei dem Begräbnis meines Vaters kennen. Die Verwandtschaft mit Tante Thea war so entfernt – eigentlich war es gar keine.... Desto besser vielleicht! Ihr Haus wurde mir ein zweites Heim – nein, ›Heim‹ sollte ich es gar nicht nennen –, etwas weit Besseres.... Sie wissen es ja übrigens, und nach dem, was Sie jetzt gehört haben, können Sie es noch besser verstehen, was diese prächtigen Menschen für mich sind.«

Sie sagte dies langsamer und wie zerstreut, vielleicht auch müde vom Erzählen oder wohl gar ärgerlich darüber, mir so viel mitgeteilt zu haben.

Außerdem wurden wir jetzt von dem Besitzer unterbrochen, der uns ersuchte, unseren vorigen, sicheren Platz wieder einzunehmen, da alles für den neuen Sprengversuch fertig sei.

Ich hatte beinahe vergessen, wo wir uns befanden und warum wir da waren. Einzelne ihrer Äußerungen, in traurigem und oft bitterem Tone gesprochen, klangen beständig in mir nach – wie sie es noch in diesem Augenblick tun. Was ihre Erzählung betrifft, so hat sie sich natürlich in meiner Erinnerung etwas zusammenhängender geformt als sie in jener Stunde von ihren Lippen kam, und es ist wahrscheinlich, daß mir dieser oder jener Zug in Wirklichkeit erst an einem der folgenden Tage mitgeteilt wurde, aber der Haupteindruck wird durch diese kleinen Ungenauigkeiten jedenfalls nicht beeinträchtigt. Besonders fiel mir die bewußte und reflektierende Weise auf, in der sie ihre Verhältnisse besprach und beurteilte: Sicher hatte sie wiederholt alle Einzelheiten und deren Zusammenhänge erwogen und den Ursachen und Wirkungen nachgeforscht. Ich sah hierin einen Beweis, daß sie eine weit melancholischere Natur war, als ich vermutet hatte. Denn ich war bisher von der jugendlichen Munterkeit, die oft bei ihr zum Ausbruch kam, getäuscht worden.

Die neue Sprengung verlief wie die erste, das Felsenstück blieb stehen, obwohl ganz untergraben, so daß es wie ein Erker frei hervorstand. Der rotbärtige Arbeiter näherte sich vorsichtig und scharrte mit seiner Hacke diejenigen zersplitterten Stücke heraus, welche die Explosion nicht fortgeschleudert hatte. An den hinteren Ecken wurde das Felsstück noch von einigen halbzerspaltenen Blöcken gestützt. Während der Besitzer und der zerlumpte Arbeiter auf das Felsenstück achteten, um bei der kleinsten Bewegung Lärm zu machen, fing der mutige Mann an, seine wuchtigen Hiebe auf diese Stellen zu richten. Anfangs hielt er nach jedem Schlag inne, bereit, beiseite zu springen, nach und nach aber wich die Vorsicht dem Eifer. Die Hacke biß sich hinein, Hieb auf Hieb, und die Scherben sprangen umher; er schien von Wut gegen diesen störrischen Widersacher erfüllt zu sein. Es sah sehr gefährlich aus: Das Auge, das vom Anstarren der blendenden Fläche ermüdet war und kaum blinzeln durfte, wähnte jeden Augenblick den Rand des Kolosses sich bewegen zu sehen. Ein paarmal wurde gewarnt und nach der enttäuschenden Pause begann ein neuer, heftiger und mit wachsender Gefahr begleiteter Angriff.

Minna war blaß geworden und kniff die Lippen zusammen. Als ich nun, durch das lange Warten abgestumpft, einige Schritte näher trat, um die Wirkung dieser Riesenschläge genau zu beobachten, sprang sie mir nach und riß mich mit einem krampfhaften Griff gewaltsam zurück. Gleichzeitig erklang ein Ruf. Ich sah ein großes bewegliches Leuchten über mir und hörte ein starkes Dröhnen. Das ganze Felsstück lag einige Schritte von mir entfernt, und ein losgetrennter Block sprang etliche Ellen weiter weg. Mein erster Blick suchte den geschickten Arbeiter: Er stand wohlbehalten zur Seite des Steinungeheuers, das er gefällt hatte, und nickte uns lächelnd zu, als wollte er sagen: »Das kam gerade nahe genug.« Ich unterstützte Minna, die am ganzen Körper zitterte, und hieß sie, sich auf einen Stein niedersetzen.

10. Kapitel

Die Nachmittagssonne strahlte mit vollem Licht auf die Felsen, aber über diese hatte sich eine dunkle Wolke heraufgeschoben. Der Regen fing jetzt plötzlich in großen Tropfen gewitterartig zu fallen an, wir wurden daher genötigt, über die kleinen, buschigen Hügel nach der Steinbruchschmiede zu eilen. Diese Bewegung gab Minna ihre Kräfte wieder, und sie, die eine Minute vorher sich anscheinend kaum auf den Beinen hatte halten können, lief unter dem Platzregen die letzten Schritte so leicht, als ob ihre Nerven nie erschüttert worden wären.

Höchst eigentümlich war es, aus dem freien, lichten Raume, wo die weißen Felsen im blendenden Sonnenlicht glänzten, in die rußige und staubige, von roten, knatternden Flammen durchzuckte Dunkelheit zu treten. Die kleine Schmiede füllte sich bald mit Arbeitern. Ein junger, auffallend schöner Mann stand an der Esse. Er streckte seinen Arm in die Höhe, ergriff einen Strick und zog die lange, gebogene Stange, die den Blasebalg in Bewegung setzte. Die Kohlenmasse erglühte lebhafter, er stocherte darin herum, legte eine Schaufel voll nach, steckte eine Hacke mit abgenutzter Eisenspitze hinein und zog eine andere mit rotglühendem Haken heraus. Er spuckte auf den Finger und ließ ihn über das glühende Metall hingleiten. Dann tauchte er die Hacke in einen Wassertrog, der zischend eine weiße Dampfwolke zu ihm emporschickte.

Minna lachte.

»Vorhin sahen wir Siegfried im Kampf mit dem Drachen, und hier haben wir ihn leibhaftig in der Waldschmiede!«

Sie hatte mich wieder dänisch angeredet. Verwundert über dieses Kauderwelsch guckten uns die Arbeiter neugierig an. Der Schmied schien es jedoch nicht zu bemerken. Er legte eben die wieder ergrauende Hackenspitze auf den Amboß und bearbeitete sie mit dem Hammer, daß uns die Funken umstoben und wir einige Schritte zurücktraten. Minna betrachtete ihn mit einem Wohlbehagen, das mir nicht gefiel.

»Finden Sie ihn nicht schön?« fragte sie. »Man kann sich kaum etwas Malerischeres vorstellen, wie er da bei seiner Arbeit steht! Mancher Siegfrieddarsteller könnte ihn beneiden.«

In mir nagte die Eifersucht, da ich wohl wußte, daß ich mich keineswegs mit diesem Prachtkerl messen konnte.

»Freilich ist er hübsch, aber Sie verderben ihn ja, wenn Sie ihn so ansehen: Er wird natürlich eitel werden, und die armen kleinen Dorfmädchen können es ihm gar nicht mehr recht machen.«

»Seine Arbeit nimmt ihn in Anspruch, er bemerkt es sicher nicht.«

»Dann werden die anderen es ihm schon sagen.«

»Aber du lieber Gott, es ist so herrlich, etwas recht Schönes zu sehen!«

So berechtigt diese Äußerung auch sein mochte, so war sie mir doch nicht angenehm.

»Ob er wohl Sachse ist?« sagte sie kurz darauf.

»Nein, Fräulein, ich bin Schleswiger«, antwortete der Arbeiter ganz ruhig auf Dänisch, indem er die Hacke in die Ecke warf und sich am Blasebalg zu schaffen machte.

Man hätte glauben können, daß dieser die Glut auf ihrer Wange entfachte, so rot wurde sie. Die Arbeiter ringsum schmunzelten und schienen die Lage zu verstehen. Zuerst genoß ich ihre Verlegenheit wie eine passende kleine Rache, bald aber tat sie mir leid, da sie wirklich nicht mehr wagte, die Augen von dem Kohlenstaub des Bodens zu erheben. Glücklicherweise tropfte es nur noch ganz wenig draußen. Wir nahmen Abschied von unserem zuvorkommenden Wirt und von dem rotbärtigen Riesen – der Gnom kauerte in einer Ecke, der Adonis der Schmiede rief uns ein vergnügtes »Farvel« nach.

Wir wollten natürlich nicht so hinabsteigen, wie wir heraufgekraxelt waren. Der kleine Hans sollte uns den Weg durch die Nachbarbrüche zeigen, aber ich kam um diesen Führer herum, wenn auch nicht ohne Schwierigkeit: »Ich werde mich schon allein zurechtfinden.«

Die meisten Brüche waren schon von den Arbeitern verlassen. Man sah überall die gleichen weißen Flächen, die buschigen Hügel, die ruinenartigen Reihen zugehauener Steine, die zyklopischen Wälle roher Blöcke und hier und da ganze herabgefallene Felsstücke. Indem wir uns der Felswand so nahe wie möglich hielten, fanden wir fast überall ohne langes Suchen einen einigermaßen gangbaren Pfad. Die einzelnen Brüche waren meist beinahe unwegsame Höhenzüge, die aus lockeren Steintrümmern bestanden. Diese schaukelten und wippten fortwährend unter unseren Füßen, weshalb sich oft Gelegenheit bot, Minna zu stützen, die auf dem unsicheren Grund schrie und lachte, indem sie die Arme nach mir ausstreckte, nach einem Stützpunkt suchend, oder wenn sie mich wanken sah. Die traurigen Erinnerungen, bei denen sie verweilt hatte, die nervöse Spannung während der Sprengung und endlich die Verlegenheit in der Schmiede: Dies alles schien einen Strom von Heiterkeit nur zurückgedämmt zu haben, der nun um so sprudelnder hervorbrach. Einmal fielen wir beide hin, sie auf mich; glücklicherweise stieß nur ich mich ein wenig. Minna erhob sich lachend und half mir auf, ohne die geringste Schüchternheit zu zeigen. In diesem Augenblick hätte sie vielleicht sogar vergessen, mich vorauszuschicken, wenn wir wieder den Berg hätten emporklettern müssen. Sie schien für nichts weiter Sinn zu haben als für ihre wundervolle Laune, vielleicht für meine mit, und ein wenig für die der ganzen Natur, die uns aus dem Bergwald entgegenduftete und -zwitscherte, in den wir jetzt hineintraten.

Der starke, weihrauchähnliche Wohlgeruch, den die Sonnenwärme auf diesem Abhang ausbrütete, wurde durch den Duft erfrischt, den das Regenbad ringsum verbreitet hatte; und davon berauscht setzten die Vögel ein, als wäre es Frühlingszeit. Die Abendsonne glitzerte in den Fichten, deren gebogene Fransenzweige strahlten, als ob sie voller Sterne hingen. Unten zwischen den Stämmen gleißte der Fluß wie ein gleitendes Licht, und hoch oben über den sacht nickenden Baumwipfeln hoben borkenfarbige, gefurchte und geborstene Felsenmauern ihr bläuliches Gebräme verkrüppelter Kiefern gegen den wolkenlosen Himmel. Ab und zu erklang von oben ein Brausen, das sich wie eine Woge näherte, große Tropfen fielen auf uns herab, und Minnas Kleid flatterte. Es war aus einem leichten und weichen, zart-graugelben Stoff, der von dem schwarzen Ledergürtel an ohne Raffungen in langen Falten glatt über die Gestalt hinabfiel – ein Anzug, der sie schlanker und größer erscheinen ließ als sonst. Sie trippelte ein wenig auf dem schrägen Grund, der da, wo er im Trocknen lag, glatt war von Kiefernnadeln und den Schuppen der Tannenzapfen. Oft rutschte sie aus und streckte dann mit einem kleinen Hilferuf den rechten Arm in die Luft empor, so daß der weite Ärmel bis über das Grübchen des Ellbogens hinabglitt, während der andere Arm mit der sonnenverbrannten Hand in das Moos griff.

Plötzlich lachte ich auf, und als sie sich mit einem fragenden Lächeln umdrehte, zeigte ich auf ihren Schatten, der sich als dicke, unförmige Gestalt auf einer senkrechten Steinfläche zu ihrer Seite abzeichnete. Sie antwortete mit einem noch herzlicheren Lachen, indem sie auf meinen Schatten zeigte, der sich langbeiniger als ein Storch an der Böschung hinaufstreckte. Wir konnten lange nicht von der Stelle kommen, denn bei der ersten Bewegung gebärdeten sich die Schatten noch drolliger. Und als wir dann endlich an die Stelle kamen, wo eine Einsenkung dem Wald erlaubte sich auszubreiten, da trieben sie wieder ein neckisches Spiel, indem sie sich bald quer über den Rasen legten, bald von Stamm zu Stamm hüpften, unmittelbar von einem abspringend, der nur ein paar Schritte von uns entfernt war, zu einem, der weit drinnen im Dickicht leuchtete.

»Wissen Sie was«, sagte Minna, »es ist gut, daß Sie nicht ein Peter Schlemihl sind, denn dann wären Sie jetzt entdeckt.«

»Das wäre ich zweifellos, und was dann?«

»Ja, dann? Mir würde es jedenfalls dabei gar nicht geheuer sein.« Ihr kleines Ohr wurde ganz rot – es konnte nicht gut durchschimmerndes Sonnenlicht sein, denn die Sonne war ein wenig hinter uns. Mein Herz hüpfte vor Freude, denn ich zweifelte nicht, daß sie an die Stelle in dem unsterblichen Buch von dem armen Schattenlosen dachte, wo Schlemihl in der Nacht mit seiner Angebeteten im Garten spazierengeht und sie plötzlich auf einen monderhellten Fleck hinaustreten, wo nur *ihr* Schatten sich zu ihren Füßen ausstreckt. Minna hatte auch gleich verstanden, daß mein scheinbar höchst einfältiges »und dann?« nicht ganz so dumm war als vielmehr dreist; denn sie selbst hatte mir gerade in diesen Tagen das Buch geliehen, einen Band jener Klassiker-Ausgabe, von der sie mir erzählt hatte.

Ja, wenn ich nun keinen Schatten gehabt hätte, dann wäre sie jetzt in Ohnmacht gefallen, und ich hätte für immer fliehen müssen. Jetzt aber, da er gerade lebhaft genug mit dem ihrigen Verstecken spielte in dem abendlichen Bergwald – was fehlte da noch? Ich hatte ja ganz gewiß keinen unerschöpflichen Geldbeutel in der Tasche, aber meinen Schatten hatte ich in Ordnung. Stand er nicht just dort auf einer jähen Steinfläche, schwarz auf weiß, wie ein unumstößliches Dokument meiner Echtheit, und das kleine Ohrläppchen da vor mir, das so brennend rot war, erzählte es mir nicht, daß es einem Weibe gehöre, das mir von Herzen gut war? Warum sollte mir da das Herz nicht vor Freude hüpfen?

»Sagen Sie mal, sind Sie ebenso durstig wie ich?« fragte Minna.

»Das weiß ich nicht, aber durstig bin ich.«

»Ja, denn dort sehe ich viele Heidelbeeren, und ich weiß eigentlich nicht, warum die unnütz verderben sollen.«

Ich war ganz ihrer Meinung, und wir fingen an, die kleinen Sträucher um die Wette zu plündern. Weil das Bücken uns bald zu beschwerlich wurde, knieten wir nieder und krochen auf allen vieren von einem Busch zum andern. Dann wurde es uns zu umständlich, die einzelnen Beeren abzupflücken, wir rissen die Zweige ab und zogen sie durch den Mund, und erst jetzt, wo sie den Durst löschten, merkten wir, wie stark er war. Minna ergötzte sich förmlich daran, ja sie fing sogar wie ein kleines zufriedenes Tier zu knurren an. Als sie merkte, daß es mich amüsierte, trieb sie den Spaß weiter und schnappte mit den Lippen die Beeren von dem Strauch, ohne mit den Händen nachzuhelfen, die wie Pfoten auf dem Erdboden herumtrippelten. Dann guckte sie zu mir hinauf mit einem höchst drolligen Ausdruck, indem sie wiederholt knurrte und den Kopf schüttelte, so daß ein paar freie Löckchen ihr um die Stirn tanzten. Ihre Lippen, die ganz schwarzblau waren, zeigten lächelnd die bläuliche Zahnreihe. Ob nun dieses ländliche Negligé ihren Mund weniger unnahbar erscheinen ließ, als mein Respekt ihn früher befunden hatte, oder ob diese Farbe als Zeichen unserer kindlichen Laune meiner natürlichen Schüchternheit zu Hilfe kam – genug, mich befiel bei diesem Anblick eine unbezwingliche Lust, sie zu küssen. Wir entdeckten beide zu gleicher Zeit eine Beere so groß wie eine kleine Kirsche, und unsere Köpfe stießen zusammen. Während ich noch jammerte und lachte, schnappte sie die Beere weg, und gleich darauf drückten meine Lippen einen langen Kuß auf die ihren, während mein Blick sich in ihre Augen bohrte, die ganz klein wurden und in deren Tiefen ein Schimmer der letzten goldenen Sonnenstrahlen spielte. Nur unsere Lippen berührten sich, unsere Arme stützten sich auf die Erde, und gerade als ich, halb unbewußt und berauscht von der Seligkeit des ersten Kusses, den mehr menschlichen Gebrauch von ihnen machen wollte, sie um ihre Schultern zu legen, sprang sie auf und lief den Pfad hinab. Bevor ich sie einholen konnte, hatte sie bereits eine Stelle erreicht, wo ich nicht mehr an ihrer Seite gehen konnte, denn der Pfad war nur fußbreit und die Böschung steil. Im Bewußtsein davon ging sie auch ruhiger.

»Minna!« rief ich leise und verzagt.

Sie schien es nicht zu hören.

»Konnten Sie meinen Schatten nicht finden«, versuchte ich zu scherzen, »weil Sie plötzlich vor mir weglaufen? Blicken Sie sich nur um, dann werden Sie sehen, ich habe ihn noch, obgleich er viel blasser geworden ist, aber das ist der Ihre auch.«

Keine Antwort.

»Sind Sie mir böse?«

Sie schüttelte den Kopf, blieb aber weder stehen, noch sah sie sich um. Diese Art zu antworten hatte mich indessen beruhigt. Ich wußte nichts mehr zu sagen und durfte sie auch nicht belästigen, obgleich dieser schweigsame Marsch hinter ihr mir gräßlich peinlich war. Endlich näherten wir uns der Stelle, wo der schmale Bergpfad sich zwischen den letzten Fichten nach den Wiesen am Flusse hinuntersenkte, nur ein paar Minuten vor Rathen. Hier konnte ich wenigstens ihren Gesichtsausdruck zu sehen bekommen.

Wie ein Hirsch, der gestellt wird, wandte sie sich mir jetzt zu:

»Nun sage ich Ihnen Lebewohl. Wir sind bald zu Hause, und Sie sollen mich nicht länger begleiten.«

»Aber warum nicht? Wie meinen Sie das?«

»Lassen Sie mich! Lassen Sie mich diesmal allein gehen, das ist das einzige, was ich verlange, weil Sie Erlaubnis hatten – weil Sie sich erlaubten...«

»Aber dann sagen Sie mir wenigstens...«

»Leben Sie wohl, leben Sie wohl!«

Sie lief schon mehr, als sie ging, die letzten Stufen abwärts und über das Wiesengras hin, wo ihre Schritte unhörbar wurden.

Ich aber blieb noch auf demselben Fleck stehen und starrte ihr so lange nach, wie ich ihr helles Kleid sehen konnte.

11. Kapitel

Lange noch trieb ich mich am Flußufer herum, mehr träumend als wachend.

Nur *ein* Gedanke kam mir immer und immer wieder und beständig mit größerer Freude: Sie war nicht nur frei, sondern sie war es sicher immer gewesen, ja, sie wußte vielleicht nicht mehr von Herzensqualen als ich selbst. Es war töricht von mir, auf den schönen Arbeiter in der Schmiede eifersüchtig zu sein, aber noch weit törichter war ich doch gewesen, als ich Eifersucht gegen jenes Fantasiegebilde fühlte, das sich »der dänische Maler« nannte. Ohne Zweifel war es nur Familiengeschwätz einer Tante, die nach der Aussage des Schullehrers »nicht so ganz patent« war. Übrigens hatte sie sich ja schon über diese Tanten und ihren wenig erbaulichen Kaffeeklatsch ausgesprochen.

Sie mußte die Meine werden – war sie es nicht schon? Ich fühlte ihren Kuß auf meinen Lippen. Aber warum hatte sie mich so plötzlich verlassen, warum durfte ich sie nicht begleiten? Mädchenlaunen, wer kann sie berechnen, und wer möchte sie entbehren?

Es dunkelte schon. Der Schein des Abendhimmels blendete das Auge, so daß man kaum die Abstände in dem dunklen Vordergrund unterscheiden konnte. Oben auf den Felsrändern glomm noch ein schwaches Tageslicht. Über den grünen Wiesen jenseits des Wassers lag es wie graues Spinnengewebe.

Ich hörte Stimmen vor mir und sah einen Mann und einen Jungen mir entgegenkommen. Es waren der Wirt und sein Sohn, die aus dem Steinbruch nach Hause gingen. Als wir einander näher kamen, lief der Junge mit etwas Weißem in der Hand auf mich zu.

»Hier ist Ihr Brief!« rief er.

»Mein Brief?«

»Ja, Sie haben ihn wohl in den Briefkasten stecken wollen«, sagte der Steinbruchbesitzer, »denn es steht Dänemark darauf.« »Ich fand ihn dort, wo Sie solange saßen, während gebohrt wurde«, sagte Hans.

Ich nahm mit einem unheimlichen Gefühl den Brief, der ganz feucht war.

Bei dem sterbenden Abendlicht konnte ich mit einiger Beschwerde die etwas verwischte Aufschrift entziffern: An Herrn Kunstmaler Axel Stephensen. Ich wollte noch einmal sehen, ob die Handschrift auch die ihrige war, aber es flimmerte mir vor den Augen.

»Ja, es ist gut, schönen Dank. Gute Nacht!«

Da hätten wir also den »dänischen Maler«! Wäre mir ein Gespenst erschienen, mir wäre es nicht halb so kalt über den Rücken gelaufen.

Also Axel Stephensen! Natürlich kannte ich ihn. Wer von uns kennt nicht unsere jungen Künstler, selbst die kleinsten Propheten, und vorläufig war es mir ein Trost, daß ich es wenigstens nicht mit einem Genie zu tun hatte. Kannte ihn, das heißt, ich hatte ihn einmal in einem Kaffeehause getroffen, erinnerte mich eines sehr netten Genrebildes von ihm in einer Ausstellung und hatte bisweilen von ihm reden hören – nicht gerade immer im besten Sinne, denn er stand in dem Ruf, ein ziemlich lockerer Vogel zu sein. Was mich aber als ein höchst merkwürdiger Zufall berührte, war der Umstand, daß ein Vetter von mir in einem Brief, den ich heute empfangen hatte, von demselben Axel Stephensen berichtete, daß dieser »Pariser Zierbengel« einer jungen Dame unseres Kreises »furchtbar den Hof mache«, einer sehr reichen, wenn auch nicht gerade schönen jungen Dame, deren Porträt er just gemalt habe und zwar so geschmeichelt, daß der Gegenstand und die Familie sehr zufrieden damit waren. Schlimm für den Maler aber sei es, daß einer ganz besonderen Grund habe, an dem Bilde Gefallen zu finden, derjenige nämlich, für den es bestimmt war: ein neugebackener Seeoffizier, dessen glückliches Examen nun mit der Veröffentlichung der Verlobung belohnt werden solle.

Der war es also, der in Minnas Leben eingegriffen hatte und zwar nicht bloß oberflächlich. Aus den Reden des Schullehrers hatte ich entnommen, daß Minna ihn vor ein paar Jahren in Dresden kennengelernt hatte, und doch standen sie noch in Briefwechsel miteinander! Was konnte das anderes als eine Art Liebesverhältnis bedeuten, eine heimliche Verlobung oder dergleichen? Aber dann ihre Vertraulichkeit gegen mich, ihre süße Koketterie, dieser Kuß, den sie sich gutwillig genug hatte rauben lassen: Wie ließ sich das vereinen mit einem solchen Verhältnis bei einem Mädchen, das doch gewiß keinen leichtfertigen Charakter hatte?

Je mehr ich über diese Widersprüche nachdachte, um so unerklärlicher kamen sie mir vor.

Endlich wurde ich aus meinem Grübeln durch den glockenartigen Klang eines Kettendampfers herausgerissen.

Es war ganz dunkel geworden.

Der Mond schimmerte hinter den Fichtenwipfeln einer Anhöhe jenseits des Flusses, sein Licht erreichte das Wasser noch nicht, und man konnte die Schiffe nicht sehen, aber die Laternenreihe mit den langen Spiegelstreifen bewegte sich langsam vorwärts wie eine Prozession goldener Stäbe mit großen Knöpfen, von einem Rubin- und einem Smaragdstock angeführt.

Dieser Anblick, der das Gefühl unseres glücklichen Zusammenlebens hier am Flusse so lebhaft wachrief, machte mein Herz noch beklommener.

Den verhängnisvollen Brief in meiner Hand ging ich langsam nach Hause.

Sobald ich Licht gemacht hatte, betrachtete ich ihn genauer. Der Umschlag klebte nur an einer Stelle fest, denn die Nässe hatte den Gummi fast aufgelöst.

Es wäre leicht gewesen, ihn zu öffnen und wieder zu schließen, ohne daß man es bemerkt hätte.

Dieser Gedanke machte mich heiß und kalt. Ich warf den Brief angstvoll auf den Tisch und ging, verstohlen hinblickend, fortwährend auf und ab. Mit einem Mal hatte ich ihn wieder in der Hand und nestelte mit dem Nagel an dem Verschluß, aber als ob es nur in der Zerstreuung gewesen wäre, drehte ich ihn schnell um und studierte eifrig die Aufschrift.

Hätte ich irgendeinen Zweifel gehegt, ob die Handschrift eine »echte Minna Jagemann« sei, so wäre er bald verschwunden. Aber ein besonderer Umstand fiel mir auf: Die Aufschrift war mit einer ähnlich rötlichen und etwas trüben Tinte geschrieben wie jenes Prosastück von Goethe in dem Album – vermutlich war es eine Flüssigkeit, die der Rathener Kaufmann führte. In diesem Falle war ich es zweifellos selbst, der die Protokollaufnahme jener wichtigen Zeugenaussage veranlaßt hatte, und diese vermeintliche Entdeckung stimmte mich ein wenig ruhiger dem schlimmen Briefe gegenüber.

Ich nahm ein Blatt Briefpapier und schrieb an Minna, daß dieser Brief, den sie wohl verloren habe, gefunden und mir gebracht worden sei, daß ich ihn aber nicht ohne weiteres abschicken wolle, da er anscheinend durch die Feuchtigkeit gelitten habe, möglicherweise kaum noch leserlich sei; sie ziehe vielleicht vor, einen anderen zu schreiben.

Darauf legte ich das Ganze in einen großen Umschlag, schrieb ihre Adresse darauf und ging, um es in den Briefkasten am »Erbgericht« zu stecken. Damit hatte ich den Versucher und den Unruhestifter aus dem Hause gebracht.

Ein klares Mondlicht lag auf den Höhen über dem schlummernden Dorf, von welchem nur ein paar einzelne Dächer, mit ihren Fensterscheibchen funkelnd, in sein Gebiet hinaufreichten. Hoch darüber ragte der Kranz steiler Felsen, dichter und einheitlicher als sonst, mit weichen, dämmernden Formen.

Weit draußen leuchteten die Steinbrüche über der Krümmung des Flusses. Ich konnte die Stelle unterscheiden, wo wir den Tag zusammen verbracht hatten.

Diese stille, kühle Schönheit wirkte beruhigend auf mich, und sie wurde bald von einer tödlichen Müdigkeit unterstützt, die sich plötzlich bemerkbar machte, als ich wieder zu meiner Felsenburg hinaufstieg.

Schneller, als ich es für möglich hielt, schlief ich ein, in Erwartung »der Dinge, die da kommen sollten«.

12. Kapitel

Am nächsten Morgen lief ich sogleich zum Kaufmann und brachte eine Flasche Tinte mit zurück als vermeintliches *corpus delicti*. Die Untersuchung hatte das gewünschte Ergebnis: Sowohl der Brief wie die Abschrift in dem Poesiealbum waren mit diesem »ganz besonderen Saft« geschrieben. Diese Gewißheit ließ mir die Sache gleich in hellerem Licht erscheinen.

Dann begann ich wieder über die »Dinge, die da kommen sollten« nachzudenken. Meine Sendung war ihr nun wohl überbracht worden. Daß von ihr eine Erklärung erfolgen müsse, bezweifelte ich nicht, und wahrscheinlich würde sie die schriftliche Form wählen. Ob sie ihren Brief durch einen Boten heraufschicken würde? Das dürfte leicht Veranlassung zu Gerede geben, und es wäre ihr vielleicht nicht möglich, so zeitig zu schreiben, daß sie nicht ebensogut den Brief auf die Post bringen könnte. Dieser Tag mußte also der Geduld geweiht sein.

Wie nun aber diese schreckliche Zeit vertreiben? Erst gedachte ich, einen langen Spaziergang vorzunehmen, aber ich schauderte davor zurück, meinen eigenen Gedanken preisgegeben zu sein, sie bis ins Unendliche zu drehen und zu wenden. Ich zog es vor, mich einem Ungeheuer von einem deutschen Familienroman zu verschreiben, dessen Inhalt die erbarmungsvolle Zeit längst aus meiner Erinnerung gelöscht hat. Das Mittagessen ließ ich mir holen.

Es war allmählich entsetzlich heiß geworden, sogar durch die offenen Fenster verspürte man keinen Luftzug. Ein Kleidungsstück nach dem andern wurde beseitigt, und zuletzt lag ich im bloßen Hemd auf dem Bett, was wenig rücksichtsvoll gegen die bis auf den Grund ihrer Seele ehrbaren und anständigen Romanpersonen war, die mich jetzt umgaben. Anderen Besuchern glaubte ich nicht ausgesetzt zu sein. Der alte Hertz wagte sich gewiß nicht so hoch herauf. Plötzlich durchfuhr es mich: Wenn *sie* mich aufsuchte! Es war unwahrscheinlich, aber in solchem Falle mußte man eben auf das Unwahrscheinlichste gefaßt sein.

Ich fing bereits an, mich anzuziehen, und tat es mit großer Sorgfalt. Ja, ich würde mich sogar rasiert haben, wenn nicht die Sonne so blendend zum Fenster hereingeschienen hätte. Indem mein Blick auf das kleine Stück Birkenallee fiel, bekam ich einen neuen Einfall: Die Grotte »Sophien-Ruhe«! Sie hatte gesagt, es käme um diese Zeit niemand von den Bewohnern des Hauses dahin; wie, wenn sie im Vertrauen auf meine Erinnerung und meinen Scharfsinn mich dort erwartete? Sie tat es sicher – es war wie eine Offenbarung! Und fort stürzte ich.

Einige Schritte vor dem Ziel stand ich still, um meiner Bewegung Herr zu werden. Gleichzeitig trat eine große Gestalt mit einem Bart à la Kaiser Wilhelm I. und mißvergnügtem Blick aus der Grotte.

»Ich bitte um Entschuldigung«, stammelte ich, »ich fürchte – möglicherweise ist dies eine private Anlage ...«

»Gänzlich privat, mein Herr«, antwortete der souverän-bärtige Herr im souveränsten Ton, und ich verflüchtigte mich vor seinem erhaben-mißvergnügten Blick.

Nicht eben in der besten Laune von der Welt stürzte ich mich kopfüber in den zweiten Band des Romans. Bei der spannendsten Stelle bekam ich wieder eine Anfechtung. Sollte sie bei Hertzens sein? Warum war mir das noch nicht eingefallen? Richtig, sie hatte gestern gesagt, daß sie verhindert sein würde. Und wieder schlugen die Lethewogen der romanhaften Rührseligkeit über meinem unruhigen Haupt zusammen, bis das Licht im Leuchter heruntergebrannt war und ich meinen edlen Grafen und noch edleren Pfarrerstöchtern entschlummerte.

Am nächsten Morgen kam die Postzeit und ging vorüber ...

> »Die Post bringt keinen Brief für dich,
> mein Herz, mein Herz! –«

Ich rief den dritten Band des Romans – zu je dreihundert Seiten – zu Hilfe. Als er durchgeblättert war, bemerkte ich, daß die Sonne bereits den Fensterrahmen streifte, und ich beeilte mich, Seifenschaum zu schlagen; denn wenn ein zärtlicher Auftritt in den Bereich der Möglichkeiten rückt – besonders in einem jungen und zarten Verhältnis – so ist ein wohlrasierter Zustand höchlichst zu empfehlen. Der zweite und letzte Brieftermin näherte sich. Ich durfte gar nicht daran denken, was ich mir vornehmen sollte, falls er mich enttäuschte, und doch war ich dessen fast sicher.

Ich hatte das Stoppelfeld der rechten Wange weggeräumt, als meine Hand so stark zu zittern anfing, daß ich das Messer weglegen mußte. Der Grund war der, daß ich den langen, mageren Postboten, der in seiner Uniform und seiner militärischen Mütze schlechten Bildern von Moltke glich, den Zickzack-Pfad des Hügels hinanschreiten sah. In atemloser Erwartung blieb ich am Fenster stehen, und als ich ihn an der Ecke des Hauses verschwinden sah, horchte ich nach seinen Schritten auf der Treppe und horchte noch immer vergeblich, als seine Gestalt sich wiederum zeigte, die steile Böschung hinabmarschierend. Eine ungeheure Enttäuschung bemächtigte sich meiner, und ich warf mich ärgerlich auf das Bett. Da erklangen klatschende Schritte von bloßen Füßen auf dem Gange, und es wurde an meine Tür geklopft, die wegen des tiefen Negligés verschlossen war, in dem ich mich während des Romanlebens befunden hatte. Als ich öffnete, streckte eine große, nasse Hand mir einen dicken Brief herein.

13. Kapitel

Er war wirklich von ihr! Ich riß den Umschlag auf und zog mehrere kleine beschriebene Bogen und einen Brief heraus – den an Herrn Stephensen gerichteten in geöffnetem Umschlag. Diese Auslieferung wunderte mich, schien mir aber von guter Vorbedeutung zu sein. Natürlich nahm ich mir vorläufig nicht die Zeit, dies genauer zu untersuchen.

Ihr Brief, der wie ein echtes Frauenschreiben undatiert war, lautete:

Lieber Herr Fenger! Was mögen Sie eigentlich von mir denken, obgleich – ich bin sicher, daß Sie es eben nicht wissen, was Sie von mir denken sollen. Ich begreife sehr wohl, daß Sie es unterließen, den Brief abzusenden, nicht aus dem Grund, weil er naß geworden war, sondern weil Sie ihn mir gleichsam mit den Worten hinhielten: »Was hat das zu bedeuten?« Ich sehe auch selbst ein, daß Sie das Recht dazu haben, eine Erklärung von mir zu verlangen oder jedenfalls zu erwarten. Auch ohne dieses kleine Ereignis hätte ich die erste passende Gelegenheit ergriffen, um Ihnen wenigstens das mitzuteilen, was ich Ihnen jetzt schreibe. Ich schwankte erst, ob es nicht am besten wäre, mit Ihnen darüber zu sprechen, aber ich glaube doch, daß es leichter ist, mit der Feder zu beichten – denn es wird wirklich eine Art Beichte. Wenn sie zu Ende ist, werden Sie von mir geringer denken, als Sie es bis jetzt getan haben. Aber aus eben dem Grunde ist es notwendig, daß Sie mich kennenlernen, so schwer es mir auch fällt, Illusionen zu zerstören, die mir zugute kommen.

Es ist ein glücklicher Zufall, daß ich Ihnen schon ziemlich ausführlich von meiner Kindheit und meiner Erziehung erzählt habe. Ein ganzer Zufall war es allerdings nicht, da ich, wie gesagt, schon entschlossen war, Sie erfahren zu lassen, was ich erlebt habe, und jenes mußte die notwendige Einleitung sein. Ich bitte Sie deshalb, soviel Sie sich erinnern, davon zusammenzutragen: Das Wesentliche wird Ihnen schon einen bestimmten Eindruck gegeben haben, wenn auch meine Darstellung etwas verwirrt gewesen ist. Ohne das würden Sie mich weit härter beurteilen, als ich es vielleicht verdiene.

Nun will ich also antworten. Ach, wenn Sie mir doch lieber hier gegenüber säßen, es ist doch so schwer, davon zu schreiben!

Ich weiß nicht, ob ich Ihnen erzählt habe, daß meine Mutter sechs Schwestern hatte. Sie waren die Töchter eines wohlhabenden Weinhändlers, bei dem die ersten Künstler der Stadt aus- und eingingen. Alle Töchter mußten fleißig im Haushalt helfen und erhielten daher keine besondere Bildung. Ein Zusammenleben gab es kaum, da die Mutter von häuslicher Arbeit und der Vater von seinem Geschäft in Anspruch genommen waren. Bisweilen prügelte er die Töchter mit seinem Stock, das war eigentlich die ganze Erziehung, die sie erhielten, und sie hat keine guten Früchte getragen. (Jetzt ist es doch gut, daß ich schreibe.) Fünf von ihnen hatten Kinder, ehe sie heirateten, nur meine Mutter und ihre jüngste Schwester waren der Ansicht, daß alles erlaubt sei, wenn man nur nicht dieses Versehen begehe.

Von dieser Mutter wurde ich also erzogen, und ich hing mit inniger Liebe an ihr. Ich teilte ihre Sorgen, denn schon als Kind machte sie mich zu ihrer Vertrauten; der Vater sprach nie mit mir. Schon als kleines Mädchen erfuhr ich ihre Liebesgeschichten, und ich wuchs mit dem Eindruck auf, je mehr Anbeter man habe, desto höher stehe man in den Augen anderer.

Kurz nach meiner Konfirmation erneuerte ich den Umgang mit einer früheren Schulfreundin, die einige Jahre älter war als ich. Unsere Gärten stießen aneinander, und sie rief mich oft zu sich hinüber. Ich bemerkte bald, daß Emilie, wenn wir im Garten umhergingen, öfters verstohlene Blicke nach dem Hause im Nachbargarten schickte, und sie erzählte mir, daß ihr Schatz dort wohne, aber das dürfe ich ihrer Mutter nicht sagen. Eines Tages sahen zwei Herren zum Fenster hinaus, »der Schatz« und ein Freund von ihm, und ich wollte meinen Augen kaum trauen, als der Freund mir zunickte. Ich erzählte alles meiner Mutter, und es belustigte sie. Wie es dazu kam, weiß ich nicht, aber es wurde ein Stelldichein verabredet, zu dem meine Mutter mitging, und ich entsinne mich noch ganz deutlich des gemischten Gefühls von Selbstverachtung und Stolz, mit dem ich an der Seite des fremden Menschen ging. Darauf besuchte er uns. Ich war nicht älter als reichlich vierzehn Jahre. Dann saß er neben mir und küßte mich wohl auch, oder wir machten Spaziergänge zusammen. Ach, lieber Freund, es war entsetzlich! Denken Sie sich, ich lebte in dem Glauben, es müsse so sein – der Mensch war mir wirklich zuwider. Dann reiste er ab und wir schrieben einander bisweilen – der liebe Gott mag wissen worüber. Ich hatte beständig ein unsicheres Gefühl, als sei das Ganze nicht recht, besonders weil immer vor meinem Vater gelogen wurde.

Kurz darauf mietete ein junger Musiker bei uns. Wie den anderen Pensionären mußte ich auch ihm aufwarten. Er schloß sich enger an uns an, als die anderen es getan hatten, und ich gewann ihn – leider – sehr lieb, aber doch – und nun bitte ich Sie, lieber Herr Fenger, mir in allem volles Zutrauen zu schenken – in einer gänzlich kindlichen Weise. Wenn ich durch die Tür hörte, daß er ausgehen wollte, zog ich mich eilig an, um einen Weg für meine Mutter zu besorgen, in der Hoffnung, mit ihm die Straße hinuntergehen zu können. Eines Tages wurde eine Landpartie zwischen meinen Vettern und Basen verabredet; ich bat, ob der Musiker mit-kommen dürfe. Die anderen wollten den fremden Menschen nicht dabei haben, und so blieb auch ich zu Hause. Er lud mich daraufhin ein, allein mit ihm nach Loschwitz zu gehen, was meine Mutter mir nicht versagte; vor meinem Vater wurde wie gewöhnlich gelogen.

Später wurden eines Abends Pfänderspiele gespielt, wobei er mich küssen sollte, was ich auf das bestimmteste verweigerte. Er ging auf sein Zimmer, und meine Mutter schickte mich unter irgendeinem Vorwand zu ihm hinauf. Da bat er mich wiederholt um den Kuß, und erhielt ihn, und von dem Tage an liebte ich ihn wirklich so sehr, daß ich nach meinen ungefähr fünf-zehnjährigen Begriffen glaubte, ich würde nie einen Menschen lieber gewinnen können. Nun begann mich jenes erste Verhältnis gräßlich zu peinigen, aber ich wußte keinen Ausweg. Der Briefwechsel schlief jedoch bald ein.

Der junge Musiker hielt nun bei meiner Mutter um mich an, und sie antwortete, ich sei noch viel zu jung, als daß davon die Rede sein könne. Bald nachher hörte ich erzählen, er stehe im Begriff, sich mit einer anderen zu verloben – und meine Verzweiflung war grenzenlos. Er zog von uns fort, und vierzehn Tage später hatte Herr Stephensen das Zimmer gemietet. An dem Tag, wo der Musiker abreiste, kniete ich auf dem Boden und riß zur Erinnerung einige verwelkte Zweige von einem Ehrenkranz ab, den er bei einem Schützenfest bekommen hatte.

Dann kam Herr Stephensen. Wie er mir später versicherte, hatte er nur meinetwegen die Wohnung gemietet, die ihm eigentlich gar nicht gefiel. Er war also schon von mir eingenom-men und betrachtete mich, wie er mir später anvertraute, wie ein überirdisches Wesen, dem man sich nicht nähern dürfe. (Ich muß doch zu Ehren jener beiden Männer bemerken, daß keiner von ihnen je eine zudringliche Annäherung versuchte –, ich habe deshalb später so gut die Leidenschaft Mignons verstehen können, die auch so völlig unerfahren war.)

Als Herr Stephensen vierzehn Tage bei uns gewohnt hatte, kam der Musiker eines Abends, um uns einen Abschiedsbesuch zu machen. Ich begleitete ihn an die Tür. Dort bat er mich, ihn zum Abschied zu küssen. Das tat ich leider auch, und Stephensen – (ein angefangenes »Axel« war hier durchgestrichen) – horchte schon voll Eifersucht an der Tür. Später hat er mir erzählt, daß er mich von dem Augenblick an wie alle anderen betrachtete, und nun wollte er, daß ich die Seine werden sollte auf die Weise, wie es sein Wesen verlangte.

Ach, lieber Freund, wie war es niederdrückend zu hören, daß ich so die Achtung und die Liebe eines Mannes verscherzt hatte, und daß ich mich selbst in jenem Augenblick, da ich mir keiner Schuld bewußt war, zu einem Wesen herabsetzte, das nur eines leichtsinnigen Verhält-nisses würdig erachtet wird.

Nie, solange ich lebe, werde ich das Gefühl vergessen, das mich überkam, als ich erfuhr, daß ich dem Manne, den ich damals kaum kannte, später aber lieben lernte, so hoch gestanden hatte, dann aber plötzlich so tief in seiner Achtung gesunken war! Tausendmal habe ich bittere, verzweifelte Tränen darüber geweint. Mein einziger Trost ist das Bewußtsein, mein Vergehen nicht gekannt zu haben. Oft, wenn ich darüber nachdachte, ist es mir doch vorgekommen, daß ein Mann, wenn er einmal einen so schönen und reinen Eindruck hat – der doch schließlich seiner eignen Natur entstammen muß – dann nicht durch eine einzige losgerissene Beobachtung in einen fast zynischen Gegensatz umschlagen sollte, sondern er hätte bei wiedererlangter Ruhe untersuchen müssen, ob ich wirklich so verwerflich sei, wie es auf den ersten Blick erschienen sein mochte. Hätte sich dann etwas zu meiner Entschuldigung, sei es in der kindlichen Art des Verhältnisses, sei es auch in der Verkehrtheit meiner Erziehung und in den Beispielen meiner Umgebung gefunden: Dann würde eine echte Liebe – so scheint es mir wenigstens – mich nicht verstoßen, sondern den Versuch gemacht haben, mich zu bewahren und zu dem zu erheben, wofür er mich zuerst angesehen hatte. Aber das ist wohl eine unmögliche Forderung, und vielleicht urteile ich nur so aus Unkenntnis der Gefühle. Es ist ja auch sehr gut möglich, daß Sie, während Sie dies lesen, Herrn Stephensen besser verstehen als mich, und daß Sie fühlen, daß es Ihnen an seiner Stelle ebenso ergangen wäre.

Dieses Gefühl war es, das mich so stark ergriff, als Sie mich geküßt hatten und ich es hatte geschehen lassen: »Wenn Sie wüßten, wen Sie geküßt hatten, und daß es weit entfernt – ach, so weit entfernt war, mein erster Kuß zu sein!« Und dieser Kuß selbst, bewies er nicht, daß er recht hatte mit der Vorstellung, ich sei leichtsinnig? Vielleicht hatten Sie das auch entdeckt und glaubten deshalb, es tun zu können? Nein, das konnte ich nach der Art, wie wir miteinander verkehrt haben, doch nicht von Ihnen denken. Es war vielleicht kindlich spielend und unbedacht, aber nicht einer von den Judasküssen der Liebe. Ich verstand indessen weder mich selbst noch Sie, und mir war bange um uns beide. Als ich nach Hause gekommen war, weinte ich, als ob das Herz mir brechen sollte, ohne selber recht zu wissen warum...

Ich muß aber zu jener Zeit zurückkehren. Herr Stephensen sprach nun viel mit mir über alles, was ich Ihnen hier erzählt habe, wie verkehrt das Ganze sei, wie verwerflich die Anschauungen seien, in denen meine Mutter mich erzogen hatte; auch öffnete er meinen Blick für vieles, woran ich bisher blind vorübergegangen war. Er sprach auch über seine Kunst, für die er bei mir viel angeborenen Sinn vorfand. (Der Malerjagemann in Weimar, ein Freund Schillers, von dem Sie vielleicht gelesen haben, gehörte zu den Vorfahren unserer Familie, und mein Vater hatte als junger Mann sich mit der Malerei abgegeben.) Ich ging oft mit Herrn Stephensen in unsere herrliche Galerie, wo er ein paar Bilder kopierte. Seine Leidenschaft nahm zu, was mich sehr plagte, und ich duldete es nur einigermaßen, weil ich ihn so lieb hatte. Außerdem hoffte ich ja, daß er mich heiraten würde, was er mir jedoch immer auszureden suchte. Er sagte, er habe keine Mittel, und wenn ich ihm dann versprach, eine so gute Hausfrau zu werden, daß es ihn nicht mehr kosten würde, als wenn er unverheiratet wäre, dann meinte er, ein solches Band sei für einen Künstler nicht günstig, er müsse reisen, um sich völlig seiner Arbeit und seinen Ideen opfern zu können. Auch versuchte er mir einzureden, dies alles sei Philistertum und Selbstsucht meinerseits, und ein freies Verhältnis zwischen Mann und Weib sei unter solchen Umständen sowohl das würdigste als auch das idealste. Darauf konnte ich nie recht eingehen, und wenn er mit Recht anfangs meine moralische Erziehung sehr schlecht gefunden hatte, so fand ich schließlich seine Moral ziemlich locker; vielleicht war es ein Vorurteil, aber ich konnte mir jedenfalls seine Auffassung nicht aneignen. So viel weiß ich jedoch, daß es bei mir nicht Berechnung und Klugheit war, sondern vielmehr ein unüberwindliches Gefühl und zugleich die schmerzliche Erkenntnis, daß seine Liebe lange nicht so innerlich war wie die meine. Gewiß, er hatte ja seine Kunst, während ich nur allein die Liebe besaß.

Als seine Zeit in Dresden zu Ende war, verließ er mich mit dem herben Trost, daß wir gute Freunde bleiben und einander schreiben sollten. Ich möge versuchen, mich gut zu verheiraten, und ihm alles erzählen, was ich erlebe, damit ich nicht wieder auf Abwege käme.

Da stand ich nun. Können Sie sich vorstellen, wie verlassen ich war? Abscheu vor meiner Mutter – der Liebste und einzige auf dieser Welt, mit dem ich reden konnte, hatte mich verlassen, und ich hatte nicht einmal das Recht, mich nach ihm zu sehnen. Ich versuchte, mein Klavierspiel wieder aufzunehmen, aber jede schöne Melodie machte mich so unsagbar schwermütig, daß ich wieder aufhören mußte.

Um diese Zeit starb mein Vater, davon erzählte ich Ihnen schon, und ich lernte Herrn und Frau Hertz kennen. Bei ihnen umfing mich ein Geist, der ebenso verschieden war von dem meines Heims wie von dem artistischen, der mir in Ihrem Landsmann entgegengetreten war, und der unendlich viel dazu beitrug, daß ich so weit zur Ruhe kam, wie es bei meiner Natur möglich war. Ich werde aber nie vergessen, daß Herr Stephensen durch seine Teilnahme und sein Interesse zuerst mein eigenes Würdegefühl wachrief und mich hinderte, in dieser ungesunden Luft hinzudämmern, die sich schon anschickte, mich zu verderben.

Unser Briefwechsel hat sich mit größeren und kleineren Unterbrechungen über anderthalb Jahre bis jetzt fortgesetzt. Er hat meine Briefe immer ziemlich schnell beantwortet und mich gebeten, bald wieder zu schreiben. Bisweilen hat er mir ein Blatt aus seinem Skizzenbuch geschickt und letzte Weihnachten ein schönes Gemälde. Damit Sie sich überzeugen können, welcher Art diese Briefe sind, bitte ich Sie, den beiliegenden, der schon in Ihren Händen war, zu lesen. Nicht daß ich glaubte, Sie könnten gegen mich irgendeinen Verdacht nähren, von dem ich mich reinigen müßte! Sie werden diesen Einfall nicht mißverstehen, wenn Sie ihn vielleicht auch nicht verstehen. Ich verstehe ihn selber kaum, sondern weiß nur, daß ich wünsche, Sie möchten den Brief lesen. Es kommt mir sogar vor, daß der Zufall Ihnen schon eine Art Recht darauf gegeben hätte, und ich habe ein Gefühl, als ob ich Ihnen dieses vorenthielte, wenn ich ihn zerrisse. Fortschicken möchte ich ihn ja doch nicht; denn wie Sie aus dem Datum ersehen, ist er beinahe vierzehn Tage alt. Ich war in dem Glauben, ihn abgeschickt zu haben, und erwartete eher, daß die Post mir einen Brief von ihm als einen von mir an ihn bringen würde.

Und nun leben Sie wohl! Ich habe die halbe Nacht geschrieben und bin sehr müde. Meine Hoffnung ist, daß Sie mich nach diesen Mitteilungen nicht allzu streng beurteilen werden. Jedenfalls müssen Sie mir aber ehrlich sagen, welchen Eindruck dieser Brief auf Sie gemacht hat und nichts aus Schonung verhehlen; denn welchen Gewinn habe ich von diesem Vertrauen, wenn ich mich nicht darauf verlassen kann, daß es aufrichtig beantwortet wird? Daß ich Wert auf Ihr Urteil lege, können Sie ja schon im voraus wissen, und Sie werden es auch aus meinem Brief an Herrn Stephensen ersehen.

Ihre Freundin Minna Jagemann.

Wie verwirrt ich auch sein mochte durch die mannigfachen und zum Teil sich widersprechenden Gemütsbewegungen, die dieses Bekenntnis in mir auslöste, so versuchte ich doch nicht erst zur Klarheit zu kommen, sondern öffnete sogleich den Brief, an dem mich zu vergreifen ich ein paar Tage zuvor in Versuchung geraten war. Ohne Zweifel würde er auch Aussagen über mich selbst enthalten.

Ich durchflog schnell die Einleitung mit der Entschuldigung, so lange nicht geschrieben zu haben, und den darauf folgenden Bemerkungen über das Wetter und über die Gegend. Etwas mehr Aufmerksamkeit schenkte ich einer kurzgefaßten, nicht sonderlich lobenden Schilderung der kammerherrlichen Familie. Darauf las ich mit klopfendem Herzen folgende Zeilen:

»Ich habe hier mit einem jungen Polytechniker namens Fenger Bekanntschaft gemacht, einem Landsmann von Dir. Es war, wie Du Dir wohl denken kannst, diese Eigenschaft, wodurch er sich bei mir zuerst empfahl und die bewirkte, daß wir schneller Bekanntschaft schlossen, als es wohl sonst der Fall gewesen wäre. Ich treffe ihn sehr oft bei Hertzens. Er ist nicht schön, hat aber eines jener offenen, blonden Gesichter, das einem gefallen muß, besonders wenn er lächelt. Er ist über Mittelgröße, geht aber ein wenig vorgeneigt; bisweilen sieht es aus, als ob er nicht stark auf der Brust wäre –, das würde mir sehr leid tun. Er erzeigt mir soviel Aufmerksamkeit, daß ich mir nicht verhehlen kann, daß er mich sehr hoch schätzt. Ob es indessen mehr als eine flüchtige Sommerferienschwärmerei ist, muß die Zeit lehren; er ist ja noch so jung – vierundzwanzig Jahre –, aber er macht einen weit jüngeren Eindruck, als sei er noch ziemlich unberührt vom Leben. Was mich betrifft, so weiß ich nicht, wie ich mich dazu stellen würde, wenn die Sache eine solche Wendung nähme, und ich kann mich nicht dazu überwinden, über dergleichen nachzudenken oder dazu Stellung zu nehmen; ein solcher Zwang ist meiner Natur zu sehr entgegen. Natürlich, wenn einem nachgesagt werden kann, man habe einem jungen Manne ›Hoffnung gemacht‹ – so heißt man es ja – oder sogar mit ihm kokettiert, was oft nur bedeutet, daß man fröhlich und natürlich gewesen ist, sich einer augenblicklichen Stimmung hingegeben hat … und dann doch, wenn es soweit war, sich wieder zurückgezogen, das heißt, ihm nicht bis ans Ende der Welt gefolgt ist – ja freilich, dann ist man ein Ungeheuer, jedenfalls ein ziemlich verwerfliches Wesen. Aber andererseits, du lieber Gott, wie lächerlich und dumm wäre es doch, wenn es zwei Menschen nicht wagten, einander anzublicken aus der vielleicht ganz unbegründeten Furcht, eine unglückliche Liebe in dem anderen zu erwecken, da sie doch sonst möglicherweise den größten Gewinn von ihrer Freundschaft haben könnten – denn es kann doch Freundschaft bestehen zwischen Mann und Weib –; und käme es auch zur Liebe, so wäre ja damit noch nicht gesagt, daß es eine unglückliche werden muß. Nein, wenn ich mit solch berechnender Vorsicht vorginge, dann würde ich mir jeden Augenblick nicht nur ungeheuer lächerlich, sondern zugleich recht eingebildet und geziert vorkommen. Kurz gesagt, dieser Herr Fenger gefällt mir sehr gut, und sein Umgang ist für mich sowohl erfreulich, als auch nach manchen Seiten hin lehrreich. Aber jetzt findest Du vielleicht, daß ich mich, wenn auch nicht ›auf einem Abwege‹, so doch auf einem gefährlichen Pfad befinde?«

Darauf folgten abschließende Bemerkungen und Unterschrift: »Deine Freundin«... keine Grüße selbstverständlich.

14. Kapitel

Wieder ergriff ich Minnas Brief an mich, um ihn Wort für Wort in Ruhe durchzulesen.

Beim ersten Durchlesen hatte mich eine würgende Angst erfaßt, daß wirklich, wie sie voraussagte, etwas an den Tag kommen könnte, was sie weniger hoch in meinen Augen stellen müßte – eine Angst, die mich rastlos von Zeile zu Zeile jagte.

Je weiter ich kam, um so mehr verlor sich aber diese Furcht. Minnas fast übertriebene Reue über die unschuldigen Verwirrungen machten mich mitleidig lächeln, und wenn meine Brauen sich zusammenzogen, so geschah es aus Unwillen über diesen Stephensen. Und doch fühlte ich ihm gegenüber auch wieder eine gewisse Dankbarkeit, weil er sie nicht genommen hatte.

Gleichzeitig wuchs eine jubelnde Freude in mir: das Bewußtsein, daß sie mit diesem Brief ihr Schicksal in meine Hände legte. Er war durchweg von dem Gefühl eingegeben, daß wir vor einem entscheidenden Schritt stünden, und von dem redlichen Entschluß, vor diesem nichts Unaufgeklärtes zu hinterlassen.

Sie hatte das Bedürfnis gehabt, bei sich selbst zu wissen: Ich habe ihm alles gesagt, bevor ich es soweit kommen ließ.

Wenn ich also nun sagte – und wie tief fühlte ich, daß ich das sagen konnte, ja mußte –: »Nun gut, nachdem ich alles erfahren habe, denke ich noch wie früher, nur daß Sie mir teurer sind, weil ich Sie besser kenne und verstehe –«, wie könnte sie sich da zurückziehen?

War nicht durch solches Vertrauen die Erlaubnis gegeben, die Sprache der Liebe zu reden?

Der Brief an Stephensen zeigte, daß sie selbst an die Möglichkeit einer Verbindung gedacht hatte, wenngleich ihre Aussagen in diesem Punkt nicht ganz befriedigend waren. Aber freilich waren wir erst in den letzten paar Wochen uns Tag für Tag nähergekommen, und in ihrer Betonung des Umstandes, daß der Brief vierzehn Tage alt sei, sah ich eine Andeutung, daß jene etwas kühl anmutenden Bemerkungen nicht länger als gültig zu betrachten seien.

Ich wollte sofort an sie schreiben.

Doch hatte ich Selbstbeherrschung genug, erst meine linke Backe zu rasieren, denn die Sonne, die schon den Fensterpfosten streifte, würde sonst bald diese notwendige Operation sehr erschwert haben. Während dieser Arbeit ordnete ich meine Gedanken einigermaßen, und ich konnte mit fliegender Feder folgenden Brief schreiben:

Rathen, den 14. August 188...

Liebste Freundin!

In welchem Grade Ihr lieblicher Brief mich rührte und wie wenig seine vertraulichen Mitteilungen mir etwas offenbaren konnten, welches nicht dazu diente, das schöne Bild, das ich schon von Ihnen hatte, mir noch zu vervollständigen und zu vertiefen – Sie davon zu überzeugen, habe ich nur ein Mittel.

Sie wollen Herrn Stephensen einen neuen Brief schicken. Ich möchte Ihnen vorschlagen, den alten als Konzept zu benutzen bis zu der Bemerkung, ich sei nicht stark auf der Brust, denn ich kann Ihnen versichern, daß diese Befürchtung völlig unbegründet ist.

Darauf sollten Sie folgenderweise fortfahren:

»Er hat mir soviel Aufmerksamkeit erwiesen, daß ich über seine Gefühle nicht im Zweifel sein konnte. Es kam mir deshalb auch nicht überraschend, als er heute um meine Hand anhielt. Er hat kein Vermögen, wird uns aber bereits in ein paar Jahren ein anständiges Auskommen verschaffen können, wahrscheinlich in England, wo er einen Onkel hat, der ihm behilflich sein will. Ich war keinen Augenblick im Zweifel, mein Schicksal mit dem seinigen vereinen zu müssen, usw.«

Wenn Sie imstande sind, einen solchen Brief abzuschicken, dann kommen Sie heute zur gewohnten Stunde zu Hertzens. Sehe ich Sie dort nicht, wenn ich komme, dann betrachte ich das als Zeichen, daß ich Sie beständig missen soll und daß meine Freundschaft zu Ihnen, anstatt die Einleitung eines lebenslangen Glücks zu sein, nur ein flüchtiger, aber segensreicher Traum war.

Wenn dem so ist, dann leben Sie wohl und mögen Sie glücklich werden.

Ihr getreuer

Harald Fenger.
Ich legte diesen Brief mit dem an Stephensen zusammen in einen Umschlag und schickte einen kleinen Jungen damit nach der Villa hinüber.

15. Kapitel

Es war ein wundervolles Nachmittagswetter, warm und still. Die Zeit war schon vorgerückt. Ich lief den Hügel hinunter, den Steg an den Häuschen entlang und durch das Gäßchen zwischen den Gartenmauern, das in das strahlende lichte Elbtal ausmündet. Aber bei jedem Schritt, der mich der Entscheidung näher führte – und es waren ihrer nicht mehr viele –, verlangsamte sich mein Gang und stockte gänzlich, als ich die untersten der Steinstufen sah, die von dem schmalen Stück Wiesenland zum Haus emporführten. Bei dem nächsten Schritt mußte ich die Hausecke mit der hervorspringenden Gitterlaube sehen, die hinter der Krone eines Obstbaumes im Nachbargarten vorlugte. Es war, als packte mich jemand an der Kehle, und die Beine schienen unter mir wegzugleiten.

Da war die sonnenbeschienene, weißgetünchte Hauswand unter dem leuchtenden Schieferdach, das Weinspalier, der Schlagschatten des Baumwipfels und die Laube, in der das graugrüne Tischtuch einen schrägen Streifen gelben Sonnenlichtes trug... Ich sah diesen Streifen lange an, um die Entscheidung aufzuschieben. Einige Blätter des Obstbaumes verbargen die Ecke des Tischtuches, darüber stieg der Dampf der Kaffeemaschine in die Höhe. Den weißbärtigen Herrn hatte ich schon entdeckt, jetzt auch die alte Dame – sonst war niemand da.

Ich fuhr fort hinaufzustarren, als könne sie noch zum Vorschein kommen. Trotz der starken Sonnenhitze fror ich wie im Abendnebel. Ich war aber wieder Herr über meinen Körper, was ich bisher kaum gewesen war. Zuerst dachte ich daran, mich fortzuschleichen, denn ich zweifelte nicht, daß sie schon hier sein müsse, falls sie überhaupt kommen wollte. Aber vielleicht war sie hinaufgegangen, um etwas für den Kaffeetisch zu holen, oder sie war verhindert gewesen, und Hertzens hatten einen Bescheid oder einen Gruß an mich. Ich redete mir dies ein und verwarf es gleich wieder als Erbärmlichkeiten meiner schwachen Seele, die dem Unglück nicht gerade in die Augen zu sehen wagte.

Ein rollender Stein oder ein unbestimmter Gesichtseindruck von etwas, das sich bewegte, veranlaßte mich, in der entgegengesetzten Richtung, zum Fluß hinunter, zu sehen. Dort, an der kleinen Quelle, kaum ein halbes hundert Schritte von mir, erhob sich eine Gestalt...

Es war Minna.

Ich wollte ihr entgegeneilen. Aber Hertz hatte mich schon entdeckt und rief mir zu: »Herr Fenger, sputen Sie sich, sputen Sie sich doch!« Ich sah auch, daß er mir winkte, und obgleich ich nicht begreifen konnte, was dieser Eifer bedeutete, gehorchte ich willig. Als ich den Treppenabsatz in Sprüngen erreichte, schoß ein langes, knöchernes Frauenzimmer zur Tür heraus, einen Handkoffer und eine Plaidrolle in den Händen, so daß wir einander beinahe über den Haufen gerannt hätten.

»Endlich, das ist aber gut, daß Sie kommen!« rief Herr Hertz.

»Wir hätten wahrhaftig beinahe nach Ihnen geschickt, aber Minna behauptete, Sie kämen ganz bestimmt.«

»Ja, denken Sie sich nur, wir reisen heute abend nach Prag, jetzt, im Augenblick.«

»Aber wir jagen Sie deshalb nicht fort. Wir hoffen im Gegenteil, daß Sie uns ein Stück Wegs begleiten. Der Eilzug hält nämlich nicht hier, so daß wir nach Schandau mit dem Schiff fahren. Das Wetter ist ja herrlich, da sollten Sie doch mit von der Partie sein, Sie können um neun Uhr zurückfahren, Minna hat schon versprochen mitzugehen.«

Natürlich tat ich schleunigst daßelbe.

Meine unermüdliche selbstquälerische Phantasie hatte mir einen Augenblick lang die Möglichkeit zugeflüstert, daß mein Brief noch gar nicht abgeliefert worden sei, so daß Minnas Anwesenheit ohne besondere Bedeutung wäre und alles sich noch in Enttäuschung auflösen würde. Aber Frau Hertz' Äußerung, daß Minna behauptet habe, ich käme ganz gewiß, beruhigte mich. Nun stieg sie selbst die Treppe herauf. Sie trug daßelbe leichte, chamoisfarbene Kleid wie bei unserem Besuch im Steinbruch. Indem sie mir einen ungewöhnlich langen und festen Händedruck gab – sie hatte eine eigentümliche, innige Art, einem die Hand zu geben –, lächelte sie, aber nur mit den Augen, und sah mir ganz in die Seele hinein mit einem Blick, der ebenso verschieden von allen früheren war wie das Du vom Sie. Das Blut stieg mir zu Kopf, meine Hand zitterte, als Minna sie losließ, und auch meine Knie wankten. Erst jetzt, da sie mir Gewißheit gab und ich mich ganz ruhig und glücklich wußte, merkte ich, wie stark mich die Spannung und die Angst mitgenommen hatten.

Minna mochte das mitgefühlt haben, denn sie lächelte geheimnisvoll, während sie Herrn Hertz ein Glas kaltes Quellwasser einschenkte; er trank das immer gern zu seinem Kaffee – es erinnerte ihn an ein Café. Und während er nippte, plauderte er in seiner eifrigen Weise:

»Sie müssen nämlich wissen... vielleicht verlockt es Sie, ganz bis nach Prag mitzureisen – nicht? Ja, ja, es ist übrigens auch gut, daß Minna Begleitung auf dem Rückweg hat, und Ihnen dürfen wir sie schon anvertrauen... Also, man hat in Prag ein Faust-Manuskript gefunden – vom Faust, lieber junger Freund! Das heißt, einen Teil der ersten Auftritte... und abweichend, das ist das ungeheuer Interessante dabei; abweichend – natürlich nur in Kleinigkeiten, aber immerhin. Es soll übrigens derber im Ton sein und ist wahrscheinlich einer der ersten Entwürfe... Ein alter Sonderling, pensionierter Oberst, hat es vor Gott weiß wie langer Zeit von einer Großtante oder dergleichen geerbt, die am Hofe zu Weimar Goethe nahe – ja, *wie* nahestand, weiß ich wirklich nicht, he, he –, und das ist ja auch gleichgültig. Da haben Sie übrigens unser modernes militärisches Deutschland! Erbt einen Kasten voll Briefe und Papiere, unter denen er, wenn er nicht so unwissend gewesen wäre, auch Sachen von Goethe hätte vermuten können, mag aus reiner Verachtung gegen alles Literarische nicht einmal den Kasten aufmachen; ist in Geldverlegenheit – Verschwender natürlich –, muß sich Wucherern in die Arme werfen und hat einen Schatz auf dem Boden stehen, für den er sich ein Rittergut kaufen könnte... Das könnte alles noch sein, wenn er keinen Wink erhalten hätte, aber wir ahnten ja so etwas – wenn nicht gerade ein Manuskript, so doch Briefe, Aufklärungen –, ich habe selbst an ihn geschrieben – aber nein: Familienpapiere, vielleicht kompromittierende Geheimnisse, und die sollten verfluchten Literaten ausgeliefert werden? So hat er natürlich gedacht. Also, man begnügt sich mit Johannisberger-Dorf in seinem Keller – es ist notorisch, daß er ein großer Weinkenner war und hat ein Rittergut in der Bodenkammer, das ist Nemesis! Ach, hat uns der Kerl geärgert! Nun ist er also tot, Gott sei Dank, und das Manuskript wird gefunden. Ach, daß ich nicht dabei war! Aber ich erhielt heute einen Brief, wurde berufen als... sozusagen eine Art Autorität, lieber Freund, und Sie können sich denken...«

Ebensowenig wie mir ein einziges Lächeln Minnas oder irgendeine ihrer Bewegungen entging, ebensowenig verlor ich ein Wort dieses Berichts. Der Alte hatte nie einen aufmerksameren und teilnehmenderen Zuhörer gehabt, ja, er übertrug etwas von seiner eigenen Erregtheit auf mich. Mein Zustand glich dem eines leichten Opiumrausches, der schöne Musik noch hinreißender ertönen läßt. Und während ich ihn zu dieser interessanten und ehrenvollen Reise beglückwünschte, Fragen stellte und seine lebhaften Ausbrüche beantwortete, trank ich meine Tasse Kaffee, die Minna mir gereicht hatte. Und weit entfernt, den von geliebten Händen eingeschenkten »braunen Nektar« unvergleichlich zu finden, entschied ich in meinem tiefsten Innern, daß Minna in ihrer Eigenschaft als Sächsin »Bliemchen-Kaffee« mache, und daß die Zeit kommen würde, wo sie sich daran gewöhnen müsse, weniger sparsam mit den Bohnen umzugehen.

Ich hätte dennoch wohl kaum das Herz gehabt, eine zweite Tasse abzulehnen, wenn ich nicht vom Flusse her das dumpfe Stampfen des Dampfschiffes gehört hätte. Die anderen behaupteten, es sei zu zeitig, aber bald darauf erblickten wir über den grünen Feldern den Schornstein des Schiffes, der wie ein schwarzer Strich auf dem lichten Hintergrund der Böschung unter den Steinbrüchen vorwärtsrückte.

Fünf Minuten später saßen wir auf dem Verdeck unter dem Sonnenzelt und sahen das Haus an uns vorübergleiten. Das grünliche Tischtuch leuchtete noch im Schatten der Laube. Wir fuhren auf den Lilienstein und seinen Zwillingsbruder, den Königstein, zu, der jetzt gegenüber hervortrat, seinen Mauerkranz und seine Wachttürmchen im Sonnenlicht badend. Der Schein der gelben Steinbrüche flammte über das Wasser hin, und jeder rote Fleck oder violette Schattenriß dort oben wurde hier zu einem langen, zitternden Streifen. Längs den Ufern tauchten die Felder, Büsche und Obstbäume ihre grünen Spiegelbilder in den Fluß. Von dem pflügenden Vordersteven glitten lange, muschelförmige Wellen seitwärts, und wenn sie das Ufer erreichten, flossen die Spiegelfarben in ihre lasurblauen Täler hinein gleich einer Flüssigkeit, die plötzlich einen Kanal findet, und zogen das Bild in langgestreckte Windungen, bis sich alles in ein wallendes Durcheinander züngelnder und spiralgedrehter Farben vermischte, licht und glasklar.

Der alte Hertz war sehr lebhaft und erzählte unermüdlich von den Merkwürdigkeiten Prags: Von der eigentümlichen Teyn-Kirche, wo mein berühmter Landsmann Tycho Brahe begraben liegt, von dem schmutzigen Judenviertel mit seiner düsteren Synagoge und dem überwucherten Kirchhof, wo die einfachen orientalischen Grabsteine sich so dicht aneinanderlehnen, als ob sie sich gegenseitig vom Rasen verdrängen wollten, vom Hradschin, der böhmischen Akropolis, und den terrassenförmigen Palastgärten an seiner Berglehne, lauter Herrlichkeiten, die ich am nächsten Tag bewundern könnte, falls ich mich überreden ließe, heute abend mit ihnen zu reisen. Denn er tat die ganze Zeit, als hoffte er, ich würde zuletzt nachgeben, und weidete sich gutmütig an der fadenscheinigen Beschaffenheit meiner Entschuldigungen. Aber zuletzt sagte er immer wieder: »Ja, ja, es ist auch gut, wenn Minna Begleitung hat, obgleich ich überzeugt bin, daß sie auch allein nach Hause finden würde.« Dann versicherte sie natürlich, wie bereit sie zu diesem Wagestück sei und daß ich »ja nicht um ihretwillen« auf diesen netten Ausflug verzichten solle, da sich mir jetzt eine so günstige Gelegenheit in der angenehmsten Gesellschaft böte. Und während sie mich auf diese Weise neckte, so daß ich zuletzt nicht mehr wußte, was ich antworten sollte, lachte sie mich aus zusammengekniffenen, blinzelnden Augen an.

Herzlich ergötzte es uns, daß der biedere Mann, während er beständig wähnte, uns zum besten zu haben, in Wirklichkeit von uns genasführt wurde, da er doch unmöglich ahnen konnte, wie entschieden ich gerade an diesem Abend verhindert war, Minna zu verlassen. Aber Frau Hertz, die uns gegenüber auf der Bank saß, schüttelte bisweilen ihre grauen Locken, indem sie uns mit einem nachsichtigen Lächeln betrachtete, als ob dieses Geschwätz sie ermüde, aber zugleich mit einem fragenden Blick, der ein Geheimnis hinter diesem Wortgefecht zu suchen schien.

In Schandau war kaum für anderes Zeit übrig, als in einem Hotelgarten am Flusse zu Abend zu essen. Es dunkelte schnell. Hertz erinnerte an die Heimkehr. Aber Minna versicherte, das Dampfboot gehe regelmäßig eine Viertelstunde vor der Abfahrt des Zuges, die wir genau aus dem Kursbuch wüßten. Der Bahnhof liegt jenseits des Flusses und einen reichlichen Kilometer vom Landungsplatz des Hotel-Städtchens entfernt; ein kleines Dampfboot stellt die Fahrtverbindung her. Diese Kombination beunruhigte den alten Hertz, der Reisefieber bekam und alle Augenblicke seine goldene Uhr aus der Tasche zog.

Endlich gab Minna zu, daß es Zeit sei aufzubrechen.

An der kleinen Brücke lag kein Boot. Das schwarze Wasser, das in seinen Wirbeln einen Schimmer von Laternenlicht sammelte, jagte ohne Hindernis an dem leeren Brettergestell vorüber, wo auch nichts von einem Reisesack oder Handkoffer zu sehen war.

»Wir sind hier wohl an die falsche Brücke geraten, das wird die Dampfschiffsbrücke sein«, meinte Frau Hertz.

»Gewiß nicht, wir sind nur zu zeitig zur Stelle«, antwortete Minna, ein wenig betreten durch dieses Mißtrauen.

Wir schlenderten einige Minuten auf und ab, ohne daß sich etwas oder jemand zeigte. Hertz setzte sich in den offenen Schuppen, der als Wartesaal diente. In der einen Ecke saß ein einfacher Mann und schlief, die Hutkrempe in die Stirn herabgedrückt, denn die qualmende Petroleumlampe stach einem in die Augen. Nachdem sich Hertz noch einige Male mit seiner Uhr beraten hatte, stand er auf, trippelte ein wenig um den Fremden herum, bekam einen Hustenanfall und fragte endlich vorsichtig, ob der Herr vielleicht auch auf das Dampfboot zum Dresdner Zug warte.

»Nach Brag!« näselte der Gefragte verschlafen, ohne aufzusehen.

Eine schwache Hoffnung dämmerte in mir auf. Ich sah einen Lastträger auf die Brücke zuschlendern, ging ihm nach und fragte ihn. Das Boot zum Dresdner Zug war vor zehn Minuten abgefahren. Innerlich glückstrahlend, äußerlich so enttäuscht wie möglich, ging ich mit meiner Botschaft zu den Damen zurück. Sie standen gerade bei der kleinen Lampe, und ich sah, daß Minnas Ärger, in ihrer Zuverlässigkeit beschämt zu sein, einen harten Kampf mit einer mir nicht ganz unerklärlichen Freude bestand. Sie schien absichtlich meinen Blick zu meiden.

»Es ist noch Zeit, das Boot kommt gewiß, er weiß nur nicht recht Bescheid… Sieht man es nicht da draußen?«

Eine rote Laterne näherte sich auf dem Fluß von der Seite, wo die Haltestelle lag. Bald erblickte man ein paar beleuchtete Taustücke. Der Dampf, der wie eine kleine rosige Wolke darüber schwebte, wurde vom Wind über das Boot getrieben. Es arbeitete sich langsam gegen den Strom heran, deutlich vernahm man die Radschläge. Ich fühlte mich unsäglich enttäuscht und warf einen ärgerlichen Blick auf den alten Hertz, der in ein beruhigtes »Gott sei Dank« ausbrach und zur Brücke vorauseilte, als ob keine Zeit zu verlieren sei und als ob er es wäre, der nach Dresden sollte.

Das Boot schälte sich aus dem Dunkel heraus, die Pfeife schrillte, ein Ruf von draußen wurde von dem Lastträger beantwortet. Ein Seil schoß an der Brückenlaterne vorbei. Es hätte beinahe wie ein Lasso den guten Hertz eingefangen und fiel klatschend einige Ellen hinter ihm auf die Bretter. Der kleine Dampfer lag an der Brücke und zitterte an seinem ganzen kohlengeschwärzten Rumpfe. Aus dem Maschinenraum fiel das Licht auf die schmutzige, niedrige Kabinenwand, eine widerliche Wärme und ein brenzliger, mit Kohlendunst vermischter Ölgeruch strömten in die frische Nachtluft hinaus.

»Zum Dresdner Zug?«

»Eilzug nach Wien. Es ist aber noch Zeit, wir bleiben beinahe eine halbe Stunde liegen.«

»Ja, aber der Zug nach Dresden?«

»Für den haben wir eben die Leute hinübergeschafft.«

»Aber es ist ja noch nicht zu spät. Kann man nicht einen Kahn bekommen?«

»Ne, hier kriegt man keenen Kahn nich«, antwortete der Träger und spuckte in das Wasser, »die Leute müssen da sein, wenn's Boot abgeht.«

Der letzte Stein fiel mir vom Herzen, und es kam mir vor, als ob auch Minna aufatme. Aber Hertz sah ganz bestürzt drein, er fühlte offenbar eine schwere Verantwortung auf sich lasten, weil er uns erst in die weite Welt hinausgelockt hatte und uns nun mitten in der Nacht verließ.

»Aber du bist schuld daran, Minna! Warum warst du so rechthaberisch? Man soll sich in derlei Sachen nicht auf sein Gedächtnis verlassen, und die Fahrpläne werden ja von Jahr zu Jahr geändert, das hätte ich bedenken sollen! Es ist wirklich höchst ärgerlich.«

»Na, lieber Gott«, sagte Frau Hertz beruhigend, »das Unglück ist wohl nicht so groß. Sie müssen eben hier übernachten. Es gibt hier in Schandau genug Hotels.«

Diese praktische Bemerkung beruhigte ihn.

»Das ist allerdings wahr, es geht ja morgen beizeiten ein Zug zurück. Aber vielleicht werden sie dich vermissen?«

»Ach, ich bin ganz gewiß da, bevor jemand aufgestanden ist.«

Wir gingen einige Minuten auf und ab, dann zog mich Hertz ein wenig beiseite:

»Sagen Sie mir, lieber Herr Fenger… Sie kamen so unvorbereitet zu diesem Ausflug mit, und außerdem dachten wir ja nicht daran zu übernachten… ich meine, haben Sie… zufällig… nicht soviel Geld bei sich?«

Ich beeilte mich, ihn in dieser Hinsicht zu beruhigen, da ich – wirklich »zufällig« – eine mehr als hinreichende Summe bei mir trug.

Der Alte sah mich verwundert an und versenkte zögernd sein Geldtäschchen, das er schon hervorgezogen hatte, in seine Tasche, während er seine Unterlippe bewegte, als wolle er etwas sagen.

»Ja, die Herrschaften werden wohl hier übernachten müssen«, rief der Steuermann vom Dampfer her, »es gehen keine Züge mehr nach Dresden.«

»Nein, wir wollen ja nach Prag.«

»Aber Sie wollten ja nach dem Dresdner Zug.«

Hertz fing an, die verwickelten Verhältnisse zu erklären.

Eine Dampfpfeife schrillte jenseits des Flusses, und wie ein leuchtendes Gliedertier glitt prustend und bremsend der Zug vorbei, der uns hätte nach Rathen zurückführen sollen. Ich stand allein mit Minna, und da ich meinte, wir seien unbeobachtet, gab ich meinem Übermut nach und machte dem Zug eine lange Nase.

Minna lachte belustigt, und ein wenig seitwärts von uns stimmte ein etwas roher Baß mit ein. Ich drehte mich beinahe erschreckt um: Es war der Lastträger, der die Lage verstanden zu haben schien.

»Worüber lacht ihr denn?« fragte Frau Hertz.

Hertzens schifften sich nun eilig ein, als ob sie fürchteten, das Dampfboot könne plötzlich entschwinden. Sie blieben an der Reling stehen, und wir sprachen noch ein Viertelstündchen zusammen. Hertz empfahl uns ein Hotel, das gut und »mäßig« in seinen Preisen sei. Endlich läutete die Signalglocke. Hertz erinnerte sich plötzlich des Schläfers in der Wartehalle.

»Er mag kommen, wenn er will«, meinte der Steuermann.

Aber der Alte ereiferte sich.

Ich lief rasch hinauf und weckte den Phlegmatikus, der mir brummend folgte. Sobald er über das Landungsbrett war, wurde es weggezogen, das Dampfboot glitt hinaus, drehte sich langsam und verschwand in der Finsternis. Minna winkte immerzu mit ihrem Taschentuch.

Ich war nahe daran, sie zu umarmen, aber sie konnten uns vielleicht noch von ferne sehen. Auch saß der Träger nur ein paar Schritte von uns entfernt rittlings auf dem Geländer.

16. Kapitel

Wir gingen langsam zurück. An der Ecke des Schuppens war ein Briefkasten angebracht. Minna lächelte, zog einen Brief aus der Tasche und hielt ihn mir hin, so daß ich die Aufschrift lesen konnte. Und indem sie mich mit einem fragenden Blick ansah »Soll ich?«, streckte sie die Hand aus und schob den Brief unter die Klappe. Er fiel mit einem dumpfen Klang in den leeren Kasten. Obgleich dieser Klang ihr Jawort war, erweckte er bei mir ein dunkles, beunruhigendes Gefühl, als habe er etwas Unglückverheißendes an sich. An dieses flüchtige und anscheinend ganz unbegründete Gefühl erinnere ich mich noch ganz lebhaft, obgleich ich mich ihm keinen Augenblick lang hingab. Denn schon zog ich Minna an mich und fühlte meine Umarmung mit einer Heftigkeit erwidert, die weniger Leidenschaft als vielmehr innerliche Zärtlichkeit war. Diese kräftigen Mädchenarme schienen mich so fest halten zu wollen, daß mich nichts wieder losreißen könnte. Als sie merkte, daß ich nach Luft rang, ließ sie mich plötzlich los:

»Hab' ich dir wehgetan? Ich bin so gewaltsam.«

Ihr Gesicht hatte einen so entsetzten Ausdruck, als hätte ich in ihren Armen zerbrechen können, daß ich lachen mußte und es mit Küssen bedeckte, bis sie mir mit einem Schrecken ganz anderer Art Schweigen gebot, einem schelmischen Schrecken, der aus den weitgeöffneten Augen blickte und aus halbgeöffneten Lippen flüsterte, an die sie einen warnenden Finger legte. Aber es war niemand in der Nähe, und die Ecke des Schuppens verbarg uns in einem dreieckigen Schatten.

Endlich verließen wir diesen. Ich wollte sie weiter hinaus längs des Flusses führen, aber da war es ihr zu finster, sie wollte nach der Stadt zu. »Wir können ja jetzt vernünftig sein«, meinte sie. Aber unsere Worte wurden weniger Gespräch als übersetzte Liebkosungen.

Langsam gingen wir Arm in Arm auf dem breiten Kai den Lichtern der Stadt zu, die links wie verstreute Funken zu den Sternen emporstiegen und sich vorn an der Flußbiegung zu einer golden strahlenden Borte vereinigten. Auf dem jenseitigen Ufer waren nur ein paar farbige Signallaternen zu sehen, und die dunkle Bergmasse zeigte sich nur als sternenloser Teil des Himmels.

Der Eilzug jagte drüben vorbei und gemahnte uns an die späte Stunde. Aber eben jetzt begann es im Hintergrund perlmutterfarben aufzuleuchten, und ein dunkler Bergbogen trat hervor. Die Masten einiger Elbkähne zeichneten sich gegen den Himmel ab. Der Glanz wurde schnell röter wie von einer Feuersbrunst. Wäre man am Rhein gewesen, man hätte geglaubt, es sei der lichterloh brennende Brünhildenfels, der sich wie eine glühende Kuppe über den ebenen Waldrücken des Winterberges erhebe. Wenige Minuten noch, und der Mond schwebte frei, immer weniger golden und mehr kristallisch, über der Berglandschaft mit der Flußkrümmung – einer Landschaft, die er selbst aus dem Chaos der Nacht zu formen und mehr und mehr zu vervollkommnen schien.

Es war zu schön, um sich davon zu trennen. Wir gingen immer wieder am Fluß hin und her, von dem kleinen, einsamen Warteschuppen bis nahe an den ersten Hotelgarten, so daß wir die schwarzen Fracks und die bunten Damenhüte sich unter dem Laub bewegen sahen.

Allein an diesem fremden Ort kamen wir uns vor wie ein neuvermähltes Paar auf der Hochzeitsreise. Ich pries den glücklichen Zufall, der uns zu übernachten gezwungen hatte.

»Anfangs war ich auch froh darüber«, sagte Minna, »aber bald darauf wurde ich bedenklich, denn ich habe es doch eigentlich auf dem Gewissen – ich hätte nicht so rechthaberisch sein sollen. Ich habe nur einige Mark bei mir. Hättest du auch nicht mehr gehabt, so hätte uns mein Leichtsinn in eine arge Verlegenheit gebracht. Es fiel mir ein Stein vom Herzen, als ich deine Unterredung mit Hertz sah und sogleich begriff, daß du nichts von ihm zu borgen brauchtest. Mir war schon ganz heiß geworden. Ach, dieses leidige Geld, Harald! Es war vielleicht eine Mahnung, wieviel man bei allen Plänen daran denken muß.«

Und wir vertieften uns in ökonomische Zukunftsaussichten und in Betrachtungen darüber, wie die Kunst der Sparsamkeit aus wenigem Hinreichendes machen kann – ein anscheinend sehr prosaisches Thema, das aber in Wirklichkeit für junge Liebesleute, die ebenso arm wie verliebt sind, eine größere Anziehung besitzt als die erhabenste Romantik. Ja, so schwärmerisch wir auch gestimmt waren, zweifle ich doch sehr, ob das Gold, das der Mond über den dunklen Fluß hinstreute, uns poetischer vorkam als das, womit unser Hausrat bezahlt werden sollte, wenn es erst soweit wäre. Allerdings war auch beides vorläufig gleich unwirklich.

17. Kapitel

Endlich entschlossen wir uns, unsern Gasthof aufzusuchen. Es war keiner von denen, die nach dem Flusse hinaus lagen, sondern er zeigte seine Vorderseite dem Markt, dem jene vornehmeren Brüder den Rücken zukehren. Es war ein länglicher Platz, am östlichen Ende halb von der Kirche beschattet. Der Zwölfuhr-Glockenschlag ertönte eben von dem Turm, dessen kleine Ziegelsteine wie nasse Schuppen glitzerten.

Eine schläfrige Laterne erleuchtete die Torwölbung des Gasthofes. Die Treppe war schon dunkel. Ein Hausknecht mit Henkelohren und einem Gesicht voller Blüten empfing uns, schielte mit trinkgeldeinschätzenden Augen nach uns und nach dem fehlenden Gepäck, kratzte sich in seinen möhrenfarbenen Haarbüscheln und antwortete, indem er in unverschämter Weise mit dem einen Schweinsauge zwinkerte:

»Zwei Zimmer, und die sollen wohl nebeneinander sein? Ja, ich weiß nicht...«

»Dann fragen Sie sofort – in verschiedenen Stockwerken meinetwegen – aber schnell, es gibt genug Gasthöfe in Schandau«, sagte ich barsch, indem ich eine gewaltige Lust bezwang, ihm das eine Ohr abzureißen. Minna, die bei seiner Unverschämtheit ganz rot geworden war, sah mich erschreckt an.

Aus dem zweiten Stockwerk beugte sich ein weibliches Gesicht in Rembrandtscher Beleuchtung herab. Mehrere Zimmernummern wurden im Treppenhaus hinauf- und hinabgerufen. Darauf nahm unser Hausknecht plötzlich eine diplomatische Haltung an und forderte uns mit einer gnädigen Handbewegung auf, die mit einer abgetretenen Kokosmatte belegte Treppe hinaufzusteigen und uns dem weiblichen Schutzgeist mit dem Licht anzuvertrauen, während er in tiefstem Brustton die zwei ausgewählten Nummern herausbrachte. Wir folgten dieser Aufforderung, nachdem wir ihm dringend ans Herz gelegt hatten, uns zu dem Morgenzuge zu wecken.

Die Zimmer lagen richtig nebeneinander, und obgleich ich kaltblütig erklärt hatte, daß die »meinetwegen« in verschiedenen Stockwerken sein dürften, war ich doch über diese unmittelbare Nachbarschaft sehr erfreut; sie waren sogar durch eine Tür miteinander verbunden. Ich weiß nicht, ob es zufällig war, daß wir gleichzeitig unsere Schuhe in den Gang hinausstellten. Er war leer und dunkel, weit weg an einer Biegung war der Schein einer verborgenen Lampe zu sehen. Wir stahlen uns in Strümpfen auf diesen neutralen Boden hinaus und gaben einander einen langen Gutenachtkuß.

Als ich wieder in meinem Zimmer war und anfing, mir Jacke und Weste auszuziehen, fiel mein Blick auf die Tür, und ich bemerkte, daß der Schlüssel darin steckte. Diese Entdeckung versetzte mich sofort in eine angenehm nervöse Spannung, brachte aber alsbald ein gewisses Unbehagen mit sich, indem ich mich des ekelhaften Kellnerlächelns aus dem zusammengekniffenen Schweinsauge erinnerte. Dabei dachte ich zugleich daran, wie rot Minna geworden war. Ich sah noch ganz deutlich ihre beleidigte und erschreckte Miene, und dieses Bild verursachte mir ein inniges Wohlbehagen. Die Weste auf dem einen Arm verfiel ich in Gedanken und starrte unverwandt den bedeutungsvollen Schlüssel an. War er umgedreht oder nicht? Ich schlich mich hin und rührte ihn an, aber ich durfte ihn nicht umdrehen, um sie nicht zu erschrecken.

Ich trat wieder zurück und entkleidete mich weiter, während ich jedoch ständig nach dem Schlüssel schielte, ebenso wie ich es zwei Abende vorher mit ihrem Brief getan hatte. Aber diesen hatte ich unberührt gelassen, und bereits heute bekam ich ihn in offenem Zustand zugeschickt mit dem Recht, ihn zu lesen. Dieser deutliche Beweis für die Belohnung der Tugend stärkte mein Gewissen. »Auch diese Scheidewand wird ja einst von selbst wegfallen, wenn ich nur geduldig warte, und wir werden uns dann nichts vorzuwerfen haben.«

Als ich kaum das Licht ausgeblasen und meinen Kopf auf das Kissen gelegt hatte, schreckte mich ein leises Pochen auf. Ich wollte eben aus dem Bett springen, als ich bemerkte, daß an die Wand gerade an meinem Kopfende geklopft wurde, und ich erinnerte mich, gesehen zu haben, daß ihr Bett an derselben Wand stand. Schnell antwortete ich, und sie erwiderte leise und stärker mit dem Knöchel und mit der Handfläche. Das Telegraphieren spann sich durch alle Tempi und in verschiedenen Rhythmen weiter, als ob sich zwei spiritistische »Klopfgeister« unterhielten.

Und dieses Gespräch ohne Worte, das deutlicher als Worte unser getrenntes Beisammensein, unser Entbehren und unser Hoffen ausdrückte, hinterließ in mir eine ruhige und glückliche Stimmung.

Ich wußte, daß sich zu beiden Seiten dieser nicht verschlossenen und an sich wenig klösterlich-strengen Wand dieselben Gefühle, Stimmungen und Gedanken regten, wenn sie bei ihr auch nicht die Gestalt bestimmter Vorstellungen annahmen. Diese Stunde hatte uns auf geheimnisvolle Weise näher zusammengeführt. Und wenn meine Freude bisher in dem Bewußtsein, lieben zu dürfen, bestanden hatte, so wurde ich jetzt von dem seligen Gefühl durchströmt, geliebt und Gegenstand der Sehnsucht des andern zu sein.

18. Kapitel

In dem kleinen Speisezimmer traf ich Minna auf mich wartend an. Sie schenkte den Kaffee aus der angelaufenen Zinnkanne ein, und wir setzten uns an den Tisch wie ein junges Ehepaar, als ob die kleine Schale da vor uns mit dem goldenen Bienennektar das wahre Symbol unseres Honigmondes enthalte.

Es war noch ziemlich dunkel im Zimmer, der Nebel blendete das Fenster wie ein weißer Vorhang. Mir war der Kopf etwas schwer, der ungewöhnlich zeitigen Morgenstunde wegen.

Draußen konnte man nicht einmal die Kirche erkennen, und die Nachbarhäuser gegenüber schimmerten nur wie eine einzige Masse hindurch. Die Pflastersteine waren schlüpfrig, Minna glitt aus und nahm meinen Arm. Ein paar Straßenkehrer bewegten sich grotesk in dem milchweißen Medium.

Unter dem Barbierschild, das freischwebend erschien und einem verdrießlichen Herbstmonde glich, klirrte eine Glastüre, die mit einem Fußtritt aufgestoßen wurde.

Bei dem Kramladen an der Ecke hatte ein gemischter Kaffeegeruch den Nebel in einem bestimmten Strich irgendwie imprägniert; man trat plötzlich in ihn hinein und ebenso plötzlich wieder hinaus.

Wir kamen rechtzeitig zum Dampfer.

Kaum war er abgestoßen, so war auch das Ufer verschwunden, und man hätte glauben können, mitten auf dem Weltmeer zu sein.

Nur ganz in der Nähe sah man kleine Wellen schuppenartig blinken, der Nebel zog wie Dampf darüber hinweg. Vom Schornstein schlug der rußige Kohlenrauch auf das Deck nieder. Die Dampfpfeife ertönte unaufhörlich, bald mit langgezogenem Fauchen, bald in kurzem, abgebrochenem Gellen und Seufzen. Bisweilen antwortete eine andere Pfeife oder ein gedehnter Ruf, und gleich einem Gespensterschiffe glitt ein großer dunkler Körper an uns vorbei. Minna drückte sich ängstlich an meinen Arm.

»Es wird doch keinen Zusammenstoß geben?«

»Gewiß nicht.«

Und übrigens, warum könnte der kleine Dampfer nicht in den Grund gefahren werden? Man kann ebensoleicht mitten auf der Elbe wie in dem Atlantischen Ozean ertrinken.

Diese kleine Gefahr vereinigte uns inniger als alle Zukunftsträume. Aber derselbe Nebel, der sie hervorgerufen hatte, verscheuchte sie bald, indem er uns durchschauerte. In der Angst vor einem Schnupfen ertrank die romantische Furcht und die Hoffnung, plötzlich im Tode vereint zu werden.

Diese Fahrt, bei der man gleichsam eine Binde von Licht um die Augen hatte, war so verwirrend, daß wir, als ein Stoß die Landung verkündete, das Ufer an der anderen Seite vermuteten und glaubten, wir seien nach Schandau zurückgekehrt.

Und als wir auf dem Bahnsteig standen, wo der Dresdner Zug heranbrauste, meinten wir, es müsse der sein, der nach Bodenbach ging.

Nichtsdestoweniger war alles in bester Ordnung.

Dank einem wohlangebrachten Trinkgeld befanden wir uns bald allein in einem Abteil zweiter Klasse. Über die weiße Tafel des Fensters huschten schattengraue Bilder von Blättern, Zweigen und Büschen, und ein Tropfen nach dem anderen suchte seinen Weg über die matte Scheibe herunter.

Bei der rüttelnden Bewegung stießen unsere Schultern immer zusammen.

Aber Minna beantwortete kaum meinen Händedruck und war sehr wortkarg.

Ich wollte sie an mich ziehen, aber sie rückte zur Seite und zeigte mit einem scheuen Blick nach dem Fenster, das vom Schaffner verdunkelt wurde.

Als er uns die Fahrkarten abgenommen und ich, nachdem ich das Fenster geschlossen hatte, mich umdrehte, froh darüber, daß wir nun ungestört sein würden, erhob sich Minna. Ein Ruck des Wagens warf mich auf das weiche Kissen, und zugleich sank sie vor mir in die Knie. Als ich sie lachend aufheben wollte, wurde ich durch ihre ängstliche und bittende Miene verhindert.

»Harald, ich muß dir etwas sagen. Versprich mir aber, daß du nicht böse wirst... Nein, nein, du darfst nichts versprechen, vielleicht mußt du es werden.«

»Aber Minna, was soll das heißen? Steh auf, Liebste!«

»Nein, nein, höre erst. Ich habe mich gestern häßlich betragen... ich habe euch angeführt, habe auch vor dir gelogen...«

»Was meinst du nur? Wann denn?«

»Ahnst du es nicht? Kannst du es nicht erraten?«

»Nein, ich versichere dir.«

»Siehst du«, rief sie mit einem verzweifelten Gesichtsausdruck, »du kannst dir nicht denken, daß ich so falsch bin... Und wenn du es hörst, wirst du vielleicht befürchten, daß ich immer so bin.«

»Aber was ist es denn? Du hast es mir noch gar nicht gesagt.«

»Ja, es war doch gestern abend... als wir zu spät zu dem kleinen Dampfer kamen – das war meine Schuld. Ich wußte genau, daß er früher zu dem Zug abging, und das nutzte ich aus.«

»Und das ist das Ganze?« fragte ich lachend.

»Du lachst mich aus, du solltest mich viel lieber schelten! Ist es hübsch, eine Frau zu bekommen, die so lügen und betrügen kann?... Findest du es denn gar nicht häßlich?«

»Aber du lieber Gott...«

»Und der gute alte Hertz, der unseretwegen so bekümmert war – er fühlte offenbar die Verantwortung. Ja, wenn es zu spät ist, dann ist leicht bereuen! Ich hatte mir's gar nicht überlegt, daß ich ohne Erlaubnis über deine Börse verfügte, daß du vielleicht nicht Geld genug bei dir haben und in Verlegenheit geraten könntest. Das alles war sehr unrecht. Aber das Schlimmste war, als du anfingst, von einem glücklichen Irrtum zu reden und ich nichts bekennen durfte, sondern immer weiter log, vor meinem eigenen lieben Freund – da mußte ich mich selbst hassen.«

»Aber weshalb durftest du's denn nicht ›bekennen‹, wie du es nennst?«

»Gestern konnte ich es unmöglich, aber jetzt mußte ich es tun, obgleich ich es eigentlich nie sagen wollte, oder nur viel, viel später einmal... Ach, du kannst es vielleicht gar nicht verstehen, aber, nicht wahr, wir hatten ja noch gar nicht miteinander gesprochen, es war doch schön, so ungestört beisammen zu sein, anstatt sich in einem überfüllten Dampfboot übersetzen zu lassen und in einen ekelhaften Eisenbahnzug gesteckt zu werden... der Abendzug ist immer so überfüllt. Und dann«, ihre Stimme wurde ganz flüsternd und sie verbarg den Kopf in meinem Schoß. »Harald, sage mir, war es dir nicht auch traulich, einander plötzlich so nahe zu wohnen?«

Ich beugte mich zu ihr hinab:

»Und als du an die Wand...«

»Pst!« unterbrach sie mich, indem sie den Zeigefinger an meine Lippen legte und mich mit einem drolligen, entsetzten Ausdruck ansah. Aber gleich darauf veränderte er sich beinahe in Schmollen:

»Und du, der so gleichgültig sagte, daß es nichts ausmache, ob die Zimmer nebeneinander oder jedes in einem anderen Stockwerke lägen...«

»Aber dem Hausknecht gegenüber, Liebe...«

»Ja, ja, ich weiß schon...«

Sie schoß in die Höhe und gab mir plötzlich einen kurzen Kuß; es war, als hätte ich einen weichen Ball ins Gesicht bekommen.

»Bist du nun nicht mehr böse?«

Ich hob sie ganz auf den Sitz hinauf.

»Nicht mehr? Aber Minna, ich versichere dir, ich bin gar nicht...«

»Ja, aber du dürftest auch gern böse sein, du *solltest* mir sogar böse sein.«

»Ach Unsinn, ich finde es nur weit schöner jetzt, da ich weiß, daß es nicht Zufall, sondern dein Wille war.«

»Mit dir ist doch auch gar nichts anzufangen, du willst mich durchaus verwöhnen, was soll da werden!« rief Minna und drückte sich zärtlich an mich. »Aber sieh, es klärt sich auf und wird doch schönes Wetter.«

Draußen, auf dem weißen Nebellinnen, das sich vor dem Fenster ausspannte, zeichneten sich dunkle Kronen von Obstbäumen ab, spitze Tannenwipfel, ein Dachrand mit einem blinkenden Fensterauge – alle ohne Grenze nach unten und schattenartig wie Lichtbilder, wenn sie sich zu festigen anfangen.

Und hoch über allem schwebte als dunkle Masse das Felsplateau des Liliensteins, das wie eine Insel in der Luft schwamm: Das Nebelmeer umwogte die tiefvioletten Felsklüfte, während oben ein Gewimmel kleiner Tannenspitzen in die Luft hinauf zeigte, die schon mit einem opalfarbenen Schimmer hindurchblaute.

»Und was wollen wir heute machen?« fragte ich. »Morgen nachmittag treffen wir uns bei Hertzens, aber wir müssen uns doch noch vorher sehen.«

»Ach ja, wir müssen die Zeit nützen – ›Die schönen Tage in Aranjuez...‹, weiter sag’ ich es nicht, sonst geht es bekanntlich schief.... Also übermorgen reist du wirklich ab?«

»Ja, liebe Minna – leider. Die Ferien sind vorüber, auch hat die Wirtin wieder vermietet.«

»Na, in einer Woche bin auch ich frei wie ein Vogel! Wart mal, ich will heute mit den Kindern spazierengehen. Du kannst, wenn deine vielen Geschäfte dich nicht hindern, an dem Waldweg, der gleich links hinter der Schule abgeht, auf mich warten.«

Der Zug pfiff und hielt. Es war schon Rathen.

Als wir zur Überfahrt hinuntergingen, flatterte der Nebel nur noch wie Fetzen von Spinnweben über dem nassen, im Sonnenlicht glitzernden Grase.

19. Kapitel

Selbstverständlich befand ich mich beizeiten auf dem genannten Wege.

Es war mein erstes Stelldichein. Ich weiß nicht, ob mein Entzücken oder meine Verwunderung größer war, als ich daran dachte, wie ich vor knapp vier Wochen auf diesen und ähnlichen Wegen in der vergeblichen Hoffnung, Minna zu begegnen, umhergestreift war. Und jetzt– du lieber Gott! Und schon damals hatte die Sonne gelacht und das Gemüt durchleuchtet, hatte der Schatten erquickt und der Bergwald geduftet, hatten die Vögel gejubelt und war der frische leichte Wind durch die hohen Wipfel gebraust. Wie mußte da nicht heute dieselbe Natur, die sommerlich strahlend war wie je, meine berauschten Sinne bezaubern! Ich warf meinen Hut in die Lüfte– er sollte als Gruß in den Himmel fliegen, erreichte aber kaum den untersten Zweig einer dieser riesenhaften Fichten. Einem kleinen Rotkehlchen, das auf einem dürren Ast eines der Säulenstämme zwitscherte, rief ich übermütig zu: »Ei, ei, du Kleines! Erwartest du auch jemand? Ich erwarte meine Geliebte, mein Liebchen, meine Minna.«

Sogleich blickte ich erschrocken zurück, ob jemand etwa Zeuge meiner Kinderei gewesen sei. Im nämlichen Augenblick zeigte sich Minna mit ihrem kleinen Gefolge bei einer Biegung des Weges. Bedeutend gesetzter eilte ich ihr entgegen.

»Hier bin ich mit meiner Sauve-Garde«, sagte Minna und fügte schnell hinzu: »Vergiß nicht, ›Sie‹ zu sagen. Und wenn du etwas sagen willst, was sie nicht hören sollen, dann sprich dänisch, ich werde es schon verstehen.«

»Kleine Töpfe haben auch Ohren, wie wir Dänen sagen«, bemerkte ich, sofort meine Muttersprache benutzend.

Minna lachte und zeigte auf das älteste der kleinen Mädchen, die vor uns gingen. Sie war allerdings mit einem Paar echter Henkelohren geschmückt, die zu beiden Seiten des Zopfes im Sonnenlicht glühten.

Wie war Minna fröhlich und ungezwungen! Obgleich sie sonst eher ein wenig älter aussah, als sie war, machte sie jetzt einen so kindlichen Eindruck, daß ich mir unwillkürlich sagte: »Ist es möglich, daß dieses Mädchen dich liebt, wie ein Weib liebt, ja, ein Weib, das leider auch nicht zum ersten Male liebt?« Sie hatte den kaleschenförmigen Gartenhut aus schwarzem Stroh auf, den ich von »Sophienruhe« her kannte, eine nützliche Kopfbedeckung, die einen Schatten bis zur Mitte der Wangen herab warf; aus diesem ruhigen Schatten heraus, der vom Walde einen grünlichen Schimmer hatte, blickten ihre klaren Augen sorglos auf die Natur und auf mich. Ein blau und weiß gestreiftes Kleid aus leichtem Stoff lag dicht um ihre Gestalt an und fiel in langen Falten unter einem hellblauen Seidenband hinab, das den gewohnten Gürtel ersetzte.

Ich hatte mich schon mehrere Minuten lang über ziemlich gleichgültige Dinge auf Dänisch ausgelassen, als der von ihr vorausgesehene Fall eintraf: Ich wurde von meinen Gefühlen so überwältigt, daß ich ausrief: »Aber Minna, wie gut dir das Kleid steht, und wie reizend du darin aussiehst!« Da ich mir aber angewöhnt hatte, meine Liebeserklärungen in deutscher Sprache zu machen, entflog auch diese Amorette in daßelbe kleidsame Gewand gehüllt »dem Zaune meiner Zähne«. Ich bemerkte es erst, als Minna meinen Arm heftig ergriff und das eine Henkelohr verschwand, während das andere mir die Breitseite zukehrte.

Minna biß sich auf die Lippe. Das jüngste Mädchen drehte sich jetzt um und hielt Minna ihre Puppe hin:

»Fräulein Jagemann, kommen wir nicht bald in den Schatten? Karoline kriegt sonst Sommersprossen.«

Wir ergriffen begierig die Veranlassung, in Lachen auszubrechen. Die Kleine sah uns tief beleidigt an.

»Dann sage ich, es war Ihre Schuld, und dann muß Mama der Karoline etwas von ihrem Toilettenwasser geben.«

»Guten Tag, Kusine Minna!« erklang es hinter uns. »Nein, wie lustig! Ei, sieh mal an! Guten Tag, Herr – Herr Fenger!«

Es war der Schullehrer, der uns eingeholt hatte. Er kam in Hemdsärmeln anmarschiert, die Jacke auf dem Stock über der Schulter hängend. Minna grüßte etwas weniger vertraulich.

»Ach, Sie sind es, Herr Storch!« rief ich mit einem Gefühl des Ertapptseins.

»Eben der«, antwortete er und zwinkerte mit dem einen Auge, das deutlich sagte: »Aha, Sie haben sie also entdeckt, die kleine Lehrerin, meine schöne Kusine Minna! Na, ich hab's Ihnen ja gesagt.«

»Prächtiges Wetter, aber warm, puh! Es ist mein letzter Ferientag«, fügte er mit einem Seufzer hinzu.

»Und wohin geht die Reise?«

»Nach Hohenstein...Gehen Sie mit?«

»Danke bestens, diesmal nicht.«

»Aber Herr Fenger, Sie dürfen nicht meinetwegen...«, begann Minna.

»Gott bewahre, an Ihrer Stelle ginge ich auch nicht mit...Warum in die Ferne schweifen, sieh', das Gute liegt so nah'!...Gott sei Dank, man kennt doch seine Klassiker! Solange man Goethe zitieren kann, Münchner Bier trinken, Altstädter Ziegeltabak rauchen, Berge kraxeln und noch etwas, wovon ich nicht sprechen darf, wenn Kusine Minna es hört, solang' ist Polen nicht verloren, wenn man auch sechs Stunden täglich dummen Rangen das Lesebuch einpauken – ich wollte sagen, im edlen Dienst der Volksaufklärung arbeiten muß; na, guten Morgen!«

Er entfernte sich schnell, ein lustiges Lied trällernd:

>»So leben wir, so leben wir,
>
>so leben wir alle Tage«...

»So einer«, brach die Kleinste los, »und der nannte Sie ›Kusine‹!«

»Bäckers Tina sagt, er gibt so viele Ohrfeigen«, fügte die Ältere hinzu.

»Ein schöner Vetter! Hatte der aber ein schmutziges Hemd an!«

»Mama sagt, wir sollen ›Wäsche‹ sagen.«

»Doch nicht bei so einem, Sophie!«

Minna warf nicht eben den freundlichsten Blick nach den Ärmeln des umstrittenen Kleidungsstückes, die zwischen den Stämmen leuchteten.

»Woher stehst du auf einem so vertraulichen Fuße mit meinem würdigen Verwandten?« fragte sie.

Ich erzählte ihr von unserer Bekanntschaft, von meiner Absicht bei unserem Spaziergang und dem dadurch erzielten Ertrage.

»Was, du hast schon damals Nachforschungen über mich angestellt«, sagte sie, indem sie mit dem Finger drohte und ganz vergnügt dazu lächelte. »Das hätte ich nur wissen sollen!«

»Was dann?«

Minna lachte leise, schloß ihren Sonnenschirm und zeigte damit auf einen schattigen Seitenweg, der einen kühlenden Hauch in die Sonnenhitze ausatmete.

»Wir wollen hier gehen, dann kommt Karoline um die Sommersprossen herum und wir hoffentlich um die Touristen.«

Der Weg war ganz überwuchert von üppigem Gras, das die Wagenspuren verhüllte. Die Gräben bedeckte eine feine Moosart, die so dicht wuchs, daß sie eine lockere Masse grüner Sternchen bildete, in denen noch Tropfen des Morgennebels blitzten. Über den olivbraunen schwellenden Mooskissen auf dem jenseitigen Rande breitete sich eine ganze Hecke verschiedenartiger Farnkräuter aus.

»Nein sieh doch, wie reizend!« rief Minna aus und zeigte auf einige Farne, die nur aus einer einzelnen Rippe mit lanzettförmigen Seitenblättchen bestanden. Sonst sah man diese Tüpfelfarne selten höher als eine knappe Spanne, aber von diesen hier waren einige reichlich einen Fuß lang.

»Könnte ich doch einige davon mit der Wurzel bekommen, ich habe schon viele Farnkräuter...hier steht übrigens eines, das ist auch schön.«

Sie streifte ihre Handschuhe ab und kniete nieder. Es glückte mir, auf die andere Seite hinüberzuspringen.

»Wenn wir sie nur richtig herausbekommen können. Hast du ein Messer?«

»Nein. Aber wir sagen auf dänisch: ›Fünf Finger sind ebenso gut wie ein Bootshaken‹«

Sie lachte, indem sie das herabgefallene Haar zurückwarf, grub und bohrte. Endlich hatten wir die Pflanzen heraus. Ich kam über den Graben mit einem nassen Fuß zurück. Minna schlug die Farne sorgfältig in ihr Taschentuch ein, um nichts von der schwarzen Erde zu verlieren, die an den Wurzelfasern hing. Wir zeigten einander unsere erdigen Hände und lachten wie ein Paar Kinder, während wir hinter den Kleinen her eilten, die uns beinahe aus den Augen gekommen waren und jetzt zu rufen anfingen.

Über den dunklen Wipfeln der Tannen wölbte sich der Himmel rötlichblau. In den tiefen, bräunlichen Schatten zwischen den grauen Stämmen stieß hie und da ein scharfer Sonnenstrahl schräg herab wie eine goldene Stange. Gedämpftes Licht zitterte silberglänzend da drinnen auf irgendeinem Farn, der den gespreizten Flügeln eines ungeheuren Vogels glich. Das hellste Gelb flammte von den schwefelfarbenen Steinflechten am Rande eines Felsenstückes, das einsam zwischen den Bäumen lag, ähnlich einem Hause, dessen flaches Dach einen kleinen Garten von Farnen und jungen Buchen trug. Es duftete nach Tannen und Pilzen.

Ich weiß nicht mehr, in welches Thema ich hineingeraten und ob es ein fesselndes war, ich weiß nur noch, daß ich lebhaft sprach und plötzlich bemerkte, daß mich Minna unablässig mit einem eigentümlich zerstreuten Lächeln anstarrte, das etwas Neckisches an sich hatte und zunahm wie ein Licht, das sich verbreitet.

»Warum lachst du?« fragte ich etwas verlegen. »Findest du es nicht auch?«

»Was denn?«

»Nun... natürlich...«

»Ich weiß nicht, ich habe nichts gehört, ich ahne nicht, wovon du sprachst – ich mache mir auch gar nichts draus«, (die Worte kamen in reißender Eile) »aber fahre fort, fahre nur immer fort, ich höre auf deine Stimme, ich habe keinen Sinn zum Verstehen. Ich höre und sehe nur auf deinen Mund und auf dein Profil – weißt du, daß du ein schönes Profil hast? – Und dein Mund ist so eigen, wenn du sprichst, die Unterlippe tritt hervor, so, bei jeder Pause, aber es steht dir gut! Und das Grübchen im Kinn vertieft sich, und die Nase krümmt sich an der Spitze, und das ist das Allerbeste dabei: Es ist eine Schiller-Nase, und du bist auch so ein Idealist wie er, ach, du Lieber!«

Sie lugte schnell nach den Kindern aus und küßte mich heftig.

»Aber Minna, das kann doch nicht deine Meinung sein!«

Ich war ganz berauscht von dieser süßen Schmeichelei. Es war das erste Mal in meinem Leben, daß meine körperliche Eitelkeit geweckt wurde. Ich hatte im Gegenteil immer viel wegen meines »Schnabels von einer Nase« hören müssen und auch, weil ich einen etwas hervortretenden Unterkiefer habe – wirklich gar nicht auffallend, fand ich selbst – und nun! Daß dieses schöne Mädchen etwas an mir hübsch finden konnte und gerade *das* – das war wie ein Märchen. Ich fühlte mich wie im siebenten Himmel, und Gott weiß, wie töricht ich mich gebärdet hätte, wären nicht gerade jetzt die Kinder gelaufen gekommen, um uns zu benachrichtigen, daß es im siebenten Himmel herrliche reife Himbeeren gäbe.

Wir hatten eine Waldlichtung mit Gebüsch zwischen großen bemoosten Steinblöcken erreicht. Der Weg, dem wir gefolgt waren, verengte sich zu einem Pfad. Ein wenig seitwärts davon lagerten wir uns im Schatten eines solchen Felsenkindes, während die kleinen Mädchen zwischen den Sträuchern umherkrochen. Minna setzte ihren Hut ab, legte sich ganz zurück und sah in den tiefblauen Himmel hinauf. Plötzlich lachte sie hell auf.

»Was gibt's?«

Sie erhob sich halb, sich auf den einen Arm stützend.

»Weißt du, Harald, am Zwinger, da gibt es solche kleinen – Faune heißen sie wohl –, ganz rundliche Kinder mit Bocksbeinen, sie haben auch einen kleinen Schwanz...«

»Nun?«

»Es fiel mir eben ein, wenn so ein kleiner Knirps dahergesprungen käme, wie reizend wäre das! Ich würde ihn auf den Schoß nehmen und ihn liebkosen.«

»Das möchte ich schon mit ansehen. Du bist doch ein komischer Kerl!«

»Bin ich das?« fragte sie mit einem drolligen hohen Ton auf dem »ich«.

Im selben Augenblick bewegte sich im Gebüsch etwas. Das kleinste Mädchen fing an zu schreien. Der biedere Kopf eines Hühnerhundes guckte daraus hervor und atmete keuchend, die lange Zunge zur Seite heraushängend. Gleich darauf stand ein bärtiger Forstmann mit der Flinte über der Schulter einige Schritte von uns entfernt auf dem Steg. Er musterte uns mit einem so bärbeißigen Blick, daß ich schloß, er müsse allen menschlichen Gefühls bar sein, weil er meine Minna so ansehen konnte, wie sie dasaß, mit den erhobenen, halb entblößten Armen, indem sie ihren Hut auf dem Haar zurechtrückte. Der reine Waldteufel!

»Was wollen Sie hier?« fragte er barsch. »Das ist kein Weg für Touristen.«

»So? Ja, Sie müssen entschuldigen, aber es war kein Anschlag mit ›Verbotener Weg‹ dort, wo wir hineingingen.«

»Als ob Sie nicht sehen könnten, daß das ein Forstweg ist!...Es gibt doch weiß Gott Fußwege genug für das Publikum.«

»Darf man denn hier nicht einen Schritt außerhalb der abgezirkelten Spazierwege tun? Das ist doch zu toll!« rief ich und fing an, gallig zu werden.

»Nee, Gott verdamm' mich, das dürfen Sie nicht!« brüllte er mit kupferrotem Gesicht.

»Wir wußten das wirklich nicht, sonst wären wir nicht hier gegangen«, sagte Minna freundlich, aber bestimmt. »Aber ich glaube, wir haben nicht den geringsten Schaden angestiftet.«

»Dann liegt es nicht an Ihnen«, brummte er, etwas weniger mürrisch. »Ein paar Schritte weiter steht eine Tanne bei der anderen, nicht größer als ein Nagel. Die Gören da sehen jedenfalls nicht, wohin sie treten, und Sie haben wohl auch an anderes gedacht.« Und ärgerlich darüber, daß er sich soweit hatte besänftigen lassen, um sich zu einer Erklärung herabzulassen, schnarrte er mich an: »So, nun wissen Sie, wonach Sie sich zu richten haben!«

Darauf pfiff er dem Hund, spuckte aus und marschierte in den Wald hinein, während er ein paarmal über die Schulter blickte, ob wir nun auch zurückgingen. Das taten wir, etwas begossen, wie man immer nach solch einer Behandlung ist, sie mag nun berechtigt sein oder nicht.

»Das war ein schöner alter Pan, der da kam und uns fortscheuchte, anstatt deines kleinen Panisken, von dem du geträumt hast.«

»So ein Brummbär!« schmollte sie, und sie äffte ihm seine eingerostete Stimme nach.

Die Kinder lachten aus vollem Halse.

»Na, übrigens hat er wohl recht!« sagte sie. »Wenn ich Forstmann wäre, wäre ich auch wütend über all diese Leute, die in den Wäldern umherlaufen. Aber eigentlich mußt du ihm das noch besser nachfühlen können als ich, du als Sohn eines Forstmannes! Ist dein Vater ebenso gewesen, Harald?«

»Mein Vater war ein königlicher Oberförster, dieser war ein ungehobelter Aufseher.«

»Aristokrat!«

»Nun, du sprachst auch nicht sehr demokratisch über Leute, die in den Wald gehen.«

»Das ist was ganz anderes.«

»Nein, gar nicht.«

So stritten wir uns und scherzten den ganzen Rest des Weges zusammen. Zuletzt fingen wir sogar an, mit den Kindern Haschen zu spielen, so daß wir ganz erhitzt und atemlos in der besten Laune der Welt nach Hause kamen.

20. Kapitel

Als am folgenden Tag Frau Hertz das Tuch auf den kleinen Tisch in der Laube legte und ihr Mann sich eben mit seiner Zeitung zurechtgesetzt hatte, fanden wir uns Arm in Arm ein und verrieten auf diese Weise schon von weitem unser Geheimnis.

Es hätte nicht mit größerer Freude aufgenommen werden können, wenn Minna ihre Tochter und ich ein Millionär gewesen wäre. Eine Flasche Liebfrauenmilch wurde aus dem »Erbgericht« geholt und auf unser Glück geleert. Die Abendsonne lugte zwischen den Blättern herein und blinkte goldig in den bräunlich-grünen Gläsern. Hertz sprach viel von dem interessanten Faust-Manuskript, dessen Echtheit er nicht bezweifelte; dagegen waren die Abweichungen geringer und nicht so bedeutend, wie er erwartet hatte.

Er sprach langsamer und beschwerlicher als sonst und wurde oft von einem quälenden Husten unterbrochen, der seine Frau sichtlich bekümmerte. Der Nebel hatte auch das Moldau-Tal nicht verschont. Dort in dem winkligen Prag hatte er sich bis weit in den Tag hinein gehalten, alles mit seiner feuchten Kälte durchdringend. Dazu kam, daß Hertz sich stundenlang in einer kalten, zugigen Bodenkammer aufgehalten hatte, denn niemand hatte bis jetzt daran gedacht, den Inhalt der merkwürdigen Kiste in wohnlichere Räume zu befördern; und außerdem gab es noch viele Bücherkisten und Truhen, die Hertz keine Ruhe ließen. Es gelang ihm denn auch, das eine oder andere aufzustöbern: Briefe von Carl August und der Herzogin Amalia, Originalausgaben einiger Bücher von Wieland und Herder mit Widmungen, Theaterzettel und ähnliches. Einzelne dieser Sachen hatte er erstanden. Er zeigte sie uns mit großer Freude, als wir kurz vor Sonnenuntergang in die Wohnung hinaufgingen, aber man konnte diesen Husten nicht seine fröhlichen Bemerkungen unterbrechen hören, ohne die Furcht zu hegen, daß er diese Schätze zu teuer erkauft habe.

Als wir etwas früher als sonst heimwärts gingen, machte Minna ihrer Besorgnis Luft: »Hertz ist schwach, und er verträgt nicht viel.«

»Das mag ja sein, aber deshalb braucht man doch nicht gleich das Schlimmste zu befürchten.«

»Ja, so bin ich nun einmal, Harald! Deine zuversichtliche Sinnesart wird viel mit mir auszustehen haben. Auf Sorgen nehme ich immer Vorschuß, und ich finde, das Kapital bleibt immer gleich groß. Sieh mal, jetzt bin ich in der Tat schon ebenso niedergeschlagen, als ob der liebe alte Mann von uns gegangen wäre.«

»Das würde allerdings ein schwerer Schlag für seine gute Frau und auch für meinen Freund Immanuel sein. Ich habe nie ein so schönes, patriarchalisches Verhältnis zwischen Vater und Sohn gesehen.«

»Ach ja, mich konnte das leicht genug rühren, es war so verschieden von dem, was ich in meinem eigenen Heim fand.«

»Hast du Immanuel nicht gern? Er ist wirklich ein lieber Kerl.«

»Ja, gewiß – ein sehr guter Mensch.«

Es war mir aufgefallen, daß sie sich immer nur kurz über den jungen Hertz aussprach. Ebenso wunderte ich mich, daß dieser nie von ihr erzählt hatte und daß ich sie, wenn ich ihn besuchte, nicht ein einziges Mal gesehen hatte. Sie mußte in der Zeit nicht so häufig zu Hertzens gekommen sein oder nur zu bestimmten Tageszeiten. Übrigens war unsere Bekanntschaft erst in dem letzten Vierteljahr, bevor er nach Leipzig ging, so vertraulich geworden.

Ich hätte dieses Gespräch gern fortgesetzt, aber Minna lenkte schon ab:

»Ja, wenn du jetzt in die Stadt zurückkommst, dann besuchst du wohl meine Mutter einmal – ich habe ihr geschrieben –, aber höre, beurteile sie nicht zu scharf.«

»Aber, Liebste, wie kannst du nur fürchten...?«

»Ja, ja, ich habe deine Erwartungen nicht zu hoch gespannt. Es ist aber auch viel Gutes an ihr... sie tut sicherlich mit gutem Willen niemand was zuleide, und sie hat mich sehr lieb.«

»Das letztere genügt mir.«

»Weißt du, Harald, worüber ich sehr froh bin?«

»Nun?«

»Aber du darfst nicht gleich so erfreut sein…es ist gar nicht hübsch von mir, es ist schrecklich selbstsüchtig. Siehst du, es beruhigt mich, daß deine Eltern nicht mehr am Leben sind.«

»Ach warum? Sie hätten dich sicher sehr gern gehabt.«

»Nein, nein!« rief sie in beinahe erschrockenem Ton aus. »Wie könnten sie das? Sie hätten sich eine ganz andere Schwiegertochter gewünscht, und mit Recht. Nun aber hat niemand als du Anspruch auf mich. Wenn du nur mit mir zufrieden sein kannst, so wie ich bin.«

»Mein eigenes, geliebtes Weib! Aber du weinst?« rief ich aus, als meine Lippen an ihrer Wange naß wurden.

»Das tut nichts, aber es klang so süß – sag es noch einmal!«

»Mein liebes Weib!«

Wir waren schon einige Male durch das kleine Dorf hin und zurück gegangen. Es war finstere Nacht. Einzelne erleuchtete Fenster zu beiden Seiten des dunklen Tales verstreut trugen mehr zur Traulichkeit als zur Helligkeit bei. Über Hügeln und Felsen funkelten die Sterne scharf und unruhig, ab und zu fuhr eine Sternschnuppe am Himmel hin. Wir hörten außer unseren eigenen Schritten nur das Rieseln des Bächleins zwischen den Steinen und von Zeit zu Zeit eine vorübergehende Bewegung in den Erlen am Ufer, als ob ein ungeheures langgestrecktes Tier sich schüttelte.

Als wir uns nun zum dritten Mal den Lichtern näherten, die drüben von der Villa des Kammerherrn winkten, wurden unsere Schritte immer langsamer.

»Du seufzt«, sagte Minna, als wir endlich, wie gegen unseren Willen, still standen.

»Es ist etwas wie eine Ahnung. Ich kann nichts dafür…es fällt mir so schwer, von Rathen zu scheiden. Ich fühle mich beklommen…«

»Wir sind hier glücklich gewesen. Aber es ist meine eigene, liebe Stadt, in die wir kommen, ich freue mich darauf, auch dort mit dir umherzugehen.«

»Unsere Liebe ist wie eine Pflanze, die hier wuchs, und nun soll sie umgepflanzt werden.«

Minna lachte – ein mildes und kluges Lachen:

»Nein, sie soll wohl nur versetzt werden. Denn sie ist eine Pflanze, die im Herzen Wurzeln hat und nicht in einer Gegend.«

Nach einer langen, langen Umarmung glitt ihre Gestalt von mir und verschwand im Dunkel, während der schwache Steg noch unter ihren Schritten knarrte, die dann auf dem Kies trippelten. Plötzlich hörten sie auf.

»Gute Nacht, Harald!« klang ihre klare, hohe Stimme überraschend nah.

»Gute Nacht, Liebchen!«

Und wohl eine Minute später tönte es fern wie mit Geisterstimme von drüben:

»Gute Nacht!«

21. Kapitel

Am folgenden Tag um fünf Uhr war ich in Dresden.

Sobald ich meine Sachen ausgepackt und in meinem gewohnten Gasthaus zu Mittag gegessen hatte, gedachte ich, meine unbekannte Schwiegermutter aufzusuchen – nicht so sehr aus Höflichkeitspflicht oder aus Neugierde, sondern um mich mittelbar mit Minna in Verbindung zu setzen.

Es war nicht weit nach der Seilergasse, wo Frau Jagemann wohnte. Das Haus glich seinen Nachbarn nebenan und gegenüber bis ins kleinste. Durch die offene Haustür kam man in einen gewölbten, weiß getünchten Flur, der gegenüber in einen Garten ausmündete. Eine reinlich getönte Steinwendeltreppe führte nach den Stockwerken hinauf. Auf dem ersten Absatz blieb ich an dem offenen Fenster stehen und blickte hinaus. So wie das Innere mich schon traulich anmutete, so kannte ich auch diese Aussicht von den paar Stellen her, wo ich gewohnt hatte und von den Wohnungen meiner Kameraden. Sie war stereotyp für ein kleinbürgerliches Dresdner Heim.

Der Garten grenzte an drei Seiten an andere Gärten und diese wieder an Nachbargärten, so daß sie ein großes Gartenviereck bildeten, das von den ziemlich niedrigen, zweistöckigen Häusern umgeben war. Durch solche Anlagen verschafft sich selbst in den alten, engen Stadtteilen der Dresdner Luft und Licht. Die tiefstehende Nachmittagssonne strahlte über die Baumwipfel, während die Fußwege und kleinen Rasenplätze in einförmigen Schatten lagen. In einem Nachbargarten turnten einige junge Burschen, in einem anderen spielte eine Menge kleiner Mädchen; hier und da flatterte aufgehängte Wäsche ganz leise. Der kleine Garten unten war leer. In einem Beet vor der Weinlaube blühten ein paar Rosen, eine Akazie und ein schöner Kirschbaum breiteten ihre Äste fast über den ganzen Raum, und man vermißte auch nicht den Holunder, der seit Kleist mit zur deutschen Erotik gehört.

Allerdings stand er nicht in Blüte„ aber das konnte man ihm jetzt, spät im August, eigentlich kaum übel vermerken.

Im ersten Stock kündete eine vergilbte Visitenkarte in einem kleinen Rahmen an, daß der Gymnasiallehrer Jagemann hier wohne. Ich klingelte wiederholt, aber nichts rührte sich. Da ich mich nicht entschließen konnte, den einzigen Ort der schönen Stadt, wo ich etwas von Minna fand, zu verlassen, ging ich in den Garten hinunter und setzte mich in die Laube.

Es war beinahe so still wie auf dem Lande. Nur selten ließ sich die Stadt durch das schwere Rummeln eines Frachtwagens vernehmen. Aus einem der nächsten Gärten klangen ununterbrochen die Stimmen der kleinen Mädchen:

> M'r woll'n ä mal spazieren gehn
> von eener Stadt zur andern:
> Ri-ra-rutsch –
> M'r fahren in der Kutsch'.

Dieses Kinderspiel versetzte mich ein Dutzend Jahre in der Zeit zurück. Eine dieser Stimmen war Minnas, und es war ihr rosa Kleid, das ich jedesmal, wenn sie »Rutsch« riefen, durch die Büsche wie einen Kreisel herumwirbeln sah. Sie war drüben bei einer Freundin– hier durfte sie des Vaters wegen nicht mit anderen Kindern spielen. Einmal aber hätte er sie beinahe bei diesem Verbrechen ertappt, und ich fing an zu überlegen, in welchen der anstoßenden Gärten sie wohl geflüchtet sein mochte. Hinter mir war ein Lattenzaun, dieser Weg war so ziemlich ausgeschlossen; links war hinter dem Geländer eine Dornenhecke, die aber nicht aussah, als ob sie so alt wäre; mir gegenüber war das Geländer ein wenig höher, aber an der Ecke erhöhte sich der Erdboden, so daß man dort leicht hinüberschlüpfen konnte. Dies alles erwog ich ebenso sorgfältig, wie ein Historiker die Örtlichkeit bei Pharsalus untersuchen mag, um mit Cäsars Schlachtordnung ins reine zu kommen. Welches Nachbarhaus und welches Fenster es gewesen sein mochte, aus dem ›der Schatz‹ der Freundin und sein Freund, ihr erster Anbeter, gegrüßt hatten, kostete mich nicht weniger Kopfzerbrechen.

Zuerst zog der Holunder meine Aufmerksamkeit auf sich. Er stand in einer Ecke am Nachbargarten und beschattete eine kleine Bank, die aus einigen Brettern zusammengefügt war und sehr alt aussah. Ich vertauschte meinen Platz in der Laube mit diesem. Nicht eben ein bequemer Sitz für einen älteren Herrn, der in der Mittagshitze einnicken will, aber sehr passend für ein junges Paar, das nicht so große Anforderungen an die Bequemlichkeit stellt. Und dann der romantische Holunder: Er stand jetzt nicht in Blüte, aber er hatte geblüht, für ihn! Wie ein Schatten von diesem Strauch legte sich die Eifersucht über meine Seele, diese Eifersucht, die mein Glücksgefühl und Minnas Nähe bisher ferngehalten hatten. Ich wollte sie ganz besitzen, wünschte sie als Kind gesehen zu haben, stellte mir vor, wie sie ihre Gespielinnen verließ, um zu mir zu kommen und ihre kleinen runden Ärmchen um meinen Hals zu schlingen. Wenn es eine Präexistenz gäbe, meinte ich, daß man mir auch diese schuldig sei – und nicht so viel wie ihre erste Jugend gehörte mir! Ein anderer besaß dieses schöne Bruchstück ihres Lebens und barg es als einen Schmuck seiner Eitelkeit. Aber zu guter Letzt war ich es doch, der den Schatz hob, während er blind genug gewesen war, sich mit einigen Schaupfennigen zu begnügen – dieser Gedanke tröstete mich, um so mehr, als er meiner Eitelkeit schmeichelte.

Ich erhob mich und ging auf die Straße hinaus. Die Dämmerung war hereingebrochen. Auf der einen Seite leuchtete ein goldener Abendschein um einige Baumwipfel hinter der Gartenmauer, zur anderen war es dunkel zwischen den Häusern, deren oberste Fenster golden glitzerten, während unten die Laternen angebrannt wurden. Da ich kein Ziel hatte, ging ich dem Lichte entgegen.

An der Ecke war eine Kneipe – natürlich. Ein altes Mütterchen, trotz der Wärme in einen dicken Wollschal gewickelt, trollte hinein. Ich wurde dadurch an Minnas Worte erinnert, ihre Mutter trinke gegen Abend regelmäßig ihr Bier im Gasthaus »Zur Katze« – der Name war mir im Gedächtnis geblieben, weil ich sein komisches Schild gut kannte.

Ich steuerte also auf das Zentrum der Stadt zu und erreichte bald die glänzend erleuchtete Schloßstraße, die von Menschen wimmelte.

In dem kleinen Gastzimmer saßen mehrere ältere Herren. Man sah gleich, daß es keine Wirtschaft war, die viele von der Straße hereinlockte, sondern daß sie schlicht von Stammgästen lebte. Einer hatte einen Haufen Zeitungen und Mappen vor sich, und als ich mich näherte, schielte er erbost nach mir wie ein Hund, der die Zähne zeigt, wenn man seinem Futter zu nahe kommt. Ein wohlgepflegter, glattrasierter Herr unterhielt ziemlich laut in einer Ecke einige hinfällige Philister mit dem letzten Hoftheaterskandal.

Die Tür nach einem kleineren Zimmer stand offen. Ich schaute hinein und sah gerade an der Tür eine alte Frau sitzen, ihr gegenüber hing ein altmodischer Konsolspiegel. Da ich darin ihr Bild ungestört betrachten konnte, zog ich mich schnell zurück und erschreckte den Zeitungsleser aufs heftigste, indem ich mich zu ihm setzte. Ich ergriff zum Schein die Zeitung, die er weggelegt hatte; selbst das erlaubte er nur mit einem unzufriedenen Brummen. Der Kellner brachte mir ein Glas Bier.

Aber die gute Frau da drinnen konnte kaum meine zukünftige Schwiegermutter sein! Minna hatte gesagt, sie sehe ihr ähnlich, und es war mir unmöglich, hier auch nur die Spur einer Ähnlichkeit herauszufinden. Die Stirn war nicht hoch, aber stark nach vorn gewölbt, die Augen lagen nicht tief und die Lippen waren dick und formlos, was übrigens von dem ganzen ins Graue spielenden Gesicht galt: Es sah aus wie ein Gegenstand, der lange im Wasser gelegen hat und davon aufgeweicht ist. Dieser Zustand konnte allerdings andererseits leicht eine Ähnlichkeit mit einem jugendlichen Gesicht maskieren.

Ich rief den Kellner, um zu bezahlen, und fragte, ob er nicht eine Frau verwitwete Jagemann kenne, die öfters hier verkehren solle. »Sie sitzt drin im kleinen Zimmer«, antwortete er.

Ich erhob mich und ging hinein. Frau Jagemann rückte unruhig in ihrer Sofaecke hin und her, und als ich hintrat und grüßte, sah sie so entsetzt drein, daß man zum mindesten glauben konnte, sie befinde sich allein mit mir in einem Eisenbahnabteil.

Ich sagte ihr, wer ich sei, und äußerte meine Vermutung, daß sie brieflich...

»Ja gewiß, natürlich! Minna hat geschrieben – das liebe Kind, ach Gott ja... Es – freut mich – ungemein... Sie sind also in die Stadt gekommen, Herr Tenger?«

»Fenger.«

»Richtig – Fenger! Ganz recht, entschuldigen Sie! Es war ja ein Brief, und die Buchstaben sehen sich ähnlich. Meine Augen sind nicht sehr gut mehr, und dann schreibt Minna wirklich ein bißchen undeutlich, finden Sie nicht auch?... Mein Mann, Gott hab' ihn selig, schrieb eine so deutliche Hand, er hat im Schönschreiben unterrichtet. Auch in Latein und Griechisch – ach Gott ja, er war wirklich sehr gelehrt... Minna hat auch gute Kenntnisse. Es ist ganz anders als zu meiner Zeit – überhaupt die Jugend...! Aber wollen Sie nicht Platz nehmen, Sie müssen sich setzen.«

Ich rückte einen Stuhl an den Tisch, und als ich sah, daß sie etwas für mich bestellen wollte, kam ich ihr schnell zuvor.

»Sie sind wirklich zu freundlich, ich weiß wahrhaftig nicht – vielleicht zur Gesellschaft – aber nur ein ›Kind‹... Ja, Sie können wohl viel trinken, junge Leute – Jagemann, Gott hab' ihn selig, war auch ein starker Biertrinker – noch von der Studentenzeit her, wissen Sie... Wird bei Ihnen in Dänemark viel Bier getrunken?«

Vergebens bestrebte ich mich jetzt, ein vernünftiges Gespräch mit ihr anzuknüpfen. Manchmal döste sie, starrte mich blöde an und antwortete nichts weiter als »Ach Gott ja«, und unmittelbar darauf begann sie das Blaue vom Himmel herunter zu schwatzen – offenbar nicht aus Geschwätzigkeit, sondern aus Verlegenheit und namentlich aus Angst davor, über unsere Verlobung sprechen zu müssen. Es schien mir, als halte sie nicht viel davon; sie beurteilte wahrscheinlich die Tochter nach ihrer eigenen etwas leichtsinnigen Jugend. Bisweilen, wenn sie sich unbemerkt glaubte, betrachtete sie mich forschend, als ob sie dächte: »Was ist das für ein Kerl, den Minna da erwischt hat?« Wenn ich sie dann ansah, brachte sie eilig das Glas an die Lippen und goß daneben, daß die Biertropfen an ihrem schwarzen Tuch hinunterrollten, dem man ansah, daß es gefärbt war.

Als wir aufbrachen, wollte ich sie nach Hause begleiten, aber ich durfte auf keinen Fall den Umweg machen; außerdem habe sie unterwegs noch Besorgungen zu machen. Sie verschwand in dem ersten finsteren Seitengäßchen, jedoch nicht, bevor ich das Versprechen oder die Drohung gegeben hatte – ich weiß nicht, wie sie es auffaßte –, sie am nächsten Tag zu besuchen.

Ich ging gleich vom Polytechnikum aus dahin. Als ich zum zweitenmal klingelte, bemerkte ich, daß an einem Fensterchen neben der Tür die Ecke eines Vorhangs sich ein wenig bewegte und daß aus dem Dunkel ein Auge nach mir auslugte, worauf der Vorhang in die gewohnten Falten zurückfiel. Nachdem ich wieder eine gute Weile gewartet hatte, hörte ich schleppende Schritte, und endlich wurde die Tür von Frau Jagemann geöffnet. Ihr Gesicht zeigte einen so erschrockenen Ausdruck, als ob ich mindestens der Steuereinnehmer wäre, und beinahe hätte ich gefragt: »Mein Gott, was fehlt Ihnen denn?« als es mir einfiel, daß ich wahrscheinlich selbst der Schuldige sei. Offenbar hatte sie gänzlich vergessen, daß ich sie besuchen wollte oder es für eine leere Höflichkeitsform gehalten. Das schwarzgefärbte Tuch, das ich vom vorhergehenden Abend kannte, umhüllte sie und schien eine nachlässige Kleidung zu verbergen. Mit vielen Entschuldigungen führte sie mich in die Wohnung und verschwand gleich darauf für eine halbe Stunde, »um mir eine Tasse Kaffee anzubieten«.

Das ziemlich kleine Zimmer war freundlich und hell, da es nach dem Gartenviereck hinaus lag und Sonne hatte. Aber die Einrichtung war nicht nur einfach und teilweise beschädigt, sondern das Ganze zeugte von einem vollständigen Mangel an Ordnungssinn. Der Deckel des schwarzen Pianos war grau von Staub, auf dem darauf liegenden Notenhaufen stand ein Teller mit einem halben Pökling. Es ist mir stets ein Rätsel geblieben, wie der dorthin gekommen sein mochte; denn ich entdeckte bald, daß Frau Jagemann sich nie hier aufhielt, sondern den ganzen Tag in der fast gänzlich finsteren Küche hockte, wo sie ihre Mahlzeiten zubereitete, aß, schlief und die »Dresdener Nachrichten« las. In einer Ecke stand ein fast ganz mit grünen Bänden angefülltes Regal, welches ich gleich als Minnas Klassiker-Schatz erkannte, das Geschenk jener barschen Tante, die sie als Gespenst heimsuchen wollte, wenn sie sich je von den Büchern trennte.

In der Mitte der einen Wand befand sich eine Tür, die ein grüner Vorhang verdeckte. Davor stand ein Sofa. Auf dem als Hintergrund dienenden Vorhang hing ein Ölgemälde. Man sah einen Teil eines unter niedrigen Dünen an einer Meeresbucht gelegenen Fischerdorfes. Im Vordergrund saßen einige junge Mädchen und knüpften Netze, während ihnen ein Stutzer aus der Großstadt den Hof machte. Dieser war durch einen Malkasten gekennzeichnet und hatte eine starke Ähnlichkeit mit Stephensen. Sowohl seine Handbewegung wie der lachende Blick der jungen Mädchen deutete an, daß dieses Netzeknüpfen eine tiefere Bedeutung habe. Während die Staffage ebenso konventionell gemalt wie flach gedacht war, steckte ein ganz Teil Frische und Naturbeobachtung in dem Strand und dem Sonnenlicht auf den Dünen. Mit seinen kräftigen hellen Farben leuchtete das Bild förmlich in der kleinen Stube, zu deren mehr als einfacher Ausstattung es in einem auffallenden Gegensatze stand. Jeder mußte sich unwillkürlich fragen: wie ist es hierhergekommen? Zu mir aber, dem diese Frage im voraus beantwortet war, sprach es in anmaßender Weise von alledem, was ich am liebsten vergessen wollte. Ihr gegenseitiges Verhältnis mochte ihm wohl noch sehr wertvoll sein, da er ihr nach Jahren ein so durchgearbeitetes Bild schickte. Aber zugleich welch unfeine Koketterie, in einem Geschenk für *sie* sich selbst als Kurmacher junger Fischermädchen darzustellen! Welche Stimmungen mußte das nicht in einem deutschen Mädchen erwecken, dessen Herz von Liebe zu dem dänischen Maler erfüllt war und in dessen Phantasie Heines Verse lebten! »Du schönes Fischermädchen« und »Das Meer erglänzte weit hinaus« mußten beständig aus diesen Farben ihr entgegenklingen, eine unendliche Sehnsucht nach der unbekannten Romantik *seiner* Heimat und eine ewig eifersüchtige Unruhe weckend. Ein raffiniertes Selbstbehagen und eine dumme Herzlosigkeit schienen das prahlende Monogramm auf den Stein gezeichnet zu haben, auf den der Maler seinen etwas zu blank beschuhten Fuß gesetzt hatte.

Außer diesem Bild gab es im Zimmer noch zwei andere von derselben Hand. Sie hingen untereinander zwischen Fenster und Sekretär: ein Pastellbild von Minna und eine Bleistiftzeichnung von einem Manne mittleren Alters mit hoher Stirn, gerader Nase und schmalen, zusammengekniffenen Lippen, die ihm mit den herabhängenden Brauen und den kleinen, tiefliegenden Augen ein bitteres Aussehen verliehen. Ein kleines, festes Kinn, das der große Backenbart freiließ, erinnerte ebenso wie die Stirn entschieden an Minna. Diese Zeichnung war tüchtig ausgeführt und zeugte von einer guten, gediegenen Schule.

Dagegen konnte ich mich keineswegs mit dem Pastellbildnis aussöhnen. Es war ein Brustbild in dreiviertel Lebensgröße. Minna trug ein schwarzes Kleid ohne irgend etwas Weißes oder Farbiges, wodurch ihre Blässe noch auffallender wurde. Und alles dies zerfloß in einem blauen Nebel, so daß man glauben konnte, es sei ein junges tabakrauchendes Weib, das sich eben in Dampf eingehüllt hatte, nur daß dieser nicht von den zusammengepreßten, blutlosen Lippen zu strömen schien, sondern eher aus den schwimmenden, ausdruckslosen Augen – eine Kunst des Rauchens, die bekanntlich noch nicht erfunden ist. Diese Art nebeliger Bilder war damals eine aus Paris soeben eingeführte Mode. Und das war ein Mann, der seine Geliebte gemalt hatte!

Wo war die liebevolle Vertiefung in die Einzelheiten, die geizige Sorgfalt, die das Geringste hütet, weil sie das Größte dahinter sieht; das selbstverleugnende Aufgehen im Gegenstand, der Realismus der Liebe, bei dem nur Raum ist für einen liebenden Idealismus, der, weit davon entfernt, die Individualität zu verschleiern, nur darauf bedacht ist, sie in das wahrste und hellste Licht zu setzen? Nichts von alledem! Alles war hier verflüchtigt, nach einem modischen Rezept wurde einem blauer Dunst vorgemacht, und an die Stelle eines menschlichen Schauens trat ein affektiertes artistisches »Wie-ich-es-sehe«.

Je länger ich dieses Bild betrachtete, um so stärker wurde ich von Wut und Verachtung gegen den Mann erfüllt, der sie so gemalt hatte, diesen Künstler, der sich so frech hinsetzte und ein Bild nach dem neuesten Rezept machte – Motiv: Die Geliebte – um alle Schwierigkeiten, um alles, was zu verstehen und wiederzugeben war, sich behende herumdrückend. Es kam mir vor, daß, wenn er in die Stube hereinträte, ich ihn beim Kragen packen, ihn vor dieses Sündenwerk hinzerren, ihn tüchtig schütteln und ihm in die Ohren rufen müßte: »Was bist du doch im Grunde genommen für ein eklig modernisierter und künstlerisch anrüchiger, trauriger Kerl!

Sieh da, du Ritter von der Pariser Palette, welch verwünschtes Scheusal von einer Farbenlüge du zustande gebracht hast, und zwar mit dem herrlichsten Gottesgeschöpf vor Augen, ja sogar im Herzen, wenn man es dir glauben wollte!« Und wieder hörte ich ihn antworten: »Was bist denn du für einer, und was kannst du machen? Ich habe doch wenigstens ein Porträt von ihr malen können, das man zur Not erkennt, das jeder als das Bild eines schönen Mädchens empfinden und das ein Kenner für eine recht talentvolle Arbeit erklären wird... *Maintenant à vous, monsieur!* Nehmen Sie Farben und Leinwand und setzen Sie sich mit Ihrem selbstverleugnenden Aufgehen im Gegenstand, Ihrem »Liebes-Realismus« hin und sehen Sie zu, welche Vogelscheuche *Sie* hervorbringen. Aber gleichviel, versuchen Sie es immerhin! Es sind angenehme Stunden, kann ich Ihnen versichern. Sie haben das süße Mädel vor sich sitzen und können es ansehen, soviel wie Sie nur wollen. Sie wird rot dabei, deshalb müssen Sie die Farbe ein wenig moderieren, ich würde Ihnen empfehlen, die Schattenpartien ein wenig kühler zu halten, als man es gewöhnlich tut...«

Auf diese Weise stachelte ich mich zu einem solchen Grad von eifersüchtiger Raserei an, daß ich mich vielleicht an dem Bild vergriffen hätte, wäre nicht Frau Jagemann endlich mit dem Kaffee hereingekommen.

Es verursachte ihr einen heftigen Schrecken, mich so mitten im Zimmer stehend zu finden, und sie beeilte sich, mich auf dem kleinen Sofa hinter dem etwas mitgenommenen Mahagonitisch unterzubringen, auf dem sie den sächsischen Labetrank anrichtete. Es war eine bedeutende Veränderung mit ihr vorgegangen: Ein dunkelblaues, weißpunktiertes Kattunkleid und eine große Haube mit lila Bändern gaben ihr jetzt ein ganz würdiges Matronenaussehen. Sie setzte sich auf den Rand eines Stuhles mir gegenüber und schlürfte langsam ihren Kaffee, indem sie den Kopf ganz zur Tasse hinabbückte.

Ich hatte schon einige Zeit einen süßlichen, Übelkeit verursachenden Duft bemerkt, der immer mehr zunahm, und es wurde mir klar, daß jenseits dieser teppichverhängten Tür ein recht einfacher Knaster geraucht wurde. Frau Jagemann schien meine Gedanken zu erraten, sie fing an zu husten:

»Ach ja, ach Gott ja – es ist dieser Tabaksrauch, der dringt immer hier herein. Da drin wohnt unser Logisherr, ein sehr netter Mensch, aber er raucht immerzu. Rauchen Sie auch? Sie brauchen sich nicht zu genieren, es schmeckt so gut zum Kaffee, sagt man. Wir haben nämlich Logisherren, sonst könnten wir diese Wohnung nicht behalten... Sie verstehen schon, und wenn man einmal daran gewöhnt ist... aber das hat auch seine Nachteile. Wie nun diesen Tabaksrauch. Gewiß, man kann auch Herren kriegen, die weniger rauchen oder die nicht soviel zu Hause sind – es gibt sogar welche, die gar nicht rauchen, aber dann haben sie andere Unannehmlichkeiten. Ach Gott ja, Herr Fenger, es gibt viele schlechte Menschen! Wie zum Beispiel dieser Logisherr, dem kann man wirklich nichts nachsagen. Er zahlt immer, wenn es sich auch öfters bis zum Schluß des nächsten Monats hinzieht, aber was soll man sagen? Es gibt auch solche, die gar nicht zahlen. Davon hab' ich viele gehabt, die ziehen ohne weiteres aus, versprechen natürlich, daß sie kommen und zahlen wollen... Ach Gott ja, schlechte Menschen, Herr Fenger...«

Ich hatte wieder angefangen, das störende Bildnis anzustarren und wiederholte in Gedanken meinen Ausbruch: »Was bist du doch im Grunde genommen für ein eklig modernisierter und künstlerisch anrüchiger, trauriger Kerl – !« Frau Jagemann bemerkte, wo ich war, und beeilte sich höflich, mir zu folgen:

»Ja, das ist ein Porträt von meiner Minna, wie Sie sehen... Es ähnelt ihr fast wie eine Photographie. Ach Gott ja! So eine Kunstfertigkeit! Was man jetzt alles machen kann, Herr Fenger! In Amerika können sie ja nun mit Farbe photographieren, das stand vor kurzem in der Zeitung. Lieber Gott, was soll dann aus den armen Kunstmalern werden? Aber was soll man sagen, die Kunst steigt – des einen Tod, des andern Brot, heißt es. Ach ja! Der es gemalt hat, ist übrigens ein Landsmann von Ihnen, er war auch unser Logisherr... Herr Stephensen hieß er, er wohnte ein halbes Jahr hier...«

Sie sprach langsamer, blieb fast stecken und betrachtete mich so lauernd, wie es ihre stumpfen Augen vermochten.

»Ja, ich weiß es schon, Minna hat mir alles erzählt, die hält nichts geheim vor mir.«

»Nein, natürlich, gewiß, ein Landsmann von Ihnen und noch dazu ein Künstler, davon haben Sie natürlich gehört«, sagte sie schnell, offenbar befriedigt zu wissen, wie sie mit mir dran sei, aber ängstlich, auf ein heikles Gebiet geraten zu sein. »Ach ja, so ein Talent, da mögen Sie wohl recht haben.« (Ich hatte gar nichts dergleichen gesagt.) »Und ein netter Mensch, so angenehm im Umgang! Er bezahlte immer pünktlich, manchmal sogar im voraus – nicht weil ich ihn darum bat, aber es waren knappe Zeiten, und er war so zartfühlend. Er rauchte nur Zigaretten – das war freilich was anderes als unser jetziger Logisherr! Der ist übrigens auch Maler und aus Holstein – das heißt, in öffentlichen Lokalen dekoriert er Decken und Wände … Aber Herr Stephensen rauchte nur Zigaretten. Ach, wenn man damals in diese Stube hereinkam, das war gerade, als wenn man das Räucherwerk in der katholischen Kirche röche. Ja, dort sind Sie wohl gewesen? Mein Gott, wie hoch die ist bis zur Decke und die vielen Lichter auf dem Altar – ach, und wie sie singen! Gerade, als ob man die Engel hörte. Ich bin mit der Minna dort gewesen, sie sagte, die sängen lateinisch … Sonst gehe ich hier in die Annenkirche, wir haben einen herrlichen Pastor; neulich nahm er mich bei der Hand und fragte nach der Minna – er hat sie eingesegnet … Übrigens mag sie ihn nicht, sie ist oft etwas eigen, das heißt – so bei Menschen hat sie leicht was auszusetzen. Nun, natürlich hat sie recht auf ihre Weise – es gibt viele schlechte Menschen, aber was soll man sagen, lieber Gott! Dafür haben wir die Religion, Herr Fenger!«

»Ich muß leider bekennen, daß ich nicht sehr kirchlich bin, aber ich glaube, daß Minna und ich auch in dieser Hinsicht …«

»Ach Gott ja, die Jugend! Sehen Sie, als ich jung war, war es gerade so – da denkt man nur ans Vergnügen. Na, wenn man nur nichts Böses tut!«

»Ich denke doch zum Beispiel auch ein wenig daran, etwas zu verdienen, und ich hoffe, bald eine solche Stellung zu erhalten, daß wir heiraten können. Ich habe einen Onkel, der Fabrikbesitzer in England ist, er will mich gern dort hinüber haben.«

»Nach England? Was Sie sagen! Ich hatte eine Schwester, die mehrere Jahre in England war. Ach, was die alles erzählen konnte. Das muß ja eine schreckliche Stadt sein – dieses London, all der Nebel und Kohlenrauch! Dort wohnen sie auch in mehreren Etagen, und die ganze Familie ißt zu Mittag in der Küche …«

Es wurde mir endlich klar, daß ich jeden Versuch aufgeben müßte, das Gespräch in ein vernünftiges Gleis zu bringen. Ich ließ sie also nach Herzenslust sich tummeln, wie sie eben wollte, und machte ab und zu einige unterstützende Bemerkungen. Anfangs hatte sie ziemlich hochdeutsch gesprochen, aber nachdem sie ins Rollen gekommen war, fand das Sächseln sich ein: Sie sagte »m'r« für »wir« und »sein« für »sind«, kannte nur weiche »P« und »T« und spickte ihr Gewäsch mit vielen volkstümlichen Ausrufen und Wendungen. Und da belustigte es mich zu beobachten, daß Minna, wenn sie spaßeshalber bisweilen ihren Dresdner Dialekt plapperte, ihrer Mutter ganz auffallend ähnlich war bis zum Mienenspiel hinunter, ja bisweilen sogar in den Gesichtszügen, und ich war deshalb ein so geduldiger und aufmerksamer Zuhörer, wie die Alte sich nur wünschen konnte.

Endlich empfahl ich mich. Sie machte keinen Versuch, mich zu halten, sondern begleitete mich bis an die Tür mit vielen Knixen und Verbeugungen.

Ich hatte also meine zukünftige Schwiegermutter kennengelernt und war im Grunde nicht unzufrieden mit dem Ergebnis. Die Sache war die, daß ich immer, wenn ich mir die Zukunft vorgestellt und mir das Glück ausgemalt hatte, ein geliebtes Weib als Braut heimzuführen, bei dem Gedanken an die Schwiegermama gezittert hatte. Überhaupt war mir der Gedanke gräßlich gewesen, in eine Familie einzuheiraten und einen Anhang von Schwägern und Schwägerinnen, Tanten und Onkeln zu bekommen. Von Familie war hier nun gar nicht die Rede; brachte mir Minna keine Mitgift in Geld, so brachte sie auch keine in »Sippen und Magen«. Was die Mutter betraf, so wußte ich schon, daß Minna ihr gegenüber eine gesunde Kritik besaß. Auch schien sie mir ein sehr bescheidenes Wesen zu sein, das am liebsten friedlich in seiner Küche hockte und im Gasthaus »Zur Katze« ein Nickerchen machte. Frau Jagemann wurzelte so sehr in ihren Dresdner Gewohnheiten, daß kaum die Rede davon sein würde, sie nach England zu verpflanzen. Hätte ich statt dessen eine stattliche Dame als »Mama« erhalten, die mich mütterlich umarmt, meine Gewohnheiten bekrittelt, meine Aussichten nicht befriedigend gefunden, sich in das Hauswesen hineingemischt, die Tochter gegen mich aufgehetzt und Besuche verlangt hätte, womöglich regelmäßige »Abende« – du lieber Gott, wie war ich da mit diesem einfachen Mütterchen glücklich davongekommen!

Hätte ich ein Tagebuch geführt, so würde ich unter diesem Datum eingetragen haben: »Beruhigt – Schwiegermutter unschädlich.«

22. Kapitel

Minna kam zwei Tage später um fünf Uhr mit dem Dampfschiff an. Natürlich war ich am Landungsplatz, um sie zu empfangen. Während wir durch die Straßen gingen, schien etwas schwer auf ihrem Gemüt zu lasten, aber ich wollte sie nicht fragen, bevor wir zu Hause wären. Im übrigen schob ich die Schuld auf den verschlimmerten Zustand des alten Hertz.

Als wir zusammen gegessen und die Mutter uns allein gelassen hatte, wurde das liebe Mädchen immer stiller. Bisweilen sah sie mich mit einem langen, schwermütigen Blick an, der mich beinahe weinen machte, bald darauf begann sie vor sich hinzustarren, als ob ihre Gedanken weit weg wären; mich überkam dabei ein Gefühl des Grauens.

»Befürchtest du, daß Hertz ernstlich in Gefahr ist?« fragte ich endlich.

»Ja, das tue ich schon, du wirst sehen, er stirbt daran ... Und warum nicht? Er hat es sich bei dem Forschen nach den Goethe-Manuskripten in Prag zugezogen. Es ist seine Leidenschaft, die ihn tötet, es liegt etwas Schönes darin.«

»Aber seine arme Frau!«

Minna seufzte, stand auf und ging ans Fenster.

Lange blieb sie dort stehen und starrte in den kleinen Garten hinab. Die niedrigstehende Sonne bestrahlte ihr Gesicht, das mit seinem Gepräge von Ernst und Mißmut einer weit älteren Frau anzugehören schien. Die Brustfalten ihres leichten Kleides hoben und senkten sich stark und unregelmäßig. Die rechte, herabhängende Hand krampfte ein kleines Taschentuch zusammen: Ein paarmal hob sie die andere, um die Augen zu beschatten, als wollte sie nach etwas Bestimmtem sehen, vergaß es aber gleich wieder, strich sich das Haar aus der Stirn oder fing an, auf dem Fensterbrett zu trommeln.

Ich ging leise zu ihr hin und legte den Arm um ihre Schultern:

»Ist dir sonst etwas zuwidergegangen, Minna?«

»Ich habe einen Brief von ihm bekommen – die Antwort auf den, den ich an jenem Abend abschickte.«

»Nun?«

»Es hat mir leid getan – er war gar nicht so, wie ich erwartet hatte. Er denkt nicht an mich wie ein guter Freund ... Es ist, als ob er mir weh tun wollte. Ich verstehe es nicht.«

»Was hat er denn geschrieben, Minna?«

»Ja, du magst selbst sehen.«

Sie ging in das Zimmer zurück und kniete vor dem kleinen Handkoffer nieder, der offen mitten auf dem Boden stand. Aus einer Mappe nahm sie einen Brief heraus und reichte ihn mir. Er war auf sehr elegantem Papier geschrieben und enthielt nur einige unbedeutende Zeilen als Einleitung zu einem Gedicht von Heine, das ich nicht kannte. Es klang so:

> Schon wieder bin ich fortgerissen
> Vom Herzen, das ich innig liebe,
> Schon wieder bin ich fortgerissen –
> O wüßtest du, wie gern ich bliebe!

> Der Wagen rollt, es dröhnt die Brücke,
> Der Fluß darunter fließt so trübe;
> Ich scheide wieder von dem Glücke,
> Vom Herzen, das ich innig liebe.

> Am Himmel jagen hin die Sterne,
> Als flöhen sie vor meinem Schmerze,
> Leb' wohl, Geliebte! In der Ferne,
> Wo ich auch bin, blüht dir mein Herze.

»Dummes Zeug!« rief ich aus und zerdrückte unwillkürlich das Papier zwischen den Händen. Aber Minna, die wieder zum Fenster hinausgeblickt hatte, wandte sich schnell um, riß es mir aus der Hand und glättete es wieder.

»Es ist wohl ein Heiligtum!« sagte ich mit einer Bitterkeit, die ich nicht zurückzuhalten vermochte.

Sie sah mich vorwurfsvoll an:

»Wenn du je von mir Abschied nähmest, und wäre es mit weit bittereren Worten, so würde ich mit deinem Brief das gleiche tun, Harald.« Und sie verbarg ihn wieder in der Mappe.

Die rührende Treue gegen alte Erinnerungen des Herzens, die aus ihren Worten und Mienen atmete, entwaffnete mich wohl, aber es blieb doch ein Rest von Unwillen zurück.

»Ich war im Unrecht, vergib – aber das ist ein Brief, der einen Engel fluchen machen kann. Es ist ja kein Sinn und Verstand darin.«

»Ja, ich verstehe ihn nicht! Er selbst war es doch, der nur in einem Freundschaftsverhältnis mit mir stehen wollte und der mir den Rat gab, mich mit einem braven Mann zu verheiraten, und jetzt wirft er es mir vor.«

»Und noch dazu in so dummer Weise! Warum spricht er nicht selbst seine Gefühle aus? Ein Gedicht von Heine – ja, wenn es wenigstens der Lage angepaßt wäre, aber so!«

»Nein, nicht wahr! Das war es auch, was mich so wunderlich berührte, wie ein falscher Ton, sonst hätte es mir noch sehr leid getan – oder vielleicht hätte es auch im Gegenteil versöhnend gewirkt. Aber so konnte ich es nicht bleibenlassen, mich zu ärgern.«

»Seine Eitelkeit hat sich daran gestoßen, daß du ihn um eines anderen willen vergessen konntest, das ist das Ganze. Deshalb hat er auch selbst nichts zu sagen gehabt – ein einfacherer Mann hätte zu einem Briefsteller gegriffen.«

»Und doch – wenn er mich doch noch liebte und litte!« rief sie aus und preßte die gefalteten Hände zusammen.

»Liebte? Es gibt so viele verschiedene Arten von Liebe! Warum verließ er dich?«

»Um seiner Kunst willen, sagte er. Und die ist nicht mehr wert als ich?«

»Nein, tausendmal nein! Um der Kunst willen? Dummes Gerede! So eine Erbärmlichkeit, wie kann er glauben, daß er Kunst schaffen kann, die etwas taugt, wenn er ein trauriger Kerl ist, der es nicht einmal mit dem Leben ordentlich aufzunehmen wagt? Und wie sollte es ihm gelingen, wahre Gefühle zu erwecken, wenn er mit dem seinen und mit dem anderer spielt?«

»Aber wenn er es nur so gesagt hätte? Wenn er eine Zeitlang allein arbeiten und sich nicht binden wollte, sondern darauf baute, daß meine Liebe fest und dauernd genug sei, um auszuharren? Wenn er treu gewartet und gearbeitet hätte, und nun getäuscht worden wäre?«

Ich ging heftig in dem kleinen Zimmer auf und ab. Der Gedanke, daß Herr Axel Stephensen als treuer Liebhaber in Dänemark sitzen sollte, arbeitend, um sein Leben mit dem ihrigen verbinden zu können – diese Vorstellung kam mir nach allem, was ich von ihm wußte, als ein so komischer Gegensatz zur Wirklichkeit vor, daß ich beinahe höhnisch aufgelacht hätte. Aber ein Blick auf das geliebte Mädchen, dessen Zutrauen gerade in diesem Irrtum ihrem Herzen so viel Ehre machte, entwaffnete meine Bitterkeit, und nur ein tiefer schmerzlicher Seufzer bahnte sich seinen Weg.

Minna stand noch dicht am Fenster neben einer altmodischen Kommode, die mit allerhand wertlosen Nippsachen und verblichenen, staubigen Photographien besetzt war. Auf ihren Rand stützte sie sich mit beiden Händen und sah zu Boden.

»Ich soll unglücklich sein und andere unglücklich machen«, murmelte sie, als ob sie zu sich selbst spräche.

»Minna, Minna!« brach ich verzweifelt aus, indem ich vor ihr stehenblieb und die Arme nach ihr ausstreckte. »Das darfst du nicht sagen. Bei mir und zu mir kannst du das doch nicht sagen.«

Sie schüttelte fast unmerklich den Kopf, ohne aufzublicken.

»Aber er glaubt, daß es Leichtsinn ist, und das soll er jedenfalls nicht. Er muß mich verstehen können.«

»Du willst doch nicht nochmals an ihn schreiben?«

»Doch, Harald, das will ich.«

»Wozu das, Liebste? Es kann doch weiter nichts als Verdruß für uns alle dabei herauskommen. Laß es genug sein mit dem Briefwechsel, er hat schon viel zu lange gedauert.«

»Dann kann er auch noch einen Brief vertragen, es soll der letzte sein.«

»Ich bitte dich, Minna, laß es um meinetwillen – ich kann dir nicht erklären, ich weiß selbst nicht warum, aber es macht mir Angst…«

»Ich *muß*«, antwortete sie mit einem Klang von fatalistischer Überzeugung, »er und ich können nicht so scheiden.«

»Ach, daß ihr euch nie begegnet wäret!« rief ich aus.

Sie sah mich lange mit einem seltsamen, nichtverstehenden Blick an, als ob sie die Tragweite dieser Vorstellung kaum übersehen könnte. Dann schmiegte sie sich an mich und legte den Arm um meinen Hals:

»Ja, wollte Gott, er und ich wären einander nie begegnet! Warum konntest du es damals nicht sein? Warum lernten wir nicht gleich einander kennen – dann wäre alles gut geworden!«

»Es soll auch so noch gut werden, Liebste!« sagte ich und küßte sie auf die Stirn.

Wir setzten uns an das offene Fenster und plauderten von dem lieben Rathen. Minna neckte mich, daß ich in einem Brief, den ich ihr vor einigen Tagen geschickt hatte, zwei Aussichtspunkte miteinander verwechselt habe. Ich stellte das in Abrede und verlangte ein Quellenstudium.

»Das ist wirklich nicht der Mühe wert, jeder kann sich ja einmal verschreiben«, sagte sie, und es schien mir, als wäre sie etwas verlegen.

»Ich bin aber ganz sicher, daß ich es nicht getan habe. Laß mich doch den Brief sehen.«

»So habe ich meinetwegen denn verkehrt gelesen«, antwortete sie und wurde rot. Jedenfalls hatte sie einen Grund, den Brief nicht herauszugeben.

Die Gereiztheit, die während dieses ganzen Gespräches in mir lauerte, brach nun in dem eifersüchtigen Verdacht hervor, sie könne meinen Brief nachlässiger als den seinigen behandelt haben und wüßte nun nicht, wo er sich befinde. Ich war nicht edelmütig genug, sie zu schonen, obgleich ich mir hätte sagen können, daß selbst der teuerste Brief, besonders wenn man reist, durch hundert Zufälligkeiten verschwinden kann.

»Du brauchst doch nicht so bequem zu sein. Deine Mappe liegt ja auf dem Tisch.«

»Nein, da ist er nicht drin«, antwortete sie und erhob sich. »Trotzkopf! Ich muß in den Vorsaal hinausgehen nach meiner Reisetasche.«

»Nein, die brachte ich mit herein, sie hängt dort an der Tür.«

Sie ging hin und suchte in der Tasche.

»Dann muß er wohl doch im Koffer sein«, bemerkte sie mit einem Achselzucken. *»Tant de bruit pour une omelette!«*

»Danke!« sagte ich mit einer beißenden Verstimmtheit, die sie jedoch überhörte, denn sie lachte munter, während sie niederkniete und anfing, in dem Koffer herumzuwühlen. Mir schien aber dieses Lachen verstellt, da sie sich offenbar in einer peinlichen Lage befand.

»Du darfst nicht hersehen, Harald, hörst du, hier drin ist solch eine Unordnung.«

»Gott bewahre!« sagte ich und guckte ärgerlich zum Fenster hinaus. Endlich hörte ich sie aufstehen und auf mich zukommen. Sie reichte mir den Brief. Das ziemlich steife Papier war zerdrückt und, ohne eigentlich in Falten zu liegen, in wunderlicher Weise verbogen und gekrümmt.

»Du hast ihn wohl zum Einpacken benutzt«, bemerkte ich bitter und hielt ihn ihr wieder hin.

Sie antwortete nicht, sondern lächelte mit einem ganz seltsamen Lächeln, das sie bezaubernd kleidete und das mich gleichzeitig reizte und tödlich verliebt machte.

»Es scheint nicht gerade, daß du meine Briefe mit derselben Fürsorge behandelst oder sie so gut aufbewahrst wie die von diesem Herrn Stephensen!«

Minna biß sich auf die Lippe und sah mit neckischem und doch liebkosendem Blick zu mir auf. Ich verstand gar nicht, wie sie die Sache so nehmen konnte, und ich wäre sicher wild wie ein Türke geworden, hätte ich nicht ein Gefühl der Unsicherheit bekommen und eine Ahnung gehabt, daß ich eine komische Rolle spiele.

»Aber du vergißt ja ganz nachzusehen, Harald«, sagte sie, während ich ihr immer noch den Brief hinhielt.

»Du hast recht«, entschied ich, ohne das Schreiben eines Blickes zu würdigen, und warf es zu Boden.

Minna bückte sich ruhig und hob es auf.

Sie sah mich mit einem vorwurfsvollen Blick an, dem der meinige beschämt auswich, obgleich ich glaubte, in gutem Recht zu sein. Und immer liebevoller mich anlächelnd, knöpfte sie das Oberste des Kleides auf und barg den Brief wieder an ihrer Brust, wobei das Papier von den letzten das Zimmer durchglühenden Sonnenstrahlen in einen zarten Rosenschimmer getaucht wurde, dem gleich, der von innen ihr süßes Antlitz erleuchtete.

Ich schloß sie heftig in meine Arme und bedeckte ihr Gesicht und ihren Hals mit Küssen, wobei ich Entschuldigungen hervorstammelte wegen meines ungereimten Wesens, meiner Eifersucht und meines törichten Verdachts, während sie mich in so rührender Weise beschämte. Diese Reue und noch mehr das glückliche Gefühl, so innig und so schön geliebt zu werden, ließen meine Tränen so reichlich fließen, daß Minna scherzend befürchtete, sie könnten die Schrift in dem teuren Brief verwischen. Auch in ihren Augen blinkte es – wir lachten und weinten auf einmal und küßten einander die Tränen von den Wangen.

Aber ehe wir uns versahen, war die Mutter in die Stube hereingekommen. Wir ließen einander verlegen los, und Minna suchte durch eine schnelle Wendung ihre noch ein wenig unordentliche Kleidung zu verbergen. Die Alte hüstelte entschuldigend, und sogar die vorsichtigen Schritte ihrer durchgetretenen Pantoffeln schienen, als sie mit den Kaffeetassen hinausschlich, ganz leise zu tuscheln: »Tut nichts, Kinderchen, bin auch jung gewesen. Schnäbelt euch nur, lieber Gott, wenn man nur nichts Böses tut!«

Es ärgerte mich, daß wir Gegenstand einer moralischen Nachsicht waren, derer wir gar nicht bedurften, und besonders, daß ein unedler Inhalt in diesen kleinen Auftritt gelegt wurde. Minna wird daßelbe empfunden haben, denn während sie den obersten Knopf zumachte, zuckte sie die Achseln und murmelte mit komischer Verdrießlichkeit:

»Die wunderliche Alte, immer kommt sie so leise hereingeschlichen!«

»Spiel mir etwas vor, Minna«, sagte ich, »ich habe dich noch gar nicht spielen hören und habe mich so sehr darauf gefreut.«

Minna bat jämmerlich für sich, aber ich zog sie an das Klavier. Es war noch hell genug, um die Noten zu sehen. Sie schlug ein Schubert-Heft auf und spielte ein *Moment musical*, nicht ohne Empfindung, aber so ängstlich, als ob sie fürchtete, die Tasten zu berühren.

»Es ist schrecklich«, rief sie, als sie den letzten Akkord anschlug. »Darf ich nicht aufhören? Du kannst doch nicht behaupten, daß es ein Vergnügen ist, zuzuhören.«

»O ja, das kann ich schon. Und übrigens brauchst du vor mir nicht ängstlich zu sein.«

»Ängstlich? Ich zittere am ganzen Körper.«

»Du kannst jetzt auch nichts mehr sehen. Ich will die Lampe holen.«

»Nein, um Gottes willen, laß mir doch wenigstens *die* Entschuldigung!«

Das sprudelnd lebhafte und zugleich doch so schwärmerische und tiefbewegte Impromptu, das sie jetzt begann, behandelte sie etwas freier und zuversichtlicher, und obgleich sie einige Male versagte, hatte ich doch eine herzliche Freude an dem echt musikalischen Vortrag. Ich erwartete nun, sie würde versuchen loszukommen, und war darauf gefaßt, sie lange und inständig bitten zu müssen, aber kaum hatte sie die Hände von den Tasten genommen, als sie Beethovens Sonaten von der Klavierplatte herunterholte.

»Wenn schon – denn schon!« rief sie munter aus. »Man kann ebensogut frech sein. Hol nur die Lampe, Harald, damit ich alle die Noten sehen kann, die unter das Klavier fallen.«

Ich glaubte, daß sie den Trauermarsch spielen würde, den ersten Satz aus der Mondschein-Sonate oder ein ähnliches, einigermaßen zu bewältigendes Stück, eines, von denen man sagen kann, daß sie in den Wohnstuben eingebürgert sind. Zu meiner Verwunderung hörte ich aber, während ich im Vorsaal die kleine Lampe anbrannte, daß sie sich in die gewaltige Waldstein-Sonate hineinstürzte, und das, ohne im geringsten der Gewaltigkeit Abbruch zu tun. Sie hatte mich offenbar nach der Lampe geschickt, um anfangen zu können, während ich draußen war, etwa mit dem Gedanken: Ist man erst in zu tiefes Wasser hineingesprungen, muß man auch schwimmen. Und sie schwamm wirklich: Die Tiefe selbst und die Wellenbewegung halfen mit tragen. Als ich hineintrat, gerade während sie aus rastlosen Läufen und heftigen Oktavensteigerungen die ruhige, in reichen Akkorden singende Hymnen-Melodie erreichte, gewahrte ich einen so eigentümlichen Gesichtsausdruck von Kraft und Begeisterung, eine Beethovensche Verklärung aller ihrer Züge, daß die scherzende Aufmunterung, die ich auf den Lippen hatte, von selbst verstummte. Ich stellte ganz leise die Lampe auf die Kommode hinter ihr. Da ein großes Stück der Kuppel herausgebrochen war, drehte ich sie so, daß das Licht durch diese Öffnung auf die Noten strahlte, was allerdings auch recht notwendig war. Denn glänzend hatte diese Lampe sicher nie geleuchtet, und sie sah aus, als wäre sie im Laufe des Sommers nie gereinigt worden.

Ich nahm weiter hinten im Zimmer Platz, wo ich sie nicht stören konnte, von wo ich aber ihre weichbeschattete Wangenrundung und ihren Nacken sah, dessen Haarknoten im Lampenlicht glänzte, während ich mich in einen Genuß verlor, der vielleicht der edelste von allen ist: seine Geliebte Beethoven spielen zu hören. In dieser Stimmung kamen kleine Unvollkommenheiten dem Ganzen eher zustatten, als daß sie dem Eindruck geschadet hätten. Die äußerst bescheidene Umgebung ließ keine Konzertforderung aufkommen; um so mehr freute man sich der Überwindung von Schwierigkeiten, wenn auch diese Siege nicht ohne Verlust im Notenheer gewonnen wurden. Und trotz allem: Ihr Spiel war künstlerisch, weil sie sich gänzlich darin verlor. Sie spielte wie ein Musiker, der eine schwierige Partitur auf dem Notenpult hat. Ab und zu knurrte sie aus Ärger, gestolpert zu sein. Bisweilen, wenn sie mit Nachdruck daneben gehauen hatte, schickte sie dem falschen Ton einen Ausbruch nach, der einem kleinen Fluch ähnlich war. Blieben die Hände hinter dem begeisterten Willen zurück, so sang sie mit lauter Stimme die Melodie, gleichsam um die Finger zu beschämen und sie zu zwingen mitzufolgen. So war sie durch das stolze sonnenreiche Bergland des *Allegro* gestürmt und senkte sich ruhig hinab in das Einsiedlertal des *Adagio* mit seinem tiefen Schatten um den stillen, blanken Wasserspiegel, wo der Geist sich nach innen gewendet sammelt, aber doch den Blick erwartungsvoll auf eine geahnte Herrlichkeit richtet – um sich dann in die himmlischen Regionen emporzuschwingen, wo das *Rondo* in überirdischem Licht und unzerstörbarem Glanz lebt, Triller hinausjubelnd, als wäre es eine Lerche, aber eine, die nicht in den Wolken, sondern zwischen den Sternen zu Hause ist...

Minna lehnte sich erschöpft auf dem Stuhl zurück. Ich ging zu ihr hin und drückte einen langen Kuß auf ihre Stirn.

»Hab Dank«, flüsterte ich.

»Als gäbe es was zu danken«, sagte sie und sah mich verwundert an, als ob sie fürchtete, ich hätte sie zum besten.

»Wie kannst du das sagen! Ich bin ganz überrascht. Ich wußte schon, daß du sehr musikalisch bist, aber ich hätte nicht gedacht, daß du so spielen könntest.«

Eine plötzliche seelenvolle Freude strahlte mir aus ihrem Blick entgegen, aber sie senkte ihn gleich, und ihre Lippen kräuselten sich zu einem gutmütig-ironischen Lächeln.

»Ja, nicht wahr, im Danebenhauen bin ich der reine Rubinstein!«

»Warum spottest du? Ich weiß wohl, daß du es nicht ganz bewältigen konntest. Aber du spieltest trotzdem schön.«

»Ach, das ist es, was mich beinahe verzweifeln läßt: Jedesmal, wenn ich spiele, es so schön zu hören und es nicht so wiedergeben zu können. Und besonders, weil ich bisweilen glaube, daß ich etwas ganz Ordentliches zustande gebracht hätte, wenn ich es nur andauernd hätte betreiben können.«

»Na, ich dächte, es ist noch nicht zu spät, du hast das Leben noch vor dir.«

»Vielleicht, aber es kommt immer daßelbe dazwischen: Ich kann es nicht vertragen. Du ahnst nicht, wie es mich angreift. Jetzt habe ich zum mindesten meine Nachtruhe weggespielt. Warum ist man auch so ein armseliges Geschöpf? Ja, wenn du dir die Schwermut vorstellen könntest, in die ich mich diese Jahre jedesmal, wenn ich das Klavier berührte, hineinspielte! Es war, als ob etwas über mir zusammenschlüge, und je schöner die Musik war, um so dunkler wurde es um mich. Bisweilen konnte ich es nicht lassen, aber es konnte auch so furchtbar werden, daß ich nicht mehr durfte.«

»Das wird sich aber alles verlieren, Liebe. Ich werde dich schon gesund und stark machen, und wenn du mich froh spielst, wirst du dich auch glücklich dabei fühlen. Ich bin ein dankbares Publikum, wenn du es auch nicht viel weiterbringen solltest als jetzt. Aber im übrigen wirst du die Musik dann auch richtig betreiben können.«

Meine Worte machten keinen sonderlichen Eindruck auf sie. Sie stellte die Lampe auf den Tisch, setzte sich auf den Stuhl und stützte die Stirn auf die Hand.

»Ich merke es in meinem Kopf, es spannt und wimmelt drin.« Sie lachte auf wie über einen drolligen Einfall: »Weißt du, wenn ich je wünschte, mein bißchen Verstand loszuwerden, dann, glaube ich, könnte ich ihn mir wegspielen.«

»Aber Minna, was für eine Idee!«

»Nun ja, das wäre auch eine Art und Weise, Selbstmord zu begehen. Es ist die des Franz Moor: den Körper durch den Geist zu töten, auf den Selbstmord angewendet.«

»Minna, du darfst nicht so sprechen, das ist ein schlechter Scherz.«

»Ein grober Scherz jedenfalls, wenn man Ernst damit macht. Aber man weiß nie, welche Künste man im Leben gebrauchen kann. Das wäre eine Kunst, die es verdiente, dich zum Erfinder zu haben«, deklamierte sie in komischer Nachahmung eines Modeschauspielers. »Hast du hier im Hoftheater gesehen, wie affektiert er war, hu ha!... Sie setzte sich, nahm die Haltung von Franz Moor am Anfang des zweiten Aktes an und legte ihr Gesicht in so drollig überlegte Schurkenfalten, daß ich in Lachen ausbrach. Ermuntert durch diesen Erfolg fing sie an, das falsche Effektmittel nachzuahmen, das der betreffende Schauspieler für diesen Grübler-Monolog erfunden hatte: Frage und Antwort mit zwei verschiedenen Stimmen zu geben, einer hohen fistelartigen und einer tiefen bauchrednerischen, wobei er sich bald nach der einen, bald nach der anderen Seite drehte: – »Welche Gattung von Empfindnissen ich werde wählen müssen?... Zorn? – Dieser heißhungrige Wolf frißt sich zu schnell satt. Sorge? – Dieser Wurm nagt mir zu langsam. – Gram? Diese Natter schleicht mir zu träge. Furcht? – Die Hoffnung läßt sie nicht umgreifen... Was? Ist das Arsenal des Todes so bald erschöpft?... Was? Nein! Ha! Musik! Was kann die Musik nicht? Sie macht die Steine lebendig, sollte sie nicht eine Minna töten können?«

Sie lachte munter und umarmte mich.

»Ich bin recht unartig, Harald, und du warst so liebevoll und hast mir so schön für mein bißchen Spiel gedankt, du lieber, süßer Freund! Aber ich weiß es wohl zu schätzen, obgleich ich all den Unsinn auskramte. Ich kann es nicht ändern, der Gedanke quält mich oft so sehr, es müsse herrlich sein, Künstlerin zu sein, andere das lieben und bewundern zu lehren, was einen selbst so tief bewegt... Aber ich werde schon eine tüchtige Hausfrau werden. – Und mach dir nichts draus, was ich vorhin sagte, solange du bei mir bist und mich lieb hast, vergifte ich mich nicht mit diesem süßen Gift – Aber Harald, wenn du eine andere lieber hast...«

Ich schloß ihren Mund mit einem Kuß – allerdings kein besonders logischer Beweis, aber in diesem Fall vielleicht doch zu guter Letzt der einzig überzeugende.

Die Mutter kam mit Tee und Semmeln herein, wozu sie, um etwas Gutes zu tun, Scheibenhonig und ungesalzene Butter gekauft hatte. Als wir gegessen hatten, setzte sie sich in einen wunderlichen dreieckigen Lehnstuhl mit senkrechten Seitenlehnen; es war ein Eckstück von einem dreiteiligen Sofa, dessen *disjecta membra* rings herum in der Wohnung verteilt waren. In seiner Obhut schlummerte sie fast augenblicklich ein.

Minna war nach der Reise auch müde. Als die häßliche, alabastersäulige Tafeluhr auf der Kommode nach einem langen, drohenden Schnurren sich entschloß, vier Schläge zu tun, die in dem Klavier mit langem Ton widerhallten, und uns damit kund tat: »Die Glock' hat zehn geschlagen«, da bestand ich darauf, daß sie zur Ruhe gehen solle.

Wir ließen die Mutter schlafen. Minna leuchtete mir. Zu ihrem großen Entsetzen ging ich »das Gesicht im Rücken«, wie sie sich ausdrückte, die steile Wendeltreppe hinab, ohne sie aus den Augen zu lassen, wie sie da oben stand, über das Geländer gebeugt, das lächelnde Gesicht von der vorgestreckten Lampe stark beleuchtet.

Unten blieb ich lange stehen und schickte Küsse zu ihr hinauf, bis sie anfing zu zanken. Und als das nichts half, begann sie plötzlich Gesichter zu schneiden und so gräßliche Zerrbilder in Wilhelm-Busch-Art hervorzubringen, daß ich endlich unter lautem Lachen die Flucht ergriff.

23. Kapitel

Am folgenden Tag zeigte Minna mir den Entwurf zu einem Brief an Stephensen.

In der kleinen Laube lasen wir das Schreiben zusammen durch; denn es hatte sich gerade eine jener Tanten eingefunden, die »nicht so ganz patent waren« und mit deren Gesellschaft Minna am liebsten sowohl mich wie sich verschonte.

Der Brief beruhigte mich, da er mir geeignet schien, jenem unklaren Verhältnis ein Ende zu bereiten. Er war ohne jede Bitterkeit und frei von Empfindelei, würdig und in einem ruhigen, sicheren Ton gehalten, den ich ihr bei einer Sache, die so viele Gefühle und Erinnerungen in Bewegung setzte, eigentlich nicht zugetraut hatte.

Während wir noch auf dem Lande waren, hatte ich mich schon darauf gefreut, mit Minna in ihrer eigenen schönen Stadt umherzugehen, und ich erinnerte sie jetzt daran.

Wir gingen durch mehrere kleinbürgerliche Gassen und Gäßchen, die einander alle ähnelten: Mit ihren Bürgersteigen von Fliesen, ohne Rinnsteine und Kellertreppen machten sie einen netteren und reinlicheren Eindruck, als ein Däne von solchen Vierteln erwartet. Die zweistöckigen Häuser waren alle von grauer oder gelblicher Farbe, aber ab und zu machte sich ein niedriges Gebäude breit, dessen großes, eingesunkenes Dach aus vielen jener echt sächsischen Dachluken auf die Straße hinabschaute, welche zusammengekniffenen Augen ähneln und die, wenn sie dicht beieinanderstehen, eine lange Wellenbewegung in dem Ziegeldach hervorbringen. Es sind ehemalige Bauernhäuser, die davon zeugen, daß man sich hier vor nicht allzulangen Zeiten am Ausgang der Stadt befand.

Überall herrschte eine recht wohltuende, trauliche Ungezwungenheit vor. An dem offenen Fenster eines Erdgeschosses reichte eine junge Frau ihrem Kind die Brust, oben in einem sonnigen Fenster rauchte ein Mann in Hemdsärmeln seine Pfeife und starrte nach dem Dach gegenüber, auf dessen First eine weiße Katze behend dahintrippelte. Ein gutgekleideter Mann, der wie ein Literat aussah, kam mit einem Glase schäumenden Bieres, das er sich im Eckrestaurant geholt hatte.

Die Kinderchen, die vor den Haustüren spielten, grüßten Minna, und ein kleiner Schelm, ein Mädchen von drei, vier Jahren mit krauser Perücke und einem Gesicht voller Grübchen, kam auf seinen armen, nackten Beinchen, die so krumm wie Säbel waren, herangewackelt. Sie gab sich nicht eher zufrieden, bis Minna sie in einen Hausflur verfolgt hatte, wo sie sich fangen ließ.

Weniger ansprechend war die Aufmerksamkeit von Seiten der größeren Kinder. Eine lange Göre mit schmutzigen Strümpfen und ausgetretenen Schuhen schrie Minna immerzu nach:

»Was ist denn das für einer?« und ein Schuhmacherjunge, der mitten auf der Straße ging und – zu meinem Erstaunen – den Schauspielermarsch aus dem Sommernachtstraum pfiff, mußte etwas Jüdisches an meiner Nase gefunden haben, denn er hielt plötzlich mit jener Beschäftigung inne, um mir andauernd »Itzig« nachzurufen. Bisweilen wurden alle Stimmen von einem jener ungeheuren Mühlwagen übertönt, deren tonnenförmige Plane bis zur Höhe der Fenster des ersten Stocks hin und her wackeln. Ein paar schwere Pferde mit dicken Hälsen und breitem, zerklüftetem Kreuz zogen ihn in abgemessenem Schritt, während sie ihren blinkenden Messingstaat von Ringen und Halbmonden schüttelten: Die Ketten klirrten, es krachte in allen Fugen, die Räder pfiffen, und unter der ungeheuren, bewegten Masse dröhnte das Pflaster, daß man sich die Ohren zuhalten mußte.

Natürlich war mir all dies nichts Neues, allein in Minnas Gesellschaft erhielt es eine andere, vertrauliche Beleuchtung, und ich betrachtete die kleinsten Dinge mit Liebe, weil sie zu dem Ganzen gehörten, das sie von Kindheit an umgeben und ihre Phantasie geprägt hatte. Dieses gemütliche Stück der alten Stadt wurde plötzlich von der vornehmen Prager Straße durchquert, der modernen Pulsader der Hauptstadt, mit dem nervösen Leben rollender Equipagen, einer geputzten Menschenmenge und glänzender Läden. Und wir kamen in neue, breite Straßen, deren öde Perspektive nur ein paar vereinzelte Fußgänger und eine schleichende Droschke aufwies. Die Blumenreihen auf den Balkons gaben die einzige belebende Farbe in der grauen Steinwüste ab. Es waren so gut wie keine Läden da, bei jeder zweiten Haustür stand »Pension« und bei ihrer Nachbarin »Hotel garni«. Dies war nichts für uns.

Aber bald hatten wir feinen Kies unter den Füßen und wurden von einer Ahornallee beschattet. Dunkle Akazien, glänzende Silberpappeln, durchsichtige Birkenkronen, dichte Platanenkuppen, Linden und Blutbuchen vermischten sich in unendlicher Mannigfaltigkeit mit seltenem Gebüsch und fremdartigen Bäumen und erhoben sich zu beiden Seiten über Gitter, Hecken und niedrige Mauern. Hier und da schimmerten die weißen Glieder einer Bildsäule zwischen Blumen und Blättern hervor, oder ein feiner Strahl stieg und sank mit leisem Plätschern inmitten einer üppigen Blättergruppe. Und Villa folgte auf Villa, prachtvolle Zwitter von Landhäusern und Palais mit feinen Vorderseiten von gelblichem Sandstein, der noch etwas von seinem körnigen Glanz besaß. Wo die großen Spiegelglasfenster offenstanden, bewegten sich die netzartigen Vorhänge leise, und aus dem Dunkel des Zimmers blitzten die Prismen eines Kronleuchters, oder die Ecke eines Goldrahmens leuchtete gedämpft. In einer Säulenloggia mit pompejanisch gemalten Wänden und kassettierter Decke trank eine Gesellschaft Kaffee. In der Einfahrt, die an der Seite einer Villa ein prächtiges Bogenportal bildete, wartete ein Landauer, dessen Gespann von Goldfüchsen ungeduldig trippelte und in dem roten Kies scharrte.

Diese Art von Einfahrt behagte uns besonders, und wir wollten uns keineswegs mit einer von Eisen und Glas begnügen! Es war auch außer Zweifel, daß wir Pferde und Wagen zu der Zeit haben müßten, wo diese üppigen Pläne verwirklicht werden sollten. Die erwähnten Goldfüchse gefielen uns sehr, aber wir schwärmten auch für kohlschwarze Rappen. Viel Gewicht legten wir auf den Stil der Villa, und unser Geschmack stimmte darin überein, daß wir eine nicht zu reiche Renaissance vorzogen. Ein Ideal dieser Art fanden wir an einer Ecke der Bürgerwiese. Es war ein ansehnlicher, kräftiger Bau von echt aristokratischer Einfachheit, ohne eine Spur protzenhafter Koketterie; er schien von Semper oder von einem seiner besten Schüler erbaut zu sein.

»Das ist sie, das ist unsere Villa!« rief Minna sogleich aus. Sie lachte übermütig über dieses Gedankenspiel, ich aber nahm es schon ernster. Weshalb wäre das schließlich so undenkbar? Ich betrieb keine brotlose Kunst, ich hatte Protektion und würde vielleicht einmal erben. Warum sollte man sich nicht schließlich nach einem Leben voller Arbeit als steinreicher Mann hierher zurückziehen können? Mein jugendlicher Übermut fühlte eine unbegrenzte Kraft in sich. Und da ich mich in sicherem Besitz von dem wußte, was des Jünglings Ziel ist, so fingen alle meine Gedanken und Träume an, sich auf dasjenige des Mannes zu werfen: eine große Wirksamkeit mit einem glänzenden Erfolg. Minnas Zweifel verletzte mich fast, als ob sie Mißtrauen in meine Kraft und Tüchtigkeit setze.

»Nein, weißt du, Harald, ich glaube nicht einmal, daß ich dazu passen würde. Bedenke nur, was dazu gehört, um solch eine Wohnung auszufüllen – die vielen Dienstboten, die man zu beaufsichtigen hätte! Ich finde auch, man würde in einer ewigen Besorgnis einhergehen, ob man sein Geld auch richtig und verantwortlich verwendet, wenn man so eine Menge hätte ... Und dann müßte man ein großes Haus führen und viele bei sich sehen. Ich bin überzeugt, mir würde das alles nicht liegen, und ich wäre weit zufriedener in einem kleinen, einfachen Haushalt. Aber deshalb bin ich auch gar nicht auf die Reichen neidisch, sondern ich freue mich im Gegenteil darüber, daß andere, für die es paßt, es so schön haben. Und wenn ich selbstsüchtig bin, stelle ich mir vor, daß das alles eigentlich nur um meinetwegen da ist, damit ich etwas Schönes zu sehen habe, wenn ich mit meinem Schatz spazieren gehe, und damit es uns Stoff gibt zu solch törichtem Geplauder.«

Wir gingen am zoologischen Garten entlang, weiter in den Großen Garten hinein, wo wir die am wenigsten begangenen, waldartigen Wege zwischen hohen Ulmen und breiten Eichen wählten. Endlich nahmen wir auf einem kleinen Aussichtshügel nördlich von der Herkules-Allee Platz, wo mächtige Linden ihren Schatten weit über das Stoppelfeld vor uns warfen. Zur Linken lag der Höhenzug des jenseitigen Elbufers in Sonnenschein gebadet mit seinen buschigen Böschungen und Einsenkungen, unterbaut von den Dörfern, die mit den Villen fast zu einer einzigen langen Borte von Gärten und Häusern zusammenwuchsen –, die steilen Abhänge durchquert von den Terrassen und Mauern der Weingärten, zwischen denen alte Höfe mit hohen Dächern, von spitzen Pyramidenpappeln umgeben, sich erhoben. All diese Einzelheiten wiederholten sich beständig kleiner, undeutlicher und dichter zusammengedrängt, bis sie zuletzt dort, wo der Höhenrücken nach der Ebene hinabsank, in einem fast unbestimmbaren Farbton zusammenschmolzen. Fern hinaus blaute diese Ebene, und weiter draußen zeigten sich schattenartig und schwebend Bergformen, die eher als Bodensatz der Himmelsbläue denn als eine Erhebung der Erde erschienen. Aber als die Schatten auf den Feldern länger wurden, traten die Umrisse körperlicher hervor, und wir erkannten deutlich den vertrauten Umriß des Liliensteins. Und während gleichzeitig drüben auf dem erhöhten Loschwitzer Ufer ein Fenster nach dem anderen wie zu einer beginnenden Illumination aufleuchtete, konnte man die Steinbrüche unten am Lilienstein als einen helleren Strich unterscheiden. Ein wunderlicher Gedanke: auf diesem Liliput-Gebirgsbild, das auf den Nagel des kleinen Fingers hätte gemalt werden können, konnte man mit einer Nadel den Punkt bezeichnen, der so viel Glück für uns geborgen hatte!

Wir drückten einander wortlos die Hand, und unsere Augen füllten sich mit Tränen, während wir hinausblickten. Es kam uns beiden vor, als ob jenes Idyll da draußen festgewachsen sei gleich einer zarten Blume, die sich nicht umpflanzen läßt; als ob wir es zugleich mit dem Ort verlassen hätten und es erst dort wiederfinden könnten – und ein unendliches Heimweh erfüllte und vereinigte uns. Obgleich uns nur eine Woche von unserer Rathener Zeit trennte und wir ebenso glücklich beisammensaßen wie in jenen Tagen, kam es uns trotzdem vor, als ob dort draußen im Glanz der sinkenden Glückssonne sich uns ein verlorenes Paradies offenbarte. Von rosigen Wölkchen wie von Amorettenschwingen umschwebt, glitt es allmählich hinein in den weichen Flügelschatten der aufsteigenden Nacht, die uns noch auf demselben Fleck fest umschlungen sitzend fand.

Diese ständige Wehmut im Zurückblicken – ist sie nur die Wirkung einer Idealisierungskraft, welche die Erinnerung selbst besitzt, oder stammt sie vielleicht eher aus der ewigen Furcht des Menschen, aus dem unendlichen Gefühl der Unsicherheit einem unbekannten Schicksal gegenüber, das durch eine Laune einem alles außer dem Erlebten rauben kann – einem Schicksal, das nicht bloß von außen droht, sondern auch in unserm Innern zu walten scheint, und gegen welches vielleicht nur der verborgene Kern unseres Selbst in seltenen Durchbruchsaugenblicken eine ebenbürtige Macht aufstellen kann?

24. Kapitel

Als wir am nächsten Nachmittag aus der Haustür traten, faßte mich Minna am Arm und drehte mich um.

»Weißt du, wohin wir gehen wollen? Heute gehen wir zum Zwinger. Ich will aus allem Nutzen ziehen, was du mir über Baustil und besonders über das Barock gesagt hast. Nun wollen wir es in dem richtigen großen Bilderbuch wiederholen.«

Und wir gingen zum Zwinger, sowohl an diesem, wie an vielen anderen schönen Nachmittagen – zum Zwinger, diesem Prachthof von Pavillons und Galerien, einem wahren Gedicht in Stein aus einer Zeit, die viel zu lebenslustig war, um sich aus anderen Gedichten etwas zu machen als aus diesem steinernen, in welchem man sich rühren und genießen konnte, trinken, tanzen, fechten, lieben, Karussell reiten und in Springbrunnenbassins unter offenem Himmel baden. Einen goldigen Augustnachmittag nach dem anderen verträumten wir zwischen diesen Wundern des Barock, und wir zweifelten nicht, daß sächsische Gnomen unter Anleitung eines Fauns, der in eine Muse verliebt war, diesen Märchenbau in einer Johannisnacht errichtet hatten.

An anderen Tagen wieder besuchten wir unsere göttliche Wirtin aus Rathen, »die Mutter Elbe«, in ihrer Dresdner Residenz, wo sie zwischen beiden Stadtteilen in einer prächtigen Wohnung haust, die durch die Bogenreihen dreier Brücken in zwei lange Säle geteilt wird. Auf der berühmten Brühlschen Terrasse berauschten wir uns zur Sonnenuntergangszeit an den strahlenden, metallischen Farben, die blinkend in den Stromwirbeln des Flusses durcheinanderzittern, bis er sich weit draußen wie ein goldener Bogen vor den blauenden Weinbergen krümmt.

Oder wir gingen unten am Quai, der mit einer langen Reihe kleiner krauser Pappeln geziert ist, die der Spielzeugschachtel eines Brobdingnagkindes entnommen zu sein scheinen. Ich erinnere mich noch deutlich eines trüben Tages, als die Sonne im letzten Augenblick die Wolkendecke durchbrach und die plötzlich aufglänzenden Fensterscheiben in den Strom hinableuchteten. Es war, als ob Mutter Elbe ihre Festhalle entschleiert hätte: eine Kolonnade von gewundenen Säulen aus reinstem Dukatengold getrieben!

Einige Male bestiegen wir einen Dampfer und fuhren hinaus nach dem idyllischen, weinberankten Loschwitz, der Geburtsstätte des »Don Carlos«, oder seinem Gegenüber, dem Schillergarten in Blasewitz, wo die Gustel vom »Lager« zu Hause war.

Auf dem Rückweg durch die Stadt machte Minna gewöhnlich einige Einkäufe für das Abendessen. Ich wartete vor dem schmucken Wurstladen, während sie drinnen am Marmortisch handelte.

Eines Abends, als wir von einem langen Spaziergang nach Hause kamen, war die Mutter fortgegangen, und Minna hatte keinen Schlüssel. Wir waren beide sehr hungrig. Da bei unserm Einkauf sich warme Würstchen befanden, überlegten wir nicht lange: Minna lief zum Bäcker an der einen, ich in die Bierstube an der anderen Ecke, und wir begegneten einander frohlockend mit ein paar Zeilensemmeln und einem Glase Kulmbacher als Beute. In der Laube des dunklen Gartens genossen wir unter Scherzen und Lachen das schmackhafteste Abendbrot, das ich je gegessen habe.

Die Gemäldegalerie besuchten wir nicht. Minna schlug es nie vor, und ich wagte es nicht zu tun, weil ich fürchtete, peinliche Erinnerungen zu wecken. Aber wir gingen mehrmals in die vorzügliche Skulpturensammlung, wo die antike Kunst sehr anschaulich in all ihren Entwicklungsstufen zu sehen ist.

Ich war überrascht von Minnas angeborenem Kunstsinn und der Ursprünglichkeit ihrer Eindrücke. Sie machte sich über das gefrorene Lächeln der »Ägineten« lustig, mochten sie nun töten oder getötet werden, bemerkte aber zugleich, wie weit die Kunst schon hier in der Behandlung des Körpers und seiner Bewegungen vorgeschritten sei. Im Parthenonsaal bewunderte sie besonders die Torsos der Giebelgruppen. Am stärksten ergriffen fühlte sie sich aber von den Spätantiken – von Werken wie »Der Gallier«, »Der Schleiser« und vor allem der »Venus von Milo«. An den meisten anderen Aphrodite-Statuen sah sie gleichgültig vorbei. Sie machte mich auf Einzelheiten aufmerksam, für die ich bisher kein Auge gehabt hatte, wie auf die lebenswahre Bildung einer Hand oder eines Fußes, indem sie bemerkte, daß dies bei Skulpturen moderner Künstler, die sie gesehen habe, oft »allzu schön« gemacht sei.

Bisweilen wurde persönlicher Anteil bei diesen plastischen Studien geweckt. »Wer doch so eine reizende, gerade griechische Nase hätte!« seufzte sie mehrmals, »dann würdest du mich noch mehr lieben – ja, das müßtest du!«

Und nachdem sie eine ganze Versammlung von Göttinnen gemustert hatte: »Ihre Arme sind doch gar nicht dünn!«

»Warum sollten sie es sein?«

»Ich glaubte, es sei häßlich, starke Arme zu haben«, antwortete sie errötend und wandte sich ab.

Aber unsere Kunstgenüsse in dieser Stadt, wo man Kunst genießen kann, steigerten sich zur höchsten Begeisterung, als wir zusammen die »Walküre« hörten. Die edle und schwermütige Liebe dieses Wälsungenpaares wird von einer Tonschönheit verklärt, deren Innerlichkeit die klare Tiefe der Ewigkeit hat. Sie durchdrang unsere Seelen und verschmolz sie in unendlicher Sympathie. Unsere Liebe spiegelte sich in diesem heiligen Tonquell wie Narziß – und liebte sich selbst.

Anfangs flüsterten wir uns manchmal einen Ausruf der Bewunderung zu, später schwiegen wir.

Minna drückte meine Hand bei den Worten: »Als in frostig öder Fremde – zuerst den Freund ich ersah«, und als Sieglinde sang: »Wie dir die Stirn – so offen steht –, in den Schläfen der Adern – Geäst sich schlingt! – Mir zagt's vor der Wonne, – die mich entzückt«, da sah sie mir mit einem Blick ins Auge, den ich noch auf meinem Totenbett fühlen werde. Und als der Vorhang sich senkte, sehe ich sie noch in der Loge aufgerichtet stehen und aus Leibeskräften klatschen mit leuchtenden Augen und einer feuchten Tränenspur auf der glühenden Wange, schöner als ich je sie gesehen hatte, seelisch schöner als irgend etwas, das ich je sah oder sehen werde!

Wir gingen in das prachtvolle Foyer hinab, dessen Marmorwände und Säulen im späten Tageslicht strahlten. Es war voll von geputzten Leuten. Minnas Anzug war einfach, aber sie zog die Blicke vieler auf sich. Allein sie war zu bewegt, um es zu bemerken und davon belästigt zu werden.

Wir traten auf einen Balkon hinaus, wo eine milde Sommerluft uns wohltuend umwehte. Der offene, schöne Platz, von monumentalen Gebäuden umgeben, breitete sich still und fast leer unter uns aus, während es an der Elbbrücke von Menschen wimmelte. Die waldigen Höhen lagen im Sonnenlicht gebadet und erschienen ganz nahe. Ein Gefühl von unendlichem Glück und Reichtum überwältigte mich.

»Du seufzt«, sagte Minna, die sich an mich lehnte.

»Das ist nur, weil ich zu glücklich bin, weit mehr, als ich es verdiene«, antwortete ich. »Weißt du, ich war doch recht leichtsinnig, daß ich damals um dich anhielt.«

Sie sah mich mit einem fragenden Lächeln an.

»Ich wußte ja doch nicht alles, was in dir lebte – ich hätte warten sollen, bis ich dich wie jetzt kannte – jeden Tag entdecke ich neue Schätze und werde reicher und reicher.«

Minna sagte nichts, sondern drückte meinen Arm fest an ihre Brust.

25. Kapitel

Herr und Frau Hertz waren nun vom Lande zurückgekehrt. Wir hatten sie, jeder für sich, besucht; sie wollten uns an einem Nachmittag zusammen nach unserer Rathener Gewohnheit zum Kaffee sehen. Abends mußte der alte Herr Ruhe haben. Husten und Brustschmerzen fuhren fort ihn zu plagen. Er stand nur mittags auf, und das war mehr, weil er nicht nachgeben wollte, als daß er sich wohl dabei gefühlt hätte; der Arzt freilich hätte ihn am liebsten im Bette gehalten.

Frau Hertz war recht besorgt und meinte, es sei eigentlich besser, wenn wir noch eine Woche warteten, aber ihr Mann wollte nichts davon hören.

»Warum denn? Doch nicht meinetwegen, als ob ich niemand empfangen könnte! Gewiß sollen Sie morgen kommen, aber ich schicke Sie fort, wenn ich müde werde... Ich werde nämlich jetzt meistens etwas zeitig müde«, fügte er erklärend hinzu.

Wir begaben uns also am Tage nach der Walküre-Aufführung gegen vier Uhr in das Herz der Altstadt, wo man noch erfreut wird durch den Anblick der alten Barockhäuser mit geknickten Dächern und schiefen Muschelornamenten und der kleinen Palais mit Wandpfeilern an der Vorderseite, die auch Medaillons mit behelmten und perückengeschmückten Marsen und Athenen zieren. Dazwischen befinden sich einfachere Häuser von unbestimmbarem Stil, aber von entschieden deutschem Gepräge. Ihre gemütlichen Erker bilden eine Reihe Prunkschränke die Straße hinab, und an den Ecken springen sie vor als reichgegliederte Ausbauten, die sich nach unten in schnurrigen Formen verlängern. Mehrere dieser Häuser haben Stuckornamente in Form von Blumengewinden, oder es hängen versteinerte Draperien von den Fenstern herab. Hie und da sieht man auch einen dick übertünchten Fries mit ungeheuer fetten Engelein, so unförmig, daß man bei einem flüchtigen Blick das Ganze für ein Stück »Stilleben« von Kohlköpfen, Äpfeln und dicken Zweigen hält.

In einem solchen Eckhaus, wo vier Straßen zusammenstießen, wohnten die alten Leute im ersten Stock. Es war dort ein fortwährender Lärm von großen Plan- und Lastwagen und allen möglichen Geschäftsfuhrwerken, und es war offenbar dieser fleißige Verkehrslärm, der den alten Königsberger Kaufmann ansprach und ihn diesen Ort einem luftigeren, aber lebloseren Viertel vorziehen ließ.

Der Kaffeetisch war im Studierzimmer gedeckt, wo sich Hertz am liebsten aufhielt. Er kam selten in die Wohnstube, liebte es aber sehr, wenn seine Frau sich mit ihrer Handarbeit zu ihm setzte. Es war ein mittelgroßes Zimmer mit alten Mahagonimöbeln, unter denen sich sonst kein bequemer Stuhl befand; jetzt war aber ein Sessel aus der Wohnstube hinübergebracht worden.

Ein gewöhnlicher Schreibtisch mit acht dünnen Beinen, ein Rauchtischlein und ein Bücherschrank standen an der einen Wand; gegenüber ein Pult, ähnlich dem, an welchem Kant abgebildet ist (dieser alte Farbdruck nahm nun wieder den ihm zukommenden Platz über dem Schreibtisch ein). Zu beiden Seiten des Pultes hingen ein paar wertvolle Ölgemälde, Jugendbilder von Beethoven und Friedrich dem Großen. Über ihm befanden sich etliche Daguerreotypien, auf denen man jedoch nie etwas anderes als einige glänzende Metallflecke entdeckte.

Hinter den Scheiben des Bücherschrankes strahlten keine Prachtbände, aber die in ihrem Äußeren so einfache Gesellschaft, die sich drinnen mit zerfressenen Lederrücken und zerrissenen oder schmutzigen Pappdeckeln zeigte, bestand aus lauter Originalausgaben, unter ihnen – auf den mittleren Brettern – ein großer Teil von Goethes Schriften und fast alle Werke Schillers von der »zwoten verbesserten Auflage« der »Räuber« an mit dem sich bäumenden Löwen als Vignette und der Inschrift *In tirannos* bis zu »Wilhelm Teil« mit einer von Schiller selbst geschriebenen Widmung. Mehrere dieser Bücher holten wir heraus, weniger aus Neugier, denn der Schrank öffnete sich uns nicht zum erstenmal, als vielmehr, weil wir wußten, daß es den Alten erfreute.

Minna durfte auch eine Schublade im Schreibtisch aufmachen und den köstlichsten aller Schätze herausnehmen. Es war dies eine Schnupftabakdose, die Schiller einst an Kant geschickt hatte, eine ziemlich große, runde Schachtel, auf deren Deckel eine reizend ausgeführte Miniaturkopie von Graffs Schillerkopf gemalt war. Hertz fand dabei eine Ähnlichkeit mit mir Unwürdigstem, namentlich in dem langen Hals und der Nase – eine Entdeckung, die Minna so entzückte, daß sie ihn küßte.

Es begann zu regnen und wurde plötzlich so dunkel im Zimmer, als ob die Dämmerung schon eingetreten wäre. Die bläuliche Spiritusflamme, die an dem Kupferkessel emporleckte, beleuchtete den weißen Bart und die feuchte Unterlippe des alten Mannes, während er langsam lispelnd und von Husten unterbrochen von dem Leben in Riga erzählte, wo er ein paar Jahre in der Handelslehre gewesen war.

An der Börse hatte die uralte Sitte geherrscht, daß jeder, der zahlungsunfähig war, sich auf einen erhöhten Stuhl setzen mußte, während eine Armesünderglocke geläutet wurde – eine Art moralischer Hinrichtung.

»Man lacht über dergleichen alte, symbolische Gebräuche oder findet sie wohl gar barbarisch. Aber vielleicht hatten sie auch ihr Gutes. Ich erinnere mich noch wie gestern des Tages, da Moses Meier seine Zahlungen einstellen mußte. Er war das Oberhaupt eines der beiden reichsten jüdischen Handelshäuser und hatte sich bei der Konkurrenz mit Wolff zugrunde gerichtet, denn sie waren immer Feinde gewesen. An der Börse herrschte eine furchtbare Aufregung. Einige lachten schadenfroh, aber die Juden waren alle sehr niedergeschlagen. »Ob Wolff wohl kommen wird?« fragte man überall, aber die meisten meinten, daß er doch kaum der Demütigung des Gegners beiwohnen werde. Die Uhr schlug zwölf, jetzt sollte die Zeremonie vor sich gehen; schon wollte der Vorsitzende klingeln, da fuhr Wolffs Landauer im Galopp vor. Wolff stürzte in den Saal und rief atemlos: »Nicht klingeln, Meier soll nicht auf den Fallitstuhl!« Er hatte sich im letzten Augenblick – sicher nach einem harten Kampf – entschlossen, dem andern das Notwendige vorzustrecken, um diese Schande von der jüdischen Gemeinde abzuwenden, und die beiden alten Männer umarmten einander weinend.«

Wir blickten den Greis erstaunt an. Durch seine Erinnerungen aus einer Zeit, die ein so fremdartiges und patriarchalisches Gepräge trug, erschien er uns in diesem Augenblick doppelt ehrwürdig.

Mit Andacht betrachteten wir etwas Staub und einige Steinchen in einer Flasche: Erde aus dem Heiligen Land, die ein alter Jude aus Riga, der zu Fuß nach Jerusalem gepilgert war, in einem Taschentuch mit nach Hause gebracht hatte.

Von solchen jüdischen Geschichten kam das Gespräch auf die Rolle der Juden in der freisinnigen Literatur und drehte sich namentlich um Heine.

Sobald der Kaffeetisch abgedeckt war, ließ Hertz seine Heinemappe hervorholen. Sie enthielt viele Briefe vom und an den Dichter, einige Korrekturbogen, sowie einzelne kleine Manuskripte.

Ich nahm eine der Korrekturen, und da es schon sehr dunkel am Tische war, trat ich an das Fenster, um eine stark durchstrichene Stelle zu entziffern.

Ich sah zufällig auf die Straße hinab und fuhr zusammen: Es kam mir so vor, als ob Axel Stephensen da unten ginge, ein schlanker, sehr modern gekleideter Herr mit spitzem und stark gedrehtem blondem Bart. Aber nein, er war größer und älter als der dänische Maler, und als er eben den Hut vor einem Bekannten lüftete, zeigte es sich, daß er sogar kahlköpfig war.

Ich fühlte mich beruhigt. Aber gleichzeitig fing Hertz mit seiner schwachen, geborstenen Stimme aus einem Manuskriptblatt zu lesen an:

    Schon wieder bin ich fortgerissen
    vom Herzen das ich innig liebe –

Minna und ich wechselten einen bedeutungsvollen Blick. Sie erblaßte – was sich noch deutlicher in dem gewitterartigen Licht zeigte, das wie durch einen Aschenregen zu dringen schien, so schmutzig und graugelb war es.

»Das ist ein schönes Gedicht«, sagte Hertz. »Kennst du es?«

»Ja, wir kennen es.«

»Ach, sie lesen Heine zusammen, die jungen Herzen«, rief seine Frau aus. »Eine wundervolle Zeit!«

Bald darauf verabschiedeten wir uns.

Wir gingen dem Großen Garten zu. Der Regen hatte aufgehört. Als wir ein Stückchen gegangen waren, rief Minna aus:

»Wie wunderlich, daß er gerade zu diesem Gedicht das Manuskript haben muß!«

»Ja, ein sonderbarer Zufall.«

»Es gibt keinen Zufall!«

Wir waren bereits mitten in der schönen Platanenallee, welche die Wiese zwischen dem alten Palaisgarten und dem Großen Garten durchkreuzt, als es mir einfiel, daß die Ringe, die wir uns bestellt hatten, heute nachmittag fertig sein sollten.

Sofort beschlossen wir umzukehren; denn der kleine Goldschmiedsladen lag in dem Stadtteil, aus dem wir gerade kamen.

Die Ringe waren fertig, und die alte Frau, die sie uns gab, begleitete sie mit vielen Glück- und Segenswünschen, zu denen sie noch Grüße an Minnas »Frau Mama« fügte.

Die Verstimmung oder richtiger Verzagtheit, die uns durch jenes unselige Gedicht bedrückt hatte, wich der goldenen Magie des Ringwechsels. Es war herrlichster Sonnenschein geworden, wir beschlossen, ihn oben auf der nahen Terrasse zu genießen.

Wie immer zu dieser Tageszeit bei gutem Sommerwetter wimmelte es hier von Spaziergängern. Man hörte einzelne Töne vom Wiener Garten jenseits des Flusses herüberschallen, es war der Schluß der »Walküre« – wir standen still und lauschten.

Der Abstand verwischte die Mängel der Ausführung. Das Entsagungsmotiv, in dem Wotan die Gottheit von Brunhild küßt und sie in den Zauberschlaf versenkt, tönte in seinem schwermütigen Auf- und Abschwellen klar herüber.

»Das hörte ich auch an dem Abend hier oben, als ich beschloß, nach Rathen zu gehen«, bemerkte ich.

»Das war ein gesegneter Abend für mich!« antwortete Minna, »obgleich ich damals nichts davon ahnte. Es ist wunderlich, sich vorzustellen, wie der Entschluß eines völlig unbekannten Menschen unser ganzes Leben verändern kann. Deshalb glaube ich auch nicht an Zufälle – wenigstens nicht in solchen Dingen.«

»Es ist ein Segen für uns beide gewesen«, rief ich, »und gesegnet soll auch der Ort sein! Nun will ich dir zeigen, wo ich saß. Siehst du, da drüben bei Torniamenti zwischen den Säulen, dort wo der Herr – nein, nicht der alte, sondern der, der jetzt aufsteht und den Kellner bezahlt...«

Ich fühlte mich durch einen krampfhaften Griff am Arm zurückgehalten.

Minna war stehengeblieben und starrte...Aber mein Gott, welch ein Ausdruck in ihrem Gesicht! Sie war nicht blaß, aber ihre Augen öffneten sich unnatürlich – so könnte Macbeth Banquos Geist angesehen haben, als der Hofmann ihm den Platz anwies.

Ich folgte dem Blick, den ich dorthin selber gerichtet hatte.

Der Herr, der den Kellner bezahlte, sah uns und nahm schnell seinen blanken Zylinderhut ab.

26. Kapitel

Dieser elegante Herr war Axel Stephensen. Er näherte sich mit elastischen Schritten, während er den Handschuh von der rechten Hand abstreifte. Auch Minna begann den ihrigen aufzuknöpfen: Er war eng, und sie zerrte noch daran, als Stephensen vor uns stand.

»O bitte, Minna, mach doch keine Umstände – unter alten Bekannten...«

Aber Minna starrte mit einem unbestimmten Lächeln hartnäckig auf den Handschuh, für dessen Widerspenstigkeit sie vielleicht dankbar war. Endlich hatte sie die Hand frei, die jetzt meinen Ring trug. Es kam mir vor, als ob sie ihn liebkosend anblickte und als ob Stephensen ihn ärgerlich anschielte. Minna sah flüchtig zu ihm auf, als sie ihm die Hand reichte, und mit einer Handbewegung, die den Ring blitzen ließ, stellte sie uns einander vor.

»Mein Verlobter, Harald Fenger –«

Wir verbeugten uns beide fast zu höflich und erklärten, es sei uns ein Vergnügen und eine Ehre, aber ich bemerkte, daß er bedeutend geschickter davonkam als ich, was die Gereiztheit erhöhte, in die sein Erscheinen mich sogleich versetzt hatte.

»Du bist hierher...« – Minna hätte beinahe dieselbe überflüssige Bemerkung gemacht, die ihre Mutter mir neulich zum besten gab, aber sie besaß Geistesgegenwart genug, um ein »plötzlich« einzuschieben – »Du bist plötzlich nach Dresden gekommen.« Und indem sie ihre Fassung wiedergewann und ihn zum erstenmal fest ansah, fügte sie hinzu: »In dem Brief, den du mir vor vierzehn Tagen schicktest, stand nichts davon.«

Es ist in Deutschland nicht so ungewöhnlich wie bei uns, daß junge Mädchen sich mit jungen Männern duzen – mit Freunden ihrer Brüder, fernen Verwandten oder auch nur guten Bekannten –, und Minna konnte deshalb nicht fühlen, daß Stephensen, als er bei seiner ersten Anrede von diesem Recht noch Gebrauch machte, obschon sie jetzt mit einem Landsmann von ihm verlobt war, offenbar mir gegenüber die Bedeutung ihrer Bekanntschaft unterstrich und die Verhältnisse nivellierte.

Sie wandte sich um und begann, langsam nach der Treppe zurückzugehen. Wir begleiteten sie jeder an einer Seite. Es berührte Stephensen offenbar unbehaglich, daß dieser Brief in meiner Gegenwart erwähnt wurde, um so mehr, als ich eine herausfordernde Miene annahm, als ob ich sagen wollte: »Ja, ja, mein Herr, ich kenne Ihren niedlichen Heineschen Erguß!«

»Nein, als ich schrieb, hatte ich die Bestellung noch nicht erhalten. Ich bin nämlich hierhergekommen, um Correggios Magdalena zu kopieren. Du erinnerst dich wohl der Kopie, die ich vor einigen Jahren von ihr machte, Minna – du warst so liebenswürdig, dich dafür zu interessieren und mich bei meiner Arbeit zu besuchen.« Hier schmunzelte er in den Bart mit einem eitlen und einschmeichelnden Lächeln, das mein Blut in einen wilden Aufruhr versetzte. »Ich wenigstens habe die angenehmen Stunden nicht vergessen können, die wir damals in der Galerie verbrachten.«

Er sah mit einem unbestimmt schwimmenden Blick in die Luft, während er eine Pause machte, um Minna Zeit zu lassen, sich zustimmend zu äußern. Da sie aber andauernd stumm vor sich hinblickte, fuhr er in leichterem Unterhaltungston fort:

»Ich verkaufte, wie ich dir gewiß schrieb, das Bild an einen Großkaufmann. Nun ist einer unserer Kunstmäzene unkritisch genug gewesen, sich darein zu verlieben.«

»Sie sprechen etwas zu bescheiden von Ihrer Kunst, als daß man Ihrer Bescheidenheit trauen möchte«, bemerkte ich. »Besonders da sie wohl unbegründet ist.« Das letztere fügte ich hinzu, weil Minna mir einen vorwurfsvollen Blick zuschickte, als ob sie fürchtete, das Gespräch könne eine anzügliche und persönliche Färbung annehmen.

Stephensen lachte und strich sich den Bart.

»Nun, wenigstens wünsche ich, daß der neue Auftraggeber nicht zu kritisch ist, denn zweimal glückt solch ein Wagestück nicht so leicht. Jedenfalls ist es aber doch gut zu wissen, was man abbilden soll, und ich habe dem Correggio längst abgelauscht, daß die gute Dame nicht die Bibel liest, sondern irgendeinen nicht allzu anständigen Hirtenroman.«

Obgleich ich diese Bemerkung eigentlich ganz zutreffend fand und ein Lächeln nicht unterdrücken konnte, lag doch etwas so Irritierendes, ja Minna gegenüber sogar Beleidigendes in seiner leichtfertigen Rede und noch mehr in dem begleitenden wohlgefälligen Schmunzeln, daß ich die lebhafteste Lust verspürte, ihn am Kragen zu packen und die große Treppe hinabzuwerfen, an der wir jetzt stehengeblieben waren. Ich überlegte mir, ob er sich dann wohl den Hals brechen würde; ich malte mir Minnas Entsetzen aus, den Volksauflauf, wie die Polizei mich ergriff...

Währenddessen stand der ahnungslose Mann und erging sich in Lobreden über das schöne Stadtbild, das sich vor uns ausbreitete. Besonders war er von der katholischen Kirche begeistert, deren Bau aus ergrautem Sandstein in den vornehmen Formen eines edlen Barockstils sich im Vordergrund erhob. Zwischen den Säulenbündeln des offenen Turmes leuchtete der goldene Abendhimmel, und über dem Kupferdach, das durch die Balustrade schimmerte wie eine eingehegte Wiese, erschien wie im Schattenriß die Reihe der Statuen scharf in ihren charaktervollen, dekorativen Stellungen. Stephensen erinnerte Minna daran, daß sie ihn auf eine Gruppe in der Mitte vor dem Turme aufmerksam gemacht habe, wo ein nackter, dunkel gegen den Goldgrund des Himmels ausgestreckter Arm unvergleichlich wirkte.

»Sooft ich an Dresden dachte, versetzte ich mich zu dieser Tageszeit hierher, und es war mir immer, als ob der Arm mir winke – etwas trug wohl auch die teure Erinnerung dazu bei, die sich daran knüpft. Aber was ist das auch für ein herrlicher Platz! Dieses Kleinod von einer Kirche – und gerade dahinter der Schloßturm, der so kernig und doch so leicht dasteht. Nun wird bald oben das Licht des Turmwächters angesteckt – erinnerst du dich, wie oft wir über das eigentümliche Leben dort oben, hoch über dem emsigen Treiben der Menschen philosophiert haben...? Wie liebe ich es, die Leute zum Georgentor hinein- und herauswimmeln zu sehen! Wie in ein Haus gehen sie da in die Stadt hinein...Und dann zur anderen Seite unter uns der Fluß mit der alten Brücke und der Marienbrücke, die sich in ihrer ganzen Länge über das blanke Wasser spannt, und die Berge der Lößnitz, violett und so reizvoll in der Form – sie erinnern mich immer an die Janiculus-Höhen am Tiber. Übrigens – es ist ein Unding mit diesem Vergleichen. Man nennt Dresden Elb-Florenz, aber Florenz selbst hat keine Stelle am Arno, die sich mit dieser messen kann – bei weitem nicht.«

Ich als ungereister Mann konnte Minna nie eine solche Artigkeit sagen, und alles Lob ihrer geliebten Stadt fiel bei ihr auf guten Boden. Sie warf Stephensen zum erstenmal einen wohlwollenden Blick zu, den er auffing, ohne ihr die Augen zuzuwenden, scheinbar in den Anblick vor uns versunken. Er breitete sogar einen Augenblick die Arme aus mit einer Gebärde, als wollte er die Stadt umarmen, und diese Begeisterung, die vielleicht nicht ganz unecht war, stand ihm nicht übel.

»Daß man nicht hier wohnen und es täglich vor Augen haben kann! Ein Künstler muß in künstlerischer Umgebung atmen und leben. Ich fühle es jedesmal, wenn ich von Kopenhagen fort bin, man versumpft dort. Finden Sie nicht auch, Herr Fenger, daß Kopenhagen eine gräßliche Stadt ist?«

»Schrecklich!« antwortete ich, obgleich ich eigentlich noch nie darüber nachgedacht hatte. Aber ich wollte ihn, wenn möglich, übertrumpfen.

»Und trotzdem zog es dich zurück, als du hier warst«, bemerkte Minna, ohne den Blick von den breiten Steinstufen zu erheben, die wir langsam hinabstiegen.

»Was sollte ich tun? Der Erwerb, Minna!« »Aber du sagtest ja eben, daß ein Künstler an einem Ort wie hier leben muß, um zu schaffen.«

»Richtig, aber man will auch etwas verkaufen. Und Kunstwerke werden dort am besten verkauft, wo der Künstler am meisten in Mittagsgesellschaften geht. Es ist nicht schmeichelhaft für uns, aber es ist wahr. Schweren Herzens nahm ich damals Abschied, und ich fühle es beim Wiedersehen doppelt. Ach, wenn ich so glücklich wäre, hier geboren zu sein...«

»Dann hätten Sie gewiß längst den Weg nach Berlin gefunden«, bemerkte ich scharf.

Minna wollten bei seinen letzten Worten die Tränen kommen, und wohl um ihrer sichtbaren Bewegung einen anderen Grund unterzuschieben, rief sie aus:

»Ach ja, es wird eine schwere Stunde werden, wenn man einmal seine liebe Stadt verlassen muß.«

»Du wirst jedenfalls nicht allein fortgehen – wo du auch hingehst zu deinem neuen Heim«, antwortete Stephensen mit einer besonders unterstreichenden Betonung.

»Und wir werden auch nicht für immer fortbleiben«, fügte ich schnell hinzu. »Wenn es möglich wäre, meine Wirksamkeit hierher zu verlegen – ich brauche allerdings nicht der Waren wegen in Gesellschaften zu gehen, nur ist es vielleicht noch notwendiger, daß ich persönlich zur Stelle bin –, aber jedenfalls, wenn wir alte Leute sind und etwas Vermögen haben, und ich mich mit gutem Gewissen zurückziehen kann, dann werden wir ganz bestimmt hier wohnen, das habe ich Minna versprochen. Ja, wir haben uns sogar schon nach einer Wohnung umgesehen. Für den Fall, daß ich ein Krösus werde, haben wir uns für eine prächtige Villa in der Parkstraße entschlossen. Vielleicht kann Minna Sie dann aus alter Freundschaft dazu veranlassen, sie für uns zu dekorieren.«

Obgleich dies für einen Scherz gelten sollte, war ich doch nicht gewandt genug, um zu vermeiden, daß das unverschämte Anzüglichkeitselement recht unverkennbar durchgeschienen hatte. Ich bereute denn auch sofort, es gesagt zu haben, besonders als Minna mit einem erschrockenen Blick nach mir hinlugte.

»Ich bin nicht Dekorationsmaler«, antwortete Stephensen trocken. Gleich darauf aber wandte er sich gegen mich mit seinem verbindlichen Weltmannslächeln und fuhr fort: »Womit ich übrigens nichts Herabsetzendes über die Dekorationsmalerei sagen will. Bei uns herrscht allerdings ein Vorurteil dagegen, das ich aber nicht teile – ich teile überhaupt wenige unserer dänischen Vorurteile. Im Gegenteil, ich stelle das Dekorationsfach hoch, und wenn viele tun, als ob sie zu erhaben wären, sich damit einzulassen, so ist der eigentliche Grund einfach der, daß es ihnen an Phantasie gebricht. Das ist auch bei mir der Fall – das heißt, ich tue nicht so, als ob ich darüber erhaben sei. Und ist es nicht so mit der ganzen Kunst? Wir haben nicht Phantasie genug, um das Leben zu schmücken, deshalb bilden wir es bloß ab und tun so, als ob es aus lauter Ehrfurcht und Liebe zum Leben geschähe. Unsinn! Erstens sind wir Pessimisten, kennen folglich weder Ehrfurcht noch Liebe zum Leben, und außerdem, wenn wir sie doch kennen – denn inkonsequent sind wir natürlich auch – *la vie c'est une femme*, und Frauen wollen immer gern verschönt werden. Übrigens ist alle Kunst ursprünglich Dekoration, und Apollo ist im Grunde genommen ein *maître de plaisir* im Olymp. Aber dekorieren – du lieber Gott, wer kann das? Rubens konnte es. Heute sind wir ernste Männer, das heißt, wir sind verdrießlich und das mit gutem Grund, denn wir sind blutarm und nervös und kriegen den Kater, wenn wir eine Nacht durchzechen. Wir wollen nicht mehr mitspielen und geben uns eine würdige Miene, aber in Wirklichkeit sind wir nur zu steifbeinig, um spielen zu können. Ja, vielleicht teilen Sie diese Anschauungen nicht, ich weiß schon, sie sind nicht gang und gäbe.«

»Ich stimme ganz mit Ihnen überein«, versicherte ich, obgleich ich es nur zum Teil tat. Aber es freute mich, seine Hoffnung auf einen Wortstreit zu vereiteln, in dem er erwarten durfte, der Überlegene zu sein. Übrigens fühlte ich wohl, daß er gar nichts Ernstes mit all diesem Gerede meinte, sondern daß er von Anfang an nur hatte zeigen wollen, daß er Weltmann genug sei, um meine Anzüglichkeit nicht zu verstehen, und damit die Absicht verband, vor Minna zu glänzen. Er guckte auch beständig mit seinen blinzelnden Augen zu ihr hin, und das selbstzufriedene Lächeln schien zu sagen: ›Hast du bemerkt, wie ich es verstehe, das Gespräch zu wenden und es von den Klippen zu entfernen, wo dieser Tölpel uns beinahe auf den Grund gefahren hätte? Ich hoffe, du bist mir dankbar. Und wie geistreich kann ich über Kunst philosophieren! Das sollte er nur versuchen, aber er schweigt wohlweislich. Übrigens kann ich auch schweigen, bevor es ermüdend wirkt. *Assez d'esthétique comme ça!*‹

Als wir gegenüber vom Theater waren, kamen einige Herren und Damen auf den Foyerbalkon heraus. Ich dachte an gestern um diese Zeit, als wir beide dort oben gestanden und ich mich meines ungeheuren, immer wachsenden Reichtums gerühmt hatte. ›Er stand auf seines Daches Zinnen‹ – Polykrates, Polykrates…!

»Es ist wahr«, fing Stephensen nach einer Pause an, »deiner Mutter habe ich natürlich meinen Besuch gemacht, es freute mich, sie so gesund und munter zu finden.«

»Schon? Und du bist gestern angekommen?«

»Nein heute – mit dem Vormittagszug.«

»Und Sie reisen wieder ab?« entfuhr es mir.

»Nicht gerade morgen«, antwortete er mit spöttischem Lächeln.

»Ich dachte«, sagte ich trocken, »weil Sie es so eilig mit Ihrem Besuch hatten.«

»Und das Bild wird doch auch nicht an einem Tag fertig«, bemerkte Minna.

»So wenig wie Rom. Glücklicherweise wird es augenblicklich nicht kopiert. Ich habe schon alles mit dem Kustos besprochen und gedenke morgen anzufangen.«

Ich hatte dieses Bild ganz und gar vergessen und er, wie mir schien, auch.

Wir waren langsam durch den Zwinger gegangen und wandten uns jetzt durch die Anlagen dem Postplatz zu. Hinter einer Akaziengruppe verbreitete eine Laterne, mit dem letzten Tageslicht kämpfend, einen matten, gelblichen Lichtnebel, aus dem das zierliche, gotische Sandsteinportal der Sophienkirche hervortauchte, während die durchbrochenen, schlanken Turmspitzen über den dunklen Baumwipfeln sich schattenhaft gegen einen dämmernden Himmel von unbestimmbarer Farbe abhoben; nur ein paar schräge Federwölkchen erstrahlten noch in zarter Rosaglut. Ich hatte bei meinen abendlichen Spaziergängen diese Stelle oft in derselben fesselnden Beleuchtung gesehen, und nun mußte zu meinem Leidwesen Stephensen sie hervorheben und mit seiner Malerwürde sie gleichsam sich aneignen.

»Sehen Sie, wie fein – das ist ja ein reiner van der Neer.«

»O, man sieht schöne Beleuchtungen hier«, bemerkte ich. »Neulich sahen wir in der Sächsischen Schweiz einen reinen Poussin.«

Minna biß sich auf die Lippe. Stephensen, der keine bestimmte Anspielung ahnte, merkte nur, daß ich über seinen Malerausdruck spöttelte.

»Ja, das glaub' ich gern. Man stößt hier bei jedem Schritt auf Motive. Aber – *nous voilà*. Ich wohne im Hotel Weber und will mich verabschieden – vielleicht bin ich schon zu aufdringlich gewesen.«

Wir versicherten natürlich das Gegenteil. Er lüftete den blanken Zylinderhut. Unter seinen leise knarrenden Stiefeln knirschte der Kies, als er sich mit seinen elastischen Schritten entfernte.

Schweigend gingen wir nach Hause. In der Nähe der Post wimmelte es von gelben Wagen, die hier nach Hause strebten wie Bienen zu ihrem Stock, und alle Augenblicke schmetterte ein Hornsignal.

Ich verwünschte im stillen alles Postwesen und alle Briefschreiberei.

27. Kapitel

Die Mutter ließ uns ein, und wir bemerkten sofort eine ziemliche Aufregung an ihr. Sie zog Minna in dem dunklen Vorsaal beiseite und flüsterte ihr etwas zu, und indem ich die Tür zur Wohnstube aufmachte, hörte ich Minna sagen:

»Ja, ja, wir haben ihn selbst getroffen.«

»Ach Gott, ach Gott ja«, seufzte die Mutter in ihrer stumpfsinnigen Art.

Das versetzte mich nicht in bessere Laune. Ich ging immerzu auf und ab, und ohne es selbst zu wissen, drohte ich mit geballter Faust nach Stephensens alter ego auf dem Strandbilde. Ich ertappte mich bei dieser Bewegung, als die Tür aufging, und schnell fuhr meine Hand in die Tasche.

Minna warf sich abgespannt auf das kleine Sofa:

»Was will er nur von mir«, rief sie in einem gequälten Tone.

»Von dir? Er ist hergekommen, um zu malen.«

Sie schüttelte den Kopf.

»Er will mich wieder nehmen, das will er!«

»Was für ein Einfall! Wie kannst du das glauben?«

»Du hast es dir auch schon gedacht«, sagte sie und sah mich forschend an.

»Einen Augenblick vielleicht – was könnte einem nicht durch den Kopf schießen in einer so wunderlichen Lage? Übrigens liegt ja gar kein Grund vor...«

»Hast du nicht bemerkt, wie er zu mir sagte: › *Wo* du auch hingehst zu deinem neuen Heim‹? Das war so gut wie bare Worte, ich kenne seine Art und Weise nur allzu gut.«

»Aber das wäre doch zu frech! Wo wir uns eben verlobt haben! Nein, wenn wir wenigstens ein paar Jahre verheiratet gewesen wären, dann würde ich eher glauben, daß der Kerl mit seinen leichtfertigen Ansichten sich etwas Hoffnung machen könnte.«

»Harald! Das ist häßlich gesagt, du hast kein Recht, so von ihm zu sprechen.«

»Du verteidigst ihn?«

»Ist das so merkwürdig? Du weißt doch selbst, daß es unrecht ist. Außerdem mußt du bedenken, daß es mich kränkt, wenn du ihn so niedrig einschätzt, ich habe ihn ja doch gern gehabt, und übrigens – gern habe ich ihn natürlich immer noch... Und du bist heute nachmittag gar nicht nett gewesen, die ganze Zeit hast du gestichelt, und ich hatte solche Angst! Du machtest es mir nicht leichter, und es war doch sowieso schwer genug.«

»Du hast recht, Minna, vergib! Ich fühlte es selbst, aber du kannst dir denken – in der Stimmung und in einer solchen Lage ...«

»Das beweist, daß du daßelbe wie ich gefürchtet hast – die ganze Zeit, nicht nur einen Augenblick, wie du sagst.«

»Nein, das habe ich nicht. Übrigens beweist es bloß, daß ich mich durch die Gegenwart des Mannes gereizt fühlte, der einen Teil deiner Vergangenheit besitzt, und daß ich ihn hassen muß.«

»Das ist es eben, er besitzt meine Vergangenheit, alles, was darin von Wert ist, und er meint, daß ihm das ein Recht auf mich gibt vielleicht hat er es auch.«

»Minna, Minna, was sagst du da!«

»Ach, ich weiß weder aus noch ein.«

»Weißt du nicht, daß du mir gehörst wie ich dir?«

Sie nickte langsam, während sie vor sich hin starrte und die Lippen zusammenkniff.

»Und daß du mich liebst, weißt du das nicht auch?«

Minna erhob sich und umarmte mich innig.

»Ja, mein Geliebter, das weiß ich.«

»Aber dann gibt es ja nichts zu zweifeln – auch nicht für ihn! Er kennt dich gut genug, um zu wissen, daß du dich nicht auf eine Vernunftehe einläßt, und von mir weiß er auch, daß ich weder Herzog noch Millionär bin.«

Ich sprach ihr lange beruhigend zu, während wir umschlungen auf dem kleinen Sofa saßen, wo es so dunkel war, daß ich sie kaum sehen konnte. Sie antwortete selten, und ich zweifelte, ob sie eigentlich zuhörte oder ob ihre Gedanken nicht ihre eigenen Wege gingen. Plötzlich drückte sie meine Hand und sagte:

»Wir wollen von hier wegreisen, Harald! Sofort – morgen.«

»Reisen? – Aber wohin?«

»In die Berge, nach dem Erzgebirge oder nach dem Blocksberg meinetwegen – säße ich nur dort!« Und sie lachte mit dem natürlichen Übermut, der immer bereit war, bei ihr durchzubrechen.

»Ja aber, Minna, würde das nicht recht – unvorsichtig sein?«

»Ich darf. Ich habe über alles nachgedacht…Ich habe keine Familie, auf die ich Rücksicht zu nehmen brauche – ich bin mein eigener Herr, und ich darf!«

»Das ist ganz gut, und ich lege auch Wert darauf, daß du dich im Notfall über solche Begriffe und Sitten hinwegsetzen kannst, aber in diesem Falle finde ich doch…Du kannst dir denken, daß dein Ruf mir das Teuerste von allem ist – und ich kann nicht einsehen, daß es notwendig wäre.«

»Doch, doch!« rief sie entschieden, beinahe heftig. Darauf legte sie ihre Lippen an mein Ohr und flüsterte mit der einschmeichelndsten Stimme: »Wollen wir, Harald? – Sag ja!«

»Hm – ja, Liebste…«

»Ja?!«

»Das heißt, die Sache ist die, wenn wir nun wirklich morgen abreisen wollen…«

»Ja, ja, was dann?«

»Ich habe fast gar kein Geld. Und ich weiß nicht, wie ich in so kurzer Frist – ich kenne so wenige hier – der einzige wäre Hertz…«

»Nein, um Gottes willen! Was würden Hertzens dazu sagen? An sie habe ich gar nicht gedacht…Wie verwirrt ich doch bin!«

»Ja, da siehst du – und das ist doch eine wichtige Sache, die nach allen Seiten hin genau überlegt sein will. Man muß einen übereilten Schritt oft lange büßen!«

Die Wendung, die die Sache nahm, war mir recht willkommen.

Ich fuhr fort, ihr beruhigend zuzusprechen, und war schon der Meinung, ich habe sie ganz von jenem Gedanken abgelenkt, als sie plötzlich sagte:

»Wenn wir Geld genug hätten, würde ich es doch tun…Dass es auch so viel Macht haben muß – es ist schrecklich!«

Jetzt kam die Mutter mit der Lampe herein, und ich war durch den Ausdruck von Schreck betroffen, der auf Minnas Gesicht lag, vielleicht noch verstärkt durch das plötzliche blendende Licht. Sie schien mit Anstrengung einem unentwirrbaren Schicksal entgegenzusehen, und mich überkam ein Gefühl von Angst und Grauen, wie bei einer drohenden Gefahr, obgleich ich nicht einsah, daß eine solche wirklich vorhanden war. Denn wie peinlich es auch für die arme Minna sein mochte, Stephensen zu empfangen und seine unverdienten Vorwürfe und vergeblichen Vorstellungen anzuhören, so waren es doch Dinge, über die man hinwegkommt, und nichts an der Sache selbst kam mir unklar vor.

Meine eigene heimliche Unruhe verriet ich nicht, desto mehr aber ließ ich diese Vernunftgründe zu Worte kommen.

Minna schien mir recht zu geben.

Da wir Dänisch sprachen, fühlte die Mutter sich überflüssig und wollte auf ihre lautlose Weise wieder hinausschlüpfen, aber Minna veranlaßte sie zu bleiben. Sie begann in sächsischem Dialekt und nach kleinbürgerlicher Dresdner Art mit ihr zu plaudern, und in dieser putzigen Sprache spaßte sie so vergnüglich, während sie die wunderlichsten Gesichter schnitt, daß ich bald die Stimmung ganz vergaß, die uns eben bedrückt hatte, und die Mutter lachte, bis die hellen Tränen ihr aus den Augen liefen.

Als sie nach dem Tee einnickte, setzte sich Minna ans Klavier und spielte eine Berceuse von Chopin. Sie fing auch einen Walzer an, blieb aber ein paarmal stecken.

»Ich bin nicht aufgelegt«, sagte sie und kam zu mir, »ich will dir lieber vorlesen.«

Sie nahm »Käthchen von Heilbronn«, das wir angefangen hatten und in dieser Woche zu sehen hofften.

Wir kamen bald zu dem niedlichen Bilde, wo Käthchen sich nicht aufschürzen will, um über den Bach zu waten, und der alte Diener ruft: ›Nur bis zum Knöchel, Kind‹ – sie aber läuft fort, einen Steg zu finden.

»Ja, Hertz hatte wirklich recht, als er dich ein Käthchen nannte«, unterbrach ich sie, »weißt du noch – bei den Steinbrüchen, als wir die steile Böschung hinan wollten?«

»Ach ja, das weiß ich noch. Wie du wichtig und unausstehlich warst! Und du hättest bloß wissen sollen, wie komisch es dir stand, gerade als ob du eine Maske hättest, die gar nicht paßte.«

Sie las weiter, die rührendste und bei all ihrer Naivität tiefsinnigste Liebesszene, die die ganze dramatische Literatur besitzt – Käthchen unter dem Fliederbusche schlafend und im somnambulen Schlummer die Fragen des Grafen beantwortend:

»Verliebt ja, wie ein Käfer, bist du mir.«

»Das ist für dich!« rief Minna. »Das hätte ich dir schon damals sagen können.«

Wir lachten und küßten uns.

Nachdem sie ungefähr eine halbe Stunde fließend gelesen hatte, blieb sie plötzlich stecken und wurde rot. Aber kaum hatte ich es entdeckt, so bekam ich auch schon das Buch ins Gesicht. Sie hatte es fortwerfen wollen, aber da ich gerade vor ihr saß, hatte es mich getroffen.

»Was habe ich getan!« rief sie aus, indem sie aufsprang und sich vor mir auf die Knie warf. »Ich bin doch auch ein Ungetüm! Tut es weh?« Ich versicherte ihr lachend, daß ich zunächst ein bißchen überrascht wäre.

»Ich konnte es dir nicht vorlesen. Warum schreibt er auch sowas? Und ich hatte nicht Geistesgegenwart genug, es zu überschlagen.«

Ich wollte das Buch nehmen, aber sie riß es mir weg, glättete die zerknitterten Blätter ein wenig und schloß es in den Bücherschrank ein.

»Du Armer, und du mußt es ausbaden!«

»Ja, wie ich eben aufblicke – Klatsch!«

Und wir brachen in ein nicht enden wollendes Lachen aus. Die Mutter erwachte – sie war schon zusammengefahren, als ich das Buch an den Kopf kriegte.

»Ihr macht einen Spektakel, Kinderchens, daß der Wächter bald heraufkommen wird«, sagte sie. »Es ist schon spät. Ach Gott ja, wer schon in seinem Bette läge!«

Sie brannte ein Stümpfchen Licht an, das auf der Kommode stand, und trollte sich weg.

Es war um die Zeit, wo ich zu gehen pflegte, was ich genau innehielt, weil Minna früh aufstehen mußte.

Aber sie bat mich zu bleiben – schlafen könne sie die ersten Stunden doch nicht.

»Nun habe ich dir vorgelesen – jetzt kannst du mir Geschichten erzählen«, sagte sie und nahm auf dem kleinen Sofa an meiner Seite Platz. »Ich habe so viel aus meiner Kindheit erzählt und noch lange nicht genug von deiner gehört. Erzähle.«

Ich erzählte von dem stillen, einsamen Leben in der südseeländischen Oberförsterei. Meiner Mutter konnte ich mich kaum erinnern, aber meinen kürzlich verstorbenen Vater schilderte ich mit all der Wehmut, die mich bei dem Gedanken überwältigte, daß er Minna liebgewonnen und sie in ihm einen zweiten Vater gefunden hätte. Er war ein Sonderling, ein alter Schopenhauerianer und Naturphilosoph, immer auf Kriegsfuß mit den Pfarrern der Umgegend, welche die Sucht hatten, ihn bekehren zu wollen. Ich teilte seine Einsiedelei, und er erzog mich zum Ärgernis der Umgegend in seinen freien Anschauungen.

Minna sang die Stelle aus der »Walküre«, wo Siegmund von seiner Jugend berichtet:

> Geächtet floh
> der Alte mit mir,
> lange Jahre
> lebte der Junge
> mit Wölfen im wilden Wald! –

»Habt ihr übrigens Wölfe in Dänemark?«

»Ei gewiß, und die Eisbären laufen dort Schlittschuh.«

Minna schlug mir auf die Finger.

»Das wäre doch nicht unmöglich! In Polen gibt es Wölfe. Ich bin bei meiner verheirateten Kusine dort auf Besuch gewesen und habe sie heulen hören. Ja, sieh mich nur an – so ein Kerl bin ich! Warum wurdest du übrigens nicht Forstmann? Ich möchte gern Oberförstersfrau werden!«

»Ja, das hättest du mich damals wissen lassen müssen. Übrigens – dann hätten wir einander nicht gekriegt.«

»Warum nicht? Du hättest ja auf die Akademie nach Tharandt kommen können. Die sich begegnen sollen, die begegnen sich schon.«

»Fatalist!«

»Ja, du weißt doch, daß ich es bin. Aber im Ernst, es müßte gut für dich gepaßt haben.«

»Ich wollte auch gern – es war erst später, daß ich mich dafür begeisterte, Architekt zu werden – und es war schon abgemacht. Aber der Bruder meiner Mutter, der Direktor einer großen Steingutfabrik in London ist, erbot sich, sich meiner anzunehmen, wenn ich Techniker werden wollte. Na, das war vorteilhafter, und mein Vater fand, daß wir es nicht abschlagen konnten. Er meinte außerdem, es würde gut für mich sein, in das praktische Leben hineinzukommen und nicht solch ein einsamer Grübler und Träumer zu werden, wie er sich selbst einen schalt.«

»Das bist du nun trotzdem! Du bist mein süßer Schwärmer. Und dabei hast du noch kein Wort davon erzählt, für wen du geschwärmt hast. Weißt du nicht, daß alle richtigen Verlobten einander gleich von ihren früheren Flammen vorprahlen? Dass ich *vor* der Verlobung gebeichtet habe, ist eine Ausnahme, die die Regel bestätigt, aber du scheinst zu glauben, daß du sie ganz unbeachtet lassen kannst.«

»Gar nicht. Es sei dir unter den sieben Siegeln der Verschwiegenheit gestanden, daß ich in meiner grünsten Jugend im Verborgenen nach der Tochter des Försters seufzte.«

»Ei, das ist ja ein ganzes Idyll!«

»Nein, nur ein halbes. Denn sie war so wenig hübsch, daß es mich große Anstrengung kostete, die Illusion aufrechtzuerhalten. Aber ich glaubte, eine haben zu müssen, deren Namenszug ich in die Rinde der Bäume schneiden konnte – mit einem flammenden Herzen darüber.«

»Ja, hinterher könnt ihr immer eure Liebe bespötteln, und dann müssen wir dafür büßen. Und wer war die nächste?«

»Dann sind keine mehr da.«

»Was sagst du? Hör mal, Harald, Harald!«

»Doch, doch – ich versichere es dir – keine, die ich nennen könnte. Ich habe vielleicht ein bißchen für das eine oder das andere hübsche Gesicht geschwärmt, das ich auf der Straße sah, ein wenig phantasiert und Luftschlösser gebaut...«

»Ja, in *der* Bauart wenigstens bist du ein guter Architekt geworden. Aber ich bin überzeugt, daß du mich anführst.«

»Weshalb denn? Bedenke doch, wie wenig Verkehr ich hatte und wie selten ich Frauen traf.«

»Ja, das würde die Sache erklären. Deshalb liebst du mich also. Wenn du entdeckst, daß ich ebenso bin wie die anderen....«

»Aber das bist du ja nicht.«

»Wenn du sie aber nicht kennst –!«

»Dessen bin ich gewiß – es ist unmöglich anders.... Übrigens, was gehen mich die anderen an?«

Minna lachte herzlich und drückte mich an sich.

»Das war ein gutes Wort, und vom Herzen kam es auch – vom Herzen, das mich liebt! Wenn du nur immer so denkst! Nein, versprich nichts, was nützt es – bleib mir gut!«

Die Turmuhr der Kreuzkirche schlug zwölf, es war Zeit zum Gehen.

Die Haustür war natürlich längst geschlossen. Minna mußte mit hinunter, um sie zu öffnen.

In dem kühlen, kellerartigen Flur umarmten wir uns lange. Dagegen durfte ich sie nicht aufhalten, wenn sie die Tür aufmachte, sondern mußte schnell hinausschlüpfen, damit keine Vorübergehenden oder spät wachende Nachbarn sie sähen.

Aber der Zugwind wehte die Falten ihres Kleides hinaus, gerade als sie die Tür zuschlagen wollte, und während ich ihr half, sich freizumachen, konnte ich der Versuchung, sie zu küssen, nicht widerstehen – obwohl ich sah, daß auf dem gegenüberliegenden Bürgersteig eine Mannsperson ging.

Das Licht der kleinen Lampe, die sie im Flur hingestellt hatte, umstrahlte ihre dunkle Gestalt mit einem unruhigen Glanz, der plötzlich erlosch.

»Lebwohl, lebwohl«, flüsterte Minna, und die Tür fiel zu.

28. Kapitel

Ich schritt rasch aus, »im Herzen ein'n Traum, auf den Lippen den letzten Kuß«, wie irgendein deutscher Lyriker singt. Mit Wohlbehagen atmete ich die frische Nachtluft ein. Mein Stock klang gegen das Pflaster, und die leere Straße hallte von meinen festen Schritten wider. Leichte Tritte in leise knarrenden Stiefeln folgten mir auf dem anderen Bürgersteig. In der kleinen Gasse brannten nur auf meiner Seite ein paar Laternen. Vergebens lugte ich nach dem Fremden hinüber, der vermutlich Zeuge des kleinen zärtlichen Vorganges gewesen war. Plötzlich ging er quer über die Straße, räusperte sich und lüftete den Hut. Ich fuhr zusammen, als ich Stephensen erkannte.

»Entschuldigen Sie, Herr Fenger!« begann er. »Sie wundern sich vielleicht zu dieser Zeit... es könnte den Anschein erwecken... nun, warum nicht aufrichtig sein: Ich habe Sie abgepaßt.«

»So, so. Da müssen Sie wirklich eine ziemliche Zeit lang das Pflaster getreten haben.«

»Genau solange, wie Sie später als gewöhnlich von Ihrer Verlobten kommen... Das beweist, wie sehr mir daran liegt, Sie zu treffen.«

»Zu viel Ehre... Sie wünschen?«

»Ich möchte mir eine Unterredung mit Ihnen ausbitten und zwar über ein Thema, das für uns beide von größter Wichtigkeit ist.«

»Sehr gern.«

»Hm. Wenn es Ihnen recht ist, können wir vielleicht ein Glas Bier an einem Orte trinken, wo ich bekannt bin, und wo wir ungestört sind.«

»Ein Glas Bier, warum nicht?« antwortete ich so gemütlich-gleichgültig, wie es mir möglich war, obgleich ich das Gefühl hatte, als ob einer mir vorgeschlagen hätte, mit ihm Gift zu trinken.

»Sie lieben wohl auch ein Glas gutes Pilsener oder Münchener Bier? Was mich betrifft, so kann ich mich gar nicht mehr mit unserem Bier befreunden.«

»Nein, das schmeckt so ziemlich wie Wasser mit Branntwein.«

»Ganz mein Geschmack! Und darauf sind wir stolz! Na, *à la bonheur*, es hat uns wenigstens einige Skulpturen eingebracht. Hm. Ich dächte, wir gingen ins Wirtshaus ›Drei Raben‹, – da sind Sie wohl auch bekannt?«

»Nein, ich bin nur selten dort gewesen.«

»Wirklich? Ich ging aus derselben Haustür, aus der Sie jetzt herauskamen, fast jeden Abend hin... Sie wissen vielleicht, daß ich dort wohnte? Ich besaß natürlich meinen eigenen Haustürschlüssel und hatte deshalb keine Gelegenheit, auf so angenehme Weise hinuntergeleitet zu werden. Übrigens, kennen Sie den Ausdruck: ›Ein Genie, das nie seinen eigenen Hausschlüssel gehabt hat‹? Ich finde ihn außerordentlich treffend für gewisse dänische Begabungen – ich stieß neulich darauf bei einem unserer neueren Schriftsteller. Sie verfolgen wohl unsere Literatur? Nicht? Ach, man kann nicht leugnen, daß ein gewisser Zug darin ist – sonst lese ich meistens französische Romane. – Na, hier haben wir ja die drei Nacht-Raben – sie sind transparent geworden, das ist was Neues. – Bitte!«

Er ließ mich in den erleuchteten Flur vorangehen und führte mich darauf links durch ein Billardzimmer, wo fünf, sechs Herren in Hemdsärmeln spielten, in ein kleines Kabinett, das leer war. Noch bevor wir unsere Mäntel aufgehängt hatten, erschien ein sehr fetter, blasser Kellner mit Kotelettenbart. Er stürzte zu Stephensen hin und nahm ihm seinen Paletot ab mit einem:

»Willkommen in Dresden, Herr Professor!« Und wahrscheinlich, damit kein Zweifel über seine Personenkenntnis übrigbleiben sollte, fügte er schleunigst hinzu: »Aus Dänemark gekommen, vermutlich um wieder hier zu malen?«

»Eben. Na, wie steht es hier in den ›Drei Raben‹, Heinrich?«

»Alles beim alten – beim guten alten, Gott sei Dank, Herr Professor. Wir stellten heuer nur den Ausschank des leichten böhmischen Bieres ein, das der Herr Professor bisweilen tranken. Na, das versteht sich, im Personal sind auch – der Herr Professor erinnern sich vielleicht an Franz, den langen mit dem roten Bart?«

»Jawohl – ist der nicht mehr da?«

»Er machte zu Ostern eine Wirtschaft in Friedrichstadt auf – es soll ganz gut gehen, ich aber sage: Man weiß, was man hat.«

»Ja, da haben Sie recht. Das geht auch nicht, daß Sie die ›Drei Raben‹ verlassen, wir könnten Sie gar nicht entbehren. Sagen Sie mal – sind wir hier allein, Heinrich?«

»Selbstverständlich, Herr Professor! – Soll's Pilsener sein?«

»Ja, zwei, und...«

»... mit Deckel natürlich, Herr Professor«, ergänzte der Kellner, indem er sich verbeugte, die Serviette unter den Arm klemmte und sich schnell entfernte.

Ich setzte mich auf das kleine Samtsofa mit dem erdrückenden Gefühl der Minderwertigkeit, das einen an öffentlichen Orten überkommt in Gesellschaft eines Stammgastes, der von den dienenden Geistern halb wie ein Fürst, halb wie ein Kamerad behandelt wird, während für uns andere Sterbliche nur aus reiner Gnade etwas abfällt. Und welcher Stammgast! Kommt nach zwei Jahren der Abwesenheit hierher und wird empfangen, als wäre er gestern abend hierher gegangen. Stephensen (der Herr Professor) genoß auch offenbar seinen Triumph, indem er die Beine ausstreckte, einen Blick in den Spiegel über dem Sofa warf und den Zeigefinger zwischen dem Hals und dem kleinen steifen Kragen hin- und hergleiten ließ.

»Was für erstaunliches Personengedächtnis solche Kellner haben«, rief er aus. »Da weiß er noch, daß ich das Pilsener Bier immer in einem Glas mit Deckel verlangte. Es ist geradezu lächerlich! Ich hatte auch so einen komischen Fall mit einem Portier in Berlin.«

Um die Wartezeit auszufüllen, fing er an, einige Anekdoten zu erzählen. Ich hatte das Gefühl, als ob er mit mir spielte wie die Katze mit der Maus, und empfand große Lust, mich zu erheben und zu gehen. Vom Nebenzimmer hörte man das einförmige Zählen. Eine heisere Stimme brüllte:

> Ich bin liederlich,
> du bist liederlich,
>   sein m'r liederliche Leite!

Der Kellner kam mit dem Bier herein und verschwand augenblicklich wieder.

Stephensen grüßte mit dem Glas und tat einen langen Schluck.

»Also«, fing er an, »das war – ach, übrigens, rauchen Sie?«

»Nicht so spät am Abend«, antwortete ich, obgleich ich große Lust nach der nervenberuhigenden Wirkung des Tabaks verspürte. Aber ich hatte nichts bei mir, und der Gedanke, etwas von ihm anzunehmen, erweckte mir Widerwillen.

»Ach, Sie haben Prinzipien«, warf er hin, indem er seine Zigarre anbrannte. »Es verhält sich übrigens damit wie mit jedem Reisegepäck – man soll nicht zu viel mit sich herumschleppen... Da sind nun zum Beispiel Kunstprinzipien... aber wir wollten ja von unserer Angelegenheit sprechen.«

»Ja, ich dächte auch, es wäre an der Zeit«, bemerkte ich gereizt... »Kann ich Ihnen mit etwas dienen?«

Stephensen lächelte auf eine eigentümliche Weise.

»Das könnten Sie wohl, aber davon ist jetzt nicht die Rede... Hm... Ich sagte – oben auf der Terrasse –, daß ich hierher gekommen sei, um zu malen.«

»Das wunderte mich nicht, da Sie ja Maler sind.«

»Sehr richtig... Ich will auch malen – aber deshalb bin ich nicht gekommen... Die Veranlassung zu meiner Reise gaben einige Briefe, die ich von Minna empfing und in denen sie mir ihre Verlobung mit Ihnen mitteilte.«

»Ich verstehe bloß nicht, wie das Sie nach Dresden bringen konnte.«

»Vielleicht doch, wenn Sie erfahren, welches Verhältnis zwischen Minna und mir bestanden hat.«

»Ich weiß alles von diesem Verhältnis, aber es macht mir Ihre Anwesenheit nur noch rätselhafter.«

»Wirklich! Ich finde, Sie müßten doch verstehen, daß die Nachricht, sie habe sich plötzlich mit einem anderen verlobt, mich höchst überraschen mußte und daß ich...«

»Erlauben Sie, überraschen? Und warum? Ich finde im Gegenteil, Sie hätten darauf vorbereitet sein, und es hätte Ihnen sehr lieb sein müssen, das zu hören. Sie haben ihr seinerzeit den Hof gemacht, leider nicht ohne Glück; Sie haben erreicht, sich von ihrer Gegenliebe zu überzeugen; da es Ihnen nicht glückte, sie zu Ihrer Geliebten zu machen...«

»Herr Fenger, eine solche Anschuldigung...ich muß auf das entschiedenste diese Bezichtigung zurückweisen.«

»Ich bedaure, aber Sie können mir nicht verdenken, daß ich Minnas Versicherung mehr traue als der Ihrigen. Da Sie andererseits nicht den moralischen Mut fanden, sich die Verpflichtungen einer Verlobung aufzuerlegen...«

»Verlobung! Das fehlte noch! Bester Herr Fenger, Sie sind noch jung und vermutlich noch Däne genug, um für unsere vier-, fünf-, sechsjährigen Verlobungen zu schwärmen. Was mich betrifft, so versichere ich Ihnen, ich tue es nicht. Ich könnte viel für Minna tun, aber die Lächerlichkeit über mich zu verhängen, als echter, patentierter dänischer Verlobter herumzulaufen – nein!«

»Sehr wohl – Sie haben also auch Ihre Prinzipien. Leider hat Minnas deutsches Herz und deutscher Verstand diesen Beweggrund vielleicht nicht vollauf schätzen können, da die Verlobungen in Deutschland genauso beschaffen sind. Noch bedauerlicher ist es aber, daß Sie ihr nicht diese Auffassung der Sachlage klarmachten, sondern sie im Gegenteil glauben ließen, es solle kein Band zwischen ihr und Ihnen bestehen.«

»Und da hat sie das Richtige geglaubt.... Ich wollte, daß sie ihre Freiheit behalten solle.«

»Und Sie die Ihrige – namentlich das letztere.«

»Was meinen Sie damit?«

»Ohne Zweifel haben Sie Ihre Freiheit benutzt. Ich könnte sogar eine bestimmte Dame nennen, die in hinlänglich guten Verhältnissen war, um bei Ihnen einen Heiratswunsch aufkommen zu lassen.«

Stephensen lachte spöttisch, indem er sich erregt mit dem Zeigefinger zwischen Hals und Kragen strich.

»Ich muß sagen, Kopenhagen verleugnet seinen alten Ruf als Klatschnest nicht! Der Klatsch findet sogar hier in Sachsen Widerhall. Ich kann mir denken, daß Sie Minna diesen Ohrenschmaus nicht vorenthielten....«

»Denken Sie, was Sie wollen, was kümmert's mich! Ich muß Sie aber darauf aufmerksam machen, daß Sie nicht sehr folgerichtig verfahren, wenn Sie erstaunt und entrüstet sind, weil sie ihrerseits nun endlich von ihrer Freiheit Gebrauch gemacht hat.«

Stephensen war offenbar gereizt über die veränderte Richtung des Gespräches, er bezwang aber den bissigen Ausdruck, der bereits auf seinen Lippen schwebte. Er schwieg lange, starrte mit hochgezogener Stirn zur Decke hinauf, atmete tief und seufzend. »Was soll nun das bedeuten?« dachte ich. Die Stimmen im Billardzimmer wurden noch lärmender, das musikalische Mitglied sang mit rührseligem Beben in langen Tönen:

»Gute Nacht, du mein herziges Kind«, und mehrere stimmten mit ein, die Silbe »herz« in einer unendlichen Disharmonie hinausheulend. Stephensen lächelte, strich sich über die Augen und sah mich plötzlich wie geistesabwesend an.

»Sie verstehen mich nicht«, fing er an, und seine lispelnde Stimme hatte ihren sanften, verzärtelten Ton wiedererlangt.

»Was sagten Sie nur gleich? Richtig: daß sie nur ihre Freiheit benutzt habe und daß mich das nicht entrüsten dürfe. Aber davon ist ja gar nicht die Rede! Ich fühle mich in keiner Weise benachteiligt. Und es ist auch nicht deswegen, weil sie – wie Sie sich treffend ausdrückten – ihre Freiheit benutzt hat, durchaus nicht. Wenn ich gehört hätte, daß sie sich mit einem jungen Mann verlobt habe, den sie schon lange gekannt, in dessen Familie sie verkehrt hätte und der so gestellt wäre, daß er sich bald verheiraten könnte – zum Beispiel mit dem Sohn dieses Juden, bei dem sie so viel verkehrt –, ich erinnere mich nicht....«

»Hertz, meinen Sie wohl.« Wie ein spottender Chorus heulte es nebenan: »he-rz-iges Kind«.

»Richtig, Hertz – sie hätte ihn natürlich bekommen können und warum nicht? Keine glänzende Partie, aber solid. Nun, ich hätte verzichtet, geschwiegen und zugestimmt, wo allerdings niemand nach meiner Zustimmung gefragt hätte«, fügte er mit etwas geckenhafter Selbstironie hinzu.

»Ihre letzte Bemerkung kommt mir außerordentlich gesund vor. Sollte sie nicht auch auf den gegenwärtigen Fall passen?«

»Nicht ganz... Versetzen Sie sich einmal in meine Lage... Minna und ich schieden als Freunde, die wissen, daß sie einander mehr als Freunde sind. Mit vollkommener Freiheit allerdings, aber auch mit der gegenseitigen Absicht, einander nicht aus den Augen zu verlieren. Als Folge davon haben wir – was Sie wohl übrigens wissen – öfters und recht regelmäßig anderthalb Jahre Briefe gewechselt. Nun, ich bin eben nicht zu Sentimentalität geneigt, und wenn auch unsere Freundin vielleicht einen Stich davon hat, so war es doch selbstverständlich, daß keines von uns das andere mit Herzensergüssen und zärtlichen Versicherungen überhäufte. Glücklicherweise gibt es aber eine Kunst, die zwischen den Zeilen lesen heißt, und kraft dieser kann ich, ohne zu prahlen, Ihnen versichern, daß die Briefe, die ich vor drei, vier Monaten empfing, von einer Dame herrührten, die mich liebte.«

Ich mußte an das kleine dänische Wörterbuch denken, das ihr Lieblingsbuch war, und wagte nicht, ihm zu widersprechen.

»Da bekomme ich also plötzlich Minnas vertrauliche Mitteilung, daß sie sich mit einem jungen Mann verlobt hat, den sie ungefähr drei Wochen kenne und der – nehmen Sie mir diese Bemerkung nicht übel –, der nicht so gestellt ist, daß er sich bald verheiraten und ihr die Annehmlichkeit und Sicherheit eines Heims bieten kann. Entschuldigen Sie, es ist mir natürlich peinlich, Ihre pekuniäre Lage nochmals zu berühren. Ich weiß wohl, der Gedanke, daß man außerstande ist, eine Familie zu ernähren, hat an und für sich etwas Demütigendes und vollends, wenn er von anderen ausgesprochen wird. Aber ich lege gerade das Hauptgewicht auf diese Tatsache, weil daraus hervorgeht, daß Minna sich nicht auf eine Vernunftehe eingelassen hat.«

»Eben diese Bemerkung habe ich zu Minna gemacht – nämlich, daß Sie dies einsehen müßten und also – daß Sie infolge davon nicht – Sie müßten einsehen, daß es Ernst sei...«

Ich stotterte, ärgerlich darüber, verraten zu haben, daß wir zusammen von der Möglichkeit gesprochen hatten, er könne hoffen, unsere Verbindung zu sprengen. Stephensen tat einen tiefen Schluck, schaute mit einem lauernden Blick aus dem einen Auge an dem Deckel vorbei zu mir hin und sog darauf das Bier aus dem Bart in einer besonders behaglichen Weise, als ob er lache: »Oho, mein Freund, da bist du hübsch reingefallen! Man spricht also schon von solchen Möglichkeiten!«

»Ernst? O ja.«

»Ja, das heißt, daß – daß wir beide... Kurz, daß hier nichts für Sie zu tun ist«, durchbrach ich grob das Netz, worin ich mich halb verstrickt fühlte, und sandte ihm einen bösen Blick zu.

»Je nachdem, je nachdem, Verehrtester! Ihr Schluß hält nicht Stich... Übrigens sehe ich sehr wohl, was Sie auf diesen Irrweg führt. Sie erblicken natürlich etwas Herabsetzendes in meinem Ausdruck ›Vernunftehe‹ und vergessen, daß ich die besonderen dänischen Vorurteile nicht teile – übrigens auch nicht alle kosmopolitischen... Im Gegenteil, ich betrachte im allgemeinen die sogenannten Vernunftehen als diejenigen, die am meisten Aussicht zum Gelingen haben, abgesehen davon, daß die Ehe überhaupt ein – ich will nicht sagen Übel –, aber jedenfalls eine Anomalie ist... Aber davon ist also hier nicht die Rede. Hier wird Leidenschaft vorgegeben – Pardon! – Hingebung, Liebe –, wie Sie es nun nennen wollen. Ja, ja, verstehen Sie mich nicht falsch, ich zweifle nicht daran, daß dies alles, was Sie betrifft, vorhanden ist, ich will sogar zugeben, daß Minna auch Liebe zu Ihnen fühlt. Nur kommt es darauf an, welcher Art diese Liebe ist.«

»Wäre es nicht das Natürlichste, die Entscheidung dieser Frage ihr selbst zu überlassen?«

»Wo denken Sie hin! Das kann sie ja gar nicht... Ich bin zum Beispiel überzeugt, daß eine gewisse Ungeduld, aus einem unklaren und unbefriedigenden Verhältnis herauszukommen, nicht wenig zu dieser plötzlichen neuen Liebe beigetragen hat. Dann habe ich auch den Verdacht, daß der rein zufällige Umstand, daß Sie ein Landsmann meiner Wenigkeit sind, die Übertragung gewisser Gefühle und Stimmungen begünstigt hat....«

Ich mußte an eine Äußerung in ihrem ersten Brief an Stephensen denken, die allerdings diese Vermutung bestätigte, und schlug verwirrt die Augen vor seinem spähenden Blick nieder.

»Die günstige Umgebung und die Einsamkeit sind noch hinzugekommen und dann – daran zweifle ich gar nicht – viele vortreffliche und liebenswürdige Eigenschaften Ihrerseits....«

»Könnte es nun nicht genug sein mit diesem Unsinn?« rief ich und erhob mich plötzlich. »Ich verstehe Ihre Meinung sehr gut –, aber was zum Teufel soll ich damit? Ich erkenne Ihr Recht als Minnas Vormund nicht an.«

»Und was zum Teufel soll ich mit Ihrer Anerkennung? Um die dreht es sich ja gar nicht! Ich *habe* einfach das Recht, das Meine zu tun, damit Minna keine jener Dummheiten begeht, die man nicht so leicht ungeschehen machen kann. Und da mein eigenes Verhalten ihr gegenüber zum Teil die Ursache dieser Übereilung ist, so ist es sogar meine Pflicht... Ich weiß nicht, was Sie mit dem höhnischen Lachen meinen –?«

»Ich glaubte, das Pflichtgefühl gehöre zu den kosmopolitischen Vorurteilen, die Sie nicht teilen.«

»Im Gegenteil, es gehört zu denen, die ich teile... Aber es gibt einen Grund, der mich wahrscheinlich noch mehr beeinflußt: das ist der Umstand, daß ich sie liebe – ja, *liebe*!«

Auch er hatte sich erhoben. Wir standen einander gegenüber, den kleinen Tisch zwischen uns, und blickten einander fest in die Augen. Es kam mir der Gedanke, daß das Natürlichste – und zu guter Letzt auch das Würdigste – wäre, wir sprängen einander an die Kehlen wie ein paar Tiger in dem Dschungel und versuchten, wer von uns dem andern zuerst die Gurgel durchbeißen könnte – und daß wir jetzt stattdessen fortfahren würden zu diskutieren, sogar unser Bier zusammen zu trinken und uns zuletzt beim Auseinandergehen höflich »Gute Nacht« zu sagen. Diese selbstironische Erwägung erhob mich etwas über die Lage und gab mir meine Fassung einigermaßen zurück. »Wollen wir also die Komödie zu Ende spielen, da wir sie einmal angefangen haben!« dachte ich. Durch einen Stoß gegen den Tisch befreite ich mich aus der eingeklemmten Stellung, in der ich mich wie belagert fühlte, und begann auf und ab zu gehen.

Unsere Nachbarn sangen mit teutonischer Begeisterung »Die Wacht am Rhein«.

»Also, was wollen Sie eigentlich?« brach ich endlich los. »Glauben Sie vielleicht, Sie kriegen mich dazu, auf Minna zu verzichten?«

»O nein – ich verlange nichts Unmögliches.«

»Doch nicht! Sie sehen also wirklich ein, daß es unmöglich ist?«

»Natürlich, aus demselben Grund, aus dem die Nürnberger keinen hängten: – sie ›hätten ihn denn zuvor‹.«

»Ich meine, daß ich Minna ›habe‹, ebensowohl wie ich meine, daß sie mich hat.«

»Das sind Redensarten und noch dazu veraltete. Kein Mensch kann den anderen haben. Glauben Sie wirklich, Sie können mir mit Ihrer Verlobung imponieren? Als ob ich nicht längst ihr Verlobter sein könnte!«

»Um so dümmer von Ihnen, daß Sie es nicht geworden sind!«

»Vielleicht können Sie darin recht haben. Ich kann es aber noch werden, und sie muß zwischen uns wählen.«

»Sie hat gewählt.«

»Nein, das hat sie eben nicht. Sie hat Ihnen ein Versprechen in dem Glauben und unter der Voraussetzung gegeben, daß ich sie nicht heiraten will... Wenn Minna an dem Tag, bevor Sie um sie anhielten, die Gewißheit erhalten hätte, daß ich sie liebte und mich nur danach sehnte, mein Schicksal mit dem ihrigen zu vereinen –, können Sie leugnen, daß Sie dann einen Korb bekommen hätten?... Nun gut, die Voraussetzung war also falsch, und wenn Sie ein Mann von Ehre sind, so werden Sie sie nicht an ein Versprechen binden, das unter solchen Umständen gegeben wurde.«

»Es könnte mir nie einfallen, unter welchen Umständen es auch sei, Minna durch ein Versprechen als gebunden zu betrachten, wenn sie es selbst nicht als bindend empfindet.«

»Ja, da liegt der Hase im Pfeffer, Verehrtester! Ich zweifle nicht, daß Minna die meisten dieser achtbaren Vorurteile hat, die eine der Hauptzierden unseres schönen Geschlechts ausmachen –, wirklich, ich spreche in vollem Ernst –, ich meinerseits möchte diese Vorurteile an den Frauen nicht missen, obgleich es uns zweifellos das Leben leichter und angenehmer machen würde. Es ist ein kostbarer Luxus, aber was soll man sagen, solche Widersprüche birgt der moderne Geist... Also, wahrscheinlich betrachtet Minna die Verlobung als eine Verschreibung auf Zeit und Ewigkeit. Sie ist nicht gerade das, was man einen Charakter nennt, wohl aber eine *Natur* – und es würde Ihnen deshalb ein Leichtes sein, ohne gerade Forderungen geltend zu machen oder sich an ihre Beständigkeit zu wenden, dieses etwas beschränkte – obgleich liebenswürdige – Pflichtgefühl bei ihr lebendig zu erhalten; das Band nicht anzuziehen, es aber doch so lange versteckt festzuhalten, wie Minna es nicht losläßt. Was ich verlange, ist, daß Sie selbst loslassen – verstehen Sie mich recht –, nicht auf sie ›verzichten‹, wie Sie sagen –, aber den Vorsprung nicht benutzen, den Ihnen diese halblegitime Stellung gibt. Ich verlange es von Ihnen als Ehrenmann und wohl zu merken, nicht um meinetwillen – Sie würden mich natürlich lieber gehängt sehen! –, aber um Minnas willen. Von einem Mann, dem Minna ein solches Versprechen gab, will ich nicht glauben, daß er wünschen könnte, sie ginge mit ihm aus Zwang, wenn auch nur aus innerem Zwang, während sie heimlich beweinte, daß sie nicht mit mir gehen konnte. Wenn Sie merken – oder bloß den Verdacht haben –, daß sie im Begriff ist, eine solche Torheit zu begehen, dann werden Sie wissen, daß es Ihre Pflicht ist, ein solches Opfer nicht anzunehmen, sondern nötigenfalls ihr die Augen zu öffnen und ihr die Freiheit zurückzugeben, die sie nicht den Mut hat, sich selbst zu nehmen. Es ist möglich, daß Sie mich aus ihrem Herzen verdrängt haben – in dem Fall ist die Sache im voraus entschieden. Möglich ist es aber auch, daß Minna uns beide liebt – jeden in seiner Art. In diesem Fall wird sie allerdings einen furchtbaren Kampf durchmachen müssen, um eine Entscheidung zu treffen, aber sie muß ihn allein auskämpfen. Am allerwenigsten dürfen wir ihr den Streit erschweren, indem wir in sie dringen und sie jeder nach seiner Seite ziehen... Minna muß zwischen uns wählen. Denn sie hat noch nicht gewählt, und keine Macht der Erde kann ihr die Wahl ersparen. Aber sie soll frei wählen – das ist alles, was ich verlange.«

»Ich werde ihrer Freiheit kein Hindernis weder mittel- noch unmittelbar in den Weg legen, und ich werde mich vor ihrer eigenen Entscheidung beugen, ohne den Versuch zu machen, daran zu rütteln. Dasselbe erwarte ich von Ihnen... Und da Sie wohl mit dieser Zusammenkunft beabsichtigten, eine solche Erklärung von mir zu erlangen, so nehme ich an, daß wir uns nun trennen können – in Feindschaft.«

»Aber jedenfalls als ehrliche Feinde, die in offener Fehde liegen und mit gleichen Waffen fechten.«

Ich nahm meinen Hut vom Haken, verbeugte mich steif und verließ das Zimmer.

Im Billardzimmer hatte das Spiel aufgehört. Ein paar der hemdsärmligen Herren hielten sich umschlungen und versicherten einander der »absoluten« Ergebenheit und »enormen, qualifizierten« Achtung. Das musikalische Mitglied, auf einer Ecke des Billards sitzend, intonierte: »Ein' feste Burg ist unser Gott.« Ich schloß hieraus mit Recht, daß man den höchsten Gipfel der Betrunkenheit erklommen hatte und daß es sehr spät sein müsse.

Glücklicherweise erwischte ich den dicken Kellner und bezahlte mein Bier.

29. Kapitel

In jener Nacht kam kein Schlaf in meine Augen. Ich hörte die Uhr der Kreuzkirche ein Viertel nach dem anderen schlagen, während ich mich auf dem Lager herumwälzte. Bisweilen begannen meine Gedanken wohl in jener willenlosen Art umherzuschweifen, die dem Schlummer vorangeht, aber sogleich durchfuhr mich ein Strom von Fieberhitze, und ich war wieder wach. Eine dumpfe Verzweiflung, die bereits alles für verloren ansah, ließ mehr als einmal meine Tränen fließen.

Je unmöglicher ein Unglück erscheint, um so näher steht es in der Wirklichkeit, sobald es überhaupt in den Bereich des Möglichen rückt. Denn da es bereits den Sprung über den größten Abgrund getan hat, wagt man kaum zu zweifeln, daß es auch die Kraft hat, über die kleinere Kluft hinwegzusetzen. Da es aus nichts zu etwas geworden ist, warum sollte es dann nicht aus etwas alles werden können? Es gibt Gewißheiten, die so unanfechtbar vor uns stehen, daß sie uns beinahe abdisputiert sind, sobald wir zum Disput gebracht werden; denn mit ihrer Unanfechtbarkeit scheint ihr innerstes Wesen zu schwinden.

Welcher Besitz kann sicherer sein, ferner von jeder Gefahr als die Liebe eines treuen Weibes? Ich fühlte, daß Minna mich liebte, ich wußte, daß sie – wie auch Stephensen sagte – eine treue Natur sei.

Aber das Furchtbare, das Nemesisartige war, daß diese Treue sich gegen mich kehrte. Ihre Treue gegen ältere Gefühle wurde heraufbeschworen gegen die den jüngeren geweihte, die sie an mich fesselte.

Wie sicher hatte ich in meinem Glück geruht! Und nun sagte mir ein Fremder mit dürren Worten, daß er es mir zu entreißen hoffte.

Und ich? Hatte ich ihn ausgelacht oder ihm wie einem bedauernswerten Narren den Rücken gekehrt?

Nein, ich hatte mich mit ihm gestritten – als ob mein Glück der Verteidigung bedürfe! Noch schlimmer: Ich hatte förmlich mit ihm verabredet, wie man sich auf beiden Seiten am richtigsten zu verhalten habe, und hatte damit die Möglichkeit zugegeben, daß er siegen könne, hatte zugegeben, daß ich dieses Glück gar nicht besitze, sondern es erst gewinnen müsse.

Die Gefahr war nicht nur möglich, sie war wirklich, sie war über mir – und ich stöhnte darunter wie unter einem Alp.

Wie sicher hatte ich in meinem Glück geruht! Und doch war es mir jetzt, als hätte ich stets eine Gefahr geahnt und als wäre beständig ein Schatten über den klarsten Sonnenschein dieser Zeit hingezogen. Ich erinnerte mich, wie mich jener verdächtige Brief aus dem Seligkeitsrausch des ersten Kusses geweckt hatte. Ich fühlte wieder den jähen, unbegründeten Schreck, der mich in Schandau durchjagte, als ich Minnas Brief an Stephensen in den Briefkasten fallen hörte. Bei meinem ersten einsamen Besuch in dem Heim ihrer Kindheit überfiel mich die Eifersucht in einer Weise, die mir jetzt gespensterhaft vorkam. Kaum hatte ich die Freude des Wiedersehens durchkostet, als sie verbittert wurde durch Minnas Mißmut und durch seinen vorwurfsvollen Brief, der bei mir eine törichte Eifersucht und eine weniger törichte Angst hervorrief. Wie inständig hatte ich sie gebeten, ihn nicht zu beantworten, und mit dem ihr eigentümlichen Fatalismus, der nun auch mich anzustecken schien, hatte sie geantwortet: »Ich muß.« Und am folgenden Tag, als sie geschrieben und mir diesen Brief gezeigt hatte und wir dann abends auf dem Aussichtshügel im Großen Garten saßen und den fernen Lilienstein erblickten: Glitt da nicht ein Schatten der Schwermut über unsere Herzen, als ob wir nach einem verlorenen Glücksland hinüberstarrten?

So schien zugleich mit unserem Bunde ein feindliches Schicksal geboren zu sein und sich drohend zu nähern, bis es jetzt – nach Beethovens Ausspruch – »an unseres Daseins Pforte klopfte«. Und es würde schon verstehen, sich Einlaß zu verschaffen – der Starke droht nicht vergebens.

Ich vergaß, daß, wenn »das Schicksal anklopft«, es gerade an der Zeit ist zu zeigen, daß man seinen Mann steht, um den ungeladenen Besucher nötigenfalls die Treppen hinunterzuwerfen.

Sonst kann es leicht einmal den Umständen einfallen, den Esel im Löwenfell zu spielen und in den Mantel des Schicksals gehüllt bei uns anzupochen.

Unter solchen mißlichen Betrachtungen war ich in ein lethargisches Dämmern versunken, von dem ich mich ebenso festgehalten fühlte, wie ich andererseits durch einen physischen Schrecken aufgescheucht wurde: Das Gefühl von etwas Ungeheurem, das sich grau und unförmig aus dem Dunkel ausschied und sich langsam und unaufhaltsam näherte. Ja selbst diese unbestimmten Ausdrücke geben schließlich ein falsches Bild, denn dieser nervöse Eindruck war unbeschreiblich, ja unfaßbar. Solche unheimlichen Zwitter von Empfindungen und Gesichten scheinen aus einem Teil unserer Natur emporzutauchen, der unter der Bewußtseinsschwelle liegt, und lassen sich ebensowenig in den engen Raum der Begriffe und Vorstellungen einordnen, wie die enormen Ausgeburten der Urzeit unter den heutigen Arten einen Platz finden könnten.

Endlich schüttelte ich diesen betäubenden Zustand ab, zog mich an und ging aus.

Es war eine kalte Morgendämmerung mit Nebel und Staubregen.

Überall war noch geschlossen. Ich mußte mich beinahe eine Stunde fastend herumtreiben, wüst und schwer im Kopf und mit dem flauen Unbehagen, das einem ungewohnt frühen Aufstehen folgt.

Endlich fand ich ein Kaffeehaus, wo gelüftet und gewischt wurde.

Ich setzte mich in einen Winkel, und der Kellner, der *seine* Ansicht über meine Morgentauglichkeit hatte, schlug »eine Selters« vor.

»Kaffee«, befahl ich barsch.

Aber man hatte noch kein Feuer, und ich mußte warten.

Es war eine echte, aber nicht angenehme Reisestimmung mit Erinnerung an Hotels, wenn man mit dem Morgenzug weiter will.

Reisen – fort von hier...! Das wollte ja Minna gestern abend. Ich hatte es ihr ausgeredet und jetzt – wie wünschte ich doch jetzt, daß wir schon unterwegs wären, daß sie neben mir säße und die Droschke bestellt wäre. Der Morgenzug – wohin? Einerlei, nur fort!

Aber jetzt war es unmöglich, selbst wenn ich Geld besessen hätte. Stephensen hatte mich durch seine Offenheit wirklich lahmgelegt – was wohl auch seine Absicht gewesen war, obgleich er nicht ahnte, daß wir an ein heimliches Abreisen gedacht hatten. Es war nicht so sehr dies, daß mein Stolz sich gegen die Flucht auflehnte, obgleich mir der Gedanke sehr zuwider war, daß Stephensen mit einiger Berechtigung sich über meine Handlungsweise sollte beklagen können. Schlimmer noch war die Furcht, immer das Gefühl zu haben, daß mein bester Schatz auf eine hinterlistige Weise erworben sei, am schlimmsten aber die Möglichkeit, daß ich sogar Minna gegenüber ein Unrecht begehen könnte. Meinerseits hätte diese Flucht ja nur dann einen Sinn, wenn ich befürchtete, daß Minna nach reiflicher Überlegung Stephensen vorziehen würde.

Aber besaß ich das Recht dazu, einer solchen Entscheidung vorzubeugen, selbst wenn ich es auch mit ihrer Einwilligung täte?

Und wenn sie später entdeckte, daß sie sich in ihren Gefühlen geirrt hatte, wie bitter würde dann die zu späte Reue sein!

Nein, wir mußten bleiben und geschehen lassen, was geschehen sollte. Und dennoch flüsterte eine innere Stimme immerzu: »Reise fort, sie wird sicher noch wollen.« –

Darauf lag die Tagesordnung vor. Die große Frage war, ob ich gleich zu einer einigermaßen vernünftigen Tageszeit zu ihr gehen sollte.

Meine Sehnsucht und Angst trieben mich an, aber der Verstand sagte: »Warum sie zu einer ungewöhnlichen Zeit überlaufen? Das würde aufscheuchend und beunruhigend auf sie wirken, und sie hat gerade all ihre Besonnenheit und Klarheit nötig. Außerdem bewiese es, daß du ganz aus dem gewohnten Gleichgewicht gekommen bist, es ließe dich ängstlich erscheinen, vielleicht sogar mißtrauisch. Allerdings, wenn du ausbleibst, gibst du ihm Gelegenheit, allein mit ihr zu sprechen. Aber das kannst du doch nicht verhindern, darum ebensogut gleich wie später...Ja, sie müssen sogar zusammen sprechen, den Teufel auch, du kannst doch nicht für ihn anhalten! Also: Entweder laufe weg mit ihr oder – laß das Argus-Spielen sein!«

Ich beschloß, wie gewöhnlich ins Polytechnikum zu gehen und erst nachmittags Minna zu besuchen.

30. Kapitel

Als ich die kleine Wohnstube betrat, saß Minna am offenen Fenster. Bei meinem Eintreten erhob sie sich. Ich sah gleich ihren Augen an, daß sie viel geweint hatte.

»Ist er bei dir gewesen?« fragte ich sofort, während ich ihre zitternde Hand in der meinen hielt.

»Ja.«

Sie ließ mir ihre rechte Hand und preßte die andere, die ein kleines Taschentuch zusammendrückte, fest unter die Brust, als ob sie Schmerzen hätte.

»Was er dir gesagt hat, liebe Minna – das kann ich mir denken nach dem Gespräch, das ich gestern abend mit ihm hatte... Er – also – du hattest recht gestern... jedenfalls, was die Absicht mit seinem Herkommen betrifft – leider – aber vielleicht ist es selbstsüchtig von mir, so zu denken...«

Ich wußte kaum, was ich sagte, selbst die gewöhnlichsten Worte standen mir nicht zur Verfügung: Sie erstickten in meiner zugeschnürten Kehle. Ich spähte nach dem Ausdruck in ihrem abgewandten Blick, wartete auf ein Wort – da riß sie plötzlich nach einem festen Händedruck ihre Hand aus der meinen, sank auf den Stuhl und brach, das Gesicht in den Händen verborgen, in ein gewaltsames, entsetzliches Schluchzen aus. Diese herzzerreißenden Laute und der rührende Anblick des zarten Mädchenkörpers, der von der elementaren Gewalt des Weinens geschüttelt wurde, ergriff mich dermaßen, daß ich alles andere vergaß. Ich warf mich ihr zur Seite auf die Knie, umarmte sie und drückte sie fest an mich, rief immer und immer wieder ihren Namen und bat sie mit törichten Bitten, doch aufzuhören, nur nicht so zu weinen, Mut zu fassen und sich zu schonen. Bald strömten meine Tränen ebenso reichlich wie die ihren. Nach und nach ebbte das Weinen ab, sie lächelte matt, trocknete meine Augen mit dem kleinen Taschentuch, das ihre eigenen durchnetzt hatten, und während sie zärtlich meine Hand drückte, flüsterte sie mehrmals:

»Mein lieber, guter Freund!«

»Das bin ich, Minna – das bin ich, was auch geschehen mag... Aber du darfst es nicht so nehmen, hörst du! Du darfst dich nicht unglücklich fühlen, denn du sollst nicht unglücklich werden... Ich will lieber alles ertragen, als dich so zu sehen, lieber dich verlieren – und das will er auch, dessen bin ich gewiß...« (Ich war dessen gar nicht gewiß, hielt es aber für meine Pflicht, dies zu sagen.) »Wir müssen vernünftig sein, und du mußt dich stark machen... Du sollst gar nicht an mich denken... denke nur an dich selbst – was für dich das Beste ist... nicht wahr! Das muß auch für uns das Beste sein... Wenn du nur das Rechte wählst und deiner eigenen Natur folgst, das ist es, was jetzt not tut... Wir wollen froh sein, wenn du nur glücklich wirst.«

»Mich selbst – nein, an mich muß ich wahrlich zuletzt denken... Oh, wenn ich euch glücklich machen könnte, indem ich auf euch beide verzichte, dann glaube ich, ja, ich bin gewiß, daß ich dieses Opfer bringen könnte – lieber, als einen von euch zu enttäuschen... Und nun kann ich dem einen nicht meine Hand geben, ohne sie dem anderen zu nehmen – wie sollte ich glücklich werden? Davon ist gar nicht die Rede.«

»Doch, Liebe, davon muß allein die Rede sein, und das kann es auch. Sicherlich wird es ein tiefer Riß in deinem Glück sein, daß du zuerst einen so großen Schmerz verursachen mußt, das weiß ich. Aber das Glück hat Zeit, es gilt ja das ganze Leben... Wenn du das Beste wählst, wirst du dich nach und nach zufrieden fühlen. Und der, der dich nicht als die Seine erhält – der wird sich im Laufe der Zeit damit aussöhnen, was nicht anders sein konnte. Nur wenn du unrichtig wählst, wenn du dich in deinen Gefühlen irrst, dann wirst du uns alle unglücklich machen.«

»Das ist entsetzlich! Einer solchen Wahl gegenübergestellt zu sein!

Wenn doch ein anderer für einen wählen könnte, wenn es in diesem Fall nur ein Pflichtgebot gäbe, das sagte: Das mußt du tun, sonst sündigst du!... Ich aber sündige, was ich auch tue, denn ich habe schon gesündigt und es dauert fort.«

»Nein, nein, solchen Gedanken darfst du nicht nachgeben! Füge doch nicht diese Art Zweifel all dem anderen hinzu...«

»Harald!« rief sie aus, indem sie sich erhob und mir fest in die Augen blickte, »darfst du für mich wählen? Hast du den Mut – verstehe mich recht –, ich meine: Ist deine Überzeugung so stark, daß du mit ruhigem Gewissen sagen kannst: ›Es ist deine Pflicht, mit mir zu gehen. Du hast mir dein Wort gegeben, und ich kann es dir nicht zurückgeben, weil ich überzeugt bin, daß es dein Verderben ist, wenn du anders handelst‹?«

Mich durchfuhr ein Freudenschauer, als ich unser Schicksal so plötzlich in meine Hände gelegt sah, und das sichere Bewußtsein, daß ich nur zuzugreifen brauchte, ließ mich für einen Augenblick den Ernst der Verantwortung vergessen. Aber noch bevor ich antworten konnte, streckte Minna die Hand aus, als wollte sie sie mir auf den Mund legen, und mit einem angstvollen, flehenden Blick fuhr sie fort:

»Bedenke aber, Harald, daß du zwar eine Frau bekommst, die dich liebt und die du selbst weit mehr liebst, als sie es verdient – ach, das weiß ich –, die dich aber vielleicht nie glücklich machen kann, eine, die eine innere Wunde hat, die nie ganz heilen wird und an der sie vielleicht verblutet. Ich werde mir nie verzeihen können, daß ich meine erste Liebe verriet… Kein häusliches Glück würde das Schreckbild dessen bannen können, dem ich mein erstes Bewußtsein schuldig bin, meine ersten Gedanken, meine Selbständigkeit, die Erweckung meiner besten und schönsten Gefühle – ein neues Leben und neue Gefühle, die ihm mit Recht gehörten. Ach, wie ist sein Bild mir lieb und teuer gewesen – und nun sollte es als Gespenst kommen und mich anklagen, weil ich dies alles einem anderen schenkte, während er im Vertrauen auf mich wartete, für unsere Zukunft, für uns beide arbeitete? Nein, nein – nie würde ich glücklich werden oder dich glücklich machen können, wie du es verdienst!«

Ich stand betäubt und entsetzt der Verzweiflung dieses Ausbruchs gegenüber. Mein Blick floh den ihrigen, während ich mich bemühte, meine Gedanken zu sammeln und mir über meine streitenden Gefühle klarzuwerden. Ich verstand vollauf, daß ein Mädchen mit ihrer reinen und vertrauensvollen Natur der Handlungsweise Stephensens eine solche Auslegung geben mußte. Schon bei seinem Brief mit dem Heineschen Lied hatte sie diese Deutung vermutungsweise vorgebracht, und nach meinem gestrigen Gespräch mit ihm war ich nicht im Zweifel, daß er, seine Kenntnis ihres Herzens benutzend, gerade dieses höchst schmeichelhafte, fast melodramatische Licht auf den dunklen Zeitraum, der sie getrennt hatte, fallen lassen würde. Ich betrachtete jedoch diesen mit sehr nüchternen Augen, die ihm jeden romantischen Glanz nahmen, und es dünkte mich, daß sein richtiger Charakter mit der Zeit auch ihr durchschimmern müsse, weshalb die Gefahr mit dem Gespenst mir nicht ganz so groß schien, wie Minna sie darstellte. Aber leider war ich meiner Sache nicht ganz sicher, und ich mußte mir selbst sagen, daß, da mich eine sehr natürliche Abneigung gegen Stephensen erfüllte, es nicht ganz ausgeschlossen sei, daß mich diese dazu verleitete, ihm Unrecht zu tun. Und in dem Fall…

Ich wankte noch – und schon war der günstige Augenblick entflohen.

»Sieh, du bedenkst dich – du darfst nicht«, rief sie aus. »Und doch brauchst du nur an uns beide zu denken. Der dritte, dem du den größten Schaden zufügen würdest, ist für dich nur ein Fremder, ja sogar ein Mann, den du haßt… Urteile selbst, wie furchtbar diese Wahl für mich sein muß, da ich weiß, daß ich, nach welcher Seite ich mich auch wende, einen unglücklich mache, den ich liebe.«

»Ja, das eben macht es mir so schwierig, statt deiner zu wählen. Ich verstehe es nicht… Du liebst mich, sagst du – ich fühle es, ich will nicht daran zweifeln –, aber dann meinst du zugleich, daß du Stephensen liebst. Das ist mir ein Rätsel. Ich glaube, was du für Stephensen fühlst, ist nicht Liebe, sondern die Erinnerung daran, und das ist zu wenig, um sich damit fürs Leben zu binden, besonders dann, wenn eine neue Liebe ihr gegenübersteht – das lebendige Gefühl muß zu seinem Recht kommen.«

Minna schüttelte den Kopf.

»Du solltest wirklich zwei Männer lieben? – Unmöglich!«

»Ich weiß nicht, was möglich und unmöglich genannt wird, mein Freund! Überlege aber alles, was du selbst weißt und sage mir dann, ob du nicht einsiehst, daß ich ihn lieben muß. Ich habe dir, so gut ich konnte, gesagt, was er mir war, du weißt, daß meine Liebe während der langen Trennung fortdauerte, obwohl ich glaubte, sein Gefühl habe einen anderen Charakter angenommen. Du sahst – es war das erste, was du überhaupt von mir sahst –, daß sogar ein armseliges Wörterbuch meinen schwärmerischen Empfindungen Nahrung gab und ich Worte aus seiner Sprache lernte, um mich in den Wahn zu versetzen, ich lernte sie, um mit ihm zu sprechen… Und einige Wochen später sollte ich ihm gegenüber gleichgültig geworden sein! Ja, wenn ich während der Zeit etwas Herabsetzendes von ihm erfahren hätte oder auch, daß er eine andere liebe – aber was hörte ich: Er bewahrte mitten in dem tätigen und gesellschaftlichen Leben, das ihm so viel anderes und besseres bot, sein Gefühl treuer als ich, die allein darauf angewiesen war… Oh, wie niedrig und erbärmlich habe ich mich benommen! Wenn er mich danach verachtete und verwürfe – ach, ich habe das Herz nicht, es zu wünschen, und doch wäre es vielleicht für uns alle das beste! Statt dessen kommt er aber hierher, als ob das Glück seines Lebens von meinem Urteilsspruch abhinge – von meinem! Ich Elende! Daß soviel Liebe einem zum Fluch werden kann – sie, die sonst der größte Segen ist!«

Sie wandte sich ab. Das Weinen wollte hervorbrechen.

»Liebste Minna«, begann ich, indem ich die Hand auf ihre zitternde Schulter legte, »du hast recht, ich hätte mir das alles sagen können – mir es sagen müssen. Nun glaube ich vielmehr, daß dein Gefühl für mich weniger Liebe als schwärmerische Freundschaft ist.«

»Warum?« rief sie und kehrte sich mir mit tränenvollem Blick zu – »warum darf ich denn nicht beide lieben?… Ich tue es wohl in verschiedener Weise – ihr seid ja einander nicht gleich –, und die Verhältnisse sind jetzt auch ganz andere. Vielleicht liebe ich dich im Grunde am meisten…«

»Ach – Minna!«

»Und bin am meisten in ihn verliebt«, fügte sie leise hinzu, indem sie den Blick senkte.

Meine ausgebreiteten Arme fielen herab, und ich fuhr zusammen, als hätte ich einen Stoß erhalten. Ich fühlte die von meiner Eifersucht stets heimlich gefürchtete elementare Kraft sich gegen meine Hoffnung, gegen alle meine fast gekrönten Anstrengungen richten, das unbesiegbare Erstgeburtsrecht dieser Liebe lähmte mich. Aber schon wurde ich mit inniger Zärtlichkeit umarmt.

»Nein, so darfst du es nicht verstehen, Harald – o Gott, ich habe dich verletzt, und ich meinte es gar nicht so. Es fiel mir nur ein, aber alle Worte drücken so schlecht aus, was wir meinen… Vielleicht ist es gar nicht so, ich weiß es nicht, ich verstehe nichts mehr. Ich fühle nur, daß ihr beide zu meinem Leben gehört – ich werde nach zwei Seiten gerissen –, o mein Gott, was soll aus mir werden!«

»Ein gesunder und wahrhafter Mensch, mein eigenes liebes Mädchen, wenn du erst diese Kämpfe und dieses Ringen durch eigene Kraft überstanden haben wirst… Gott weiß, ich stünde dir so gern bei, aber du siehst, ich kann nicht. Niemand kann es – kaum einmal Frau Hertz, wie mütterlich sie auch für dich fühlt. Es ist verführerisch für mich, dir den Rat zu geben, du möchtest sie zu deiner Vertrauten machen, jedenfalls spricht die Wahrscheinlichkeit dafür, daß es zu meinen Gunsten ausfallen würde; aber das hilft alles nichts, ich glaube nicht, daß du jemand anders fragen darfst als dich selbst. Deine eigene Natur wird vielleicht plötzlich unwillkürlich das Beste wählen… Vor allem dürfen von nun an weder Stephensen noch ich deine Gemütsbewegung verstärken und namentlich nicht – wie heute – durch unsere Anwesenheit bald die eine, bald die andere Waagschale zum Sinken bringen. Das hältst du nicht aus – und wahrscheinlich würde es, wie beinahe vorhin, mit einem kopflos gefaßten Entschluß enden. Wir sind nun jeder für sich bei dir gewesen und haben unsere Sache geführt – von jetzt ab…«

»Eure Sache geführt!« rief Minna aus und sah mich treuherzig an. »Aber liebster Harald, das hast du ja gar nicht getan!«

»Nicht?« fragte ich verlegen. »Findest du, daß ich es zu ruhig hinnehme?«

»Nein, nein, mein süßer Freund! Ich verstehe dich so gut, du bist so zart und liebevoll, so besorgt um mich; du verschonst mich mit alledem, worüber du mir Vorwürfe machen könntest – aber sei getrost, um so mehr mache ich sie mir selbst.«

»Vorwürfe? Doch nicht meinetwegen, Minna? Nein, dazu hast du kein Recht!...Was sollte ich dir auch vorwerfen? Sollte ich diese ganze Zeit wegwünschen, auch wenn sie keine Zukunft mit sich brächte? Ich bin dir doch so dankbar für die Liebe, die ich fühle...«

»Nein, Harald, sage nur das nicht!«

»Schmerzt es dich? Ich werde nicht mehr davon sprechen. Noch weniger könnte es mir einfallen, auf dich einzuwirken, indem ich dir die traurigen Folgen eines solchen Verlustes für mich ausmale...Was ertragen werden soll, muß ertragen werden, ich verspreche dir im Gegenteil, daß ich meine ganze Kraft aufbieten will, um gesund darüber hinwegzukommen...und obgleich ich nicht versuchen kann, dich zu vergessen – und auch nicht will...«

Meine Lippen bebten, und meine Augen füllten sich mit Tränen. »Nein, nein«, unterbrach ich mich, »davon wollte ich nicht sprechen, übrigens wird sich dein Herz das alles selbst sagen...Ich sagte, daß Stephensen und ich uns heute darüber einigen müßten, dich nicht mehr zu sehen, bis alles entschieden ist. Am besten wäre es, wenn du während der Zeit von der Stadt weggingest – wenn du Verwandte auf dem Lande hättest, die du besuchen könntest...«

»Ich habe eine Kusine in der Meißener Gegend – ihr Mann hat dort ein Gut –, die könnte ich besuchen. Sie baten mich noch diesen Sommer darum, und ich brauchte nicht einmal erst zu schreiben.«

»Um so besser. Kannst du gleich morgen fahren?«

»Morgen? O ja, das könnte ich wohl.«

»Dann tue es, Minna, es hat keinen Zweck, es aufzuschieben. Und wenn du mit dir einig geworden bist, dann schreibst du wohl deinen Entschluß.«

Minna nickte. Sie hatte sich wieder auf den Stuhl am Fenster gesetzt und starrte auf die Gärten hinaus.

Ich nahm meinen Hut, der auf dem Tische lag, drehte ihn zwischen den Fingern und wartete darauf, daß sie sich mir zukehren würde. Endlich trat ich näher und berührte ihre Schulter. Sie drehte den Kopf nach mir um und sah mit ihren verweinten Augen erstaunt auf meine ausgestreckte Hand und auf die andere, die zuckend den Hut zerknüllte.

»Was ist denn? Du willst doch nicht gehen?«

»Doch, Minna, ich will es ist schon –, ich meine, wenn du morgen fort willst, dann hast du wohl noch verschiedenes zu ordnen und zu packen.«

»Ich reise doch nicht nach Sibirien.«

»Ja, aber ich muß gehen – ich wollte mit jemand sprechen.«

»Das ist nicht wahr, Harald! Aber vielleicht tust du recht, wenn du gehst und mich etwas allein läßt, obgleich...davor habe ich ja eben Angst, aber ich muß mich wohl daran gewöhnen... Wann kommst du wieder?«

»Ich komme nicht wieder.«

Sie sprang auf.

»Nicht wieder? Was soll das heißen?...Willst du diesen Abend nicht bei mir sein?«

»Ich glaube nicht, daß es richtig wäre – wir sind ja nicht mehr verlobt.«

»Nicht? O doch, ich dächte, das müßten wir noch sein, so lange – jedenfalls – es ist ja noch nichts geschehen...«

»Noch – bis du vielleicht die Verlobung mit mir aufhebst. Dazu sollst du aber gar nicht genötigt sein, du darfst das Gefühl nicht haben, daß du eine Verbindung aufhebst. Welchen Entschluß du auch faßt, es knüpft sich ein neues Verhältnis daran. Ich bin es, der unsere Verlobung aufgelöst hat, du mußt dich frei fühlen.«

»Ach Harald, wie ist das schwer und bitter! Wer hätte das gestern gedacht, als wir einander die Ringe gaben!«

Sie starrte auf ihren Ring hinab, der strahlte, indem sie die Hände zusammenpreßte.

»Das ist wahr, der Ring!« rief ich aus, und mit dem Gefühl einer mannhaften Anstrengung fing ich an, den Ring über den Knöchel zu zerren.

»Nein, das nicht!« rief sie und legte ihre Hand hindernd auf die meine. »O gib mir den Ring nicht zurück, verlange den deinen nicht! Warum so grausam gegeneinander sein?«

Ich seufzte lächelnd, drückte zärtlich ihre Hand und küßte sie, dankbar, daß uns ihr richtiges Gefühl mit diesem unnötigen Schmerz verschonte, vielleicht dem bittersten von allen, weil er in einer Summe alle Gefühle des Verhältnisses weckt, indem er sein magisches Symbol berührt. So mancher Edelmann hat die Verkündigung des entehrenden Urteils weniger furchtbar empfunden als das Zerbrechen des Schildes durch Henkers Hand.

»Kommst du nicht dennoch, Harald? Verlobt oder nicht, wir sind ja doch dieselben.«

»Liebste Minna! Du kannst dir denken – welche große Überwindung es mich kostet, wegzubleiben ... ich weiß wirklich kaum, was ich mit mir machen soll, wenn ich richtig daran denke, daß es vielleicht der letzte Abend ist, an dem ich bei dir sein könnte.«

Meine Bewegung überwältigte mich, ich preßte die Lippen zusammen, und während ich zur Seite sah, um ihrem Blick zu entgehen, blieb mein Auge an einem stiefelförmigen Fleck an der einfachen, grauen Tapete hängen. Man konnte nicht eben behaupten, daß etwas besonders Schönes an ihm sei, und doch lag ein wahres Entsetzen in dem Gedanken: Vielleicht wirst du ihn nie mehr sehen. Hilflos gewahrte Minna meinen Schmerz. Ich merkte es, und trotzdem starrte ich unentwegt den Fleck an. Es verging wohl eine Minute, bevor ich fortfahren konnte:

»Es ist aber doch am besten so ... Es ist wahr, daß wir dieselben sind, aber wir würden doch anders zueinander sein, und das wäre peinlich für uns. Außerdem ist es auch das richtigste, jetzt, da wir einen solchen Beschluß gefaßt haben – ich meine, Stephensen gegenüber sieht es am korrektesten aus.«

»Aber wenn er nun heute abend zu uns käme!«

»Hat er davon gesprochen?«

»Nein – ich denke bloß, daß er möglicherweise ... vielleicht nur, damit du nicht mit mir allein bist – er glaubt wohl, daß du wie gewöhnlich kommst.«

»Du hast recht – nein, ihm will ich jedenfalls nicht das Feld räumen ... Falls er kommt, dann schicke nach mir. Warte – sieh, hier ist mein Notizbuch, das lasse ich hier. Wird es mir zugeschickt, dann weiß ich, daß ich kommen soll. Laß ihn nur hören, daß du nach mir schickst, es ist ganz gut, wenn er versteht, daß ich nicht ungerufen komme ... Lebe wohl, meine Geliebte – das kann mir wenigstens niemand verbieten, dich so zu nennen.«

Ich reichte ihr die Hand, die sie heftig drückte, während ihr zärtlicher Blick sich in den meinen bohrte. Mit einem ängstlichen und fragenden Lächeln näherte ihr Kopf sich mir ein wenig. Da zog ich sie an meine Brust, und unsere Lippen preßten sich lange aufeinander, als ob jedes das Leben des anderen in sich hineinsaugen wollte, um es sicher und unantastbar zu besitzen. Endlich fühlte ich, daß sie in meiner Umarmung erschlaffte, und indem ich, den Arm noch immer um ihre Schulter geschlungen, ein wenig zurücktrat, merkte ich, daß sie sich kaum aufrecht halten konnte. Ihr Kopf sank auf die Schulter, sie rang nach Luft und zitterte. Ich führte sie vorsichtig nach dem kleinen Sofa, auf das ich sie hinabgleiten ließ, und schob ein Kissen unter ihrem Nacken zurecht.

Darauf öffnete ich die Tür und rief die Mutter, die sofort aus dem Dunkel der Küche hervortauchte und, als sie hörte, daß Minna nicht wohl sei, wieder darin verschwand, um Wasser zu holen. Hurtig und zusammengeduckt fuhr sie in die Wohnstube herein. Der erschrockene Ausdruck, der ihre groben Gesichtszüge noch grotesker machte, verlieh ihnen zugleich eine gewisse geistige Schönheit, indem er von ihrer großen Zärtlichkeit für die Tochter ein rührendes Zeugnis ablegte.

Als ich sie um das halb bewußtlose Mädchen bemüht sah, eilte ich fort, überzeugt, daß meine Entfernung die wichtigste Verhaltungsmaßregel sei, wenn es galt, Minna zur Ruhe zu bringen.

31. Kapitel

Auf dem Tisch meines kleinen Zimmers lagen zwei Briefe, der eine mit englischer, der andere mit deutscher Briefmarke. Ich kannte beide Handschriften und öffnete schnell den Brief meines Onkels.

Wie gewöhnlich schrieb er kurz und geschäftsmäßig – daß es auf Grund einer Personalveränderung in der Fabrik am besten wäre, wenn ich schon in vier Wochen zu ihm nach London käme. Ich müsse dann die Vollendung meiner Studien am Polytechnikum und das Examen aufgeben, aber das würde meiner Laufbahn keinen Abbruch tun, und es sei wichtiger, diese günstige Gelegenheit zum Eintritt in die praktische Wirksamkeit nicht zu versäumen. In einigen Tagen werde die Anweisung auf eine Summe eintreffen, die genüge, um mich auszustatten und die Reisekosten zu bestreiten. Er bat sich umgehend Antwort aus, damit er wisse, ob ich seinen Brief richtig bekommen habe.

Diese Mitteilung versetzte mich in große Unruhe.

Falls das Furchtbare geschähe, daß das Verhältnis zwischen Minna und mir zerstört würde, könnte ich mir allerdings nichts Besseres wünschen – wenn dann überhaupt noch von Wünschen die Rede sein könnte! – als von dieser Stätte, die so voll von aufreibenden Erinnerungen war und wo ich vielleicht noch einige Zeit gewärtig sein mußte, ihr zu begegnen, plötzlich und fast gewaltsam entfernt zu werden, um in neuer Umgebung mich in eine Wirksamkeit hineinzustürzen, welche die Anspannung aller meiner Kräfte erforderte. Aber natürlich verweilten meine Gedanken nicht gern bei etwas Wünschenswertem, das eine so grausame Voraussetzung hatte.

Andererseits würde es, wenn sie mich wählte, so ungelegen wie möglich sein, sie schon nach ein paar Wochen verlassen zu müssen, während die Wellen dieser Gemütsbewegung sie noch erschütterten und sie mehr denn je einer treuen Stütze bedurfte; gerade in dem Augenblick sie zu verlassen, wo eine tägliche, ja stündliche Neubelebung des Gefühls, daß die Liebe, der sie sich anvertraut, von ihr weder weichen konnte noch wollte, ihr vielleicht Lebensbedingung war. Welche Aussicht, auf Gott weiß wie lange nach einem fernen Lande reisen zu müssen und sie hier zurückzulassen, wiederum auf Briefe und – auf das dänische Wörterbuch angewiesen!

Die Wahrscheinlichkeit, daß ich schneller, als ich erwartete, eine Stellung erreichte, in der ich mich würde verheiraten können, schien mir nicht das Mißliche einer Trennung zu diesem Zeitpunkt aufzuwiegen.

Aber das Verhältnis zu meinem Onkel, den ich nur aus Briefen kannte – oder nicht kannte – war nicht derart, daß ich versuchen durfte, ihn von seinem Entschluß abzubringen; und außerdem war mir gerade für den Augenblick, wo geantwortet werden mußte, jede Möglichkeit, mich ihm anzuvertrauen, abgeschnitten.

Ein Stückchen englisches Heftpflaster, wenn ich eine tödliche Wunde erhielt – und wenn ich siegte, ein unbeugsames Gesetz, das mich von meinem erkämpften Glück fortjagen würde: dies waren die nicht gerade berückenden Verheißungen dieses Briefes. Ich fühlte mich noch mißmutiger als beim Betreten des Zimmers.

Draußen regnete es in Strömen, und die enge Straße verdunkelte die Stube so sehr, daß ich mich an das Fenster setzen mußte, um den zweiten Brief zu lesen. Dieser war von meinem Freund Immanuel Hertz (er war nach Kant so genannt) in Leipzig.

Nachdem er mich zur Verlobung beglückwünscht hatte (er bat zu entschuldigen, daß der Glückwunsch – vieler Geschäfte wegen – etwas spät komme) schrieb er, er sei sehr unruhig, durch die Mutter zu hören, daß sein lieber alter Vater die Erkältung, die er sich in Prag zugezogen habe, noch nicht los sei. Er fürchte, daß vielleicht die Mutter, um ihn nicht zu ängstigen, ihm dies oder jenes verschweige, und bitte mich deshalb, ihm offen zu sagen, was ich von des Vaters Krankheit halte.

Ich war natürlich viel zu egoistisch von meinen eigenen Kümmernissen in Anspruch genommen, als daß ich in dem Husten des alten Hertz etwas Ernsthaftes gesehen hätte.

Die Frage gab mir deshalb nicht viel zu denken, dagegen prüfte ich mit der Gründlichkeit eines Schriftauslegers seinen einleitenden Glückwunsch und meinte, darin etwas Gezwungenes zu entdecken.

Der biedere Immanuel Hertz begann für mich von besonderer Beachtung zu werden. Ich erinnerte mich, daß Minna stets vermieden hatte, von ihm zu sprechen, und Stephensens Äußerung am vorhergehenden Abend über Minna und ihn schien, wenn auch rein beispielsweise vorgebracht, doch etwas an sich zu haben. Dies alles deutete in dieselbe Richtung; und übrigens: Minna kennenzulernen und sie nicht zu lieben war für mich so undenkbar, daß meine Vermutung bald zur Gewißheit wurde.

Also, auch er hatte sich verbrannt! Wie war er wohl darüber hinweggekommen?

Er war sicher kein leichtsinniger Charakter, aber vielleicht mehr vernünftig als leidenschaftlich veranlagt, und deshalb war die Wunde wohl nicht unheilbar gewesen. Neue Verhältnisse und angestrengte Tätigkeit waren jedenfalls auch für ihn das beste Mittel gewesen.

Wie verhaßt der Gedanke mir auch war, den Gebrauch dieses Allerweltsmittels nötig zu haben, so verirrte ich mich doch nach und nach in verräterische englische Zukunftsträume, die allerdings die wichtigste Seite – die Tätigkeit – als etwas Selbstverständliches übersprangen, dafür mir aber mein eigenes liebes Ich zeigten, einige Jahre älter, in einer prächtigen Kavalkade durch den Hydepark galoppierend (den ich mir wie den Großen Garten vorstellte), auf Bällen tanzend, die von allen Diamanten und Sternen des Highlife strahlten, oder als gefeierten Gast auf einem alten Herrensitz, inmitten unübersehbarer Wälder und Tiergärten; als ersten Mann beim *Lawn Tennis*, nicht den letzten bei einer wilden Parforcejagd und pünktlich erscheinend beim Klang der Mittagsglocke, »der Sturmglocke der Seele«, wie Byron sie nennt. Und sowohl im Hyde-Park wie im Ballsaal und auf dem Herrensitz war ich von diesen jungen »Misses« umringt, die als die herrlichsten Frauen der Welt gerühmt werden, alle Erbinnen von Millionen von Pfund und nicht alle unempfänglich für die Huldigungen, die eine zerrissene Seele noch der Schönheit und Liebenswürdigkeit schuldig ist... Aber alsbald trat dann Minnas Bild recht lebhaft auf diesem Hintergrunde hervor, der ihre anspruchslose bürgerliche Anmut hervorhob wie ein üppiger Gobelin, der hinter dem Bildnis einer stillen Frauengestalt schimmert, und jene Träume lösten sich in ihre Nichtigkeit auf. Nicht weil ich sie als unmöglich betrachtete, sondern weil selbst ihre Verwirklichung leer und inhaltslos war im Verhältnis zu diesem milden und klaren Ideal, dem gegenüber ich alles Gute in mir ans Licht kommen und alle rohen und fraglichen Elemente in die unbewußte Naturtiefe der Seele niedersinken fühlte.

Beschämt darüber, daß ich mich in diesem Augenblick treulos zu solch ausschweifenden Phantasien hatte verleiten lassen, brachte ich sie als Opfer auf dem Altar Minnas dar, indem ich mich beeilte, im voraus auf diese Herrlichkeiten zu verzichten (die natürlich nur so auf dem Präsentierteller für einen Polytechniker in einer Anfangsstellung bereitliegen), um mich ungeteilt der Seligkeit ihres Besitzes oder dem Schmerze ihres Verlustes hinzugeben.

Ich wurde von einer fieberhaften Sehnsucht, sie zu sehen, gepackt. Es war mir unfaßbar, wie ich es aushalten sollte, den ganzen Abend allein zu sitzen und zu wissen, daß sie allein war nur ein paar Minuten Weges von hier. Schon dunkelte es, und es schien nicht, als ob man mich holen würde.

Nun wurde mir klar, daß ich mich die ganze Zeit durch die Hoffnung aufrechterhalten hatte, daß Stephensens Anwesenheit bei Jagemanns die meinige nötig machen würde.

Endlich zündete ich die Lampe an, um meinem Onkel zu schreiben und durch Vorschützen eines Grippeanfalles die Sache zu verzögern.

Da klingelte es.

Ich stellte die Glocke auf den Tisch – oder besser neben den Tisch und hörte, wie sie zu Boden klirrte, ehe ich die Tür erreichte, die ich ein wenig öffnete. Es schien ein Kohlenträger zu sein, den man eingelassen hatte.

Rasend und verzweifelt wollte ich schon die Tür zuwerfen, als ich eine zarte Kinderstimme hörte, die mit dem Dienstmädchen einige Worte wechselte, von denen eines eine entfernte Ähnlichkeit mit meinem Namen hatte.

Atemlos horchte ich. Kleine, trippelnde Schritte näherten sich, und es wurde ganz leise an meine Tür getippt.

Ich öffnete. Vor mir stand ein kleines Mädchen von sieben, acht Jahren mit einem verweinten Gesichtchen, das ich kannte. Sie wohnte in demselben Haus wie Jagemanns, und Minnas Mutter gab sich viel mit ihr und ihrer kleinen Schwester ab.

»Willst du was von mir, Kleine?«

Das Kind sah vor sich nieder und schluchzte.

»Sollst du mir was sagen – oder mir was bringen?«

Nun heulte sie und rieb sich die Augen mit der einen Hand, die andere hatte sie in ein Tuch gewickelt. Ich zog das Kind herein.

»Aber was gibt's denn? Solltest du mir vielleicht ein kleines Buch geben?«

Aber jetzt brüllte sie förmlich.

»Lieber Gott, was soll denn das heißen«, dachte ich und trippelte umher in ungeduldiger Verzweiflung.

»Ich kann nichts... dafür«, fing sie endlich an. »Ich hatte – ich sollte – es war die kleine Jagemann – sie gab mir das Buch – und die große Jagemann gab mir einen Kuchen – zum unterwegs essen – und dann war es...«

Ich sprang hin und ergriff meinen Hut. Das Kind streckte die Hand unter dem Tuche hervor und reichte mir das beschmutzte Notizbuch hin.

»Ich kann nichts dafür – es war ein böser Junge – der schubste – und dann fiel das Bündel – in eine Pfütze – u-hu! auf dem Dibbelswalder Platz – hu-hu!«

Ich suchte schnell einen Groschen hervor, den ich in die kleine nasse Faust steckte, dann fuhr ich zur Tür hinaus, an dem Mädchen und dem Kohlenträger vorbei, deren Gelächter mich die Treppe hinabbegleitete.

In wenigen Minuten – und wie kostbar waren sie jetzt alle! – erreichte ich die Seilergasse.

32. Kapitel

Minna machte mir auf. Sie gab mir einen festen Händedruck und flüsterte: »Danke, daß du kommst.«

Ich trat gleich mit dem Hut in die Wohnstube. Die Lampe brannte. Stephensen saß da und unterhielt Frau Jagemann, die das Kattunkleid und die ehrbare Haube trug. Offenbar segelte der illegitime Freier unter der neutralen Flagge des Familienbesuches. Sie sprach von ihren Logisherren:

»Schlechte Menschen, Herr Stephensen! Ja, wir haben Sie wahrhaftig manches Mal wieder hergewünscht. Aber, Gott bewahre, dem jetzigen kann ich nichts nachsagen...er ist auch Maler, das heißt, nicht so wie Sie...das Dekorationsfach, wissen Sie.«

Stephensen hatte sich erhoben. Wir begrüßten einander sehr höflich, und ich überwand mich sogar und gab ihm die Hand. Minna hatte ihn doch gern, und ihre Gefühle mußten ihn vor meinem Unwillen beschützen. Seine magere, feine Hand war sehr kalt, das Herz vielleicht – dem alten Sprichwort gemäß – um so heißer.

Ich drückte Frau Jagemanns weiche und schlaffe Rechte, und nachdem ich wie suchend den Blick durchs Zimmer hatte schweifen lassen, wandte ich mich an Minna:

»Ich glaubte, daß ich mein Notizbuch vergessen hätte...«

»Das haben wir Ihnen eben hingeschickt«, rief die Mutter, »wir dachten schon, daß Sie es vermissen würden.«

»So – dann wird es wohl meine Wirtin in Empfang nehmen.«

Stephensen lächelte ironisch, als wollte er sagen: Macht Ihr Euch meinetwegen soviel Mühe?

»Aber nun bleibst du wohl heute abend hier«, sagte Minna und neigte den Kopf über einige Noten, die sie durchblätterte.

»Aber natürlich bleibt Herr Fenger hier, wir wollen es uns recht gemütlich machen«, sagte die Mutter.

Ich dankte und setzte mich ans Fenster.

Der lange Blumenkasten mit den Farnkräutern war auf das äußere Fensterbrett hinausgestellt worden. Mitten in ihrer Herzensqual trug Minna dennoch Sorge, daß ihre Lieblinge den Regen genießen sollten. Die einzelblättrigen Tüpfelfarne, die wir zusammen gefunden hatten, standen in der Mitte und bewegten nickend ihre zarten Wedel. Einige Akazienblätter und ein Stück knorriger Kirschbaumast erglänzten in dem hinausströmenden Lampenlicht. Der dichte, feine Regen klang wie ein leises Flüstern, eine Wasserrinne gab ihr Plaudern dazu. Aus dem dunklen Hintergrunde leuchteten unregelmäßig verstreute Fenster, zwischen denen einzelne Treppenhäuser sich wie gebrochene Lichtsäulen aufbauten.

Ich starrte niedergeschlagen hinaus und bekam plötzlich ein wunderlich bedrückendes Gefühl von der Traurigkeit und Öde des Menschenlebens. Es war mir ein höchst sonderbarer Gedanke, daß diese Lichter Zeichen ebensovieler Existenzen waren, an denen sich vielleicht nichts anderes Gemeinsames finden ließe als enge Verhältnisse, Enttäuschungen und Leere, ein kümmerliches und glanzloses Schicksal gleich dieser einförmigen Dunkelheit, die die Lichter zugleich vereinzelte und sammelte. »Aber«, dachte ich, »ob sich wohl in irgendeiner jener Stuben eine so wunderliche Gesellschaft zusammengefunden hat wie in dieser?«

»Gemütlich« konnte nicht eigentlich als treffende Bezeichnung für die Stimmung gelten. Minna schlug zerstreut einige Akkorde an, als ob sie nicht viel Lust zum Spielen hätte, aber doch das ihre beitragen wollte, um das Schweigen zu unterbrechen. Die Mutter, die festgefahren war, seufzte tief – das war *ihr* Beitrag. Ich fühlte die Notwendigkeit, etwas zu sagen, aber Stephensen kam mir zuvor.

»Ist es dort in der Meißener Gegend schön?« fragte er – offenbar um mich wissen zu lassen, daß er den Entschluß kannte.

»Ach nein, das könnte ich nicht sagen – es ist das Gegenteil von südwärts, wo Sachsen schöner wird, je weiter man hinunterkommt. Kennst du nicht unsern schönen Reim:

Denn gleich hinter Meißen –
Pfui Spinne! – kommt Breißen?«

Sie sagte das – trotz einer gewissen nervösen Angestrengtheit – so drollig, daß wir alle in Lachen ausbrachen, und die Mutter nicht am wenigsten.

»Ach ja«, barmte die Mutter, »warum hast du dir es in den Kopf gesetzt, die Wilhelmine zu besuchen?…Nun warst du den ganzen Sommer weg…du mußt doch Landluft genug gekriegt haben! Ich glaube, man macht heutzutage von dieser frischen Luft zu viel Aufhebens.«

Diese naive Auffassung von Minnas Ausflug wirkte wohltuend. Wenn keiner von uns außerhalb der Situation gestanden hätte, wäre sie gar zu peinlich geworden, und wir hätten das Gefühl gehabt, als ob wir ebensogut glatt heraus sagen könnten, was wir alle wußten. Die Anwesenheit der biederen Frau nötigte uns die mehr gesellschaftlichen Formen auf, die so wohl geeignet sind, die wirklichen Gefühle zu verbergen.

»Und die gemütlichen Abende, die wir haben könnten!« fuhr Frau Jagemann fort…»Wir könnten zum Beispiel einen Whist zustande bringen. Erinnern Sie sich, Herr Stephensen, wie oft wir uns damit unterhielten, als Sie hier wohnten und mein Seliger noch lebte?…Ach Gott ja! Das waren glückliche Stunden – so ein Familienkreis – hm! – sozusagen…Ich wurde allerdings immer von meinem Partner ausgezankt.«

»Doch hoffentlich nicht von mir«, unterbrach Stephensen sie mit seinem verbindlichsten Lächeln.

»Gott, nein, Herr Stephensen! So rücksichtsvoll und feinfühlend wie Sie immer sind…Aber mein Seliger war oft schlimm, er wurde auch böse, wenn das Glück wider ihn war, ach ja! Mißgeschick – das war nichts für den seligen Jagemann.«

»Er war ein geschickter Spieler, entsinne ich mich.«

»Geschickt, ja, da haben Sie schon recht – er war wahrhaftig geschickt bei allem, was er sich vornahm, ja, das war er, Gott hab’ ihn selig…Aber das ist gerade wie beim Spiel – was hilft es, wenn man keine guten Karten kriegt?«

Oder einen einfältigen Partner, dachte ich.

»Ach Gott ja, mein Seliger hätte was anderes werden können als ein armer Gymnasiallehrer – was soll man sagen –, schlechte Menschen, Herr Stephensen – ach ja…und dann das Schicksal, Sie wissen schon: – Mißgeschick.«

Stephensen versuchte, teilnehmend auszusehen. Ich hatte den Blick nicht von Minna abgekehrt: Sie saß noch am Klavier, uns halb zugewandt. Es war offenkundig, daß dieses Gerede sie reizte; das Lächeln um ihre Lippen wurde fast spöttisch, und sie zuckte die Achsel.

»Es ist gewiß eine gute Ähnlichkeit, die Sie da auf dem Bilde von Herrn Jagemann herausgekriegt haben«, bemerkte ich.

»O ja, es ist schon was von dem alten Biedermann darin, obgleich er auch freundlicher aussehen konnte.«

»Mich erinnert es lebhaft an den Vater«, sagte Minna.

»Ach Gott ja, ach ja, wie er leibte und lebte!«

»Ich habe zuweilen Glück mit solchen leichten Bleistiftzeichnungen, aber das Pastell von Minna, das mir soviel Schwierigkeiten machte, ist allerdings ein schlimmes Bild – ich dürfte eigentlich nicht zulassen, daß es an einer Wand hängt.«

»Gott, Herr Stephensen – wie können Sie das nur sagen! Das reizende Gemälde! Wir hatten damals noch kein farbiges – das heißt, es war schon eins da mit zwei kleinen Kindern in einem Kahn – ich fand es wirklich sehr schön, das Wasser war so hübsch blau – aber Minna wollte es nicht hier haben, und da mußte ich es in die Schlafstube hängen…Nun, später waren Sie ja so freundlich, uns das herrliche Bild hier über dem Sofa zu schicken…Aber Minnas Bild, nein, das dürfen Sie nicht sagen…man kann doch deutlich sehen, wer es sein soll…«

»Aber nur höchst undeutlich, wer es ist«, bemerkte Minna.

»Ach, du bist ein recht schlechtes Kind!«

Stephensen lachte.

»Sie sehen selbst, Frau Jagemann! Ihre Gutmütigkeit hilft nichts – das Bild ist nicht zu retten. Aber man könnte ein neues machen – zum Beispiel ebensolch eine Bleistiftskizze.«

»Haben Sie heute malen können, Herr Stephensen?« fragte ich.

»Nein, es war zu elendes Licht... Ich konnte nur die Leinwand ein bißchen vollschmieren, so daß ich morgen wenigstens nicht den weißen Stoff anzusehen habe.«

»Gebrauchen alle Maler solche herabsetzenden Ausdrücke von ihrer Kunst?« fragte Minna. »Ich finde, man hört nie etwas anderes von euch als ›klecksen‹ oder wenn es hoch kommt, ›schmieren‹.«

»Ganz recht«, antwortete Stephensen lächelnd, »das ist eine ziemlich verbreitete künstlerische *façon de parler*. Es liegt ein wenig Selbstkritik darin – und vielleicht noch mehr Verstellung und umgekehrte Eitelkeit. Ich werde versuchen, es mir abzugewöhnen. Übrigens habt ihr Damen etwas Ähnliches, wenn ihr von eurem ›Klimpern‹ sprecht – wie du vorhin.«

»Ach, das kann man wirklich nicht vergleichen!« rief Minna aus, seiner Kunst wegen gekränkt. »Es hieße ja, mich zum besten haben.«

Wir baten beide, doch nun mit dem Spielen Ernst zu machen. Sie drehte sich nach dem Klavier um und fing ein Präludium von Chopin an. Stephensen ging in den Vorsaal und kam mit seinem Skizzenbuch in der Hand zurück. Ich dachte, er wolle Minna am Klavier zeichnen – allerdings sah er sie sehr von rückwärts –, aber bald merkte ich, daß ich selbst der Gegenstand war. Dieses Zeichnen ohne Erlaubnis ärgerte mich ein wenig, aber Stephensen lächelte – es lag unleugbar etwas Einnehmendes in seinem Lächeln – und zeigte mit dem Bleistift auf Minna. »Will er mich wirklich für sie zeichnen«, dachte ich, »so ist das ein wunderlicher Einfall, aber im Grunde genommen ganz hübsch.« Und ich saß still wie eine Maus, den Tönen lauschend.

Dem einen Präludium folgte ein anderes. Sie spielte zerstreut und lange nicht so ausdrucksvoll wie sonst. Man konnte nichts anderes erwarten, und doch verdroß es mich; denn ich war eitel auf sie und wollte sie gern glänzen sehen – selbst Stephensen gegenüber. Im übrigen war er kein besonders aufmerksamer Zuhörer, da er eifrig zeichnete, während er sich ab und zu vorbeugte, um besser zu sehen, oder mit dem Bleistift in der Luft maß.

Als Minna eine halbe Stunde gespielt hatte, drehte sie sich um:

»Kann es nun genug sein?« Ohne die Antwort abzuwarten, sprang sie auf und rief: »Was habt ihr denn da vor?«

»Ja–a, gar nicht so übel«, sagte sie, indem sie über Stephensens Schulter sah – »es ist schon ähnlich.«

»Es geht – hm.«

»Ei, sehen Sie, allerliebst!« rief die Mutter.

»Wenn nur – ich glaube –«

»Was?« fragte Stephensen und blickte auf.

»Nein, vielleicht ist es verkehrt – und es klingt auch anmaßend.«

»Gewiß nicht, ein frisches Auge entdeckt leichter etwas – und du kennst das Gesicht ja besser als ich.«

»Ich glaube, daß das Kinn größer sein muß.«

»Wirklich!« Stephensen maß, wischte aus, beugte sich vor, um zu sehen, und verbesserte wieder. »Ja, gewiß, es ist besser geworden, ich glaube sogar, es kann noch ein bißchen vertragen. Du hast einen guten Blick, Minna!«

»Vielleicht könntest du auch den Adamsapfel eine Kleinigkeit mehr hervortreten lassen, der ist so wesentlich für ihn... Sieh, wie das geholfen hat!«

Neugierig erhob ich mich, mein Abbild zu sehen. Die Zeichnung war nur flüchtig ausgeführt, aber sicher und leicht in den Linien. Da man sich im Profil selbst nicht kennt, konnte ich keine sonderliche Meinung über die Ähnlichkeit haben. Aber Minna war zufrieden, und es freute mich heimlich, daß sie einen kleinen Anteil mit an der Vollendung hatte. Stephensens Lächeln verriet die kindliche Freude, die ein Künstler immer fühlt, wenn ihm etwas geglückt ist. Er schrieb Signatur und Datum darauf, löste das Blatt mit seinem Federmesser ab und gab es Minna.

»Danke!« sagte sie herzlich, aber ohne überrascht zu sein. »Ich freue mich sehr darüber! Solch eine Zeichnung ist doch weit befriedigender als eine Photographie. Es ist mehr Stimmung darin, ich glaube, es erinnert an alte Zeiten, wo nicht jeder Mensch Photographien dutzendweise besaß, um sie unter Freunden und Bekannten zu verstreuen, und wo man glücklich darüber war, wenn man seine Freunde so bekommen konnte.«

»Das ist mir nie eingefallen«, sagte Stephensen, »mir liegt es näher, an den Kunstwert zu denken, aber was du da sagst, hat viel für sich.«

»Ganz sicher«, bemerkte ich. »Es ist die Abbildungsart, die immer bestanden hat, und sie hat nicht bloß den Adel mit den vielen Ahnen für sich, sondern ist auch nicht mit der langweiligen demokratischen Eigenschaft behaftet, daß Krethi und Plethi daßelbe Bild besitzt, das uns teuer ist.«

»Ach ja«, rief Frau Jagemann, »seit ich jung war, ist die Welt allerdings vorwärtsgeschritten! Die Photographie ist eine wunderbare Erfindung, und sie ähnelt ja auch am allerbesten.« Minna lächelte bei diesem Apropos, das so wenig im Einklang mit den Betrachtungen stand, denen es sich anzuschließen vermeinte.

»Ja, darin haben Sie vollkommen recht«, gab Stephensen zu, mit seiner geschmeidigen Bereitwilligkeit, Mißklänge aufzulösen, »nur gibt es etwas in der Photographenkunst, das Retuschieren heißt und das allerdings merkwürdige Resultate hervorbringen kann.«

»Hast du nie versucht, dich selbst zu zeichnen?« fragte Minna.

»Noch nicht. Es ist merkwürdigerweise noch keine Aufforderung von der Uffiziengalerie in Florenz eingelaufen, daß ich ihre einzig dastehende Sammlung von Selbstbildnissen vermehren möge.«

»Und wenn ich dich nun darum bitte?«

»Dann werde ich an diesen einsamen Abenden den Versuch machen, falls der Hotelspiegel mich nicht allzu schief macht... Nun muß ich aber die Zeit zusammennehmen und dich zeichnen.«

»Soll ich wirklich sitzen? Das ist mir etwas vom Unangenehmsten.«

»Es ist jedenfalls lange her, daß ich dich damit geplagt habe«, antwortete Stephensen sanftmütig und mit einem seltsam wehmütigen Stimmklang, der mir neu war und der deutlich genug sagte: »und wer weiß, ob ich es je wieder tun werde!«

Minna setzte sich ohne weitere Einwendungen und änderte einige Male nach seiner Anweisung die Stellung. Er begann eifrig zu zeichnen. Bald hielt er inne, unzufrieden mit dem Licht; ich rückte die Lampe für ihn zurecht. Dabei bemerkte ich, daß die alte Glocke mit dem Loch durch eine neue ersetzt worden war – wie es schien, Stephensen zu Ehren. Ob aber Minna oder die Mutter es war, die um seinen Schönheitssinn so besorgt gewesen, darüber konnte Zweifel herrschen. Wahrscheinlich hatte Minna an wichtigere Sachen zu denken gehabt als an das Loch in der Lampenglocke, und Frau Jagemann hegte offenbar nicht nur eine tiefe Ehrfurcht vor dem »Herrn Kunstmaler«, sondern auch eine gewisse mütterliche Zärtlichkeit für ihn, die noch aus der Zeit stammte, da er ihr »Logisherr« war. Sie warf ihm bisweilen liebevolle Seitenblicke zu, während ihr großer Kopf über dem Strickstrumpf wackelte, als ob sie zu sich sagte: »Ach Gott ja, nun sitzt du wieder hier! Ja, du lieber Gott, warum kamst du nicht eher?«

Ohne Zweifel, wäre die Wahl von ihr abhängig gewesen, so hätte ich gleich gehen können. Und obwohl ich wußte, wie fern es Minna lag, sich mit ihr zu beraten, und daß sie von morgen ab ganz ihrer Beeinflussung entzogen war, so hatte ich doch die ganze Zeit über ein peinliches Gefühl von diesem Mangel an Gunst.

Minna dagegen verteilte ihre Freundlichkeit gleichmäßig zwischen uns beiden und tat es auf eine natürliche und sichere Weise, die mich in Erstaunen setzte. Es war, als ob es ihr gar keine Schwierigkeit verursachte, sich zwischen ihren beiden Bewerbern zu bewegen, von denen jeder den gleichen Anspruch auf ihre Zukunft zu haben schien. Ebenso, wie sie kaum ihre Freude darüber geäußert hatte, eine Zeichnung von mir zu haben, bevor sie Stephensen bat, ein Selbstbildnis für sie zu zeichnen, ließ sie nicht ein einziges Mal dem einen etwas auf Kosten des anderen zukommen. Wenn auch ein wenig Kunst und Berechnung in dieser Unparteilichkeit liegen mochte, so trugen doch natürliches Gefühl und unwillkürlicher Takt das meiste dazu bei. Sie plauderte mit uns beiden – das Gespräch drehte sich um deutsches Theater und deutsche Schauspielkunst –, aber da sie im Halbprofil gezeichnet wurde, konnte sie nur selten zu Stephensen hinblicken, und wenn sie antwortete, mußten sich Blick und Miene meistens mir zuwenden. Er war von seiner Arbeit in Anspruch genommen, sah es aber gern, daß sie sprach, damit ihr Gesicht seine Lebhaftigkeit behielt.

Nur als er die wichtige Partie um den Mund zeichnete, mußte sie schweigen, und sie veranlaßte dann die Mutter, das Lob der alten Theaterzeit zu singen. Es schien allerdings nicht, als ob Frau Jagemann je eine eifrige Theaterbesucherin gewesen wäre, sie hatte aber für Devrient geschwärmt, den sie freilich mehr in des Vaters Gastwirtschaft als auf den Brettern gesehen hatte. Und was sie von anderen, die mehr Sinn für Kunst besaßen, gehört hatte, vermengte sie in ihrem trüben Gehirn dermaßen mit dem wenigen, dessen sie sich selbst erinnerte, daß sie so rührselig wurde, als hätte sie in Thalias und Melpomenes Tempel gelebt und gewebt.

»Ach Gott ja! Damals hatten wir Schauspieler! Da hätten Sie unser Theater sehen sollen, Herr Stephensen! Dawison – ja, von ihm haben Sie doch wohl gehört? Wissen Sie, er baute sich die schöne Villa gegenüber dem Böhmischen Bahnhof – damals war das was Neues – jetzt gibts ja so viele. Ja, er verdiente kolossal, aber es war auch Goldes wert, ihn zu sehen. Als Mephistopheles – erschütternd – um alles in der Welt könnte ich es jetzt nicht sehen – er wurde übrigens auch wahnsinnig, wissen Sie. Und dann Emil Devrient – ach! Das war nun wieder ganz anders – erhaben, idealisch – Max in Wallenstein – man fühlte sich gehoben, davon kann sich die Gegenwart gar keine Vorstellung machen – das sagte auch der selige Jagemann – er mochte zuletzt gar nicht mehr ins Theater gehen. Wissen Sie noch, wenn Sie etwas lobten, was Sie hier sahen, dann sagte er immer: Nein, da hätten Sie den und den sehen sollen. Seine Schwärmerei war Madame Schröder-Devrient – ja, an die erinnere ich mich auch. Großstilig, tragisch – Plastik – klassische Plastik, sagte der selige Jagemann, er versäumte nie einen Abend, wenn sie spielte. Das war, bevor wir uns heirateten. Ach Gott, ja – solche Künstler – das war allerdings eine Glanzperiode.«

»Ja, das geht überall so, Frau Jagemann. In Dänemark sagen die älteren Leute auch, sie könnten es im Theater nicht mehr aushalten und wir Armen bekämen nie ein richtiges Lustspiel zu sehen.«

»Nun ja, da sehen Sie – schlechte Zeiten, Herr Stephensen!... Nein, das war damals was anderes – da war es hübsch hier in Dresden! Es gab nicht den vielen Zoll und die hohen Steuern – ach, was konnte man da fürs Geld kriegen! Das Fleisch ist jetzt mehr als ein Drittel so teuer geworden – ach, ja, ja!«

Sie erhob sich kopfschüttelnd und ging seufzend der Tür zu.

Minna lachte:

> »Wie Lieb' und Treu' und Glauben
> verschwunden aus der Welt,
> und wie so teuer der Kaffee,
> und wie so rar das Geld.«

»Nun, du hast wenigstens deinen Heine nicht vergessen«, bemerkte Stephensen.

»O nein!« rief sie eifrig.

Ich dachte daran, wie Stephensen seine Heine-Kenntnisse gezeigt hatte, und ich setzte wohl kaum das heiterste Gesicht dabei auf. Minna, die in meinen Zügen las, seufzte hörbar. Stephensen legte das Skizzenbuch auf den Tisch und lehnte sich, die Hände im Nacken verschränkt, zurück.

Ich glaube, wir waren alle überrascht, so unerwartet auf uns selbst und unsere Verhältnisse zurückgeführt zu werden. Wir fühlten, wie unmöglich es war, uns davon loszureden.

Frau Jagemann kam mit dem Teegeschirr herein. Minna stand auf, um ihr beim Decken des Abendtisches zu helfen. Wir aßen nicht mit so großer Lust, wie unser Schweigen vermuten ließ.

Es fehlte noch etwas am Bild, und gleich nach dem Tee nahm Stephensen es wieder auf.

»So, nun mag es genug sein – es ist auch spät, und Minna muß wegen der Abreise zeitig aufstehen«, sagte er, nachdem er ein Viertelstündchen gezeichnet hatte.

Ich trat zu ihm und konnte einen Ausruf der Bewunderung nicht zurückhalten. Die Zeichnung war nicht so sicher und keck ausgeführt wie die von mir, aber eben diese Ängstlichkeit verlieh ihr einen gewissen liebenswürdigen Reiz, und der Ausdruck war nicht weniger glücklich, weil er fast nur andeutungsweise leicht gegeben war; man ahnte noch etwas außer dem Gesehenen.

»Es könnte besser sein – aber ich fürchte ein ›Bessermachen‹.«

Er löste auch dieses Blatt mit dem Federmesser ab.

»Und wer soll *das* haben?« fragte Minna.

Stephensen reichte es ihr.

»Du – damit du es dem von uns geben kannst, von dem du meinst, er habe es am nötigsten.«

Es lag ein tiefer und trauriger Ernst in seiner leise bebenden Stimme, die in diesem Augenblick wirklich ansprechend klang. Es war die einzige Andeutung, die im Laufe des Abends auf die bevorstehende Entscheidung fiel, und bisher war niemand mehr als Stephensen darauf bedacht gewesen, das Gespräch in unschädlichen Geleisen zu halten. Die unerwartete Offenheit erschreckte uns beinahe – ihn selbst vielleicht nicht am wenigsten. Ich aber freute mich, daß wir uns doch nicht den ganzen Abend von dem Ernste weggelogen hatten, sondern ihm eine einzelne Sekunde gerade ins Auge schauten – es war wie eine Beruhigung des Gewissens. Ja, ich fühlte sogar eine gewisse Dankbarkeit gegen Stephensen wegen des moralischen Mutes, den er zeigte. Aber es mischte sich sogleich ein bitteres Gefühl hinein: die Erkenntnis seiner Überlegenheit. Hätte ich versucht, etwas dergleichen zu sagen, so wäre es sicherlich mißglückt; es wäre in einer ungeschickten, anstößigen Weise geschehen und hätte nur peinliche Mißstimmung hinterlassen, während jetzt gleichsam ein freieres Aufatmen erfolgte. Wie es ihm gestern auf der Terrasse und am heutigen Abend gelungen war, alles innerhalb des neutralen Gebietes zu halten, so begleitete ihn derselbe Erfolg, als er jetzt aus diesem Kreis heraustrat und mit kecker Hand das berührte, was für uns tabu war. Dieser Erfolg beruhte nur auf seiner Sicherheit, und diese war es, die mir das stillschweigende Zugeständnis abnötigte einem Nebenbuhler gegenüber das peinlichste von allen –, daß er mehr Mann sei als ich. Gewiß sagte ich mir, es sei nur die äußerliche, scheinbare Männlichkeit, die in Wirklichkeit nur von größerer Vertrautheit mit dem gesellschaftlichen Leben zeugt, aber beschämend und beunruhigend blieb es trotzdem.

Ohne zu antworten und mit gesenktem Blicke nahm Minna das Blatt in Empfang. Sie legte es in ihre Mappe neben mein Bildnis, und ich sah in dieser Nachbarschaft eine günstige Vorbedeutung.

Ich versäumte auch nicht, jenen stiefelförmigen Fleck an der Tapete aufzusuchen – er war in dieser Beleuchtung nicht so leicht zu finden –, um das schlechte Omen abzuwenden, das in jenem Einfall liegen konnte, als ich von Minna Abschied nahm: »Vielleicht bekommst du nie mehr diesen Fleck zu sehen.« Wenn ich jetzt versäumt hätte, ihn zu betrachten, konnte es ja noch immer gelten! In diesen Tagen war ich so abergläubisch wie ein altes Weib, weil für mich nur mein und Minnas Geschick existierte und alles für dieses Bedeutung haben mußte.

Frau Jagemann saß in ihrem Stuhl und schlief halb mit offenen Augen. Sie verstand nichts von dem, was uns bewegte, aber murmelte mechanisch:

»Allerliebst! – Ach Gott ja – das kann man freilich Talent nennen!«

Um den Augenblick des Abschieds hinauszuschieben, plauderten wir noch ein Viertelstündchen von gleichgültigen Dingen. Endlich rissen wir uns los.

Minna leuchtete uns die Treppe hinab. Die Haustür stand noch offen.

Ich ließ ihn zuerst hinaustreten. Er drehte sich um, und indem er den Hut abnahm, streckte er mir die Hand entgegen.

»Sie sagten gestern abend, Herr Fenger, daß wir als Feinde scheiden. Sehen Sie, nun haben wir doch einen Abend recht freundschaftlich zusammen verbracht. Wir können uns in Wirklichkeit nicht hassen; denn wer von uns auch der Begünstigte sein mag, der andere muß der Mensch sein, der ihm von allen am meisten Glück wünscht – um ihretwillen!« »Sie haben recht, Herr Stephensen. Aber unsere Wege sind getrennt! Leben Sie wohl!«

Wir gingen auseinander.

Es hatte aufgehört zu regnen. Zwischen den leichten Wolken blinkte hie und da ein Stern über den blanken Dächern. Die nassen Pflastersteine und Bürgersteige glänzten weithin in ödem, trübem Glanz.

33. Kapitel

Am folgenden Tag ging ich wie gewöhnlich auf das Polytechnikum. Aber vorher hatte ich bereits an meinen Onkel geschrieben.

Am Nachmittag besuchte ich Hertzens, um meinem Freunde Nachrichten über das Befinden seines Vaters geben zu können. Der alte Mann lag im Bett, er hustete und hatte ein wenig Fieber.

Hertz fragte gleich nach Minna – warum sie nicht mitgekommen sei.

»Wir meinten, ihr wäret unzertrennlich«, fügte Frau Hertz hinzu.

Es war gut, daß die grünen Jalousien heruntergelassen waren, der Schmerz, den mir dieser Ausdruck verursachte, wäre sonst aufgefallen. Ich fühlte, wie ich die Farbe wechselte und mir der Atem ausging. In so gleichgültigem Ton wie möglich erzählte ich, wo sie hingereist sei, und grüßte von ihr.

Die alten Leute waren sehr verwundert, daß sie so plötzlich weggereist war, ohne ihnen Lebewohl zu sagen. Und vorgestern hatte sie nichts davon gewußt.

»Sie bekam erst gestern den Brief«, sagte ich. »Die Kusine wünschte, daß sie sofort käme – ihr ist nicht wohl – Gemütskrankheit, glaube ich.«

»Ja, dann begreife ich es, daß sie fort mußte«, sagte die alte Dame, »Minna ist immer so rührend, wenn jemandem etwas fehlt.«

»Es ist schade, daß es eben jetzt sein mußte«, klagte Hertz. »Ich hatte mich so auf ihr Kommen gefreut. Sie hätte mir dann etwas vorgespielt – die Tür nach der Wohnstube könnte angelehnt werden –, sie spielt so schön.«

Ich beeilte mich, dieses gefährliche Gebiet zu verlassen und erzählte vom Brief meines Onkels, der mich weit früher nach England rief, als ich erwartet hatte.

»Schon im Laufe dieses Monats!« rief Hertz aus. »Dresden ist wie ein Hotel, der eine kehrt ein und der andere reist ab. Nur solch alte Leute wie wir sitzen fest, bis man uns einmal hier begräbt. Letztes Jahr siedelte der Maler Hoym nach Berlin über, und Professor Grimm, ein sehr gelehrter Kantianer, kam vor ein paar Jahren nach Hamburg... Na, Sie sind jung und müssen ins Leben hinaus – ob nun ein Jahr früher oder später!«

»Es gibt wohl jemand, für den das Jahr weniger in Dresden viel zu sagen hat«, bemerkte Frau Hertz.

»Ja, Minna – die Ärmste –!« Er wurde durch den Anfall eines trockenen Hustens unterbrochen.

»Ich habe es ihr noch gar nicht gesagt, der Gedanke, sie schon verlassen zu müssen, machte mich verzweifelt. Ich habe viel daran gedacht, ob ich nicht meinen Onkel dazu bringen kann, diesen Entschluß aufzugeben.«

»Nein, nein, lieber Fenger«, sagte der Alte eifrig und streckte die Hand aus, »das nicht. Die Arbeit kann sich nicht nach unserer – unserer Neigung richten... Die Pflicht vor allem! Wirksamkeit je eher je besser... Die Liebe des Mannes arbeitet, die des Weibes harrt.«

»Du darfst nicht soviel sprechen, es strengt dich an... Aber es ist so – wir zwei Alten haben das seinerzeit auch gekannt... Lassen Sie es sich nicht zu nahegehen. Minna ist ein verständiges Mädchen und eine treue Seele, sie wird zu Ihnen Vertrauen haben... Glauben Sie mir, sie kommt leichter durch die Wartezeit hindurch, als Sie es sich jetzt vorstellen.«

»Ich will es hoffen, liebe verehrte Frau Hertz, aber ich glaube, Sie haben immer ein ruhigeres Gemüt und ein gleichmäßigeres Temperament gehabt als Minna und haben deshalb in Ihrer Jugend durch eine solche Trennung weniger gelitten.«

»Ja, das ist richtig«, sagte Hertz, »der Minna wird es schwerer fallen... Aber – wir müssen alle kämpfen – jeder mit dem Seinigen – und es ist zu unserem eigenen Besten.«

»Jedenfalls gehört es nicht zu den Kämpfen, in denen man unterliegt«, sagte die alte Dame in munterem Ton. »Wunden sind, glaub' ich, kaum zu befürchten, und über die Strapazen, wissen Sie, kommt man schon hinweg. Und Sie können versichert sein, daß wir dem lieben Mädchen sein wollen, was in unseren Kräften steht. Sie wird nicht der Freunde ermangeln, soweit ein paar alte Leute wie wir es ihr sein können.«

»Ich kann ihr nie bessere Freunde wünschen, und es beruhigt mich am meisten, daß sie hier ein zweites Heim hat, wo sie immer Verständnis findet und wo man die lieben Erinnerungen hegt, die wir zusammen haben.«

Ich stand auf und reichte Hertz die Hand.

»Nun müssen Sie Ruhe haben und dürfen nicht mehr sprechen – ich wünschte, ich könnte Ihnen vorspielen... Wenn ich nach Hause komme, schreibe ich an Ihren Sohn, ich kann ihm dann einen frischen Gruß schicken.«

»Ja, grüßen Sie ihn – und – daß er sich keine Sorgen macht... Ich meine – er ist so ein liebevoller Sohn... aber Sie sehen selbst, es ist nichts – von Bedeutung.«

Frau Hertz nickte mit ihrem ruhigen, unverwüstlichen Lächeln.

»Wie hübsch von Ihnen, daß Sie daran denken, es Immanuel zu erzählen – nun werdet ihr euch ja lange nicht sehen, und er hat Sie sehr gern – Sie müssen ihn unterwegs besuchen.«

»Das hatte ich mir schon vorgenommen... Leben Sie wohl!«

Ich hatte während dieses Gesprächs auf einen Augenblick die furchtbare Ungewißheit vergessen, in der meine Liebe jetzt lebte. Aber obgleich dieses Bewußtsein unabweisbar zurückkehrte, kam mir die Gefahr nun doch geringer vor, und ich neigte mehr dazu, die Zukunft hell zu färben, wie ich es seit meinem Gespräch mit Minna nicht mehr getan hatte. Das Bild dieses liebenswürdigen Philemon-und-Baucis-Paares war so mit dem friedlichen Idyll unserer Liebe verwoben, daß schon dieses kurze Zusammensein genügte, um seine Farben so leuchtend aufzufrischen, daß dadurch jede Furcht vor einem tragischen Schatten gebannt wurde. Jetzt, da es so angefochten vor mir stand, hatte ich bei den alten Leuten dieselbe Zuversicht zu unserem gemeinsamen Glück gefunden wie früher. Ihre Zuversicht beruhte freilich auf Unwissenheit, aber gerade dieser Umstand, der sie in den Augen jedes anderen entwertet hätte, machte sie für mich um so wertvoller. Denn ich bedurfte eines Stützpunktes, der nicht einmal die Erschütterung gespürt hatte. Ihre Zuversicht wird nicht getäuscht werden, sagte ich mir, alles wird sich zum besten wenden – der alte Hertz wird nicht sterben, und ich werde meine Minna nicht verlieren.

Dieser Schluß war nicht sehr logisch. Aber selbst, wenn er es gewesen wäre, würde ich, wenn mein eigenes Schicksal mich weniger in Anspruch genommen hätte, doch bei diesem Krankenbesuch vieles bemerkt haben, das befürchten ließ, ein stärkerer Disputator – der stärkste – könnte sein » *Nego majorem*« aussprechen.

34. Kapitel

Als ich den Brief an Immanuel Hertz geschrieben hatte, ging ich spazieren.

Mit dem Regen des gestrigen Tages war ein Wetterumschlag eingetreten. Es war wolkig und wehte rauh wie im November. Ich trieb mich im Villenviertel herum, schlenderte durch den Park, wo lächerlich zugestutzte kolossale Ammen mit ihren Kinderwagen umherfuhren, und durchstreifte den Großen Garten, beständig die Wege aufsuchend, wo wir zusammen gegangen waren. Zuletzt saß ich lange auf dem Aussichtshügel. Es war Sonnenuntergang, gerade wie an jenem Abend vor einer Woche, aber aller Beleuchtungszauber war verschwunden, und man gewahrte nichts von den fernen Höhen. Mein Kopf war schwer und ohne Gedanken. Die sanguinische Stimmung, die mich nach dem Besuch bei Hertzens belebt hatte, war verflogen, ohne daß indessen der vorübergehende traurige Hang, alles für verloren anzusehen, ihren Platz eingenommen hätte. Eine wunderlich schlaffe Unruhe erfüllte mich.

Als ich nach Hause kam, streckte ich mich auf das unbequeme Sofa – es war so kurz, daß ich die Beine über die eine Armlehne legen mußte. Die Lampe brannte ich nicht an, eine Straßenlaterne warf so viel Licht in die Stube, daß man die Gegenstände unterscheiden konnte und nicht vom Dunkel geplagt wurde. Ich war weder versucht zu schlafen noch zu arbeiten. Während ich stundenlang dalag, ging ich in Gedanken alles durch, was ich in den letzten Tagen alles erlebt hatte. Es gab Stoff genug; ich wiederholte mir jedes gewechselte Wort, den Tonfall, die Mienen, Gebärden und Bewegungen so genau und sorgfältig, als ob ich eine bestimmte Absicht damit verfolgte – als ob zum Beispiel irgendwo hinter mir ein Schreiber säße, dem ich alles in die Feder diktieren sollte.

Als ich endlich zu Bett ging, ließ die Masse, die nun einmal in Fluß gekommen war, sich nicht länger aufhalten. Aber anstatt wie früher in Reih und Glied zu einer überschaubaren Musterung vorzurücken, drängte sie sich aufrührerisch vor, indem jeder einzelne sich geltend machte und die letzten die ersten sein wollten. Falls alle Soldaten in König Mithridates' Heer gleichzeitig an sein berühmtes Personengedächtnis appelliert und einander überrannt hätten, um ihn fest zu packen und zu rufen: »Erinnerst du dich auch meiner? Wie heiße ich? Was für ein Landsmann bin ich? Wo habe ich mich ausgezeichnet? Wo erhielt ich diese Narbe?« – so würde jener königliche Gedächtniskünstler sich in einem ähnlichen Zustand des Überwältigtseins befunden haben wie dem, der mich wach hielt, bis der Morgen ins Zimmer hereindämmerte.

Sehr spät am Vormittage wachte ich mit einer schmerzenden Schwere im Hinterkopf auf. Ich wollte nicht auf das Polytechnikum gehen, das Studium in den paar übrigbleibenden Wochen hatte ja nicht viel auf sich, und außerdem konnte ich mich kaum einer einzigen Einzelheit aus den Vorlesungen des gestrigen Tages erinnern. Ich ging aus, in der Hoffnung, meinen Kopfschmerz zu vertreiben, und wanderte am Zwinger und auf dem Theaterplatz umher. Ich war es aber nicht gewohnt, in Minnas Begleitung die Stadt bei Vormittagsbeleuchtung zu sehen, sie kam mir deshalb fremd und stimmungslos vor. Alles, was ich sah, mißfiel mir, wie es mir in dieser Gemütsverfassung in Berlin oder in Kopenhagen mißfallen hätte.

Nur eins ergriff mich. Auf dem Theaterzettel stand »Käthchen von Heilbronn«. Wir hatten an diesem Abend das Stück zusammen sehen wollen!

Bald flüchtete ich in meine Stube zurück, deren logismäßige Ungemütlichkeit den Begriff »Umgebung« aufhob und mich in einem leeren Raum isolierte. Hier legte ich mich auf mein Bett – das Sofa war zu halsbrecherisch – und hielt Schau über die dichtzusammengedrängten, zahllosen Erinnerungen wie ein sterbender Alexander, der von seinen Soldaten Abschied nimmt. Sie begleiten mich wie ein Trauergefolge auf meiner Nachmittagswanderung, wo neue Scharen an jeder neuen Straße, an jedem Wege und Stege sich anschlossen und als ich endlich einschlief, geschah es im Schatten der Standarten der Grabeswache.

Als ich am folgenden Morgen aufstand, fühlte ich mich entkräftet, und mutlos sah ich diesem Heer von Plagegeistern entgegen, das ich heraufbeschworen hatte und nicht wieder fortscheuchen konnte.

Wie aus ihrem Zauberkreis herauskommen?

»Könnte man nur die Zeit während dieser abscheulichen Wartetage totschlagen«, dachte ich, »oder sich selbst und seinen eigenen Gedanken entfliehen.« Ich erinnerte mich des Wartetages in Rathen und wie mir damals ein starkbändiger Roman Gesellschaft geleistet hatte.

Sofort eilte ich in eine Leihbibliothek und verlangte »Die drei Musketiere«, von denen ich mir gute Dienste versprach. Während das Buch geholt wurde, schlug ich einen dicken Band auf, der auf dem Tisch lag. Ich erhielt gleichsam einen Stoß, als mein Blick auf den Namen »Minna« fiel. »Minnas unvergleichliche Schönheit und engelhaftes Gemüt überwanden dennoch alle seine Bedenken«, ich erinnere mich des Satzes noch wörtlich. Ich blätterte um, schlug hier und da auf – fast überall Minna: Sie fuhr bei Mondschein auf einem Bergsee, zog sich zum Ball an, sank weinend und süß erglühend ihrer Mutter in die Arme.

»Ist dieses Buch frei?« fragte ich den Verleiher, der mit den Musketieren kam. Er bejahte, und ich nahm beide Bücher mit nach Hause. Nach dem Namen des Verfassers sah ich überhaupt nicht – diesen sowie den Titel habe ich längst vergessen. Im Vergleich mit diesem war mein Rathener Roman ein wahres Meisterwerk an Inhalt und Stil, und ich hätte ihn ganz sicher nach den ersten zehn Seiten fortgeschleudert, hätte die Heldin Adelheid oder Mathilde geheißen. Nun las ich ihn aber getreulich durch, Zeile für Zeile, und der beständig wiederkehrende Name versetzte mich in eine gewisse aufgeregte und doch wohltuende Stimmung, während die bald trivialen, bald fabelhaften Begebenheiten, die lauter reizlosen Personen begegneten, meine Phantasie gerade genügend beschäftigten, um meine eigenen Gedanken fernzuhalten.

Spät am Nachmittag unterbrach ich diese Narkotisierung und ging zu Hertzens.

»Liegt der Herr noch zu Bett?« fragte ich das alte Dienstmädchen, das mir öffnete.

»Ja freilich liegt der Herr im Bett«, antwortete die Alte und schüttelte den Kopf. »Gehen Sie bitte in die Wohnstube, Herr Fenger – ich werde die gnädige Frau rufen, sie wird sich freuen, daß Sie gekommen sind.«

Die Wohnstube trug das zwiefache Gepräge von allzu großer Ordnung und von Vernachlässigung, das ein Zimmer annimmt, wenn es einige Tage nicht benutzt wird. Die Stühle standen genau an Ort und Stelle, aber auf dem einen hatte man einen Staublappen vergessen. An der Ecke vom Tisch zunächst der Eingangstür lagen die Zeitungen von mehreren Tagen aufeinandergeschichtet, glatt und in denselben Falten, die sie bei der Ablieferung hatten. Der Luftzug von dem offenen Fenster her hatte einen geöffneten Brief auf die Diele geweht. Wie natürlich das alles auch war, so erhöhte es doch das unheimliche Gefühl, das mich bei dem bekümmerten Wesen der alten Dienerin ergriffen hatte. Ein ohrenbetäubender Lärm von der Straßenecke her, wo alle Sorten Fuhrwerke sich kreuzten, machte mich ganz verwirrt.

Ich stand noch mit dem Hut in der Hand, als Frau Hertz nach Verlauf einiger Minuten hereintrat. Sie hatte übernächtigte, verweinte Augen, und ihr Lächeln schien nur noch gewohnheitsmäßig auf den Lippen zu ruhen.

»Mein Mann schläft, lieber Freund«, sagte sie, indem sie mir die Hand gab, »es steht gar nicht gut mit ihm.«

»Ist es schlimmer geworden?«

»Ja, das Fieber ist gestiegen – er hat Schmerzen in der Seite, wenn er hustet. Die eine Lunge ist angegriffen.«

»Mein Gott, aber Sie glauben doch nicht, daß Gefahr vorliegt?«

Ich wurde kalt vor Schreck – weniger, weil das Leben des guten Greises bedroht war, als wegen der fixen Idee, die mir eine Verbindung zwischen seiner Genesung und meinem Liebesglück vorgespiegelt hatte.

»Großer Gott«, dachte ich, »sollte er sterben und ich Minna verlieren?«

Frau Hertz, die keine Ahnung von solchen Nebengedanken haben konnte, sah in meiner augenscheinlichen Gemütsbewegung nur Teilnahme und Freundschaft für ihren Mann. Sie dankte mir mit einem innigen Blick, als sie antwortete:

»Gefahr ist ja immer vorhanden, wenn ein alter und schwacher Mann solch eine Krankheit hat. Ich muß auf das Schlimmste gefaßt sein.«

Sie setzte sich auf das Sofa und bat mich, an ihrer Seite Platz zu nehmen.

»Ich sehe Ihnen die Verwunderung an, daß ich so ruhig davon reden kann…Etwas liegt es wohl in meiner Natur, aber ich glaube auch, daß die Trennung durch den Tod für eine junge Person abschreckender ist als für eine, die selbst nur kurze Zeit hat, um den Teuren zu überleben und zu vermissen. Sie denken jetzt bei sich: ›Wenn ich Gefahr liefe, Minna zu verlieren, wie ganz anders niedergeschmettert würde ich sein – sie muß ein kaltes Herz haben!‹«

Ich wagte nicht, sie anzublicken. Wie kam die alte Dame darauf? Warum kamen ihr diese Worte auf die Lippen? Worte, die in einer ganz anderen Weise, als sie ahnen konnte, meinen heimlichsten Gedanken auf der Spur waren. War es nicht wie eine Vorbedeutung? Vielleicht bedeuteten sie, daß ich mich ihr anvertrauen solle. Ich konnte nicht mit mir einig werden und murmelte unterdessen gedankenlos:

»Ganz gewiß nicht – wie können Sie das glauben! Etwas dergleichen ist mir nicht eingefallen.«

»Sehen Sie, Sie haben schon Tränen in den Augen!« rief sie aus und streichelte mich mütterlich. »Sie sind sehr weichherzig – ungewöhnlich sogar, aber schämen Sie sich dessen nicht, wenigstens nicht einer Frau gegenüber. Sie werden ein guter Ehemann sein…Wie ich das glauben kann, fragen Sie? Weil es für Sie natürlich ist, so zu denken. Wenn Sie aber eine Ehe mit Minna zusammen durchlebt hätten und Sie beide in Liebe ergraut wären – das kann man nämlich, ohne daß es der Liebe Abbruch tut –, glauben Sie mir, dann würde Ihnen der Tod anders vorkommen. Sie würden in ihm nur eine kurze Trennung erblicken, kaum einmal das… Ja, Sie sind doch nicht Materialist, Herr Fenger?«

»Materialist? Nein, so kann man mich gewiß nicht nennen, aber…«

»Aber? Sie haben doch Ihre Zweifel über das Jenseits? Vielleicht haben Sie auch nicht viel über den Tod nachgedacht, und darin haben Sie recht: Das Leben kann Ihnen lange noch mehr als genug zu denken geben…Was mich betrifft, so wünschte ich immer, meinem Manne einst die Augen zudrücken zu können. Sollte ich vor ihm sterben, so würde mich der Gedanke furchtbar quälen, daß ich ihn die letzten Jahre allein lassen müßte. Für einen alten Mann, der all seine Tage gehegt und gepflegt wurde, ist das viel schlimmer – wir Frauen verstehen es nun einmal besser, uns zu behelfen –, und dann habe ich ja auch den Immanuel – Gott sei Dank!«

»Das ist liebevoll und schön von Ihnen gedacht, verehrte Frau Hertz, aber Sie werden noch beide viele Jahre leben, deshalb kann sich Ihr Wunsch ja immer noch erfüllen.«

»Vielleicht. – Kommt Minna bald nach Hause?«

»Ich weiß nicht.«

»Haben Sie noch keinen Brief erhalten?«

Ich wurde ganz verwirrt und meinte, es müsse schon dadurch offenbar werden, daß nicht alles sei, wie es sein sollte. Aber Frau Hertz lachte:

»Aber sie ist ja kaum zwei Tage fort. Das wäre wohl zuviel verlangt. Sie weiß doch durch Sie, wie Hertz sich befindet?«

»Nein – ich – bin wirklich noch nicht zum Schreiben gekommen.«

»Nicht? Das sieht Ihnen aber gar nicht ähnlich, Herr Fenger.«

Die alte Dame blickte mich an, als ahnte sie plötzlich, daß es mit dieser Reise nicht ganz richtig sei. Hätten ihre eignen Sorgen sie nicht so stark in Anspruch genommen, so würde mich meine Verlegenheit ganz bestimmt verraten haben und sie hätte alles aus mir herausgeholt.

Jetzt war ihr weiblicher Spürsinn leider geschwächt. Sie kam von ihrem Gedanken ab, sah an mir vorbei und seufzte.

»Ich will heute abend schreiben – ich verschob es, bis ich hier gewesen war. Und dann erzähle ich ihr natürlich, was Sie gesagt haben. Aber wollen Sie nicht selber schreiben? Es ist doch besser, daß Sie von Ihnen hört, wie es steht – sie wird augenblicklich kommen…«

»Ich wünschte sehr, daß sie käme. Aber es ist mir peinlich, sie herzurufen, gleichsam um Abschied zu nehmen. Ich darf es nicht. Es ist vielleicht Aberglaube, aber man soll den Teufel nicht an die Wand malen.«

»Aber ich? Darf ich sie nicht bitten zu kommen?«

Meine Hoffnung flammte wieder auf. Ich erblickte einen unfehlbaren Weg zur Rettung, wenn ich sie noch vor der Entscheidung in diesem Hause wüßte. Alles würde hier meine Sache führen:

stumm aber eindringlich, wenn sie schwiege – beredt und überzeugend, wenn sie sich anvertraute. Was war Stephensen hier? Der Segen eines kranken, vielleicht sterbenden Greises würde ihre Verbindung mit mir besiegeln. Mein Gewissen hatte mir verboten, Minna zu veranlassen, sich bei den alten Leuten in ihrer Herzenssache Rat zu holen; es erlaubte mir aber sicherlich, einen Umstand zu begünstigen, der wie ein Fingerzeig des Schicksals erschien.

»Ja, schreiben Sie, lieber Freund! Aber Sie dürfen die Gefahr nicht übertreiben – auch ihretwegen. Das liebe Kind, es wird ihr nahegehen! Sie wird ja selbst am besten wissen, was sie zu tun hat. Dringen Sie deshalb nicht so sehr darauf, daß sie kommt – vielleicht bedarf die Kusine ihrer noch mehr.«

»Ach, das hat gewiß nicht viel zu sagen.«

»Dann verstehe ich nicht, wie Sie mehrere Tage von den Wochen verlieren wollen, die Sie noch hier in Dresden übrig haben. Sie haben ihr also noch nicht erzählt, daß Sie so bald nach England reisen müssen?«

»Ich – heute abend wollte ich es ihr schreiben... ich konnte sie doch nicht schon am nächsten Tage nach Hause rufen... Aber beide Nachrichten werden sie nun veranlassen, gleich zu kommen – vermutlich schon morgen... Sagen Sie mir bitte, kann ich Ihnen in etwas behilflich sein – Medizin holen – nicht? Aber vielleicht heute abend wiederkommen und Ihnen helfen, bei ihm zu wachen?«

»Ich wache doch selbst die meiste Zeit, und es kommt auch eine Pflegerin – eine Diakonissin. Außerdem sehen Sie selber aus, als bedürften Sie der Ruhe – Sie sind gewiß überarbeitet, Lieber! Sie übertreiben die Studien, wohl um die Langeweile zu verjagen, während Minna fort ist? Aber das dürfen Sie nicht tun, hören Sie! Nun, leben Sie wohl!«

Ich ging geradewegs nach Hause, um den Brief zu schreiben.

Wie glücklich fühlte ich mich, wieder an sie schreiben zu dürfen. Gern hätte ich Bogen um Bogen gefüllt, aber ich erlaubte meiner Feder nur, so kurz wie möglich den bedenklichen Zustand des alten Hertz mitzuteilen sowie auch die Abkürzung meines Dresdener Aufenthalts, die die veränderten Bestimmungen meines Onkels mit sich brachten. Am liebsten hätte ich diese letzte Nachricht zurückgehalten, bis sie ihre Entscheidung getroffen hätte, um es ihr dann – wenn sie sich für mich entschied – mündlich zu erzählen. Es ging aber nicht an, daß sie zu Hertzens kam, ohne es zu wissen.

Obgleich ich es für meine Pflicht hielt, meine Gefühle nicht zu verraten, war doch von selbst ein eigentümlicher Ton in den Brief gekommen, der meine ganze verzweifelte und angstvolle Sehnsucht nach ihr verriet. Es überraschte mich beim Durchlesen, und ich freute mich darüber.

Ich trug den Brief sofort auf die Post, obschon er nicht mehr mit einem Abendzug befördert werden konnte und ich ihn ebensogut in einen Briefkasten hätte werfen können.

Es beruhigte mich unendlich, daß ich mich mit Minna in Verbindung gesetzt hatte, und zwar in einer Weise, wegen der mich niemand tadeln konnte.

Am nächsten Tag ging ich sogleich zu Hertzens.

Das Fieber war in der Nacht ziemlich hoch gestiegen, hatte aber jetzt nachgelassen, wie es am Morgen oft der Fall ist. Ich sprach nur mit dem Mädchen – Frau Hertz ruhte sich aus. Abends wollte ich wieder vorsprechen.

Den Tag verbrachte ich abwechselnd mit Lesen und mit der Hingabe an das Traumspiel der Erinnerungen. Dabei ging mir folgende Gedankenreihe immer wieder und wieder durch den Kopf: Nun muß sie meinen Brief bekommen haben... Es geht sicher noch ein Zug von Meißen nach hier – (ich sah in die Zeitung meiner Wirtin und überzeugte mich davon), und sie hat nur eine Meile nach der Haltestelle zu fahren. Vielleicht – ja wahrscheinlich – kommt sie heute abend, und es ist möglich – es ist sogar sicher, daß ich sie bei Hertzens treffe! Sie wird sofort dahin eilen... Sie wird tiefbewegt sein – die mütterliche Frau Hertz wird uns als Verlobte behandeln –, vielleicht ist der Alte bei Bewußtsein und freut sich, uns beisammen zu sehen. Später am Abend oder in der Nacht muß sie nach Hause. Ich begleite sie natürlich – ja, das ist geradezu meine Pflicht –, und das Ganze macht sich von selbst, als ob nie ein Stephensen dagewesen wäre.

Beim Nahen der Postzeiten schrak ich heftig zusammen – niemals hat vielleicht ein Liebhaber weniger einen Brief von seiner Geliebten ersehnt als ich an jenem Tag. Aber sie glitten spurlos vorbei, und nach der letzten Post atmete ich befreit auf.

Es war ganz dunkel im Zimmer, als ich mich bereit machte, zu Hertzens zu gehen.

Plötzlich wurde die Tür einen Spalt breit geöffnet.

»Hier ist ein Brief für Sie«, sagte das Mädchen und steckte etwas Weißes herein.

Ich wurde starr vor Schreck. Zu dieser Zeit – das ist ja unmöglich!

Der Brief war sehr groß und steif – das beruhigte mich. Vermutlich etwas vom Buchhändler.

Schnell strich ich ein Hölzchen an – und schrie sogleich auf: Es war Minnas Hand!

35. Kapitel

Beinahe hätte ich den Zylinder zerschlagen, bevor meine zitternde Hand die Lampe angezündet hatte.

Es war kein Irrtum. Da lag der große, sonderbare Brief auf der Tischdecke, Leben oder Tod enthaltend – oder was mir weit herrlicher und unendlich entsetzlicher als Leben und Tod erschien.

Einen Augenblick spürte ich die größte Lust, fortzulaufen. Dann riß ich fieberhaft den Umschlag auf.

Das erste, was meinem Blicke begegnete, war die Bleistiftzeichnung von Minna.

Ebenso plötzlich wie dem Bassiano Portias Bildnis in dem Bleischreine seine glückliche Wahl offenbarte, verkündeten mir diese geliebten Züge mein unseliges Geschick.

Das Zimmer drehte sich um mich. Ich setzte mich aufs Sofa und ergriff ihren Brief. Die Buchstaben tanzten und flossen ineinander, es dauerte einige Minuten, bevor ich lesen konnte:

Mein lieber, innig geliebter Freund!

Es ist vorbei! Ich muß die Seine werden. Ich habe gezögert und zögerte gern noch, aber ich fühle, es wird nicht anders. Ich fühle nicht die Kraft in mir, mit meiner ersten Jugend zu brechen, um Deine liebe Hand zu ergreifen und ein neues Leben zu beginnen.

Ach, es wird der letzte Brief sein, den ich an Dich schreibe, und es würde ein ganzes Buch werden, wollte ich alles sagen, was mich bewegt. Aber dann scheint es mir wieder, daß alles, was ich Dir nach diesem schreiben könnte, Dir gleichgültig sein muß, und übrigens weißt du schon alles. Nur eins muß ich dir sagen, damit Du mich nicht mißverstehst.

Ich habe diese Wahl getroffen, nicht weil ich glaube, mit Stephensen glücklicher zu werden als mit Dir, im Gegenteil – nein, es ist mir nicht möglich, mich richtig zu erklären –, vielleicht hast Du mich schon verstanden. Ich meine, daß es nicht Rücksicht auf mich ist, die mich bestimmte, und – ja, ich meine besonders (deshalb war es, daß ich »im Gegenteil« schrieb) daß, wenn es keine Vorzeit gäbe, keine Vorwürfe zu fühlen, oder kurz gesagt, wenn es etwas ganz Neues wäre, das anfinge, dann würde ich weit sicherer sein, mit Dir glücklich zu werden als mit ihm. Aber, siehst Du, jetzt – wie die Dinge nun einmal liegen – würde ich Dich nicht so glücklich machen können, wie du es verdienst. Ich würde mich als Verräterin an meiner ersten Liebe fühlen. Dieses Gefühl könnte sich vielleicht verlieren, aber es könnten auch Umstände eintreten, die es krankhaft stark machten, und Du mit Deiner zarten, liebevollen Natur würdest dann unsagbar darunter leiden.

Du glaubst vielleicht, daß ich von überspannten Vorstellungen über Stephensen ausgehe, indem ich befürchte, mir so viel vorwerfen zu müssen, wenn ich ihn verlasse. Dies ist aber nicht der Fall. Ich weiß wohl, daß er sich keine Kugel vor den Kopf schießen würde und daß man kaum einmal würde sagen können, ich hätte ihn unglücklich gemacht, obgleich er mich wirklich leidenschaftlich liebt. Aber vielleicht würde ich ihm einen unwiderbringlichen Schaden zufügen. Eine Natur wie die seine ist vielen Gefahren ausgesetzt. Es ist schwer, Dir klarzumachen, was ich meine. Es könnte scheinen, als wäre ich eitel, eingebildet oder als überschätzte ich meinen Einfluß wenngleich – nein, Du denkst ja noch weit besser von mir, als ich es verdiene; vielleicht denkst Du dafür zu gering von ihm. Ich kann nur sagen, daß er selbst fest und sicher glaubt, ein Zusammenleben mit mir – und nur mit mir – müsse veredelnd (ich schäme mich wirklich, es zu schreiben, aber das ist sein eigener Ausdruck) auf sein Wesen und auf seine Kunst wirken. Früher habe ich bisweilen daßelbe gedacht, das heißt nicht gerade so – nur daß das Ehe- und Familienleben für einen Künstler gut sein müßte, ihn gleichsam fester an das Leben knüpfen und seine Kunst durchwärmen würde – ich drücke mich nur schlecht aus, aber Du verstehst es schon. Aber damals (wir haben nämlich geradezu darüber gestritten, als er hier wohnte und ich hoffte, er würde mich heiraten), damals hob er immer hervor, ein Künstler müsse frei sein und ohne solche Bande, denn er habe mit seinem Kunstideal zu ringen. Nun ist er selber zu meiner Anschauung gekommen. Er hat erfahren – sagt er –, daß er mich nicht entbehren kann, er erstarre, stumpfe ab, habe nichts, wofür er lebe; er streckt seine Hand nach mir aus, die Hand, die mich einst aus einem Sumpf der Nichtigkeit und der moralischen Schlappheit emporgezogen hat – und nun sollte ich –... Nein, nein! – Du siehst, es ist meine Pflicht, es ist meine Bestimmung – ja, *meine Bestimmung!*

Gott gebe, daß wir uns wiedertreffen und zusammensein können nach vielen Jahren, wenn die Zeit die Leidenschaften weggenommen hat. Unserer Freundschaft kann sie nichts anhaben, ich weiß, daß keiner von uns den anderen vergessen wird. Aber du wirst wohl im Ausland leben – es wäre zuviel Glück, Dich als Freund in der Nähe zu haben.

Lebe wohl – mein geliebter Freund – lebe wohl!

Minna.

Ich las den Brief mehrmals durch. Sein liebevoller Ton beruhigte meinen Schmerz, ja, es gab sogar einen Augenblick, wo er mir Entsagung einflößte. Aber die Rückwirkung folgte sogleich.

Nein, ich will nicht – ich erkenne diese Entscheidung nicht an! Was soll denn das alles heißen? Ich bin es ja, den sie liebt – ich! Das mit ihm sind ja nur Erinnerungen und Pflicht und – »Bestimmung«. Eine schöne Bestimmung: ihr frisches, warmes Leben als Pflaster auf sein blasiertes Dasein zu legen... Übrigens ist alles meine Schuld. Warum habe ich nicht die Entscheidung übernommen? Was für ein Waschlappen bin ich gewesen! All dieser Edelmut und diese Besorgnis, daß Wind und Sonne gleicherweise verteilt würden, waren nichts weiter als ein Hinterpförtchen für meinen Mangel an Willen, und ich ließ mich obendrein von ihm einschüchtern. Aber er hatte wahrhaftig »seine Sache« geführt, wie sie damals sagte. Er kann sie nicht entbehren – nein, das glaube ich, wenn er die Dirnen überhat und von den Koketten genasführt worden ist –, dann fällt ihm ein, ob nicht die Beste noch zu haben wäre – um alte Erinnerungen! Oder auch nur: Er kann nicht vertragen, daß ein anderer sie bekommt, das ist es wohl... Ja, ich war ein Waschlappen, ein dummer Junge! Würde ein Mann auf ein solches Weib verzichtet haben?

So geißelte ich mich selbst – ja, ich warf mir sogar vor, daß ich in Schandau in jener Nacht nicht zu ihr hineingegangen war. Dann wäre sie mein gewesen, und sie hätte keine Wahl mehr gehabt. Ich übersah, daß wir beide, damit es hätte geschehen können, ganz andere Naturen hätten sein müssen. Denn je leichter der Übergang von der einen Handlungsweise zur entgegengesetzten erscheint, um so tiefer ist oft das im Charakter begründete Hindernis, das sie trennt.

Jetzt aber – was war jetzt zu tun? Sie aufsuchen, alles zurücknehmen, sie bei ihrem Wort festhalten und selbst die Verantwortung tragen für alles – für Vergangenheit und Zukunft? Es war sehr wahrscheinlich, daß sie nicht mehr in Meißen war – oder daß ich sie wenigstens morgen nicht mehr dort finden würde.

Mein Kopf schmerzte, meine verwirrten Gedanken sprangen fieberhaft hin und her. Es war mir unmöglich, sie zu festigen. Wie sehr hatte ich es nötig, mich mit jemandem zu beraten, am liebsten mit einer älteren, überlegenen Person! Meine mütterliche Freundin, Frau Hertz, erschien mir als die einzige Zuflucht.

Ja, ich wollte mich ihr anvertrauen – jetzt gleich!

36. Kapitel

In diesem Augenblick ging die Tür auf und Immanuel Hertz trat ein.

Sein biederes, aber unschönes Gesicht zeigte einen bestürzten Ausdruck.

»Hertz – du bist hier! Dein Vater ist doch nicht...«

»Mein Vater ist sehr krank... Ich erhielt ein Telegramm von der Mutter – und hatte gerade Zeit genug, um den Zug zu erreichen... Der Vater erkannte mich, aber er lag in hohem Fieber, ich fürchte, daß er – von uns scheidet.«

Zu jeder anderen Zeit hätten mir diese Worte den lebhaftesten Schmerz verursacht. Jetzt aber war mein erster Gedanke: Wie kann ich Frau Hertz mit meinen eigenen Sorgen beschweren, wenn ihr Mann auf dem Sterbebett liegt? Daß Hertz stürbe, erschien mir ganz natürlich und notwendig, und gleichzeitig fühlte ich meine eigene Hoffnung erlöschen... Ich versuchte trotzdem, die gewöhnlichen aufmunternden Redensarten hervorzubringen.

»Der Vater ist beinahe bewußtlos, deshalb lief ich hierher... Komm mit mir nach Hause, Fenger, und bleib heute nacht bei uns; ich weiß, es wird den Vater freuen, dein Gesicht zu sehen.«

Er hatte Tränen in den Augen. Ich ergriff schnell meinen Hut und löschte die Lampe aus, gerade als er Minnas Bild entdeckte.

»Nein, wie reizend! Und ich habe ganz vergessen, dir Glück zu wünschen! Du verstehst – in einem solchen Augenblick –, aber nun tue ich es von Herzen – denn ich kann es ja... In diesem Falle sagt man es nicht nur so hin – Minna, ja, das kann man allerdings Glück nennen!«

Er drückte meine Hand wie in einem Schraubstock.

»Danke, lieber Freund!« murmelte ich und wandte das Gesicht von dem schwachen Lichtschein weg, den die Laterne ins Zimmer warf, »es ist so schön von dir, daß du in deinem Kummer – ich weiß ja, wie sehr du teilnimmst.«

Wir gingen die Treppe hinab, und er ließ sich immer weiter über Minnas Vorzüge aus.

»Na«, dachte ich, »du machst keine Räuberhöhle aus deinem Herzen.« Und das tat er wirklich nicht; offenherzig und unbedacht, setzte er dieselben Eigenschaften bei anderen voraus.

»Ja, du hast wahrlich Grund, dich glücklich zu preisen – Minna – so ein Mädchen! Wie ich dich beneide! Ja, das heißt, nicht eigentlich beneide, obgleich allerdings – Minna hat dir wohl gesagt, daß ich sie sehr gern hatte – nicht bloß als Freund...?«

»Nein, sie hat mir mit keinem Wort etwas angedeutet; sie hat überhaupt wenig von dir gesprochen, obwohl ich weiß, daß sie dich gern mag. Aber ich muß gestehen – da du es selbst erwähnst –, ich habe eine Ahnung gehabt.«

»Ja, siehst du, ich habe es ihr nie gesagt, ich meine, mich erklärt, aber Frauen merken das immer. Nein, ich – behielt mein Gefühl für mich. Ich glaube, ihr Herz war damals nicht empfänglich für dergleichen Gefühle – ihr Vater war kurz vorher gestorben, übrigens waren da auch noch andere Dinge –, aber vielleicht weißt du darin besser Bescheid... Ich vertraute mich meiner Mutter an – es nützt ja nichts, ihr etwas zu verbergen, sie durchschaut einen doch – sie kann man allerdings einen Menschenkenner nennen! Mutter war auch der Meinung... wie gern sie auch Minna zur Schwiegertochter gehabt hätte. Dann kam ich ja nach Leipzig. Aber ich vergesse sie nie! Na, nun kannst du dir wohl denken, wie froh ich bin, daß du es gerade bist, den sie bekommt.«

Ich hatte ein Gefühl, als müsse ich aufschreien, wenn dies andauerte, und ich war glücklich, als wir an die Ecke kamen, wo Hertzens wohnten. Er begann über den Vater zu klagen, wie verändert er aussähe, ganz hohlwangig.

Der Arzt war eben dagewesen. Ich sah es Frau Hertz an – oder merkte es vielmehr –, daß sie nicht viel Hoffnung hatte. Der Kranke lag bewußtlos. Die Körperwärme war beängstigend hoch.

Immanuel Hertz und ich gingen bald in die Wohnstube. Ich erinnerte mich einer alten, schwächlichen Dame, die wegen Lungenentzündung fast aufgegeben wurde und die sich doch erholte. Und von einem Arzt hatte ich gehört, gerade Juden hätten eine so starke Lebenskraft, daß sie selbst in hohem Alter oft über solche Krankheiten hinwegkämen. Das ermunterte meinen sanguinischen Freund sichtlich.

Er ging häufig in das Krankenzimmer und blieb kürzer oder länger darin. Die Mutter wich nicht von dort. Bisweilen folgte ich ihm, aber meistens blieb ich stumpf und ärgerlich in der Wohnstube in einem Stuhle zusammengesunken sitzen. Ich war in einem Trauerhause, ohne an der Trauer und an dem Kummer teilzunehmen. Ich war selbst bodenlos unglücklich, aber weinen konnte ich nicht. Es war so spät, daß Minna kaum mehr kommen konnte. Alles war mir gleichgültig und langweilig. Ja, ich langweilte mich wirklich und hatte das Gefühl, daß ich es beständig tun würde, daß es langweiliger und immer langweiliger werden, bis zuletzt der Tod der Langeweile ein Ende machen würde. Wie gern hätte ich mit Hertz getauscht, wenn man überhaupt sagen konnte, daß es etwas gäbe, was ich gern gewollt hätte.

Endlich war ich in der Mitte der Nacht mehr in einen Zustand gänzlichen Stumpfsinns als in einen Halbschlummer verfallen, als Immanuel hereinkam und sagte: »Er hat mich erkannt – Vater ist bei Bewußtsein – komm mit hinein.«

Der Kranke lächelte schwach, als er mich sah, und sagte: »Lieber Fenger!« – »Minna«, murmelte er kurz darauf.

»Sie wird schon morgen kommen«, sagte Frau Hertz.

»Dann wird sie Ihnen vorspielen«, fügte ich hinzu, obgleich mir war, als könnte ich kein Wort hervorbringen.

»Beethoven«, flüsterte der Alte und schloß die Augen.

Frau Hertz rückte das Kopfkissen zurecht, darauf maß sie seine Temperatur: Das Thermometer war etwas unter 41 Grad C gesunken.

Kurz darauf begann er davon zu reden, daß Zeit und Raum Anschauungsformen seien, die Seele aber sei ein »Ding an sich«, ein Noumenon – ein Intelligibile – diese Worte wiederholte er fortwährend.

Der Sohn, der durch diese Gedanken, die sich um den Tod zu drehen schienen, bewegt und unruhig wurde, ergriff seine Hand und sagte: »Jetzt darfst du nicht denken, Vater, jetzt sollst du dich ausruhen.«

»Morgen kommt vielleicht Kühne, dann könnt ihr zusammen philosophieren«, sagte Frau Hertz.

»Morgen?« seufzte er – mit einer ganz eigentümlichen Betonung.

Frau Hertz wandte sich ab.

»Ja, gewiß, warte bis er kommt, er versteht es besser als wir.«

»Progressus«, sagte der Alte.

»Amen«, murmelte die Diakonissin und bekreuzigte sich. Sie glaubte, er habe einen Heiligen oder einen der Propheten angerufen.

Immanuel und ich, die es hörten, konnten ein Lächeln nicht unterdrücken. Ich wunderte mich, daß ich noch irgend etwas komisch fand. Ach, niemand hätte sich mehr als Hertz selbst über den Humor ergötzt, der in diesem Mißverständnis lag, aber er war schon tot für die Außenwelt.

Lange lag er still, dann fing er an, irrezureden. Die Bruchstücke deuteten darauf hin, daß er sich in seine Königsberger und Rigaer Tage zurückversetzte. Mehrmals hörte ich ihn sagen: »Es soll nicht geläutet werden« – was sich gewiß auf jene Börsengeschichte bezog, die er uns letzthin erzählt hatte. Ich sah die ganze gemütliche Kaffeeszene in der dunklen Regenwetterbeleuchtung vor mir, sah den Schein der Spiritusflamme über Minnas liebes Gesicht flackern, das mir so nahe war und so vertraulich zulächelte. Frau Hertz bemerkte eine Träne an meiner Wange und drückte meine Hand – gerührt über meine Teilnahme.

Gegen Morgen hin, als Immanuel und ich in der Wohnstube eingeschlafen waren, starb der alte Hertz, ohne daß seine Frau, die nicht von seinem Bette gewichen war oder die Augen von ihm gelassen hatte, sagen konnte, wann der Tod eingetreten sei.

Die Krankenschwester war längst süß entschlummert.

37. Kapitel

Drei Tage später wurde Hertz auf dem »Weiten Kirchhof« begraben.

Ich weiß nicht, ob sich die Juden in Dresden vielleicht nicht so streng zum israelitischen Kirchhof halten oder ob die nichtorthodoxe Familie aus der Synagoge ausgetreten war. Damals dachte ich nicht darüber nach; ich dachte über nichts nach, habe auch keine Ahnung, ob eine Rede gehalten wurde oder ob es ein jüdischer oder christlicher Geistlicher war, der die Zeremonie ausführte, wenn ein Augenzeuge behaupten will, es sei ein Derwisch oder gar ein Druide gewesen – meinetwegen. Das Ganze steht wie ein wirrer Traum vor mir. Ich erinnere mich nur, daß die hohen Pappeln schwer und einschläfernd rauschten und daß ein paar Vöglein in dem scharfen, kühlen Sonnenlicht zwitscherten. Und dann sehe ich, ein wenig rechts von mir, Minnas schwarzgekleidete Gestalt. Es war für mich, für sie wohl auch, nicht so sehr der gute, alte Freund, den wir begruben, als vielmehr unser eigenes kurzes und glückliches Zusammenleben, unser Liebesglück. An der Kirchhofstür drückten wir einander fest und lange die Hand – zum letzten Male für viele Jahre.

Minna hatte Frau Hertz alles erzählt.

»Sie haben recht gehandelt«, sagte die alte Dame am folgenden Tage zu mir. »Und die arme Minna, sie glaubt jedenfalls richtig zu handeln. Aber es tut mir unendlich leid und am meisten für sie.«

Ich hörte von ihr, daß Stephensen in einigen Tagen nach Dänemark reise, um alles vorzubereiten, und daß Minna bald nachfolgen solle. Ich dachte nur daran, fortzukommen. Mein Onkel hatte nichts dagegen, daß ich schon jetzt käme, und eine Woche nach Hertz' Tod war ich reisefertig.

Frau Hertz schenkte mir beim Abschied das kleine Manuskript des Heineschen Gedichtes – wie bitter wahr paßte es nun auf mich! Und doch war es mir so teuer. Ich habe es wie ein Heiligtum bewahrt, dessen Unverkäuflichkeit englische Sammler zur Verzweiflung brachte.

Jahr auf Jahr verging in angespannter, fast rastloser Tätigkeit. Anfangs verstand es sich von selbst, daß ich kaum andere als die Arbeiter und die Beamten der Fabrik sah – später wurde mir diese Zurückgezogenheit zur Gewohnheit. Mit meinem Onkel stand ich mich gut, ohne daß wir jedoch vertrauter wurden. Er hatte seine Freude an meiner Arbeitstüchtigkeit. Nach Verlauf von ein paar Jahren befürchtete er, daß ich es übertreibe und »Geschäftshagestolz« werde, wie er es nannte. Er forderte mich auf, mehr am Leben teilzunehmen: Ein Mann in einer solchen Stellung müsse sich Verbindungen schaffen.

Nach und nach fügte ich mich darein und veränderte etwas meine Lebensweise.

Es war dabei weder von Kavalkaden im Hydepark noch von Ferien auf Herrensitzen die Rede. Wohl aber lernte ich eine Anzahl braver Bürgerfamilien – fast lauter wohlhabende Fabrikanten kennen. Die jungen Damen waren keine Millionen-Erbinnen, aber deshalb nicht weniger hübsch – und mit leeren Händen würde keine von ihnen in die Ehe treten. Übrigens behagte mir das längliche englische Frauengesicht nicht sonderlich – ich hatte ein anderes Ideal im Herzen –, und meine Kälte ärgerte oft meine Kameraden, die sie als Heuchelei betrachteten.

Endlich lernte ich ein junges Mädchen kennen, das einen gewissen Eindruck auf mich machte und von dem mein Onkel bald erklärte, daß ich ihr nicht gleichgültig sei – eine Behauptung, die mir allerdings in hohem Grade schmeichelte. Sie war das einzige Kind eines Tuchfabrikanten, der nach dänischen Begriffen mehr als wohlhabend war. Sie erwies mir viel Freundlichkeit, wenn auch innerhalb der gesellschaftlichen Formen. Ich war nicht ganz überzeugt, daß mein Onkel mit seiner Behauptung recht hatte, mit ein wenig gutem Willen müsse ich ihr Herz mit der dazugehörenden Hand gewinnen können, aber ich dachte bisweilen an eine solche Möglichkeit. Ich wünschte es halbwegs und fing an, in ein weniger »gesellschaftliches« Verhältnis hinüberzugleiten.

Es war kurz nach Weihnachten – dem vierten, nachdem ich Dresden verlassen hatte. Da wurde ich eines Abends in einem Konzert einem deutschen Musiker vorgestellt, der einige Jahre älter sein mochte als ich. Er hatte eine Violin-Kavatine gespielt. Es war ein kleines, halb privates

Konzert – obgleich er gewiß tüchtig war, trat er selten in größeren Konzerten auf. Er hatte sein reichliches Auskommen durch Violin- und Klavierunterricht. Etwas Distinguiertes und nicht wenig Schlappes kennzeichnete sein Äußeres.

Wir gingen zufällig allein zusammen nach Hause. Der Deutsche war sehr gesprächig; er machte sich tüchtig über das Musikverständnis der guten Engländer lustig und erzählte mit viel Humor mehrere Anekdoten, unter anderen von einer jungen, reichen Miß, die sich bei ihm eingefunden hatte, um innerhalb acht Tagen die Mondscheinsonate (natürlich den ersten Satz) zu lernen – sie hatte noch nie ein Klavier angerührt.

Wir gingen zum Abendessen in ein Restaurant und verlangten »Ale«.

»Prosit«, sagte ich und trank ihm zu, »es ist doch ein herrliches Getränk!«

»Es geht«, brummte der Deutsche und strich sich den Schnurrbart, »aber dennoch sage ich: Wer doch im Gasthaus »Drei Raben« mit einem guten Glas Spatenbräu vor sich säße, wie ich es zu dieser Tageszeit manch gutes Mal getan habe.«

»Sie sind in Dresden bekannt!« fuhr es mir heraus. »Drei Raben«! Die ganze Szene mit Stephensen stand haarklein vor mir.

Der Geiger lächelte vor sich hin: »Das will ich meinen, aber ich ahnte nicht, daß Sie auch dort waren. Auf längere Zeit?«

»Ein paar Jahre, ich besuchte das Polytechnikum – es ist nun vier Jahre her.«

»Hm. Ich war ein paar Jahre früher da – ich spielte bei Lauterbach … So eine Oper! Das war etwas anderes als London! Ach ja, ja, ja!«

Er trommelte mit den Fingern auf dem Tisch und starrte träumend vor sich hin: »Kellner, ›Johannisberger Schloß‹! Zu deutschen Erinnerungen deutscher Wein.«

Künstlerleben! Die goldenen Tage der Jugend! dachte ich. Er hängt auch an seinen Dresdner Erinnerungen. Ach, was können sie gegen die meinen sein!

Der Wein kam, er schenkte ein. »Ein Hoch auf unsere Tage in Elbflorenz!« Wir stießen an, tranken aus und blickten lange schweigend vor uns hin.

»Sie kamen wohl auch häufig zu Renner – in die ›Drei Raben‹ meine ich?« fragte er in zerstreutem Tone.

»Nein, ich war nur ein einziges Mal dort. Vielleicht wohnten Sie in der Gegend?«

»Ja, ganz nahe dabei.«

»Wo?« entfuhr es mir, mein Herz pochte stark.

»Wenn Sie sich einer kleinen Gasse erinnern – Seilergasse?«

»Seilergasse!« wiederholte ich und starrte ihn an.

Er lächelte: »Haben Sie vielleicht auch dort gewohnt?«

»Nein, gewohnt gerade nicht, aber ich ging dort oft aus und ein – ich verkehrte dort in einer Familie.«

»So, so! Hm … In solchen Gäßchen kennt ja alles einander, vielleicht haben Sie zufällig etwas von den Leuten gehört, bei denen ich wohnte – es war ein Gymnasiallehrer …«

»Jagemann!« rief ich.

Der Musiker führte eben sein gefülltes Glas an die Lippen und verschüttete vom Inhalt, so daß die goldenen Tropfen an seinem Frackaufschlag niederperlten.

»Ja, bei ihnen hab’ ich gewohnt«, sagte er und wischte sich sorgfältig ab.

Nun wußte ich, wen ich vor mir hatte: Es war Minnas erste, halb kindliche Liebe, der Musiker, dem sie den Abschiedskuß gegeben hatte, als Stephensen es sah.

»Und bei ihnen verkehrte ich«, sagte ich. »Das heißt bei der Witwe, denn Jagemann war gestorben.«

»So, so! Und – die Tochter … war sie noch da?«

»Gewiß.«

»Hm – Minna … Es war ein schönes Mädchen.«

Wir starrten beide in unsere Gläser, als ob wir mit Heine alles darin sähen –

> »vor allem aber das Bild der Geliebten,
> das Engelköpfchen auf Rheinweingoldgrund …«

»Wissen Sie, ob sie – Minna Jagemann – später sich verheiratet hat?« fragte er endlich.

Ich erzählte, daß sie mit einem dänischen Maler verheiratet sei, machte einige Bemerkungen über seine Stellung und über seine Lage und berichtete das wenige, was ich durch Bekannte von ihnen gehört hatte: daß sie eine Tochter bekommen habe, die vor einem Jahr gestorben sei.

Der Musiker saß mir schweigend gegenüber, leerte häufig sein Glas und dachte nicht immer daran, mir einzuschenken – er hatte noch eine Flasche bestellt und sie mit einem Glas auf die »schöne Jagemann« eingeweiht. Auch ich schwieg – wir »schwiegen uns aus«.

Als ich mich diese Nacht zur Ruhe begab, wurde mir klar, daß ich nahe daran gewesen war, halb aus Stumpfsinn eine Unehrlichkeit und eine Dummheit zu begehen, obgleich niemand es das erstere nennen würde und alle es als eine Klugheit bezeichnet hätten. Von dem Tag an zog ich mich von dem Haus des Tuchfabrikanten zurück.

Mein Onkel beschwerte sich über mein launenhaftes Benehmen. Ich klagte über Heimweh, ich fühle das Bedürfnis, meine alten Bekannten zu besuchen. Eine Woche später war ich in Kopenhagen.

Meine Bekannten in Dänemark waren nicht sehr zahlreich, und niemand davon verkehrte direkt mit Stephensens. Aber dank der Klatschsucht unserer Hauptstadt hörte ich doch viel aus zweiter und dritter Hand. Daß ich mich nach dem Schicksal einer Dresdener Bekannten in Dänemark erkundigte, konnte kaum auffallen, und falls jemand eine tiefergehende Teilnahme vermutete, machte ich mir nicht viel daraus. Ich wollte Bescheid wissen.

Die allgemeine Meinung war, daß sie glücklich zusammen lebten, es war ja eine Neigungsehe, eine Jugendliebe – vielleicht sogar die erste. Aber andere sagten, daß seine Kurschneidereien – eine scharfe Zunge nannte es seine Liaisons – kaum ihrer Aufmerksamkeit entgingen und daß sie sehr leidenschaftlich und heftig sei. Im Gegenteil, behaupteten einzelne, sie sei sanft, aber einfältig. »Einfältig!« riefen mehrere, »sie sprudelt ja über von originellen Einfällen – aber sie sind nicht immer für alle angenehm, sie hat einen sehr scharfen Blick für die Fehler der Leute.« »Sie ist jedenfalls interessant«, sagte ein älterer Mann. »Aber ohne Interessen«, bemerkte ein jüngerer Schriftsteller. Aber eine Dame, die über Stephensens wohnte, versicherte, sie sei jedenfalls eine leidenschaftliche Musikliebhaberin, sie spiele meistens halbe Tage lang. Darüber verwunderten sich alle, da man sie nie in Gesellschaften spielen hörte. In der Bewunderung ihres Äußeren waren sich alle ziemlich einig.

Ich war bereits vierzehn Tage in Kopenhagen und hatte Minna noch nicht gesehen. Sollte ich einfach hinaufgehen und sie besuchen? Ich legte mir diese Frage zum Gott weiß wievielten Male vor, als ich ziemlich spät eines Abends in das *Café à Porta* eintrat. In dem vordersten Zimmer waren nur ein paar Gäste. Indem ich mich nach einem Platz umsah, hörte ich aus dem Seitenkabinett eine Stimme, die nicht zu verkennen war: es war Stephensens – nur um einen Grad mehr lispelnd süß als früher. Ich setzte mich so still wie möglich an eine Stelle, von wo aus ich das Kabinett am besten übersah.

Von der lebhaften Gesellschaft kannte ich nur Minna, die ich im Profil sah, ein wenig »verlorenem« Profil, ein Dutzend Schritte von mir entfernt. Stephensen mußte in einem Ecksofa sitzen, von dem nur ein Stück der Armlehne sichtbar war. Eine ewig lachende Blondine stützte ihren Arm darauf und unterhielt sich offenbar mit ihm. Ihr Gesicht zeichnete sich durch eine gewisse vulgäre Schönheit aus. Alle Augenblicke legte sie den Kopf auf die Seite, so daß das rötliche Haar ihre halbentblößte Schulter berührte, die unter einer breiten Borte von schwarzen Spitzen hervordämmerte. Die lächelnden Blicke, die sie beständig in die verborgene Ecke spielen ließ, aus der Stephensens Stimme klang, bezeugten, daß sie – ich will nicht sagen, in sonniger Laune, sondern eher in einem Zustand von elektrischer Illumination war. Einer der Herren redete sie mit einem Namen an, den der Klatsch, wie ich bereits gehört hatte, mit Stephensen in Verbindung brachte. Minna saß zurückgelehnt und blickte vor sich nieder. Offenbar aber beobachtete sie die beiden fortwährend. Der Kellner kam und fragte nach meinen Wünschen. Ich geriet in Verlegenheit, da ich fürchtete, meine Stimme könnte von Minna erkannt werden. Aber gerade jetzt brach die ganze Gesellschaft – Minna ausgenommen – in ein Lachen aus, wie es weniger geschmackvolle als treffende Witze zu belohnen pflegt. Gedeckt von diesem Lärm konnte ich, ohne mich zu verraten, meine Pflicht als Gast erfüllen.

Ein großer, bärtiger Herr, der neben Minna saß, war mir sofort aufgefallen. Wer kannte nicht, wenigstens von Bildern her, die Hünengestalt und das Wikingergesicht unseres großen Lyrikers, der sich jetzt im Namen der Gesellschaft über Minnas Zurückhaltung entrüstete, wenn auch in einer jovialen Weise, die sogar etwas Herzliches an sich hatte:

»Warum sitzen Sie wie eine schöne Bildsäule hier zwischen uns, Frau Stephensen? Nehmen Sie es doch von der gemütlichen Seite und seien Sie kein deutscher Philister … Sie sind ja unter Künstlern … Leeren Sie doch Ihr Glas!«

»Ich bin bloß müde«, sagte Minna.

»Dann sollten Sie gerade trinken.«

»Ich kann Champagner nicht leiden.«

»Ach so – nichts für Frau Minna – zu französisch, zu leichtfertig zu viel Esprit und zu wenig Gehalt! Aber Rheinwein haben Sie doch wohl gern, wie? … Gut, Karl!«

Der Kellner stürzte herbei.

»Lassen Sie es nun gut sein mit den Possen!« sagte Minna, halb unwillig, halb lachend.

»Im Ernst? Ich darf nicht?«

»Nein, aber ich danke für den guten Willen … Lassen Sie mich nur ruhig für mich sitzen – ich bin müde und habe Kopfschmerzen.«

»Du willst doch nicht schon nach Hause?« klang Stephensens Stimme – diesmal sehr verdrießlich. Minna antwortete nicht, sondern gähnte in ihr Taschentuch, lehnte sich zurück und blickte seitwärts vor sich nieder. Sie sah wirklich aus, als ob sie müde sei – nicht in einer akuten, sondern einer chronischen Müdigkeit. Das Gesicht war fast unverändert, nur die Wange etwas weniger rund. Ich hatte bemerkt, daß sie ein überraschend reines Dänisch sprach – der fremde Akzent war ganz leicht.

Die Unterhaltung um sie herum wurde sehr lebhaft. Sie drehte sich meistens um Ästhetik, wenn man es so nennen will. Namen wie Ibsen, Zola, Dostojewski, Wagner, Berlioz, Millet, Bastien-Lepage, ja sogar wissenschaftliche wie Darwin und Stuart Mill schwirrten einem nur so um die Ohren. Obgleich es ungewöhnlich bunt herging, wunderte mich das nicht so sehr, da ich während meines kurzen Aufenthalts den Ton hier etwas kennengelernt hatte. Anfangs hatte er auf mich allerdings großen Eindruck gemacht. Du lieber Gott, was mußten die Leute alles gehört und gelesen haben – solch eine Bildung und solche Einsicht und so viele Interessen! Aber bald urteilte ich anders. Ich ahnte, daß die, die am meisten redeten, den wenigsten Anteil nahmen, und daß viele, die laut über Kunst sprachen, nicht tiefer gruben als ich, der ich anderes zu tun gehabt hatte, als »mit der Zeit zu gehen«, und dessen Lektüre durch das englische Leben auf eine andere Literatur als die in Dänemark geläufige hingelenkt worden war. Ich hatte sogar den Verdacht, daß dies bei dem guten Stephensen der Fall sei, der nun mehr und mehr beredt wurde; er wollte offenbar vor der Blondine glänzen, die wirklich auch beinahe in Bewunderung erstarb. Der Dichter stachelte ihn zu immer weitergehendem Radikalismus an und schien mir überhaupt die ganze Gesellschaft zum besten zu haben.

Stephensens wortreiche Erwiderungen arteten schließlich in eine vollständige Rede über die Zukunftskunst aus. Er schlug um sich mit Floskeln wie »die demokratische Formel in der Kunst« – »eine wissenschaftliche Illustration des Lebens« (im Gegensatz zum »dekorativen Luxus«) und verstieg sich zuletzt zu der Stilblüte, der Pinsel müsse in der Hand des echten modernen Malers eine Sonde für die Wunden der Gesellschaft werden.

»Dann würde ich dir raten, ihn zuerst tüchtig auszuwaschen«, schob der Lyriker ein.

Die Wogen des Gelächters überspülten eine Zeitlang die Diskussion, aber Stephensens hohler Wortschwall floß obenauf wie Kork. Minna erhob ihren Blick und sah ihn an. Sollte sie sich wirklich von diesem langen Salm imponieren lassen? dachte ich. Den Ausdruck in ihrem abgewandten Auge konnte ich nicht sehen. Gerade jetzt aber drehte sie mir mit halb gesenktem Blicke den Kopf im vollen Profil zu, und ich erschrak beinahe über das Lächeln voll kalter Verachtung, das um die Lippen lag, und über den Unwillen, der die Stirn verdunkelte und aus den

Augen leuchtete. So hatte sie ihn betrachtet und sich dann abgewendet, weil sie merkte, daß der Ausdruck dieses Gefühls zu sichtbar wurde. Wenig ahnte sie, daß sie das Gesicht jemandem zukehrte, der seine Schrift Zeile für Zeile wie seine Muttersprache las, während jene anderen höchstens hier und da ein paar Worte deuten konnten. »Trauriger Kerl!« flüsterten diese festen Lippen – »Lügner, Phrasenheld!« rief diese offene Stirn – »Treuloser!« sagten die klaren Augen, die so zärtlich blicken konnten und jetzt so hart starrten. Aber das ganze vergrämte Gesicht seufzte: »Und *er* war die Liebe meiner Jugend!«

»Aber Raffael?« wandte ein jugendliches Mitglied der Gesellschaft ein – »den kann man doch nicht so ganz...«

»Bah, Raffael – ein Distanzblender!« kam es breitlachend unter dem schwarzen, etwas graugesprenkelten Wikingerbart hervor. »Der Abstand der Jahrhunderte, der tut's! Lassen Sie nur Stephensen ein paar Jahrhunderte in der Weiche liegen, dann werden Sie sehen, was für ein Kerl draus wird.«

»Ja, aber«, rief die Blondine, »dann müßte dies alles, was wir jetzt – unsere Kunst – die müßte ja auch veralten, ebenso wie die alte jetzt...?«

»O Logik!« rief der Lyriker, »dein Name ist *simplicitas profana*! Ach ja, gnädiges Fräulein! Alles ist relativ! Selbst unser großer Stephensen ist nicht ganz absolut. Nehmen Sie sich deshalb in acht, ihn *zu* sehr *au sérieux* zu nehmen!«

»Ach du mit deinen Flausen«, sagte Stephensen, »ja, mag alles relativ sein – aber wir...«

Da wurde er zum Schweigen gebracht – sogar er – von einem Lachen, das die ganze Gesellschaft erstarren machte und das ich nie vergessen werde. Es war Minna, die lachte. Sie erhob sich, hielt das Taschentuch vor den Mund und lachte wieder auf, indem sie sich von der Gesellschaft abwandte.

»Was gibt's denn da zu lachen?« erklang Stephensens Stimme tief gereizt.

»Nein, es ist zu drollig!« murmelte Minna. Dabei glitt ihr Blick über mich hin, aber wenn er haften blieb, so war es nur während eines solchen Zeitatoms, daß ich nicht entscheiden konnte, ob sie mich sah und erkannte. Sie ging langsam auf das anstoßende, leere Zimmer zu, wo das Gas nicht mehr brannte.

»Wo gehst du hin?« fragte Stephensen.

»Man erstickt ja hier«, antwortete sie und verschwand in dem dunklen Raum. Ich hörte sie ein Fenster aufmachen.

Der unermüdliche Stephensen legte wieder los. Gleich darauf erhob sich die Reckengestalt des Dichters und begab sich in das dunkle Zimmer. Ich zog meinen Pelz an, auch ich erstickte hier. Während ich den Kellner bezahlte, rief eine starke Männerstimme aus dem dunklen Zimmer: »Karl, ein Glas Wasser!«

Gleich darauf kehrte der Dichter zur Gesellschaft zurück.

»Laß es nun gut sein mit dem Gewäsch, Stephensen. Deiner kleinen Frau ist nicht wohl, und sie ist weiß Gott mehr wert als deine ganze Zukunftskunst!«

Am nächsten Tage bekam ich einen Brief von meinem Oheim, worin er mich bat, wenn ich mich von Dänemark losreißen könnte, nach Stockholm und St. Petersburg zu gehen, wo er Geschäftsfreunde habe, mit denen er mich gern bekannt machen wolle.

Ja, ich konnte mich von Dänemark losreißen, ich hatte mehr als genug gesehen – helfen konnte ich doch nicht. Von dem Orte konnte ich flüchten, aber nicht vor dem verzweifelten Eindruck, den ich empfangen hatte; er verfolgte mich Tag und Nacht. Nur die Seekrankheit in der Bottnischen Bucht hatte Urkraft genug, ihn für eine Nacht zu überwinden. In St. Petersburg blieb ich ungefähr einen Monat, fuhr in der Troika auf der festgefrorenen Newa und ging jede zweite Nacht bis drei Uhr früh in Gesellschaft. Ich beklagte es, daß mein Herz nicht frei war, um es an eine dieser russischen Damen zu verlieren – sie behagten mir im Grunde besser als die Engländerinnen.

Es war selbstverständlich, daß ich, bevor ich nach dem Inselreiche zurückkehrte, einen Teil der Fabriken in Deutschland besuchen mußte. In dieser Angelegenheit kam ich auch nach Sachsen, und Dresden zog mich unwiderstehlich an – ich entschuldigte mich damit, daß ich mir die Kunstgewerbeschule ansehen und mit ihrem Vorstand Verbindungen anknüpfen wolle.

Unterwegs besuchte ich Immanuel Hertz in Leipzig. Er war mit einer üppigen Jüdin verheiratet, die ihm mehrere Kinder geschenkt hatte. Sein Wesen war noch unsteter geworden, im übrigen war er derselbe weiche Mensch. Die Tränen traten ihm in die Augen, wenn er von der Mutter sprach, die bei ihm gewohnt hatte und vor einem halben Jahre gestorben war, was er mir schon geschrieben hatte. Sie lag in Dresden an der Seite ihres Mannes begraben.

»Und Minna?« fragte er. – »Sie schrieb uns, als die Mutter gestorben war, von sich erzählte sie aber nur wenig. Hast du sie gesehen?«

»Nur im Vorübergehen, sie bemerkte mich nicht.«

»Hm. Glaubst du, daß sie – glücklich ist?«

»Das wird sie wohl sein. Das heißt, sie hat Trauer gehabt – hat ihr Kind verloren.«

»Ja, das schrieb sie Mutter. Ach, es muß schrecklich für eine Mutter sein!«

Darauf fing er an, von der Opposition gegen Bismarck und von einer freisinnigen Zeitung zu sprechen, deren Mitinhaber er war.

38. Kapitel

In Dresden ging ich sogleich nach der Seilergasse. Frau Jagemann war längst fortgezogen, und die Leute wußten nicht, wo sie wohnte. Ich warf einen wehmütigen Blick auf die Laube in dem kleinen Garten, wo alles unverändert war, und ging ins Gasthaus »Zur Katze«, um zu fragen, ob die verwitwete Frau Jagemann noch dort verkehre. Hier wußten sie besser Bescheid. Minnas Mutter war vor ein paar Jahren gestorben.

Ich wanderte in der Stadt umher: Es war mir ein unentbehrlicher, wenn auch bitterer Genuß, die uns teuren Orte aufzusuchen. Nicht alle waren von der Zeit unberührt geblieben. Auf der Terrasse hatten sie das kleine Café Torniamenti abgetragen. Ich konnte mich nicht zwischen den Säulen zum Träumen niedersetzen, wo mir der Einfall, nach Rathen zu gehen, gekommen war, und wo wir später Stephensen getroffen hatten. Die Straßen, durch die wir das letzte Mal gegangen waren, existierten nicht mehr, und in dem neuen Viertel mit anspruchsvollen Prachtbauten konnte man ihre Spuren nicht wiederfinden. Im Großen Garten und im Park fingen die Knospen der Sträucher an zu grünen – es war Ende März – und alles nahm sich anders aus. Aber an den schwarzen Stämmen las ich noch dieselben Namen auf den Platten, die wir damals zusammen studiert hatten. Eine davon trug einen sehr fremdländischen Namen, der wohl einem Maori oder Tahitianer mundgerecht gewesen wäre, dessen Aussprache aber Minna zu den drolligsten Grimassen veranlaßt hatte. Ich blieb lange stehen, auf die dürren Äste und Zweige und auf diese kleine Tafel starrend, als ob es ein Rätsel sei, das gelöst werden sollte und mußte, aber nicht gelöst werden konnte. Und wirklich, ich hatte das Gefühl, das Ganze nicht begreifen zu können: Ich begriff nicht, daß dieser Strauch noch hier stand und denselben unaussprechlichen Namen trug, begriff noch weniger, daß ich selbst hier war, und am allerwenigsten, daß Minna nicht hier war, oder daß ich nicht nach der Seilergasse gehen konnte und sie umarmen. Nichts, gar nichts verstand ich!

Als ich mich endlich umwandte, sah ich einige Kinder ein Dutzend Schritte von mir die Köpfe zusammenstecken, lachen und fortlaufen. »Die glauben offenbar, ich sei verrückt«, sagte ich zu mir – »und wer weiß? Kindermund tut Wahrheit kund! Vielleicht ist dies der Anfang!«

Auf dem Rückwege kam ich an der schönen Renaissancevilla vorbei, die Minna und ich scherzend die unsere genannt hatten. Ein neues Rätsel. Damals war es selbstverständlich, daß wir zwei uns ein Heim zusammen bauten, aber es war ein wilder und lächerlicher Traum, daß wir es je in einer solchen Prachtwohnung würden tun können. Und jetzt war es eher denkbar, daß ich einmal diesen Bau kaufen als daß ich Minna in das bescheidenste Heim führen könnte. Unbegreiflich! War dies vielleicht schon Verrücktheit, daß ich das Gefühl hatte, nichts verstehen zu können, wo doch wohl in Wirklichkeit nichts zu verstehen war, wo für einen nüchternen Verstand alles sonnenklar lag, so sein mußte? – Und für mich konnte es nicht so sein! Verrücktheit! Sonnenstein! »Und warum nicht? – Werde ich dort einlogiert, so ist es doch immerhin ein Vorteil, daß kein Napoleon kommt, der die Kranken hinausjagt... um Soldaten hineinzulegen«, dachte ich.

Bei Sonnenuntergang dröhnte ein Signalschuß, der verkündete, daß die Elbe ungewöhnlich steige. Den nächsten Morgen, als ich noch im Halbschlummer lag, wurde ich von einem zweiten Schuß aufgeschreckt, der die Überschwemmungsgefahr anzeigte. Ich stand sogleich auf. Ich wohnte im Hotel Bellevue, gerade am Flusse. Seit dem Abend vorher – erzählte der Portier – hatten die Leute auf der Brücke gestanden und die ganze Nacht hindurch das Steigen des Wassers beobachtet; jetzt war sie ganz schwarz von Menschen. Aber diese Brücke selbst! Sonst erhob sie sich auf ihren hohen Pfeilern stolz über den Fluß – jetzt spannte sich nur eine Reihe niedriger Bogen über die schlammige Masse, die dahinjagte, bedeckt mit gekenterten Kähnen, mit Balken und Brettern, Fässern und Sträuchern, die wippten, untertauchten und wieder emporschossen. Ich drängte mich auf die Brücke. Der ganze Kai war verschwunden, der lange Wiesenstreifen auf der Neustädter Seite ebenfalls. Drüben standen die Gärten unter Wasser, und hier schäumten Wellen und Wirbel an der Terrassenmauer empor.

»Ach, unser armes, kleines Rathen!« dachte ich, »wie mag es wohl dort aussehen? Ob das liebe Haus, worin wir soviel zusammen erlebten, überschwemmt, ja vielleicht gar fortgerissen worden ist?«

Ich konnte dem Triebe nicht widerstehen, mir Gewißheit zu verschaffen, und wenige Stunden darauf brachte mich der Zug nach Pirna – weiter südwärts konnte man nicht über die Elbe kommen. Als ich die Brücke überschritten hatte, wandte ich mich um und warf einen Blick auf die Stadt: Ich hatte sie seit jenem Tage auf der Hinreise nach Rathen nicht gesehen, als sie sich in dem Rahmen des Kajütenfensters zeigte, blanknaß vom Sommerregen und mit einem verheißenden Glanz über den Gipfeln des Sonnensteins. Nun lag die Stadt und die traurige, von Irrsinnigen und Gemütskranken bewohnte Festung im Sonnenlichte – einem kalten, ermüdenden Lichte, das nichts Frühlingsmäßiges an sich hatte.

Ich ging über Dorf und Stadt Wehlen und stieg durch den berühmten Zscherre-Grund aufwärts, der von allen Touristen begangen wird, jetzt aber ganz öde lag. Die vertraute sächsische Felsnatur mit ihren barocken und steilen Formen versetzte mich in eine stark bewegte, aber verdrossene Stimmung. Ich wünschte – oder bildete mir ein, es zu wünschen –, einer dieser überhängenden Felsblöcke möchte sich auf mich herabstürzen. Gegen vier Uhr erreichte ich die Bastei, trat auf die Plattform hinaus und sah die Greuel der Verwüstung zu meinen Füßen.

Von der Terrasse des »Erbgerichts« waren nur die Ahornkronen über Wasser – ein großes Gebüsch am Rande des Stromes, der fast ganz den Nebenbuhler »Rosengarten« verschlungen hatte. Dazwischen strömte der Fluß in das Rathener Tal hinein, da, wo dieses ihm sonst den bescheidenen Bach zusandte. Die drei kleinen Häuser, die hinter einigen Bäumen des »Rosengartens« zwischen dem unbeweglichen Fels und dem reißenden Strom bedrängt lagen, boten ein jämmerliches Bild. Das erste stand halb im Wasser; das Haus des Steinbruchbesitzers, das etwas höher lag und außerdem auf einem zwei bis drei Meter hohen Sockel stand, hatte die Eingangstür noch frei, aber das Wasser schäumte gegen die verborgene Steintreppe wie gegen ein Riff. Das Holzgerüst mit der kleinen Laube, wo wir so oft gesessen hatten, war weggerissen – nur ein einzelnes Brett starrte ein wenig seitwärts von der Tür hervor und wippte einige Fuß hoch über dem Wasser wie ein Sprungbrett. Das dritte Haus stand wiederum tief im Wasser. Dank meinem guten Reiseglas sah ich alles ganz genau. An dem flachen jenseitigen Ufer, um das sich der Fluß krümmte, war nichts anderes zu bemerken, als daß es ein wenig weiter zurückgetreten war und daß das Gras ohne Grenze in das Wasser hineinwuchs.

Ein trauriger Anblick – um so mehr, als er gar nichts Wildes an sich hatte. Von dem hohen Standpunkt aus schien der breite Fluß nicht einmal Eile zu haben; man ahnte nur die ungeheure, unwiderstehliche Bewegungsmenge. Still und friedlich war er seinerzeit an unserem Idyll vorbeigeglitten, wie das bewegte, mit sich selbst beschäftigte Leben an den glücklichen Existenzen vorbeiströmt, die nichts von ihm begehren. Er war in dieses Idyll hineingebrochen, niederreißend und wegspülend, aber leidenschaftslos hatte er sein Zerstörungswerk verübt, und gleichgültig zog er daran vorbei – wie das Leben, wie das Schicksal.

Es wehte kalt, der Himmel hatte sich bezogen, es fing sogar ein wenig zu schneien an. Ein trauriges, niederdrückendes Schauspiel – aber ich hätte es gegen einen Blick über lächelnde, von einem belebten Flusse durchströmte Gegenden nicht tauschen mögen. So konnte ich es ertragen, Rathen wiederzusehen. Auch war ich froh, daß ich nie mit Minna hier oben gewesen war.

Ein prosaischer Umstand hinderte mich übrigens, mich meiner wehmütigen Stimmung allzusehr hinzugeben: Ich war fast krank vor Hunger. Als ich gegessen hatte, fand ich, daß es zu spät sei, nach Rathen hinunterzugehen, und ich verschob dies auf den folgenden Tag. Ich stieg ein Stück zur Elbe auf einem Waldweg hinunter, der von dem Rathener Abstieg abzweigt, aber als »verbotener Weg« bezeichnet war. Ich mußte an den barschen Waldwärter denken und wünschte, ihm zu begegnen. Dieser Steg mußte auf den hinabführen, dem Minna und ich auf unserem Heimwege aus den Steinbrüchen gefolgt waren. Aber der durchdringende Wind, der mir den immer dichter werdenden Tauschnee ins Gesicht schlug, je weiter ich hinunterkam, veranlaßte mich bald zur Umkehr. Oben auf der Höhe war es leicht, Schutz zu finden, aber überall war es unbehaglich, und ich war weniger betrübt als ärgerlich. Dieser ganze Ausflug kam mir wie eine Dummheit vor. Sobald die Sonne farblos und nichtsversprechend untergegangen war, ging ich in mein Zimmer, wo es abscheulich zog, und schlief bei dem einförmigen Wiegenlied der rauschenden Kiefern endlich ein.

Am nächsten Tag war das reinste Frühlingswetter. Die Aussicht war unverändert, es hieß aber, der Fluß fange zu fallen an. Als ich nach Rathen hinuntergehen wollte, erhob sich ein einsamer Gast von einem Tisch und rief: »Nein, sind Sie es, Herr – Herr Professor, es kam mir doch so vor!« Es war Herr Storch, der Schullehrer. Ich weiß nicht, ob ich mich freute oder ärgerte, ihn zu sehen, aber sicher ist, daß ich ihn zum Teufel wünschte, als er sich wie eine Klette anhängte und mit mir gehen wollte. Er hatte wegen der Überschwemmung Ferien gemacht und war nun auf die Bastei hinaufgewandert, um »einen Überblick zu gewinnen«. Es blieb mir nichts anderes übrig, als seine Begleitung anzunehmen; ich hatte keine Zeit, den Aufbruch hinauszuschieben, wenn ich nicht noch einmal auf der Bastei übernachten wollte.

»Sehen Sie, Sie bekommen zu Mittag Gesellschaft – es kann vielleicht ein ganzes *table d'hôte* werden«, rief er, als wir nach der Brücke hinuntergingen, und zeigte zurück auf einen Landauer, den ein Paar dampfende Pferde vor das Hotel zogen. »Die kommen aus Pirna – ich kenne das Fuhrwerk; der Fuhrmann ist ein Spitzbube, er schröpft die Reisenden ganz gräßlich.«

Ein Damenhut erschien am Wagenfenster, und ein langer, schwarzer Schleier flatterte zur Seite.

»Ei, Damen sind auch dabei, ich wette, eine junge – das ist was für Sie!«

»Kommen Sie nur«, sagte ich unwillig und eilte auf die Felsenbrücke. Im Sturmschritt ging es das erste Stück abwärts. Als wir auf etwas ebeneren Weg kamen, begann er, wie ich erwartet hatte, gleich von Minna zu reden. Er tat, als ob er nicht wisse, daß wir verlobt gewesen waren – vielleicht wußte er es auch wirklich nicht.

»Sie erinnern sich wohl noch meiner kleinen Kusine Minna Jagemann? – Ach freilich – ich sah ja, wie Sie ihr im Walde den Hof machten... Ja, denken Sie sich, sie hat doch noch Ihren Landsmann, den Maler, geheiratet, von dem ich Ihnen erzählte – man kann auch einem Schelm unrecht tun. Sie haben wohl nicht vergessen, daß ich Ihnen erzählte, sie hätte eine Art...«

»O ja, ich erinnere mich ganz gut an alles.«

»Haben Sie sie nicht in Dänemark gesehen? Das Land ist doch nicht so groß.«

»Ich habe die ganze Zeit in England gelebt.«

»Was Sie sagen! Ja, ich fand schon, daß so etwas – gerade wie was Englisches jetzt an ihnen ist.«

Ich lenkte das Gespräch auf die Überschwemmung und was sie den armen Bewohnern für Schaden zufüge. Es seien jedoch nur die beiden Gasthofinhaber und die Besitzer der drei Häuser an der Elbe, die einen Verlust erlitten hatten.

Als wir nach Rathen hinunterkamen, verabschiedete ich mich von ihm, wobei ich die »englische Seite« meines Wesens so stark hervorkehrte, daß dem braven Schulmeister die Lust verging, mir seine Gesellschaft länger aufzunötigen.

Die Überschwemmung der Elbe war nicht so weit vorgedrungen, aber der Bach war stark angeschwollen. Die einfachen Stege, die hinüberführten, hielten jedoch noch stand. Ich ging zu der Villa des Kammerherrn hinüber, die natürlich verschlossen war, kam an der kleinen Birkenallee vorüber und stand plötzlich vor meinem Ziel: der Grotte »Sophien-Ruhe«. Die Bänke waren weggenommen, ich setzte mich auf die Steinplatte des Tisches. Ringsumher zwitscherten die Vögel lustig. Die Sträucher schienen die Frühlingsluft mit unzähligen grünen Kiemen einzuatmen, und im Sonnenlicht leuchteten die Knospen der Bäume hell gegen den blauen Himmel.

Wieder hatte ich dieses sonderbare Gefühl, als ob ich nichts verstünde: Ich verstand nicht – weder daß *ich* hier war, noch daß *sie nicht* hier war. Ich mußte an den kleinen Johanniswurm denken, der allabendlich an derselben Ecke der Steinstufe gesessen hatte, nach einem Weibchen leuchtend. Und es kam mir vor, daß, wenn ich meine ganze Willenskraft auf meine Sehnsucht konzentrierend hier sitzen bliebe, ich mit Naturnotwendigkeit Minna zu mir zaubern müßte.

Man behauptet, daß ein Sterbender während weniger Sekunden sein ganzes Leben in allen Hauptzügen durchleben könne, als ob sein Bewußtsein bereits über die irdischen Bedingungen der Zeitfolge erhaben sei. In diesem Augenblick starb meine Jugend in mir, und sie durchlebte zum Abschluß den ganzen Verlauf ihrer Liebe, alles, was ich diesen Blättern anvertraut habe und noch viele halb vergessene kleine Züge. Es kam mir vor, als ob ich alles auf einmal von oben sähe, gleich wie ich oben von der Felsenzinne aus diese ganze Geburtsstätte meiner Liebe überschaut hatte. Und dabei wurde mir eines klar, was ich früher nicht bemerkt hatte, daß wir uns alle fast willenlos durch den Strom der Umstände hatten leiten und treiben lassen, ohne an irgendeinem Punkte mit einem entschiedenen: »So soll es sein!« einzugreifen. Sogar Stephensens Auftreten, das sich allerdings den Anschein einer gewissen Selbständigkeit gegeben hatte, trug im Innersten daßelbe Gepräge. Er hatte offenbar seiner eifersüchtigen Sehnsucht, Minna zu sehen, bevor sie ihm unwiderruflich verloren war, nachgegeben und dabei den Gedanken gehabt: Wir wollen sehen, was daraus wird – wer weiß – vielleicht fällt sie mir doch zu.

Aber jetzt? Konnte es jetzt nicht noch anders werden? War es nicht noch Zeit, mit einem »Ich will!« dazwischenzutreten? Eine Ehe ist nicht mehr unlösbar – die ihre war unglücklich. Ich wußte es sicherer, als wenn sie es mir mit Worten gesagt hätte: daß alles, was sie erhofft hatte, unrettbar verlorengegangen, daß Stephensen durchschaut, gewogen und zu leicht befunden war – während er selbst sich längst von ihr entfernt hatte. Außerdem war er ja, wie er oft genug hervorgehoben hatte, ein Mann, der die gewöhnlichen Vorurteile abschüttelte, und am allerwenigsten würde er wohl behaupten, daß eine mißglückte Ehe nicht lösbar sei oder daß man es verantworten könne, eine Frau, die nicht bleiben wolle, festzuhalten. Allerdings sind die Freiheitstheorien, wenn sie gegen die Freiheitsmänner selbst angewendet werden, diesen nicht immer willkommen, aber wenn sich auch seine Eitelkeit sträubte – konnte er sich schließlich widersetzen, wenn sie wollte und wenn ich wollte?

Wollte sie? Sie hatte die Probe gemacht, und diese war mißglückt. Warum nicht das Unmögliche aufgeben und das Mögliche verwirklichen? Daß sie mir ihre Liebe und ihr Vertrauen bewahrt hatte, fühlte ich mit einer untrüglichen Gewißheit.

Wollte ich? Ja! – Ich will. Ich sagte es zum erstenmal in unserem Verhältnis, sagte es mit Jubel. Morgen abend konnte ich in Kopenhagen sein und in zwei Tagen mit ihr sprechen.

Seltsame Träumernatur des Menschen! Vielleicht hatte ich mich nie, während ich Minna in jenen Tagen an meiner Seite hatte, so glücklich gefühlt wie in diesem Augenblick, da ich auf unsere erste jugendliche Liebe zurücksah und vorwärts schaute nach ihrer Vollendung in einer erprobten ehelichen Liebe, während diese zwei Teile in der Glut meines Willens zu einem einzigen Leben zusammenschmolzen.

So wahr sind die Mythen von dem verlorenen und dem zukünftigen Paradies: Das Glück ist eine Erinnerung und eine Hoffnung.

39. Kapitel

In diesem Augenblick geschah etwas, was mir damals übernatürlich vorkam und was mir auch jetzt, da ich es wieder durchlebe, noch ebenso erscheint.

Der Kies knirschte unter leichten, schnellen Schritten. Ich fuhr zusammen. Die Umstände waren den damaligen, als ich hier gesessen hatte und Minna gekommen war, so vollkommen gleich, daß ich glaubte, es müsse eine Sinnestäuschung sein – und wirklich, es klang ganz wie eine Wiederholung, eine Kopie, könnte man fast sagen, jener mir so wohlbekannten Schritte. »Wenn diese Halluzination andauert«, dachte ich, »dann werde ich sie sehen – und was soll dann aus mir werden! Mein Gott, sollte ich wirklich dem Wahnsinn nahe sein, wie ich gestern halb im Scherz sagte...?«

Ich sprang mit einem Schrei vom Tisch herab, und mit einem Schrei blieb Minna vor der Grotte stehen –ja, Minna, kein sinnentäuschendes Gebilde der Phantasie.

Wir hatten uns noch nicht gefaßt, als Stephensen sich zeigte und mit einem überraschten, aber zugleich ein wenig spöttischen Lächeln grüßte, das deutlich genug sagte: Dies ist wirklich ein Zufall, der wie ein Gedanke aussieht.

Die gehörigen Ausrufe: »Bist du hier?«

»Das nenne ich eine Überraschung!«

»Ich glaubte, Sie seien in England!«

»Ich dachte mir Sie in Kopenhagen« – maskierten für einige Minuten die gegenseitige peinliche Verlegenheit.

Nachdem das erste erregte Entzücken sich gelegt hatte, das das plötzliche Erschauen der Geliebten unabweisbar mit sich bringt, fühlte ich eine schmerzliche Enttäuschung. »Der Herr und die gnädige Frau zusammen auf einer Vergnügungsreise« – wie wenig paßte das zu dem Verhältnis, das ich zwischen ihnen erwartet, zu dem Plan, der mich begeistert hatte!

»Vermutlich unterwegs nach dem Süden, nach Italien?«

»Nein, wir wollen uns auf Sachsen beschränken.«

»Du hast wohl Geschäfte in Dresden?«

Minna war merkwürdigerweise offenbar diejenige unter uns, die sich am schnellsten in der Sachlage zurechtfand. Sie fuhr nur fort, schnell und unregelmäßig zu atmen.

Ihr Lächeln und ihre Stimme, sogar ihre Bewegungen drückten eine lebhafte Freude über dieses Wiedersehen aus.

»Du mußt wohl nach Pirna zurück? Das ist wunderschön, dann kannst du gleich mit uns fahren.«

»Ja, Platz ist genug da«, sagte Stephensen. »Es ist keine Kalesche. Und übrigens, wenn es eine gewesen wäre, so wäre ich gern auf den Bock geklettert.«

Er kommandierte sein übliches Höflichkeitslächeln vor die Front. Die Lippen gehorchten, die Augen aber nicht. Er war sichtbar gereizt, allein Minna bemerkte es nicht – oder machte sich nichts daraus.

»Ja, es könnte schon sein, daß unser Gespräch dich langweilen wird, wir haben viel zu besprechen nach so vielen Jahren.«

Wir machten uns gleich auf den Rückweg. An einem Fenster des Schulgebäudes stand der Lehrer. Er beugte sich weit hinaus und folgte uns so lange wie möglich mit den Augen. Minna lachte:

»Na, mein Herr Vetter ist auch noch da! Weißt du noch, wie er uns auf dem Waldwege traf? Was für Gedanken er sich wohl machen wird? Wenn er sich nur nicht die Augen ganz aus dem Kopf starrt!«

Sie fuhr fort zu lachen und ein wenig aufgeregt zu scherzen.

»Da haben wir die liebe alte Sägemühle, wo ich des Morgens mit den kleinen Mädchen hinging und frisch gemolkene Milch trank. Warum warst du nie dort? Aber um die Zeit schliefst du natürlich wie ein Murmeltier, so seid ihr immer.«

»Aber du hattest mir nie gesagt, daß du zu der Zeit dort warst.«

»Muß man euch denn alles mit Löffeln eingeben?«

»Ich für mein Teil esse am liebsten feste Speise und mit der Gabel«, sagte Stephensen.

Minna sah erstaunt – nicht gerade auf ihn, aber in die Richtung, wo er sich befand, als ob sie sich wunderte, daß von dort aus eine Bemerkung kam.

Als es anfing, aufwärts zu gehen, erstarb das Gespräch bald. Das Steigen wurde Minna schwer, und alle Augenblicke mußte sie wegen Atemnot und Herzklopfen stillstehen. Stephensen ging einige Schritte voraus – sie nahm meinen Arm und stützte sich darauf.

Bei Tisch war das Gespräch ziemlich träge und nichtssagend. Als aber der Wagen mit uns davonrollte, drückte Minna sich behaglich in die Ecke und sagte:

»So, Harald, nun mußt du mir erzählen, wie es dir in diesen Jahren ergangen ist – alles mögliche, was dir einfällt.«

Ich kam der Aufforderung nach, so gut ich konnte. Minna betrachtete mich ununterbrochen, so daß ihr Blick mich bisweilen aus der Fassung brachte – sie lächelte auch fortwährend, aber bisweilen so, als ob sie an ganz andere Vorgänge dächte. Mitunter lachte sie, ja, sie neckte mich sogar ein wenig mit den schönen englischen Damen.

»Ach was!« rief ich etwas ärgerlich, »Schönheiten! Ich habe keine gesehen, die so schön war wie du.«

Minna warf sich zurück und lachte mit dem Taschentuch vor dem Mund.

»Na, da bekamst du wenigstens ein Kompliment, das sich gewaschen hat«, warf Stephensen hin.

Er saß auf dem Vordersitz, sah meistens zum Fenster hinaus und zündete eine Zigarette nach der anderen an. Wenn er eine Bemerkung einschob oder eine Frage stellte – über Kunstzustände in London oder ähnliches –, sah ihn Minna mit jenem verwunderten und harten Blick an: So sieht man ein Kind an, das unartig gewesen ist und das, ohne um Verzeihung gebeten zu haben, glaubt, sich verhalten zu können, als wäre nichts geschehen, und sich ruhig ins Gespräch mischen zu dürfen. Diese Behandlung belästigte ihn offenbar im höchsten Grade, er schwieg jedesmal so bald wie möglich. Aber auch mir war es lästig: So peinlich es für mich gewesen wäre, Zeuge einer liebevollen Vertraulichkeit zwischen ihnen zu werden, so schnürte es mir doch das Herz zusammen, als ich ihr unglückliches Verhältnis so offen entschleiert sah, und ich begriff nicht recht, wie Minna es tun konnte – selbst mir gegenüber.

Eigentlich wollte ich meine Begegnung mit dem deutschen Musiker verschweigen, aber als es so weit kam, erzählte ich sie doch. Minna sagte nichts, sondern starrte zum Fenster hinaus.

»Komisch, wie klein die Welt ist«, bemerkte Stephensen. »Man stößt immer wieder aufeinander – direkt oder indirekt.«

»Und dann bist du abgereist?« fragte Minna plötzlich, indem sie schnell wie ein Vogel den Kopf drehte und mich mit einem durchdringenden Blick ansah.

Diese Wendung überraschte mich völlig.

»Ja – dann…dann reiste ich ab«, stammelte ich und errötete heftig.

Stephensen betrachtete uns mit einem unendlich ironischen Blick, als ob er sagen wollte: »Nun erfolgt wohl bald eine Erklärung in *optima forma!* Bitte, ich höre nichts, laßt euch nicht stören.« Minna warf ihm einen kurzen Blick zu, und er hörte sofort zu lächeln auf.

»Sage mir, Harald«, fragte sie und beugte sich vor, »warum kamst du nicht zu uns herein – an dem Abend – im Café?«

»Welches Café?«

» *A Porta* – du weißt schon ganz gut…Du dachtest, ich hätte dich nicht gesehen? Doch ich sah dich – aber erst zuletzt – erinnerst du dich noch – als ich über Stephensen lachte – und über sie alle übrigens.«

Stephensen setzte ein höchst würdiges Gesicht auf und strich mit dem Zeigefinger zwischen Hals und Kragen hin und her – seine Lieblingsgeste.

Minna wandte sich noch mehr von ihm ab und sah mich mit einem neckenden Lächeln an.

»Ich kannte niemanden von der Gesellschaft – und außerdem…«

»...wünschtest du nicht, mich in dieser Gesellschaft zu treffen – und daran tatest du wahrlich recht!«

Aber nun fühlte Stephensen, daß es hohe Zeit sei, die Würde aufrechtzuerhalten.

»Ich muß sagen, das ist eine höchst merkwürdige Art, von dem Kreis zu sprechen, in dem wir verkehren.«

»Du – nicht ich. Ich mußte mich darein finden, mit dabeizusein.«

»Es ist sehr zu beklagen, daß ich dir keinen besseren verschaffen konnte! Es waren immerhin fast sämtlich Leute, die zu den geistreichsten...«

»Vielleicht. Ich gehöre nicht in diese Gesellschaft, und Harald also auch nicht.«

Stephensen kniff die Lippen zusammen und schickte ihr einen boshaften Blick zu.

»Du mußt selber am besten wissen, wo du hingehörst.«

Minna fuhr zusammen und drückte die Hand unter die Brust, als hätte sie einen Stich bekommen. Mir ahnte, daß ein verborgenes Gift in diesen Worten liege. Ich hatte die Vorstellung, als säße ich hier wie ein Priester, der mit einem Verurteilten zum Schafott fährt, und als ob es der Polizeibeamte sei, der mir gegenübersaß.

Ich litt unsagbar – aber ich fühlte, daß das Gespräch um jeden Preis in ein ungefährlicheres Geleise gebracht werden mußte. Wir bekamen eben Pirna zu Gesicht, und ich fragte, ob sie dort übernachteten oder ob sie mit nach Dresden führen.

»Nein, wir übernachten – vielleicht gehen wir ein wenig nach Böhmen«, antwortete Stephensen.

Minna, die sich zum Fenster hinausgebeugt hatte, kehrte sich gleich darauf zu mir. Ihr Gesicht war farblos und fast verzerrt. »Bleibst du noch einige Tage in Dresden?« fragte sie. Aber diese Frage war von einem Blick begleitet, der sie zu einer Bitte machte.

Meine Antwort ließ etwas auf sich warten. Sollte ich nicht die Gelegenheit benützen, um meine Karten ein wenig zu zeigen? Wenn ich dies tun wollte, war keine Zeit mehr zu verlieren.

»Als Sie mich in ›Sophienruhe‹ überraschten«, hob ich bedachtsam an, »war ich allerdings gerade zu dem Entschluß gekommen, noch heute abend nach Kopenhagen zu reisen.«

Bei den letzten Worten machte Stephensen eine unwillkürliche Bewegung. Dann nahm er sich zusammen, und seine Züge legten sich in sehr mißbilligende Falten. Der Schuß hatte ins Schwarze getroffen. Ich sah alles ganz deutlich, obwohl meine Augen an Minna hafteten, die keinen Blick von meinem Gesicht abwandte. In den wunderbaren grünlichbraunen Tiefen ihrer Augen gewahrte ich ein immer leuchtenderes goldiges Licht.

»Ich verstehe«, sagte oder richtiger hauchte sie, kaum die Lippen bewegend.

»Jetzt werde ich freilich meine Pläne ändern. Ich habe genug in Dresden zu tun, um mich hier ein paar Wochen aufzuhalten... viele Wochen, wenn es sein soll.«

»Das freut mich«, sagte Minna.

Stephensen nahm Zuflucht zu seiner Lieblingsgeste – und schien aufgelegt zu sein, eine scharfe Bemerkung zu machen – etwa, daß ich ihretwegen keine andere Bestimmung zu treffen brauche – überlegte sich's aber anders.

Keins von uns sprach ein Wort mehr.

Ich hatte schon anfangs bemerkt, daß ich im Hotel Bellevue wohne. Also wußte ich, daß Minna sich mit mir in Verbindung setzen konnte, wenn sie es wünschte. Auch zweifelte ich nicht, daß sie es tun würde. In diesem Punkte war ich beruhigt. Hingegen verursachte mir diese sonderbare Reise viel Unbehagen. »Was wollen sie denn eigentlich hier?« dachte ich. »Offenbar gehen sie nicht nach Böhmen.«

Warum ich dies offenbar fand, weiß ich übrigens nicht.

> »Der Wagen rollt, es dröhnt die Brücke,
> Der Fluß darunter fließt so trübe.
> Ich scheide wieder von dem Glücke,
> Vom Herzen, das ich innig liebe.«

Als wir über die Brücke gekommen waren, ließ Stephensen halten. Ich drückte lange Minnas Hand, machte meine Verbeugung gegen Stephensen und eilte nach dem Bahnhof.

40. Kapitel

Als ich in Dresden ankam, konnte ich mich nicht dazu entschließen, den Böhmischen Bahnhof zu verlassen. Trotz Stephensens Versicherung, sie würden in Pirna übernachten, hatte ich den Verdacht, daß sie noch heute abend zurückkämen.

Der Abendzug brauste herein, und ich sah Stephensens Gesicht an einem Abteilfenster. Er stieg allein aus. Ich stürzte zu ihm hin.

»Wo ist Minna?«

Stephensen sah mich kalt an, als wolle er sich unbefugte Fragen verbitten. Aber er besann sich anders.

»Sie haben recht, Herr Fenger – Sie müssen es wissen. Sie ist auf dem Sonnenstein.«

»Sonnenstein!« murmelte ich, als verstünde ich nicht. Mir schwindelte; der Lärm von Reisenden und Trägern auf dem halbdunklen Bahnsteig machte mich krank.

»Sonnenstein? Was soll das heißen?« Ich packte ihn am Rock, teils um mich zu stützen, teils damit er mir nicht entschlüpfte. »Sie wollen doch nicht sagen, daß sie – daß Minna...«

»Nun, nehmen Sie es nicht so pathetisch!« sagte Stephensen mit einem Anflug von Gutmütigkeit. »Sie ist nicht irrsinnig oder eigentlich geistesgestört, nur sehr schwermütig und nervös aufgeregt. Sie haben es ja selbst gesehen... Kurz, es war das richtigste, daß sie sich in ärztliche Behandlung gab – was ist denn weiter dabei? In unserer nervösen Zeit tun es so viele... Sie zog den Sonnenstein vor, weil ihr Heimweh etwas krankhaft war – und dann natürlich auch, um das Gerede in Kopenhagen zu vermeiden – obschon, wie gesagt, es geschieht ja jetzt so allgemein, alle aufgeklärten Leute sind über diese Vorurteile hinaus.«

Mein stumpfer Unglaube war während dieser Auseinandersetzung einer vollauf verstehenden Raserei gewichen.

»Sie sind es, der das getan hat, Sie – Sie.«

Meine Stimme erstickte. Ich schüttelte die geballte Faust vor seinem Gesicht, er riß sich los. Ein Schutzmann tat einige Schritte auf uns zu. Stephensen flüsterte ihm ein paar Worte zu, zuckte die Achsel und verschwand im Gedränge. Ich lehnte mich an einen Pfeiler, rings umher stürzten verspätete Leute vorbei, Beamte riefen, Signalpfeifen schrillten...

Sobald ich einigermaßen Herr meiner Erregung geworden war, fragte ich den an der Sperre, ob noch ein Zug nach Pirna ginge, aber ich mußte mich bis zum nächsten Morgen gedulden.

Mit dem ersten Zug war ich in Pirna, kam atemlos oben auf dem Sonnenstein an und konnte glücklicherweise gleich mit dem Oberarzt sprechen.

Ich stellte mich als einen Freund der Frau Stephensen und ihres Mannes vor, welch letzteren ich gestern abend getroffen und dem ich regelmäßige Nachrichten darüber versprochen habe, wie es seiner Frau gehe, da ich mich längere Zeit in Dresden aufhalte. Weil ich aber auch sehr besorgt um meine Freundin sei und nur ein paar Minuten mit Herrn Stephensen hätte sprechen können, sei ich sogleich hierher geeilt und bäte ihn inständig, mir die volle Wahrheit zu sagen.

Der Oberarzt beruhigte mich vorläufig: Zu augenblicklichen Befürchtungen läge kein Grund vor. Es sei einer jener Fälle, bei denen man in früheren Zeiten nie daran gedacht hätte, sich an einen Arzt zu wenden, und bei denen die Anstalt wesentlich dazu diene, den Kranken von den geistigen Ansteckungsstoffen zu isolieren. Nähere Aufklärung könne er mir erst geben, wenn er die Patientin ungefähr eine Woche zur Beobachtung gehabt hätte, dann würde er aber auch sehr gern dazu bereit sein.

Als ich ihn acht Tage später aufsuchte, erklärte er, daß Minna zwar gemütskrank, aber nicht der Geistesstörung ausgesetzt sei, jedenfalls nicht, wenn sie richtig behandelt würde und unter den günstigen Bedingungen lebe, die eine Heilanstalt ihr sichere, bis sie ganz zur Ruhe gekommen sei. Sie sei in einem Zustand starker, nervöser Erregung. Ihre eigentliche Gefahr sei aber eine Herzkrankheit, zu welcher der Keim wohl schon vor mehreren Jahren gelegt worden sei. Sie könne mit dieser Krankheit alt werden, ihr aber auch einmal plötzlich erliegen. Vor allem gelte es, Aufregungen zu vermeiden, er vermute, daß solche dem Übel bisher regelmäßig Nahrung gegeben hätten.

»Sagen Sie mir«, fragte er plötzlich, »Sie sind ein Freund von ihr und ihrem Mann – lebten sie glücklich zusammen?«

Ich überlegte einen Augenblick, ob ich das Recht hätte, aufrichtig zu sein.

»Nein«, antwortete ich dann, »ich darf wohl sagen, daß sie es nicht taten.«

»Da haben wir es! Oder jedenfalls die Hauptsache dabei. Es wird ohne Zweifel am besten sein, wenn sie nicht zu ihm zurückkehrt. Das heißt, falls es – wenn die Zeit kommt – ohne großen Schmerz ihrerseits geschehen kann. Was ihn betrifft – er scheint mir ein vernünftiger Mann zu sein... Was meinen Sie?«

»Ich bin ganz Ihrer Meinung.«

Meine Aufregung war zu stark, als daß sie dem erfahrenen Manne entgehen konnte. Er lächelte und sah mich mit etwas zusammengekniffenen Augen scharf, aber nicht ohne Wohlwollen an.

»Aber das kann noch lange dauern. Ich habe ihr gesagt, daß Sie hier gewesen sind und soll Sie von ihr grüßen. Sie bleiben vorläufig in Dresden? Das ist gut. Einmal in der Woche sähe ich es gern, wenn Sie nachfragen. Ich glaube, es wirkt beruhigend auf sie; aber es wird eine geraume Zeit dauern, bevor ich es wage, Sie mit ihr sprechen zu lassen.«

Ich kehrte mit gutem Mut zurück. Mein Entschluß stand fest, mein ganzes Leben Minna zu weihen – verheiratet mit ihr oder nicht –, in welcher Weise es sich nun am besten mit ihrem Wohlsein und ihrer Gesundheit vereinigen ließe –, zufrieden, aus ganzer Kraft dazu beizutragen, sie so wenig unglücklich zu machen wie möglich, falls sie nicht mehr glücklich werden konnte (doch warum sollte sie es nicht werden können?), ohne jede Rücksicht darauf, welcher Schaden für meine Zukunft daraus entstehen mochte. Bekäme es ihr am besten, in ihrer Heimatstadt zu bleiben, dann würde ich mich nach einer Anstellung in Dresden umsehen; bedürfte sie eines südlichen Klimas, dann müßte ich Rat schaffen und im Süden leben. Das letztere erschien mir nicht wahrscheinlich. Das Wahrscheinlichste war sogar, daß England als neuer Ort ihr am zuträglichsten sein würde. Aber dies alles verursachte mir keine große Sorge. Was mich schauern machte, war das Bewußtsein, daß ein Damoklesschwert über ihrem Haupte hing. Und es würde für immer da bleiben, auch dann, wenn der Arzt sie entlassen hätte. Ja, selbst wenn es beseitigt wäre, meine Furcht würde es beständig sehen. Ich schwor mir aber, daß diese Angst meine Liebe nur um so fester machen solle, meine Zärtlichkeit noch beständiger. Wie könnte ich sie je im Zorne verlassen oder bloß im törichten Grollen nach einem häuslichen Streit, wenn mir eine innere Stimme zuraunte, daß vielleicht, wenn ich zurückkehren würde, um ihre Hand zu ergreifen und Liebe in ihrem Blick zu lesen, die Hand schon kalt und der Blick gebrochen sein könnte!

Mein Onkel mußte mir vorläufig für ein halbes Jahr Urlaub bewilligen. Ich mietete, wie in alten Tagen, ein einfaches Zimmer und warf mich auf ein weitläufiges keramisches Studium, woraus ich Nutzen für unsere Fabrik erhoffte und für das sich hier sowohl in praktischer wie in literarischer Hinsicht die günstigste Gelegenheit bot.

41. Kapitel

Am Nachmittag des dritten Mai, als alle Gärten und Anlagen grünten, nahm ich meinen gewöhnlichen Spaziergang nach dem Großen Garten hinaus.

Am Anfang der Bürgerwiese wurde mein Blick von einem Porträt gefesselt, das in dem Fenster eines Antiquitätenhändlers aushing.

Ich stürzte hinüber: Richtig, es war Stephensens Pastellbild von Minna.

Aber wie sah es aus!

Der Farbenstaub war in großen Partien abgefallen, besonders vom Haar, aber auch von einer Stelle der Stirn und fleckenweise von den Wangen. Wo das eine Auge sein sollte, schien der Untergrund grell hervor.

Es war in einen zerkratzten, wurmstichigen Rahmen eingesetzt, und darunter stand auf einem Zettel: Unbekannter Meister – Mitte des vorigen Jahrhunderts.

Ich trat in den dunklen Laden, wo man sich vor altem Gerümpel kaum rühren konnte.

Der Antiquitätenhändler, ein langer, magerer Greis, der sicher den Ausländer an meinem Deutsch heraushörte, vielleicht sogar etwas Englisches witterte, nannte einen schamlosen Preis. Es sei, erklärte er, eines der echten Bilder, die immer seltener würden, wahrscheinlich ein Mengs.

Ich nahm ihm bald den Mut und kaufte das Bild, allerdings immer noch bedeutend teurer, als es wert war.

Mit dem großen Paket unterm Arm mochte ich nicht in den Großen Garten gehen.

Ich wollte mich aber rühren und schlenderte die Johannesstraße hinunter.

Natürlich hatte ich das Porträt nicht gekauft, um es zu besitzen, sondern weil es mir ein unleidlicher Gedanke war, daß es dort am Pranger stehen sollte, um später bei Fremden zu hängen – als ein Mengs!

Ich gedachte, es mit nach Hause zu nehmen und es dort zu verbrennen.

Als ich mich aber auf der Albertbrücke befand, fiel mir ein: Warum es nicht in die Elbe werfen? Dann brauchte ich es nicht aufzumachen und wiederzusehen.

Die Brücke war fast leer von Fußgängern.

Ich trat an die Brustwehr des mittelsten Pfeilers – gegen den Strom; es war noch etwas Hochwasser.

Schnell blickte ich mich um. Niemand in der Nähe. Ich ließ das Bild fallen. Es verschwand im Wasser, und ich hörte, wie es an dem Wellenbrecher des Pfeilers zerschmetterte.

Niedergeschlagen ging ich nach Hause.

Auf meinem Tisch lag ein Brief von dem Oberarzt.

Minna war am Morgen – ganz unerwartet – am Herzschlag gestorben.

42. Kapitel

Den nächsten Tag erhielt ich ein kleines Paket mit Minnas Handschrift und mit dem Siegel der Anstalt.

Zuoberst lagen elf dichtbeschriebene Briefbogen, nur hatte der letzte drei leere Seiten, weil die Schrift schon auf der ersten aufhörte.

Sonnenstein, d. 17. April 188..

Liebster Freund!

Der Arzt hat mir erzählt, daß Du hier warst, und mich von Dir gegrüßt – er hat auch versprochen, Dich zu grüßen, wenn Du wiederkommst. Es tröstet mich unendlich, zu wissen, daß Du mir nahe bist.

Ich will an Dich schreiben – ab und zu, denn es erregt mich immer stark, und der Arzt hat mir vor allem solche Gedanken verboten, die Gemütsbewegungen verursachen, was ich sonst auch tue. Aber schreiben muß ich, weil ich nur dadurch einer beständigen Unruhe entgehen kann. Ich habe nämlich die Vorstellung, daß ich plötzlich sterben könnte – der Arzt lacht mich aus, wenn ich es sage, ich glaube ihm aber auch anzusehen, daß er denselben Gedanken hegt. Doch vielleicht ist das nur eine krankhafte Einbildung. Es ist mir aber eine Beruhigung, zu wissen, daß Du einen Gruß von mir bekommst, wenn es geschehen sollte.

Ich habe so viel auf dem Herzen, was ich Dir sagen muß. Ich habe Deine Briefe und einige Kleinigkeiten gesammelt, damit sie nicht anderen in die Hände fallen, und jedesmal, wenn ich an diesem Brief geschrieben habe, will ich ihn in das Paket legen, das schon an Dich adressiert ist.

Vielleicht werden wir einst über diesen Einfall zusammen lachen. Gott gebe es!

Heute abend kann ich nicht mehr schreiben. Gute Nacht, mein Freund!

18. April.

Weißt Du, was mich veranlaßte, mit großer Schwierigkeit durchzusetzen, daß wir den Ausflug nach Rathen machten, bevor sich die Anstalt hinter mir schloß – und warum ich nach der Grotte kam? Nicht nur das, was auch Dich dorthin trieb, sondern zugleich die Vorstellung, daß mir dort etwas Außerordentliches zustoßen müsse. Doch nicht das, was geschah – dies war in Wirklichkeit noch weit wunderbarer –, nein, ich glaubte, daß ich der Gemütsbewegung nicht gewachsen sein und daß sie mich entweder töten oder wahnsinnig machen würde –, denn das hätte ich dem Gemütszustand vorgezogen, in dem ich mich befand.

Aber welcher Segen, Dir dort zu begegnen, Harald! Ich sah, daß Du noch derselbe warst, und Du fühltest auch, daß ich dieselbe war – *dir* gegenüber. *Ihm* gegenüber sicherlich nicht.

Ich bemerkte wohl, wie peinlich es Dir war, daß mein Unwille gegen ihn so deutlich zutage trat, und dennoch konnte ich nicht anders sein. So schlecht bin ich schon geworden, so viel Bitterkeit und Haß ist in mir aufgestiegen.

Du kannst das gewiß nicht verstehen.

Wie ist es möglich, einen Menschen zu verabscheuen, den man geliebt hat?

Oder ich will lieber so fragen – denn *das* ist es gewiß, was Dir unerklärlich ist –: Wie kann man einen Menschen lieben, auf den man später, wenn man seinen Charakter durch das tägliche Zusammenleben gründlich kennengelernt hat, in einem solchen Grade herabsehen muß? Und hier ist ja nicht bloß von einer flüchtigen Schwärmerei die Rede, denn schon damals kannte ich ihn immerhin etwas.

Darüber habe ich mehr nachgedacht als über irgend etwas anderes, und damit Du mich recht verstehst, muß ich Dir sagen, wie ich mir das vorstelle.

In Stephensen lagen von Haus aus einige edle Keime – sonst wäre er wohl nicht Künstler geworden, nicht einmal der Künstler, der er ist. Wenn nun eine solche junge und nicht ganz verdorbene Natur zu einem jungen Mädchen Liebe fühlt, dann wird der Mann verfeinert und veredelt, und sie lernt einen anderen kennen als den, der er bisher war.

Es ist kein Betrug, im Gegenteil, sie kennt und liebt ihn so, wie er durch ihr Verhältnis werden soll – und bei ihr geht etwas dem Entsprechendes vor: sie bekommt mehr Inhalt, der Charakter erstarkt, und der Gesichtskreis erweitert sich.

Alles dies ist schön und richtig.

Aber dann tritt der Unterschied der verschiedenen Naturen im Lauf der Zeit hervor: Solche Männer, bei denen die edlen Keime stark genug sind, entwickeln sich wirklich nach diesem ihrem eigenen Ideal hin und werden mehr und mehr darin gefestigt; die anderen aber können sich nicht auf der Höhe halten, zu der sie sich hinaufgeschwungen haben, sie sinken sogar noch tiefer hinab.

20. April

Was ich letzthin schrieb, strengte mich sehr an und erregte mich ungewöhnlich. Es war so traurig zu denken und so schwierig auszudrücken. Gestern konnte ich nicht schreiben.

Ich will nicht versuchen, diese Betrachtungen weiter auszuspinnen – obgleich es für mich von großer Wichtigkeit ist, daß Du mich richtig verstehst, denn allein von hier aus bin ich zu entschuldigen.

Aber Du hast mich gewiß schon verstanden. Ich behaupte nicht, daß es im allgemeinen zutrifft, aber in diesem Fall muß es so gewesen sein.

Ich wollte Dir ja von meinem Leben in Dänemark erzählen.

Ach ja! Erinnerst Du Dich, was Sieglinde von ihrem Leben mit Hunding sagt:

> Fremdes nur sah ich von je,
> freundlos war mir das Nahe;
> als hätt' ich nie es gekannt,
> war, was immer mir kam.

Aber nicht das war es, daß ich im nationalen Sinne »fremd« war, obgleich das auch das seine beigetragen haben mag.

Im Anfang fand ich wirklich auch alles herrlich – freisinnig, aufgeklärt und was weiß ich.

Bald aber merkte ich, wie hohl der Kern war – in Stephensen hatte ich ja in allzu unmittelbarer Nähe einen Auszug des Ganzen fortwährend vor Augen. Es war schließlich auch kein Wunder, daß ich in diesen Kreis nicht hineinpaßte, der aus Freunden – wenigstens dem Namen nach – meines Mannes bestand. Einzelne gefielen mir natürlich besser, aber keiner war Dir ähnlich. Wenn ich ab und zu eine mir sympathische Persönlichkeit traf, so war es meistens eine, die nicht in unsere Sphäre hineingehörte und sie nur flüchtig berührte, um sich bald wieder zurückzuziehen. Daß unser Kreis der geistvollste in Dänemark sei und die höchste Intelligenz des kleinen Landes vertrete, hörte ich fast bei jeder Zusammenkunft. Ja, er war auch der »anständigste«; denn die anderen waren nicht nur mehr oder weniger Dummköpfe, sondern auch geschworene oder sogar »eidbrüchige« Feinde der Wahrheit und des Rechtes. Oh, ich könnte sehr geistreich über diese Sachen schreiben, denn ich habe ein gutes Gedächtnis und habe viele prächtige Reden gehört!

Es gab eine Zeit, wo ich mich ehrlich bestrebte, mich zurechtzufinden, und versuchte, nachzugeben – dies sei meine Pflicht, meinte Stephensen. Ich sagte mir, daß vielleicht *sie* recht hätten und nicht ich; es konnte ja sein, daß ich eigensinnig und überspannt war. Ich fing an, mit den anderen die Achsel zu zucken über Dinge, die ich edel und erhaben fand; ich versuchte zu bewundern, was mich im Innersten anekelte; ich tat, als glaubte ich, das Wort Tugend sei Heuchelei und Lächerlichkeit – nein, »eine Unanständigkeit«, wie eine von Stephensens geistreichen Freundinnen sagte. Kurz, ich versuchte, mit den Wölfen zu heulen, unter die ich geraten war (ihr habt ja doch Wölfe in Dänemark – weißt Du noch, wie Du mich auslachtest? – aber keine Löwen! Wenn auch der Dichter, den Du bei *à Porta* sahst, beinahe einer war; wenigstens hat er »gut gebrüllt«, manchmal auch »so zart wie eine Nachtigall«). Es glückte mir aber nicht, meinen starren Sinn zu beugen – vielleicht trägst Du die Hauptschuld daran. Ich blieb mir selber treu, und dieser Dienst gehört nicht zu den geringsten, die Du mir geleistet hast.

26. April

Wir lebten sehr gesellig, da Stephensen eine wahre Sucht nach Zerstreuungen hatte, und dieses Gesellschaftsleben zog sich oft bis tief in die Nacht hinein. Da ich früh aufstehen mußte – ich war nach deutscher Sitte eine recht fleißige Hausfrau und mußte es übrigens auch sein, wenn wir durchkommen wollten –, so trug dies nicht wenig dazu bei, meine Gesundheit zu untergraben.

Bisweilen versuchte ich, mich dem Verkehr zu entziehen, wogegen sich Stephensen stets auflehnte. Schließlich hätte ich vielleicht doch meinen Willen durchgesetzt, wenn nicht eins gewesen wäre: meine Eifersucht.

Was ich an Eifersucht litt, kann ich Dir kaum begreiflich machen. Ich glaube, ein Mann kann das nicht verstehen, obgleich euer Geschlecht ja genug Othellos hervorgebracht haben soll.

Man sollte meinen, daß, wenn eine Frau nicht nur die Liebe zu ihrem Mann verloren, sondern auch die Achtung vor ihm eingebüßt hat und kein wirkliches Zusammenleben mehr vorhanden ist dann könnte sie ihn fast mit Gleichgültigkeit andere begünstigen sehen. Mir erging es eher umgekehrt. Je mehr meine Liebe abkühlte, um so brennender wurde meine Eifersucht. Als Malersfrau hatte ich noch dazu besondere Feinde: die Modelle. Ich habe mich dazu erniedrigt, an der Tür zu horchen, wenn er weibliche Modelle hatte. Kein Wunder, daß ich den Kampf mit dem Schlaf in unausstehlichen Gesellschaften ausfocht, nur um ihn im Auge zu behalten.

Diese Anstrengungen wurden von einem furchtbaren Erfolg gekrönt. Ich hatte lange die blonde Dame in Verdacht, die Du bei *à Porta* sahst. Eines Tages – kurz nach jenem Abend – ertappte ich ihn dabei, als er unter dem Vorwand, er habe ein weibliches Modell, sich mit ihr im Atelier eingeschlossen hatte. Ich drang lange in ihn, bis er gestand, und weil er nun einmal in eine Art geschwätziger Reue hineingeraten war, plapperte er viel mehr aus, als ich ahnte. Es stellte sich heraus, daß seine Treulosigkeiten bis zu den ersten Jahren zurückreichten – ja, bis zu der Zeit, da er am allermeisten...

Nein, ich kann nicht darüber schreiben.

28. April

Als mein Kind starb, war meine Trauer unbeschreiblich; nach einem Jahre aber betrachtete ich es als ein Glück. Ich habe Dir viel von meinem Vater erzählt – siehst Du, ich fürchtete damals, eine ähnliche Mutter zu werden. Denn ich bemerkte an mir den Anfang derselben Erstarrung, deren Wirkungen ich als Kind gefühlt hatte und die ich dann später verstehen lernte.

Nun gab es keine Pflicht mehr, die mich hinderte, mich in mich selbst zurückzuziehen. Mein Leben bestand einzig darin, unsere großen Dichter zu lesen und Musik zu treiben. Schubert, Beethoven und Wagner, deren Klavierpartituren ich besaß – das war eine Welt nach meinem Herzen und so verschieden von dem, womit in Berührung zu sein ich gezwungen war.

Du weißt, wie leidenschaftlich ich die Musik liebe, aber auch, wie es meine Nerven angreift, viel zu spielen. Ich sagte einst im Scherze zu Dir, daß, wenn ich je wünschen sollte, meinen Verstand zu töten – dann durch Klavierspielen. Vielleicht habe ich wirklich versucht, mir mit diesem himmlischen Gifte geistig das Leben zu nehmen.

Hätte ich einen Ausweg erblickt, hätte ich gewußt, was ich nun weiß, dann hätte ich mich sicherlich mehr geschont.

30. April

Vor einer Woche oder mehr schrieb ich: »Es war jedoch nicht, weil ich im nationalen Sinne ›fremd‹ war, obschon auch das wohl das seinige beigetragen haben mag.« Je mehr ich aber nun darüber nachdenke, um so mehr will es mich bedünken, als ob ich mit der letzteren Hälfte des Satzes der Wahrheit bedeutend näher gekommen sei als mit der ersteren. So überfiel mich im Verlauf des letzten Jahres öfters das Heimweh auf fast überwältigende Weise. An den ersten und heftigsten dieser Anfälle wurde ich durch einen sonderbaren Zufall erinnert – aber ich pflegte ja zu sagen: »Es gibt keinen Zufall!« –, nennen wir es also, wie wir wollen: Ich wurde sehr lebhaft daran erinnert, eine Stunde bevor wir uns in »Sophienruhe« trafen.

Wir brachten in dem vergangenen Sommer ein paar Wochen auf Taasinge zu. Sicherlich hast Du die Schönheit dieses waldreichen Inselchens rühmen hören. Auch Stephensen wurde plötzlich von dessen Ruf so angelockt, daß er vorschlug, unsere Sommerfrische auf Taasinge zuzubringen. Es war nun wenigstens gewiß »kein Zufall«, daß jene schon erwähnte Blondine in diesem Jahr auch die Insel besuchte – in der Gesellschaft einer mit ihr verwandten Organistenfamilie hatte sie sich dort eingemietet.

An einem herrlichen Julitage machten wir alle einen Ausflug zur Breininge Kirche, von der Du wahrscheinlich gehört hast. Von dem oben durchbrochenen Holzturme hat man den wundervollsten Rundblick über die Sunde und Inseln. Ein Gewitter stand am Himmel. Die Wolkenspiegelung ließ das Wasser fast schwarz erscheinen, aber unten am Horizont war ein goldener Streifen, aus dem das Licht über die Buchenwälder Fünens und die roten Dächer Svendborgs hinausströmte. Die Stimmung erinnerte mich fast traumhaft an die nach unserem Gewitter in Rathen – Du wirst sie nicht vergessen haben.

Ich hatte lange nicht an Dich gedacht – hatte diesen Gedanken gescheut. Jetzt gab ich mich auf dem Rückweg der Erinnerung hin. Ich konnte das ungestört tun, denn ich ging meistens allein, da Stephensen und die Blondine sich irgendwie verirrt hatten. Die Frau des Organisten gesellte sich mir schließlich zu, störte mich jedoch wenig. Ich konnte ihr deutlich anmerken, daß sie mich bemitleidete. Sie war auch ihrer blonden Verwandten gegenüber recht kurz angebunden, als das vermißte Paar, kurz bevor wir das Städtchen erreichten, von seinen Irrwegen zur Gesellschaft zurückfand.

Mein kleines Schlafzimmer, das nach Westen lag, war drückend heiß. Die Fenster blieben weit offen nach der »hellen Nacht« – doppelt hell durch den Widerschein des blanken Wassers. Ich konnte lange nicht einschlafen, und als ich nahe daran war, wurde ich durch Töne wachgerufen. Es waren Bläser – wohl auf einem Schiffe. Ein Marsch wurde gespielt, aber kein dänischer. Ich kannte das Stück nicht, aber ich wußte sofort: Das ist ein deutscher Marsch. Woher ich das plötzlich wußte, weiß ich nicht; ich fühlte es: Nach diesen tapferen Tönen sind Deutsche marschiert – um für Deutschland freudig Leben und Blut zu opfern. Das Gefühl, das dann über mich kam, kann ich nicht beschreiben. Das Wasser trug die Töne weit. Stundenlang, nachdem sie sich endlich in der Ferne verloren hatten, lag ich da und weinte. Ich dachte an Deutschland und an meinen Vater, der diese preußischen Märsche so sehr geliebt hatte. Und dabei dachte ich dann wieder an Dich, denn es ist mir oft eingefallen, daß Du meinem Vater vielleicht gut gefallen hättest. Ich weiß, daß er Stephensen nie recht hat leiden mögen; umgekehrt war es mit der Mutter.

Wie das kam, daß nachts in diesem dänischen Binnenwasser ein deutscher Marsch gespielt wurde, habe ich nie erfahren. Ich forschte auch nicht nach. Gerade das Rätselhafte dabei und daß es gleichsam zu mir allein kam – denn die anderen schliefen zu gut, um etwas zu hören –, machte mir das kleine Erlebnis doppelt teuer, und ich hegte es wie ein geheimes Kleinod.

Am folgenden Tage war ich jedoch in einer so elenden Verfassung, daß ich zu Hause bleiben mußte. Stephensen schalt, daß ich vor offenen Fenstern geschlafen habe, die Nachtluft greife die Nerven sehr an. Ich konnte ihm aber sehr wohl anmerken, daß er einen anderen, ihm näherliegenden Grund meines Zustandes argwöhnte. »Wir wollen nicht weiter nach der Ursache forschen«, sagte ich. »Nennen wir sie Heimweh, dann werden wir nicht weit danebengreifen. Darum mußt du mir versprechen, wenn mein Zustand je ein solcher werden sollte, daß ich in eine Nervenheilanstalt muß, dann darf es nicht eine dänische sein. Schicke mich nach Pirna auf den Sonnenstein, von dessen Fenstern aus ich mein liebes Felsenland sehen kann.« Diese Worte ergriffen ihn stark, er weinte sogar etwas, und obwohl er von einer solchen Möglichkeit gar nicht reden hören wollte, versprach er es mir doch auf alle Fälle.

Er hat auch Wort gehalten, und so konnten wir uns in Rathen begegnen.

Unmittelbar bevor dies geschah, hatte ich jedoch das kleine Erlebnis, auf das ich anfangs hindeutete.

Im Speisesaal auf der Bastei steht ein großes Polyphon. Während wir dort gleich nach unserer Ankunft eine Tasse Kaffee tranken, tat ein kleines Mädchen ein Groschenstück hinein. Das

Instrument begann zu spielen – es waren dieselben Klänge, die mich in jener Nacht auf Taasinge wachgerufen hatten. Sobald das Stück aus war, trat ich an das Polyphon. Auf der Platte stand: »Torgauer Marsch«. Torgau das war ein Sieg Friedrichs des Großen, soviel wußte ich von der Schule her, wo wir ihn allerdings »Friedrich den Zweiten von Preußen« nennen mußten. Aber mein Vater nannte ihn immer Friedrich den Großen oder Friedrich den Einzigen. »Auch für uns hat er gekämpft«, sagte er – »ohne ihn hätten wir das alles nicht« – womit er »des Reiches Herrlichkeit« meinte, wie er es mit einem Wort von Moltke nannte.

Du kannst Dir wohl denken, daß dies einen sonderbaren Eindruck machte, der noch geheimnisvoller wurde, als wir uns nun unmittelbar danach trafen.

Heute fand ich nun hier in einem Hefte »Vom Fels zum Meer« einen Aufsatz über Friedrich den Großen zur Feier seines hundertsten Todestages. Natürlich stürzte ich mich gleich darüber her, um zu sehen, wie es mit Torgau war – worüber nur wenig dastand, dagegen viel anderes, was mich unerwartet stark fesselte und ergriff. Denn in der Schule haßte ich alles Geschichtliche, wogegen Erdkunde und das wenige, was wir vom Naturleben zu wissen bekamen, mich sehr anzog. Ich pflegte zu sagen: »Was gehen mich denn die alten Männer an.« Aber mir ist, als ob dieser Mann mich doch etwas anginge. Ich muß wohl mit dem Herzen meines Vaters fühlen, daß er auch für mich gekämpft hat. Denn es dünkt mich, als ob dieser tapfere Geist, als er sich mit ganz Europa herumschlug, für vieles stritt, was mir am teuersten und heiligsten ist. Aber freilich würde ich das gar nicht auseinandersetzen können.

2. Mai

»Sonne, bald werde ich dir näher sein«, sagte der alte König in seinen letzten Tagen, als er in seinem Sessel am Fenster von Sanssouci saß und nach dem Sonnenuntergang hinaussah. Wie ergreifend! Der sterbende Adler nach der Sonne blickend. »Er blickt nach dem himmlischen Lichte« – entsinnst Du Dich der lateinischen Inschrift unter dem Adler auf eurer Universität? Ich kam fast jeden Tag dort vorüber und dachte daran, daß Du diese Treppe hinaufgegangen warst; denn Du hast mir erzählt, daß Du ein Jahr lang dort Vorlesungen hörtest. Selber ist man freilich nur ein armseliges Vögelein mit gebrochenen Flügeln, das nie zu was Rechtem getaugt hat. Und nach welchem Lichte blickt man?

Ach Harald, wie innig wünsche ich zu wissen, wie Du über den Tod denkst. Glaubst Du an ein Wiedersehen? Es ist schwierig, sich eines vorzustellen, aber andererseits kann ich mir nicht denken, daß ich wie ein Licht verlöschen sollte.

Ich denke oft an den alten Hertz, den ich bei verschiedenen Gelegenheiten über die Seele und die Unsterblichkeit sprechen hörte. Da es in der Hauptsache – wenn ich mich nicht irre – die Lehre seines geliebten Kant war, ist es nicht verwunderlich, wenn ich armes ungelehrtes Wesen, das ich war und bin, nicht alles verstanden habe. Nichtsdestoweniger ergriff es mich schon damals, und später sind mir die tiefsinnigen Anschauungen, denen er ergeben war, in mancher einsamen und trüben Stunde zurückgekommen. Ein Satz und ich glaube einer, der gleichsam der Schlüssel des Ganzen war – hat sich fast wörtlich meinem Gedächtnis eingeprägt, weil Hertz ihn bei jeder Gelegenheit wiederholte: »Wir kennen nicht uns selber, wie wir eigentlich sind. Was wir unser Selbst nennen, ist nicht unser wirkliches Selbst« (nur brauchte er dafür einen sonderbaren Ausdruck »das Selbst an sich«), »sondern lediglich, wie es sich in unserem sinnlichen Bewußtsein spiegelt.« – Über diesen Satz habe ich oft auf meine eigene dumme Weise gegrübelt; denn ich möchte doch gar zu gern wissen, was ich in Wirklichkeit bin, in der Hoffnung, daß es vielleicht etwas Besseres sein möchte, als was ich von mir selber kenne. Und bisweilen stellte ich mir sogar vor, daß dasjenige von mir, das ich nicht kenne, weil es sich in dem kleinen Spiegel des Bewußtseins nicht darstellt, und dasjenige von Dir, was Du aus demselben Grunde nicht kennst – aber ich glaube, ich habe einen Schimmer davon gesehen, wenn ich Dich recht, recht lieb hatte –, daß diese beiden Dinge, wenn auch nicht daßelbe, doch so nahe verwandt sind, daß es uns eines Tages nur als ein böser und verworrener Traum vorkommen wird, daß wir je getrennt waren.

Das sind nun freilich wunderliche Gedanken und vielleicht sogar törichte. Es sind aber auch, für mich wenigstens, höchst trostreiche Gedanken.

Und vielleicht wirst du sie weder töricht noch fremdartig finden. Denn Du hast mir gesagt, daß Dein Vater ein Anhänger Schopenhauers war und daß er oft zu Dir von seinen Anschauungen sprach. Nun habe ich allerdings nichts von Schopenhauer gelesen – wie sollte ich mich an einen Philosophen heranwagen –, aber ich erinnere mich wohl, daß der alte Hertz ihn öfter als einen großen Denker aus der Schule Kants erwähnte, der jedoch für seinen Geschmack zu mystisch sei. So ist es denn möglich, daß das, was ich hier (mit etwas Selbstüberwindung) niederschrieb, für Dich einen vertrauten Klang hat.

Aber ich bin wirklich froh, daß ich ein gutes Schloß an meiner Tischlade habe und diese Schreibereien verschließen kann. Denn ich habe den Verdacht, daß, wenn der Professor diese »törichten Gedanken« zu sehen bekäme, er mich sofort in den entgegengesetzten Flügel überführen ließe, wo die Unheilbaren wohnen...

Lange saß ich mit dem Blatt in der Hand. Ach, nur ein Bogen war noch übrig, und von dem war die eine Seite nicht einmal voll beschrieben. Es eilte wahrlich nicht mit dem Lesen. Mir schien es, als ob alles, was für mich noch lesenswert war, da vor mir auf dem letzten Briefblatt läge!

So hielt ich mich denn lange bei diesen Gedanken auf, die mich tief ergriffen. Minna hatte recht. Sie erinnerten mich wirklich an meinen lieben Vater und riefen mir so manche Waldwanderung mit ihm in den Sinn zurück – Wanderungen, auf denen er sich gern in metaphysische Spekulationen über den Willen in der Natur erging, wie dieser sich im Leben der Bäume und der Waldtiere offenbare. Wie tief hatte ich es während meiner Verlobung mit Minna bedauert, daß ich sie ihm nicht zuführen konnte, der ihr gewiß ein ebenso lieber Vater gewesen wäre wie sie ihm eine zärtliche Tochter. Sie waren beide eigenartige Naturen und hatten vieles gemeinsam. Wie sehr liebten sie beide Pflanzen und Tiere, wie empfänglich waren sie für jede Schönheit der Natur! Beide hatten sie einen schwermütigen Untergrund und darüber einen Schimmer goldigen Humors. Ich durfte sie nicht als meine Braut zu ihm führen. Und nun waren sie sich gleichsam schon begegnet. Sie gehörten einer anderen Welt an, und ich war zurückgeblieben, allein – ach, so ganz allein!

Aber in den letzten Zeilen war Minna so lebendig anwesend! Kaum vermochte ich es zu fassen, daß sie nicht mehr hier war, wo ich sie erreichen konnte. Diese kleine Schelmerei, die quellfrisch zwischen Gedanken tiefsten Ernstes hervorsprudelte, die schalkhafte Ironie auf Kosten des biederen Professors, in dem sie längst den typischen Mann der modernen Wissenschaft entdeckt hatte, dem alle Mystik ein verdächtig pathologisches Gebiet war – das war so ganz ihre alte liebe Art und Weise. Es schien mir, als sähe ich das feine Lächeln um ihre süßen Lippen, die jetzt – ach, ach...

Und nun war nur noch die letzte Seite des kleinen Manuskriptes übrig.

Endlich faßte ich mir ein Herz und las weiter:

Aber warum rede ich vom Sterben? Es ist sonderbar genug, denn mir ist lange – lange nicht so leicht und hoffnungsvoll zumute gewesen wie heute.

Das Wetter ist so schön. Ich habe den ganzen Vormittag in dem Garten des Professors gesessen und genäht. Er ist ein prächtiger Mensch.

Morgen will ich dir davon erzählen, wie die Zeit vergeht.

Aber heute abend schreibe ich nicht weiter, ich will in Schiller lesen; neulich, als ich in dem letzten Band blätterte, bekam ich solche Lust zu versuchen, ob ich nicht »Über das Erhabene« verstehen könnte. Über den Alten Fritz enthält die Bibliothek der Anstalt nichts mehr.

Gute Nacht, Harald!

Das Lesen dieser Mitteilungen hatte mich zu tief erschüttert und zu feierlich gestimmt, als daß ich in Tränen Erleichterung hätte finden können. Ich hatte nach ihrem Tode noch nicht geweint.

Als ich aber endlich zu dem übrigen Inhalt des Päckchens griff und einen seltsam zerknüllten und verbogenen Brief in die Hand bekam – jenen Brief von mir, den sie an der Brust getragen hatte –, da drückte ich ihn an meine Lippen und schluchzte wie ein Kind.

Ich habe die ersten dieser Blätter durchgelesen. Wie konnte ich doch diese törichten Worte schreiben:

»Und habe ich es denn je bereut? Noch heutigen Tages – es ist nun fünf Jahre her – bin ich nicht imstande, diese Frage zu beantworten!«

Als ob ich um den Preis der ganzen Welt auf unsere Liebe verzichten möchte, auf die Erinnerung an Minna – als ob irgendein Glück mir so teuer werden könnte wie mein Schmerz!

Ich nahm das Begräbnis eigenmächtig auf mich. Zu meiner Freude – ja, ich freute mich wirklich! – bekam ich ein Grab auf dem »Weiten Friedhof«, unter einer der riesengroßen Pappeln, ganz dicht neben der Ruhestätte von Hertz und seiner Frau.

Auf dem Grabe ließ ich eine abgebrochene Säule aus sächsischem Serpentin errichten, und unter ihren Namen setzte ich statt eines Bibelspruches jenen Kehrreim unseres alten Elfenhügel-Liedes:

»Seit ich zuerst sie sah.«

9 788026 889571